KNAUR

Von Anna Mocikat ist bereits folgender Titel erschienen:
MUC

Über die Autorin:
Anna Mocikat, geb. 1977, ist Absolventin der Drehbuchwerkstatt München und arbeitete mehr als zehn Jahre lang als Drehbuchautorin und Gamewriterin, ehe sie sich ihren Jugendtraum wahr machte und mit MUC ihren ersten Roman veröffentlichte. Seitdem arbeitet sie hauptberuflich als Schriftstellerin. Sie lebt mit ihrem Mann und ihren zwei Hunden in der Nähe von München.
Mehr über die Autorin unter www.annamocikat.de

Anna Mocikat

M
Die verborgene
U
Stadt
C

Roman

KNAUR

Besuchen Sie uns im Internet:
www.knaur.de

FSC
www.fsc.org
MIX
Papier aus verantwortungsvollen Quellen
FSC® C083411

Originalausgabe November 2015
Knaur Taschenbuch

Ein Imprint der Verlagsgruppe
Droemer Knaur GmbH & Co. KG, München

Dieses Werk wurde vermittelt durch die AVA international GmbH
Autoren- und Verlagsagentur, München.
www.ava-international.de
Redaktion: Julia von Natzmer
Covergestaltung: ZERO Werbeagentur, München
Coverabbildung: FinePic®, München
Satz: Sandra Hacke
Druck und Bindung: CPI books GmbH, Leck
ISBN 978-3-426-51757-4

2 4 5 3 1

Prolog

Die Frühlingssonne spiegelte sich so stark in dem rissigen Glas, dass Pia ihre Augen abwenden musste. Sie lehnte sich mit dem Rücken an die leicht gebogene Wand, deren Farbe einst strahlend blau gewesen sein musste. Zumindest ließen das die wenigen Teile, die nicht mit weichem Moos bewachsen waren, erahnen. Für einen Moment schloss sie die Augen und atmete tief durch, genoss die Sonnenstrahlen auf ihrer Haut, deren Hitze durch den sanften Wind abgemildert wurde.

Sie öffnete die Augen und blickte hinab. Die meisten Menschen würden sich bei dem Anblick, der sich ihr bot, unwohl fühlen, doch nicht Pia. Für sie war es ein Genuss. Nur wenige Zentimeter jenseits der Schräge, auf der sie stand, ging es zehn Stockwerke hinunter. Um sie herum glitzerte die Sonne in der zum Teil noch erhaltenen gläsernen Fassade eines Hochhauses. Ein falscher Schritt und sie würde in die Tiefe und damit in den sicheren Tod stürzen, doch Pia wusste genau, was sie tat. Es würde keinen falschen Schritt geben. Sie nahm einen Schluck Wasser aus der mitgebrachten Alu-Flasche und steckte sie wieder zurück in den Rucksack. Dann straffte sie dessen Gurte und überprüfte den Sitz ihrer fingerlosen Handschuhe.

Genau in der Mitte seiner Höhe hatte das Hochhaus mit der runden Fassade eine Einbuchtung, die Pia den idealen Ort für eine kleine Verschnaufpause bot. Kein anderes Gebäude, das sie bisher gesehen hatte, hatte etwas Ähnliches aufweisen können. Ilja meinte, in der alten Zeit sei der zylindrische Turm ein architektonisches Meisterwerk gewesen und einzigartig auf der

Welt. Doch für Pia zählte nur, dass es ihr die eigenwillige Bauart ermöglichte, die Spitze relativ problemlos zu erklimmen.

Sie balancierte ein paar Meter die Schräge entlang, bis zu der Stelle, an der die vier gewaltigen Zylinder aneinandergrenzten. Hier ging die Wand steil nach oben und machte es ihr einfacher, das nächste Stockwerk zu erreichen. Sie sprang in die Höhe, und ihre kräftigen Finger erreichten die Kante des elften Stockwerkes. Das Fenster war aufgeplatzt, hellgrüne Ranken wuchsen daraus hervor und verteilten sich ringsum an der einstmals silbernen Fassade. Durch die Öffnung waren im Laufe der Jahrzehnte Feuchtigkeit und Erdkörner in das Stockwerk gedrungen, so dass nun Gräser auf den uralten Büroteppichen wuchsen, deren unterschiedlich farbige Blüten im Nachmittagslicht strahlten.

Aus Erzählungen wusste Pia, dass in der alten Zeit Tausende von Menschen in Gebäuden wie diesen gearbeitet hatten. Sie konnte sich allerdings nur mit Mühe vorstellen, was all diese Leute Tag für Tag an ihren Schreibtischen gemacht hatten. Alles stand noch genau so, wie die Mitarbeiter es vor mehr als hundert Jahren verlassen hatten, Tische, Schränke, verrostete Computer sowie jede Menge dieser unbequemen Drehstühle, auf denen die Menschen damals aus unerfindlichen Gründen so gerne bei der Arbeit gesessen sind. Ein paar Pflanzen hatten ihre Blumentöpfe im Laufe der Zeit gesprengt und wucherten nun über Tische und den Boden, der sich langsam, aber sicher in ein Biotop verwandelte. Auf einem großen Schreibtisch in der Nähe des Fensters stand ein Bilderrahmen, der unter seiner Moosschicht vielleicht silbern war. Nur noch in einer Ecke davon war zu erkennen, dass sich in dem Rahmen das Foto einer Frau befand.

Pia überlegte einen Moment, ob sie sich durch das zerstörte Fenster ins Innere schwingen sollte. Sie war sich ziemlich sicher, dass sie sich hier jenseits des Stockwerkes befand, an dem die Treppe eingebrochen war. Das bedeutete, niemand war seit Jahrzehnten, vielleicht sogar seit dem großen Sterben, hier gewesen, und die vielen Büroräume beherbergten unzählige Schätze aus der alten Zeit, die nur darauf warteten, auf dem Schwarzmarkt für einen hohen Preis verkauft zu werden. Doch sie entschied sich dagegen, schon jetzt etwas mitzunehmen, und schwang sich hoch zur nächsten Etage.

Seit sie sie das erste Mal in der Ferne erspäht hatte, wollte Pia die Fassade des Zylinderturms erklimmen. Natürlich war sie auch hier, um zu plündern und so zum Lebensunterhalt des Hades, der unterirdischen Gemeinschaft, dessen Teil sie war, beizutragen. Doch irgendwann im Laufe der letzten Monate hatte sie auch eine Art sportlicher Ehrgeiz gepackt. Früher oder später wollte sie es schaffen, alle Gebäude der Stadt zu ersteigen – und zwar bis zur Spitze. Deswegen würde sie zunächst bis ganz nach oben klettern und sich von dort aus im Inneren des Hochhauses hinabarbeiten, auf der Suche nach wertvollen Artefakten.

Die Sonne war bereits tiefer gesunken und begann, sich rötlich zu färben, als Pia das Dach des Turms erreichte. An der Spitze verjüngte sich das Gebäude zu zwei schmaleren Röhren, an deren Frontseite ein riesiges Symbol aus der alten Zeit hing. Es war rund und hatte in der Mitte je zwei blaue und zwei weiße Rauten, die aufeinander zuliefen. Die Farben waren zwar etwas ausgeblichen, aber noch immer deutlich auch aus der Entfernung zu erkennen. Ein riesiges »B« war leicht versetzt über den Rauten angebracht.

Als Pia an dem Symbol hochkletterte, bemerkte sie, dass früher offensichtlich noch zwei weitere, überdimensionale Buchstaben hinter dem »B« angebracht gewesen waren, doch davon waren nur noch rostige Halterungen übrig. Der mittlere mochte vielleicht ein »M« gewesen sein, doch vom dritten war fast gar nichts mehr zu erkennen. Stattdessen war dort ein riesiges

Vogelnest angebracht, das wahrscheinlich einmal einem Adler gehört hatte, doch jetzt verlassen wirkte. Pia setzte sich auf eine Plattform über dem Symbol, ließ zufrieden seufzend die Beine über den Abgrund baumeln und betrachtete die Stadt unter ihr.

MUC.

Seit mehr als einem Jahr ihre Heimat.

Trotz der Dunstwolken, die aufgrund der vielen Holz- und Kohlefeuer fast ständig über der Stadt hingen, war die Frühlingsluft klar und die Sicht von dem hundert Meter hohen Gebäude erstaunlich gut. Pia konnte ganz MUC überblicken, das langsam im warmen Abendlicht versank. Kaum zu glauben, wie ruhig und friedlich die Stadt von hier oben wirkte. Der Zylinderturm stand außerhalb der Barrikaden, die das eigentliche MUC einschlossen, um es vor der Außenwelt zu schützen. Über einen ehemaligen U-Bahn-Tunnel war Pia aus dem bewohnten Teil hinaus und zum Fuße des Hochhauses gelangt. Das war nicht ungefährlich, denn sie wusste nie, womit sie konfrontiert werden würde, wenn sie MUCs schützende Mauern verließ, doch die verfallenen Hochhäuser in den Ruinen des alten München, dessen Zentrum nach dem großen Sterben zu MUC geworden war, boten auch mehr als hundert Jahre nach der Katastrophe noch jede Menge wertvolle Güter.

In unmittelbarer Nähe des Hochhauses, auf dem Pia saß, befand sich ein weiterer Turm, spitz wie ein Stift und noch weit höher. Er stand ganz oben auf Pias Kletterliste, doch bislang hatte sie sich noch nicht herangetraut. Im Gegensatz zu den Bürohäusern hatte dieser Turm eine glatte Betonoberfläche, die einen Aufstieg fast unmöglich machen würde.

Direkt darunter befand sich eine große, freie Fläche, die in der alten Zeit als Park fungiert hatte und mittlerweile von urwaldartigem Bewuchs verschluckt worden war. Mitten aus dem undurchdringlichen Grün erhob sich ein Bauwerk, das Pia jedes Mal aufs Neue faszinierte. Es erinnerte an ein gewaltiges

Segeltuch aus Glas, das von mehreren massiven Stützpfeilern gehalten wurde. Von Ilja wusste sie, dass es sich dabei um ein riesiges Sportstadion gehandelt hatte, in das Menschen aus der ganzen Welt angereist kamen, um sich darin zu messen, wer am schnellsten laufen oder am weitesten springen konnte. Verrückt. Wie so vieles in der alten Zeit.

Als das große Sterben begann, hatte man versucht, in dem Stadion ein Quarantänelager aufzuschlagen, um die Seuche einzudämmen, was sich natürlich leider als völlig sinnlos erwiesen hatte. Als sie einmal über das stählerne Gerüst, das das gläserne Segel hielt, geklettert war, hatte Pia noch die Überreste von Zelten und Hunderten Pritschen erkennen können, die sich im Inneren des Bauwerkes befanden. Da alles Wertvolle, das sich dort befunden hatte, jedoch bereits vor vielen Jahrzehnten restlos geplündert worden war, hatten die Bewohner von MUC das Stadion schnell für wertlos befunden und der Natur überlassen, die es im Laufe der Zeit gierig verschlungen hatte.

Nur wenige Kilometer südlich von ihrer Position konnte Pia die charakteristischen Zwiebeltürme der alten Kirche sehen, die sich direkt neben dem großen Marktplatz von MUC befand. Von hier aus betrachtet konnte man fast übersehen, dass die Spitze des hinteren Turmes halb eingestürzt war. Östlich davon erhob sich der Prophetenpalast auf seiner Anhöhe über der Unterstadt. Wenn es dunkel wurde, erstrahlte er als einziges Gebäude MUCs in künstlichem Licht, was die ungebildete Mehrheit der Bevölkerung für ein Wunder Gottes hielt.

Weit am Horizont thronten die Alpen über der grünen Landschaft jenseits von MUC. Zu dieser Jahreszeit war die Fernsicht besonders gut, und Pia liebte es, auf hohe Bauwerke zu klettern und die Berge zu betrachten. Manchmal empfand sie dabei fast eine Art Heimweh. Wenn sie die Augen schloss, glaubte sie, die frische, klare Bergluft riechen zu können, die immer einen

Hauch von Nadelhölzern und Alpenblumen mit sich brachte. Pia vermisste die rauhe Schönheit der Natur und die fast schon besinnliche Ruhe, die in den tiefen Bergtälern ihrer Heimat herrschte. Was sie dabei keineswegs vermisste, war das Dorf, in dem sie aufgewachsen war, mitsamt seinen engstirnigen Bewohnern. Nein, sie wusste, dass sie trotz aller Probleme und Gefahren, vor die sie das Leben in MUC täglich stellte, hier viel besser aufgehoben war als in ihrer alten Heimat.

Hier hatte sie eine Ersatzfamilie gefunden, die sie so vorher nie erleben durfte, Menschen, die sie liebten und schätzten – so, wie sie war.

Ein heftiger Windstoß fuhr Pia in den Rücken und wirbelte ihre schwarz-roten, asymmetrisch geschnittenen Haare durcheinander. Sie wandte den Kopf und bemerkte eine gewaltige schwarze Wolkenfront, die vom Norden auf die Stadt zukam. Einer der heftigen Frühlingsstürme näherte sich. Pia war so in Gedanken versunken gewesen, dass sie gar nicht gemerkt hatte, wie lange sie bereits auf dem Dach saß. Das Licht begann zu schwinden, und es konnte nur noch wenige Minuten dauern, bis der Sturm sie erreicht hatte. Ein dumpfes Grollen ließ den Boden unter ihren Füßen leicht vibrieren, und bläulich gelbe Blitze leuchteten in der Wolkenfront auf. Fast schien es so, als sei sie etwas Lebendiges, das auf MUC zukroch, um es zu verschlingen.

Es blieb Pia nicht mehr genügend Zeit, um den Turm hinabzuklettern und sich im Hades in Sicherheit zu bringen, doch das wollte sie auch gar nicht. Sie würde sich im Gebäude einen sicheren Schlafplatz suchen und es dann in aller Ruhe erkunden, wenn der Sturm vorbei war. Je nachdem, was hier zu holen war, würde sie noch oft wiederkommen müssen und wertvolle Gegenstände zu Paketen geschnürt an ihre Leute herunterseilen.

Schnell kletterte sie über das überdimensionale, blau-weiße Symbol hinab auf die Plattform, die das eigentliche Dach des

Hochhauses bildete. Von dort aus schwang sie sich über das Geländer und hinab zum obersten Stockwerk. Sie nahm geübt Schwung und schlug mit den Füßen das Fenster unter ihr ein, wie sie es schon oft in anderen Gebäuden getan hatte. Das alte Glas bekam schnell Risse, und ein paar weitere Tritte genügten, um das Fenster aus der Verankerung zu reißen.

Als Pia sich ins Innere gleiten ließ, wurde alles um sie herum vom gleißenden Licht eines Blitzes erleuchtet, dem weniger als eine Sekunde später ein markerschütternder Donner folgte.

Sie war froh, rechtzeitig im Trockenen zu sein, ehe draußen die Hölle losbrach.

Langsam ging Pia durch die verlassenen Büroräume und Korridore, die in düsteres Dämmerlicht gehüllt waren, bis sie die Nordfassade des Hauses erreichte. Jenseits des großen Fensters, vor dem sie stand, und gegen das zunehmend heftige Windböen vergeblich einschlugen, als wären es tollwütige Tiere, erstreckte sich bis zum Horizont eine urwaldartige Landschaft, die in das unwirklich anmutende Licht gehüllt war, das nur vor einem großen Sturm herrschen konnte.

Die dunklen Wolken rasten näher, doch Pia hatte keine Angst. MUC hatte bisher jeden Sturm überstanden. Warum also nicht diesen auch?

1. Kapitel

Utilitas

Es dämmerte gerade, als Falk die Augen aufschlug. Er war schon eine Weile wach gewesen, hatte jedoch keinen Zweck darin gesehen, vor Sonnenaufgang aufzustehen. Sein Körper brauchte Entspannung, selbst wenn er nicht schlafen konnte. Heute war ein wichtiger Tag für ihn, er benötigte das Maximum seiner geistigen Aufmerksamkeit, wenn er die bevorstehenden Ereignisse in einen persönlichen Triumph verwandeln wollte.

Er setzte sich im Bett auf und betrachtete für einen Moment das spartanisch eingerichtete Schlafzimmer seiner Wohnung im trüben Morgenlicht. Sein Bett war keines der antiken, übertrieben komfortablen, wie sie viele bevorzugten, wenn sie es sich leisten konnten, doch es genügte seinen Ansprüchen. Seine Uniform hing ordentlich gebürstet auf einem Bügel neben dem Spiegel. Darüber hinaus besaß er nur wenige Kleidungsstücke, die in einer abgenutzten Kommode verstaut waren.

Falk stand auf und begann routinemäßig mit seinen morgendlichen Übungen. Es war im Sinne aller, dass man seinen Körper in Form hielt und gesund blieb. Was für einen Nutzen sollte er schließlich haben, wenn er die von ihm erwartete Leistung nicht mehr erbringen konnte? Doch bis dahin hatte er noch jede Menge Zeit. Er war noch keine dreißig und kerngesund. Bis jetzt waren seine Leistungen makellos gewesen, warum sonst hätten die CEOs ihn zu einem Meeting bestellt?

Er wusste nicht genau, ob es die Liegestützen waren, die ihn zum Schwitzen brachten, oder der Gedanke an die bevorstehenden Stunden. Es gab keinen Grund, besorgt zu sein, da war er sich eigentlich sicher. Vielleicht winkte ja sogar endlich eine Beförderung? Doch es hatte keinen Zweck, sich im Vorfeld den Kopf darüber zu zerbrechen. In wenigen Stunden würde er mehr wissen.

Nach etwa dreißig Minuten hatte er seine morgendliche Leibesertüchtigung beendet und klatschte in die Hände. Der Diener erschien sofort und brachte ihm kaltes Wasser sowie ein Tuch, damit er sich frisch machen konnte. Er schlief nebenan in einer kleinen Kammer und war darauf trainiert, sofort aufzuwachen, wenn er merkte, dass sich im Schlafzimmer seines Herrn etwas regte. Dann lief er die fünf Stockwerke hinab auf die Straße und besorgte Falk frisches Wasser aus der Ausgabestelle. Wie hatte Falk ihn in den Monaten seiner Abwesenheit vermisst! Nicht den Diener im Speziellen, sondern schlicht die Tatsache, einen zu besitzen.

»Wünscht mein Herr heute Frühstück?«, fragte der Diener. Er war zwar schon fast vierzig Jahre alt, und sein kastanienrotes Haar begann, sich an den Schläfen grau zu färben, doch er erfüllte seinen Nutzen noch immer vorbildlich. Falk sah daher keinen Grund, ihn auszutauschen.

»Nein«, sagte er. »Nur Kräutertee.«

Er hatte keinen Hunger.

Der Diener neigte den Kopf und ging in die Küche. Falk kleidete sich an und überprüfte im Spiegel den Sitz seiner Uniform sowie seine schlanke, drahtige Gestalt und sein von Akne zerfurchtes Gesicht, das mit der neuen Kurzhaarfrisur noch schmaler und eckiger erschien. Er war nicht gerade das, was Frauen attraktiv fanden, das wusste er. Doch in seiner Position wären romantische Beziehungen sowieso niemandem von Nutzen, und Sex konnte er sich kaufen, wann immer er ihn brauchte. In MUC war das anders gewesen, aber zum Glück war er nun zurück und würde wohl so bald dort nicht mehr hinmüssen, vielleicht sogar nie wieder. Seine dünnen Lippen verzogen sich zu einem Strich.

Er hasste MUC. Es war ein widerliches, unzivilisiertes, chaotisches Drecksloch. Obwohl er so viele Monate in MUC verbringen musste, konnte er bis zum heutigen Tag nicht begreifen, wie die Menschen dort leben konnten und warum eine so ineffiziente Gesellschaft nicht schon längst zerfallen war. All das religiöse Prophetengetue … unglaublich primitiv. Noch schlimmer waren die selbstgewählten Abtrünnigen im Hades, die genau wussten, wie mangelhaft das System war, und die dennoch nichts unternahmen, außer sich mit unnötigem, menschlichen Ballast zu schwächen. Falk schnaubte verächtlich.

Der Diener brachte seinen Tee, er nahm ihn entgegen, stellte sich an das große, gut erhaltene Fenster seines Schlafzimmers und betrachtete die Stadt vor ihm. Wie so oft im Frühling würde heute kein Sonnenstrahl die zahlreichen gewaltigen Türme aus Stahl und Glas berühren, was jedoch ihre ehrfurchteinflößende Pracht nicht im Geringsten beeinträchtigte. Auch in graue Schwüle gehüllt war seine Heimatstadt für ihn der schönste Ort, den er jemals gesehen hatte. Aufgeräumt und strukturiert. Eine Zivilisation, wie es sie so perfekt nicht einmal vor dem großen Sterben gegeben hatte.

Wenn es etwas gab, das Falk wirklich liebte, dann war es sein Zuhause. Utilitas, das ehemalige Frankfurt am Main.

Normalerweise brauchte Falk nur fünf Minuten bis zu seinem Arbeitsplatz. Alle Mitarbeiter des Sicherheitsapparates von Utilitas lebten in unmittelbarer Nähe der Zentrale. Auf diese Weise konnten sie sofort zur Stelle sein, wenn sie gebraucht wurden. Das galt auch für diejenigen mit einem höheren Rang, so wie Falk. Heute jedoch musste er quer durch die Innenstadt bis zu dem Turm, in dem die CEOs residierten.

Er war früh dran, die Straßen waren noch weitgehend leer. Lediglich Diener waren bereits damit beschäftigt, Wasser zu holen, Botengänge zu erledigen oder die Bürgersteige zu fegen. Ihre huschenden, graugekleideten Gestalten waren im morgendlichen Nebel kaum erkennbar. Als Falk zwischen den Schluchten der Hochhäuser entlangschritt, wurde er an beinahe jeder Straßenecke von Sicherheitskräften gegrüßt, die in diesem Bereich der Stadt verstärkt patrouillierten. Etliche kannten ihn, und der Rest konnte schon von weitem anhand seiner Uniform erkennen, dass er ein hochrangiges Mitglied des Apparates für Information und Sicherheit, kurz AIS, war. Falk beantwortete die Grüße mit einem knappen Nicken, während seine wachsamen Augen überprüften, ob die Sicherheitskräfte ihre Jobs so erfüllten wie vorgeschrieben. Es war seine Pflicht, alle Auffälligkeiten sofort zu melden. Es war jedermanns Pflicht und zum Nutzen der Gesellschaft. Doch er bemerkte nichts, alles war so, wie es sein sollte. Utilitas war nicht MUC.

Nach etwa zwanzig Minuten erreichte er den Turm der CEOs. Obwohl Utilitas etliche beeindruckende Gebäude besaß, stach das Hochhaus der CEOs, der Anführer der Gesellschaft, optisch so hervor, dass es bereits von weitem sichtbar war. Nicht nur, weil es eines der höchsten Bauwerke der Stadt war, sondern weil seine Spitze zudem von einer Pyramide gekrönt wurde. Diese wirkte fast schon überirdisch, so als hätte ein Riese sie auf die Spitze des Hochhauses gesetzt, damit die CEOs ein Quartier hatten, das ihrer Macht würdig war.

Falk wusste natürlich, dass es keine Riesen oder sonstigen mystischen Geschöpfe gab. Genauso wenig existierte ein Gott, auch wenn die Leute in MUC so hingebungsvoll an ihn glaubten. Der Mensch war die Krone der Evolution, in der sich das Starke gegenüber dem Schwachen durchsetzte, zum Wohle aller. Die primitive Vorstellung der Bewohner MUCs, das große Sterben sei eine Strafe Gottes, war für einen aufgeklärten Menschen aus Utilitas nicht nachvollziehbar. Für sie war die Krankheit, die die Katastrophe ausgelöst hatte, nichts anderes als ein Teil der Evolution und eine natürliche Selektion. Und diese Säuberung folgte durchaus ihrer eigenen Logik, wenn man bedachte, wie überbevölkert der Planet vor dem großen Sterben gewesen war.

Der Eingangsbereich des Pyramiden-Hochhauses wurde von bewaffneten Militärs bewacht, deren Ausrüstung größtenteils aus der alten Zeit stammte. Gewehre, Helme, schwere Stiefel sowie grüne oder auch blaue Uniformen, auf die das Wahrzeichen und Logo von Utilitas gestickt war: eine Pyramide. Der wachhabende Offizier kannte Falk natürlich. Er salutierte, und die Männer ließen ihn passieren.

Direkt neben dem Eingang befand sich eine mehr als zwanzig Meter hohe metallene Statue, die einen Mann mit einem Hammer darstellte. Sie stammte ebenso aus der alten Zeit, und Rost und die Jahrzehnte hatten ihr arg zugesetzt, doch die CEOs weigerten sich, sie abreißen zu lassen. In ihren Augen war die Statue ein passendes Symbol für Utilitas, dessen Reichtum und Stärke auf Leistung beruhte. Für Falk war das Ding einfach nur ein großer Haufen Schrott.

Die Halle im Erdgeschoss wurde Tag und Nacht von künstlichem Licht erleuchtet. Der braune alte Marmor und das viele Glas strahlten in perfekter Reinheit. Bis auf zwei Dienerinnen, die den Boden putzten, sowie ein paar Mitglieder der Leibgarde der CEOs war der große Raum leer und ließ jeden von Falks Schritten bis in den letzten Winkel widerhallen. Nichts an seiner Mimik und Körperhaltung verriet, wie nervös er sich fühlte. Auch wenn er wusste, dass ihm die CEOs wohl gesonnen waren, so konnte er doch nicht anders, als von der fast schon besinnlich wirkenden Atmosphäre hier im Zentrum der Macht eingeschüchtert zu sein. Er leckte sich über die ständig trockenen Lippen und riss sich zusammen. Es war niemandem von

Nutzen, wenn er sich benahm wie ein kleiner Junge, am wenigsten ihm selbst.

Die Gardisten überprüften seinen Namen auf einer Liste, dann drückte einer von ihnen auf den Knopf, der die Aufzugtüren öffnete, und betrat zusammen mit Falk die gespiegelte Kabine. Nachdem die Tür sich leise knirschend geschlossen hatte, steckte der junge Mann einen Schlüssel in die dafür vorgesehene Leiste über den Stockwerksknöpfen und drehte ihn. Mit einem sanften Ruck setzte sich der Fahrstuhl in Bewegung.

Wie alle Hochhäuser, in denen die wichtigsten Clans von Utilitas wohnten, verfügte auch der Pyramiden-Turm der CEOs über Elektrizität, die aus Windrädern stammte. Doch diese antike Technik lieferte gerade mal genug Energie, um die Grundbedürfnisse an Strom zu decken. Immer wieder kam es zu Ausfällen und Engpässen, und die Aufzüge fuhren nur noch mit einem Bruchteil der Geschwindigkeiten, die sie Erzählungen nach in der alten Zeit erreicht hatten. Vor ein paar Jahren hatte man versucht, ein altes Kraftwerk in der Nähe von Utilitas wieder zum Laufen zu bringen, doch das mündete in einer Katastrophe, die mehr als zweihundert Menschen das Leben gekostet hatte und im Anschluss sorgsam vertuscht worden war. Falk wusste nur deswegen davon, weil es seine Leute waren, die die Angelegenheit verheimlicht hatten. Es brachte schließlich niemandem etwas, wenn die einfache Bevölkerung von solchen Dingen erfuhr.

Der Aufzug benötigte fast zehn Minuten für die zweihundertfünfzig Meter hohe Fahrt in die Pyramide. Die Luft darin war stickig, und Falk musste sich mehrfach den Schweiß von der Stirn wischen. Er überlegte, ob er irgendetwas zu seinem Mitreisenden sagen sollte, doch er wusste, dass ein Gespräch sowieso aussichtslos war. Alle Leibgardisten der CEOs waren stumm, denn zum Amtseintritt wurden ihnen die Zungen entfernt. Das war zwar selbst in Falks Augen grausam, aber dennoch notwendig, um die CEOs vor Spitzeln zu schützen. Als der Fahrstuhl schließlich sein Ziel erreichte und sich die Türen öffneten, wurde Falk von zwei weiteren Gardisten und einer Assistentin der CEOs in Empfang genommen. Die kleine, junge Frau mit dem Businesskostüm der alten Zeit und den karottenroten Haaren und Augenbrauen erklärte ihm freundlich, dass er noch warten müsste, ehe die CEOs Zeit für ihn hätten.

Falk nickte und setzte sich in einen Wartebereich, der mit weißen Ledermöbeln aus der alten Zeit ausstaffiert war. Es war normal, dass man warten musste, ehe man von den CEOs empfangen wurde. Schließlich ließen sie einen nie zu einer bestimmten Uhrzeit rufen, man erfuhr lediglich, *dass* sie einen sehen wollen. Der Sessel, den Falk auswählte, hatte zwar schon ein paar Risse, die mit weißer Farbe kaschiert worden waren, dennoch war er bequemer als alles, was Falk jemals zu besitzen hoffen konnte. Kein übler Platz, um ein paar Stunden zu warten, wenn es sein musste.

Er blickte durch die großen Panoramafenster hinaus auf die Stadt unter ihm. Von hier oben konnte er nicht nur den elitären Bereich der City mit ihren Hochhäusern sehen, sondern auch die Viertel mit den niedrigen Häusern der Arbeiter, Handwerker und Sklaven. Je näher man dem Fluss kam, desto schäbiger wurde die Gegend. Die Niederungen waren fast immer feucht und wurden regelmäßig überflutet, wenn der Fluss nach starken Regenfällen über die Ufer trat. Hinter den Überresten einer alten Brücke erstreckte sich die versunkene Stadt, wie der Bereich am anderen Ufer genannt wurde. Nur noch Dächer, halb eingefallene Kirchtürme und alte Schornsteine ragten dort aus dem Wasser hervor. Was früher einmal der südliche Teil der Stadt gewesen war, war nun ein großer See – und eine natürliche Grenze. Nicht, dass Utilitas dies eigentlich nötig hätte.

Schon vor Falks Geburt hatten die damaligen CEOs alles im Umkreis von hundert Kilometern entweder vernichtet oder annektiert. Bis auf ein paar kleinere Dörfer, die auf Ackerbau spezialisiert waren und unter strikter Verwaltung aus Utilitas standen, gab es weit und breit keine menschlichen Siedlungen, die ein Überleben in der Wildnis ermöglicht hätten. Früher hatte es immer wieder Probleme mit Banditen oder Aufständischen gegeben, bis die CEOs den Streitkräften den Befehl erteilt hatten, jeglichen Widerstand präventiv im Keim zu ersticken, bevor er wachsen und zu einer Bedrohung werden konnte. Im Inneren der Stadt war dafür die AIS zuständig, der auch Falk angehörte. Ihre Augen und Ohren waren überall. Jeder, egal ob Bürger oder Sklave, musste jederzeit damit rechnen, bei der kleinsten Auffälligkeit von der AIS abgeholt zu werden, um dann zu verschwinden. Nur so konnte auch der Einfältigste begreifen, dass Widerstand zwecklos war.

Zwischendurch kam die Assistentin vorbei und brachte Falk etwas Wasser, ansonsten war er in dem Wartebereich allein und konnte seinen Gedanken nachhängen. Je länger er in den alten Polstern saß, desto größer brannte seine Neugier darüber, was die CEOs mit ihm vorhatten. Es war mehrere Monate her, seit er aus MUC zurückgekehrt war und seinen vollständigen Bericht abgegeben hatte. Was als Nächstes geschehen sollte, war nicht seine Entscheidung, doch sein Instinkt sagte ihm, dass große Ereignisse bevorstanden.

Nach mehr als drei Stunden war es endlich so weit. Die Assistentin mit den karottenfarbenen Augenbrauen betrat den Wartebereich und bat ihn, ihr zu folgen. Die CEOs waren nun bereit, ihn zu empfangen.

Es war nicht das erste Mal, dass Falk das Konferenzzimmer der CEOs sah, doch er konnte auch heute nicht anders, als tief beeindruckt zu sein. Alles in dem Raum war so angeordnet, dass es Macht, Bedeutung und Reichtum ausstrahlte. Die Möbel stammten allesamt aus der alten Zeit und waren aus glänzend poliertem Chrom oder weiß lackiert. An den Wänden hingen prachtvolle Gemälde aus der alten Zeit sowie gerahmte Fotografien von ausgefallener Architektur. Falk wusste, dass sie aus ehemaligen Museen stammten, ebenso wie die sorgsam über den Raum verteilten Statuen. In einer Ecke vor Panoramafenstern, die einen atemberaubenden Blick nach Norden boten, befand sich eine Couchgarnitur aus weißem Leder, ähnlich der im Wartebereich, nur bedeutend besser erhalten. Dominiert wurde der Raum jedoch von dem großen Konferenztisch aus Chrom und Glas, der mit seinen mit weißem Leder bezogenen Stühlen Platz für bis zu zwölf Personen bot. Hier pflegten die CEOs ihre Meetings abzuhalten, doch jeder von ihnen hatte in der Pyramide zusätzlich noch ein eigenes Büro für private Angelegenheiten.

Als Falk von der Assistentin in den Raum geführt wurde, saßen zwei der CEO-Brüder am Kopfende des Konferenztisches. Celvin, der Jüngste von ihnen, stand am Fenster und blickte scheinbar gedankenverloren hinaus. Wie immer waren alle drei in Business-Anzüge der alten Zeit aus hochwertigen Stoffen gekleidet. Ihre Haare waren perfekt geschnitten und frisiert, und ein intensiver Parfum-Duft umgab sie wie eine Wolke, die sie von allem Irdischen abheben sollte.

Im Gegensatz zu dem völlig idiotischen System in MUC, wo der »Prophet« seine Macht einfach an seinen Sohn weitergab und der Pöbel gar nicht merkte, dass ein Wechsel überhaupt stattfand, war das Herrschaftssystem in Utilitas Falks Meinung nach fair. Denn theoretisch konnte jeder freie Bürger CEO werden, wenn er nur skrupellos und gerissen genug war, um sich bis an die Spitze zu kämpfen. Dabei waren alle Mittel recht.

In Wahrheit jedoch wurden die Machtspielchen schon immer unter der Elite von Utilitas ausgetragen. Die bedeutendsten Clans fochten die Führung regelmäßig unter sich aus. So waren die jetzigen CEOs bereits fünfzehn Jahre an der Spitze der Pyramide, was beinahe schon spektakulär lange war. Dass sie sich zu dritt die Macht teilten, machte sie stark. Wie sie jedoch untereinander einig wurden, wussten nur sie selbst.

»Setz dich zu uns, Falk«, sagte Franck, der Älteste der drei CEOs, und deutete beiläufig auf die Reihe freier Stühle gegenüber. Seine Gesichtszüge waren kantig und wurden von einer großen Nase und einem spitzen Kinn bestimmt. Er war schon über vierzig, und Falk bemerkte, dass die dunkelroten Haare um seine Schläfen langsam lichter wurden. Das erinnerte ihn daran, dass selbst CEOs, egal wie mächtig und durchtrieben sie sein mochten, dem natürlichen Alterungsprozess unterlagen. Wie lange würden die drei Männer sich wohl noch an der Spitze behaupten können, ehe sie von jemand Jüngerem und Skrupelloserem abgelöst wurden? Zehn Jahre? Fünfzehn vielleicht? Der Gedanke verursachte Falk irgendwie Genugtuung und half ihm, seine Nervosität herunterzuschlucken. Er nahm auf der ihm zugewiesenen Seite Platz.

Franck entnahm eine Zigarette aus einem antiken silbernen Etui und zündete sie sich an. Seine schmalen grün-braunen Augen fixierten Falk, während er langsam den bläulichen Rauch durch seine Nase entweichen ließ.

»Wir haben deinen Bericht ausgiebig studiert«, begann er das Gespräch schließlich. »Ausgezeichnete Arbeit. Du bist eine Bereicherung für Utilitas, und deine Recherchen werden von großem Nutzen für uns alle sein.«

Falk lächelte stolz. Er wusste, dass er verdammt gute Arbeit geleistet hatte. Schließlich tat er das immer. Dennoch tat es gut, Lob von oberster Stelle zu bekommen. Franck galt als knallhart und cholerisch. Es kam vor, dass er eigenhändig Leute aus dem Fenster der Pyramide warf, wenn ihm nicht gefiel, was er sah oder hörte. Freundliche Worte aus seinem Mund waren rar und kostbar.

»Danke, CEO Franck«, entgegnete Falk unterwürfig und neigte leicht den Kopf. »Ich habe nichts weiter getan als meinen Job.«

»Wenn alles so ist, wie du und deine Leute berichten, dann ist MUC wie ein überreifer Apfel, der nur darauf wartet, uns in den Schoß zu fallen. Wir sollten keine Zeit verlieren«, fuhr Franck fort. »Du wirst daher gleich nach unserem Meeting wieder nach MUC aufbrechen.«

Falk brauchte all seine Selbstbeherrschung, um seine Bestürzung zu verbergen. Er wollte nicht zurück in dieses stinkende, dreckige Dorf, das vorgab, eine Stadt zu sein. Hier in Utilitas gab es genug für ihn zu tun, zumal ihm nach seiner Rückkehr nicht entgangen war, dass mehrere Leute aus seiner Abteilung begonnen hatten, während seiner Abwesenheit fleißig an seinem Stuhl zu sägen. Wenn er noch mal monatelang verschwand, würde sein Posten womöglich an einen dieser Emporkömmlinge gehen!

Außerdem war ihm nicht klar, welchen Nutzen das haben sollte. Er würde nicht mehr Informationen sammeln können, als er bereits in seinem Bericht zusammengetragen hatte. Im Gegenteil, die Bewohner des Hades konnten sogar misstrauisch werden, wenn er plötzlich nach monatelanger Abwesenheit wieder auftauchte.

Armin, der dritte CEO, bemerkte Falks Verwirrung und schaltete sich in das Gespräch ein. »Wir haben bereits ein Team vor Ort, das die Invasion vorbereitet. Du sollst lediglich eine Botschaft überbringen.«

»An wen?«

Armin lehnte sich in seinem Stuhl zurück und lächelte. Mit seinem runden Gesicht und dem fleischigen Körperbau sah er seinem Bruder überhaupt nicht ähnlich. Nur die schmalen Augen waren gleich. Er galt als der besonnenste der drei CEOs und war deren Stratege. Ihn aufgrund seiner Erscheinung zu unterschätzen, konnte sich jedoch als tödlicher Fehler erweisen, denn er liebte nichts so sehr wie Macht. Und seine Phantasie kannte keine Grenzen, wenn es darum ging, diese zu erhalten.

»An potentielle Verbündete.«

Ehe Falk nachfragen konnte, wen in MUC Armin im Speziellen meinen konnte, klopfte es an die schwere Mahagoni-Tür, und die Assistentin steckte den Kopf herein.

Franck nickte ihr zu, und sie öffnete die Tür, um einen weiteren Gast hereinzulassen.

Es war eine kleine drahtige Frau. Ihr junges Gesicht war sehr blass, und selbst ihre Augen schienen auf die Entfernung keine Farbe zu besitzen, lediglich aus der Nähe erkannte man, dass sie von sehr hellem Blau waren. Sie trug ihr langes kupferfarbenes Haar zu einer strengen Hochsteckfrisur gebunden, sowie einen schwarzen Kampfanzug und schwere Stiefel. Sie salutierte, als sie den Raum betrat.

Falk kannte die Frau. Jeder in der Stadt kannte sie. Sie war die Oberbefehlshaberin der Truppen von Utilitas.

»Du kommst spät, Maya«, bemerkte Franck mit deutlichem Missfallen.

»Ich bitte um Verzeihung«, sagte sie mit ihrer weiblich-tiefen und selbstbewussten Stimme, die gar nicht zu ihrem Körper passen wollte. »Meine Anwesenheit war in der Kaserne vonnöten.«

»Gibt es ein Problem?«, fragte Armin.

»Nein, CEO. Alles läuft nach Plan.«

Sie durchquerte mit langen, energischen Schritten den Raum und nahm neben Falk Platz. Dieser wusste, dass man sich von ihrem Aussehen nicht täuschen lassen durfte. Maya war in allem, das sie tat, präzise und tödlich – eine Fanatikerin.

»Wann werden die Truppen marschbereit sein?«, wollte Franck wissen und zündete sich eine weitere Zigarette an.

»Spätestens in zehn Tagen«, erwiderte Maya.

Armin nickte. »Gut. Falk vom Apparat für Information und Sicherheit wird vor Ort sein, wenn ihr eintrefft. Er sollte über den genauen Plan gebrieft werden.«

Maya wandte sich Falk zu. Er glaubte, einen Hauch von Geringschätzung in ihrem unnahbaren Blick flackern zu sehen, doch ihre Miene blieb professionell ausdruckslos. Oberflächlich betrachtet wirkte sie nicht besonders attraktiv, doch aus der Nähe musste Falk sich eingestehen, fand er ihre eiskalte Präsenz und das grausame Flackern in ihren Augen irgendwie sexy. Nicht, dass er es jedoch jemals darauf anlegen würde, bei ihr zu landen. Wenn ihn nicht alles täuschte, dann war Maya eine jener Frauen, die einen Mann nach dem Sex bei lebendigem Leib verspeiste – sofern sie überhaupt auf Männer stand. Über ihr Privatleben war selbst beim AIS kaum etwas bekannt. Sie schien ganz für ihren Job zu leben, was sie wahrscheinlich so effektiv machte.

»Selbstverständlich«, sagte sie und wandte ihre Eisaugen wieder von ihm ab.

Das Militär und der Sicherheitsapparat buhlten schon seit jeher um die Gunst der CEOs. Es war also kein Wunder, dass Maya wenig begeistert davon war, dass Falk eine wichtige Rolle in der bevorstehenden Operation zugedacht wurde. Er verkniff sich ein Grinsen und wahrte den professionellen Schein ebenso glaubwürdig wie sie.

»Es ist nicht nur die Stadt, ihre Ressourcen und Technik, die wir haben wollen«, sagte plötzlich eine Stimme, die bisher geschwiegen hatte. Die ganze Zeit schien sich Celvin mehr für die Aussicht als das Meeting interessiert zu haben, nun wandte er sich in Falks und Mayas Richtung. Er war nicht nur der jüngste der drei CEOs, sondern auch der bestaussehendste von ihnen. Seine markanten Gesichtszüge waren ebenmäßig und wurden von vollem, dunkelrotem Haar eingerahmt. Er war der Visionär unter den Brüdern, brillant und unberechenbar – böse Zungen behaupteten gar, er sei geisteskrank, doch selbstverständlich nur hinter vorgehaltener Hand.

»Neben der erfolgreichen Invasion hat auch das Mädchen Priorität. Für euch beide. Wir möchten sie lebend hier in Utilitas. Ein Versagen ist ausgeschlossen.«

Maya wirkte ein wenig verwirrt, nickte jedoch. »Selbstverständlich, CEO Celvin. Welches Mädchen genau?«

Doch Falk hatte schon eine Ahnung, noch ehe der CEO es aussprach. Und die Idee gefiel ihm ganz und gar nicht.

»Das Mädchen mit den schwarzen Haaren«, sagte Celvin und wandte sich wieder der Aussicht über Utilitas zu.

2. Kapitel

Sturz

Pia fiel. Sie wusste nicht, wieso und woher. Über ihr war nichts außer dem tiefblauen wolkenlosen Sommerhimmel. Unter ihr war MUC. Sie war es gewohnt, die Stadt aus großer Höhe von den Dächern der Hochhäuser zu betrachten, doch das hier war anders. Die höchsten Türme MUCs waren unter ihr. Deutlich erkannte sie das zylinderförmige Hochhaus, das sie erst vor ein paar Wochen bestiegen hatte und das sich als wahre Goldgrube an Artefakten und nützlichen Gegenständen erwiesen hatte. Auch die Zwiebeltürme konnte sie sehen und das rostige Riesenrad, das sie so gerne zum Klettern nutzte.

Pia fiel nicht von einem Gebäude, sie fiel buchstäblich vom Himmel. Die Luft war hier viel kälter als am Boden, wo die erbarmungslos feuchte Sommerhitze jeden Winkel erfüllte und das Atmen manchmal so schwermachte, als hätte man Wasser geschluckt. Der Fallwind zerrte an ihren Kleidern und Haaren. Doch sie hatte keine Angst. Irgendwie wusste sie, dass ihr nichts passieren und sie sicher am Boden ankommen würde. Langsam kam MUC näher, und erst jetzt bemerkte sie die Rauchsäulen und Feuer.

MUC brannte! Was war passiert? Plötzlich wurde ihr klar, dass sie alles verlieren würde, was sie liebte, wenn sie es nicht schaffte, rechtzeitig unten anzukommen.

Immer schneller und schneller raste der Boden nun auf sie zu. Das Gefühl der Sicherheit war verschwunden, und auf einmal wusste Pia, dass nichts ihren Sturz bremsen würde. Sie würde sterben.

Die Luft um sie wurde heißer, als sie mit halsbrecherischer Geschwindigkeit an heruntergekommenen Häusern aus der alten Zeit vorbeistürzte. Sie sah, wie der rissige Asphalt einer Straße auf sie zukam. Die darauf wachsenden Gänseblümchen wogten sanft im Wind. Dann der Aufprall …

Pia riss die Augen auf und schnappte nach Luft, ihr Rücken war klatschnass. Um sie herum war alles dunkel. Kein blauer Himmel, kein Feuer, kein Rauch, nur das Gewölbe der künstlichen Höhle über ihr. Benommen setzte sie sich auf und schlang die Arme um ihren zitternden Körper.

Alles okay, beruhigte sie sich. *Nur ein Traum … nur ein Traum.*

»Schon wieder der Sturz?«, fragte eine vertraute Stimme neben ihr aus der Dunkelheit. Sie klang verschlafen und war doch voller Zärtlichkeit.

Pia bejahte leise. Allein schon der sanfte Klang von Robins Stimme bewirkte, dass sie sich ein wenig beruhigte. Er setzte sich neben ihr im Bett auf und legte vorsichtig den Arm um sie. Dankbar lehnte sie ihren Kopf an seine nackte Schulter und holte tief Luft. Der Traum begann bereits, in ihrem Bewusstsein zu verblassen, und mit ihm die Angst. Zurück blieb nur dieses nagende Gefühl, dass etwas Schreckliches passieren würde.

Sie schüttelte es ab und vergrub ihre Nase in Robins weicher Haut an seinem Hals. Sie mochte seinen Geruch, der betörend war, ganz ohne künstliche Duftstoffe.

»Es ist so schön, dass du da bist«, flüsterte sie.

Er küsste ihren Kopf und strich durch ihr Haar. »Ich werde immer bei dir sein. Ich liebe dich, Pia.«

Sie antwortete nicht, drückte stattdessen ihre Lippen auf seine und küsste ihn, presste ihren nackten Körper an den seinen, der sofort darauf reagierte. Der Sturz, der Traum, die Sorge, etwas könnte passieren, waren weit weg, als sie sich in der ewigen Dunkelheit des Hades liebten.

Als Pia am nächsten Morgen erwachte, war Robin schon auf und hatte Licht gemacht. Der flackernde Kerzenschein schaffte es nicht, bis in alle Ecken des windschiefen Häuschens zu leuchten, doch das machte nichts. Pia kannte jeden Winkel auch blind. Robins Hütte war zu ihrem zweiten Zuhause geworden, sie schlief fast jede Nacht bei ihm, und er hatte deswegen extra von irgendwoher ein größeres Bett aufgetrieben, damit sie es bequemer hatten. Er hatte sie bereits mehrfach gefragt, ob sie nicht ganz zu ihm ziehen wollte, doch Pia war noch nicht so weit, ihr eigenes Haus aufzugeben. Auch wenn sie eigentlich die meiste Zeit bei ihm war und schon seit Wochen nicht mehr in ihrem eigenen Bett geschlafen hatte, war sie doch froh, dass sie ihren eigenen Rückzugsort hatte.

Ihr Bruder Paul, mit dem sie sich ihre eigene Hütte teilte, sehnte den Tag, an dem sie endgültig zu Robin zog, bestimmt schon herbei, da war sie sich sicher. Dann hätte er endlich ihr mühsam eingerichtetes Heim für sich. Außerdem mochte er Robin sehr, die beiden verstanden sich prächtig, und Paul war mit der Partnerwahl seiner Schwester mehr als glücklich – vor allem in Bezug auf ihre letzte Liebschaft, die Paul ihr manchmal noch immer vorwarf, insbesondere dann, wenn er zu tief ins Glas geschaut hatte.

Pia selbst konnte im Nachhinein überhaupt nicht mehr nachvollziehen, was sie in Elias gesehen hatte. Rückblickend erschien er ihr als arrogant und aufgeblasen, ein selbstverliebter Schönling, der im Elfenbeinturm seines Vaters lebte und keinen eigenen Willen besaß. Und doch konnte sie manchmal nicht anders, als an ihn zu denken. Wenn sie die Augen schloss, sah sie sein Gesicht und seine ausdrucksstarken Augen deutlich vor sich, oft hatte sie sogar das Gefühl, das Echo seiner Berührungen auf ihrer Haut zu spüren …

»Nicht wieder einschlafen, Prinzessin«, sagte Robin, und sie blinzelte ins Licht der Kerze. Den Spitznamen, den Aela ihr einst gegeben hatte, würde sie wahrscheinlich für immer tragen, ob sie wollte oder nicht. Er beugte sich hinab und küsste sie lächelnd. Sie umarmte ihn und erwiderte seinen Kuss leidenschaftlich, als ob das ihr schlechtes Gewissen vertreiben könnte, weil sie an Elias gedacht hatte. Es war Robin gegenüber nicht fair, und sie hasste sich dafür. Sie hatte einen wunderbaren Mann an ihrer Seite, der sie aus ganzem Herzen liebte und gleichzeitig ihr bester Freund war. Warum nur dachte sie immer wieder an dieses Arschloch aus der Hochstadt?

Robin schien von ihrem inneren Kampf nichts mitzubekommen. Er wand sich nach einer Weile aus ihrer Umarmung und schmunzelte: »Du weißt, ich würde am liebsten sofort da weitermachen, wo wir letzte Nacht aufgehört haben, wenn ich dich so sehe, aber du ziehst dich besser an. Wir kommen sonst zu spät.«

Pia setzte sich auf. »Ach, verdammt, das Treffen mit Ilja. Das hätte ich ja fast vergessen!«

»Wie gut, dass du mich hast.«

Pia sprang aus dem Bett und umarmte ihn stürmisch. Sie war noch immer nackt, während Robin sich schon angezogen hatte. »Das weiß ich doch«, flüsterte sie.

Ja, sie wusste es wirklich. Robin war ein Geschenk.

Er wusste über Pias Affäre mit dem Prophetensohn Bescheid, denn sie hatten am Anfang ihrer Beziehung über alles gesprochen, damit es später nicht zwischen ihnen stand. Zu Pias Überraschung war Robin ihr nicht böse gewesen, im Gegenteil. »Das ist Vergangenheit, und ich bin selber schuld, weil ich dir nicht von Anfang an offen meine Gefühle gestanden habe und stattdessen monatelang auf der Supermarkt-Expedition unterwegs war«, hatte er damals gesagt.

Von Paul wusste Pia jedoch, wie sehr ihn die Sache mit Elias verletzt hatte, und dass er bis heute manchmal auf ihn eifersüchtig war. Umso schlimmer war es, dass sie immer noch an Elias denken musste, auch wenn sie das gar nicht wollte.

»Hast du eine Ahnung, was Ilja von uns will?«, fragte sie, während sie schnell in ihre Klamotten schlüpfte.

Robin schüttelte den Kopf. »Nein. Aber Aela meinte, es sei ziemlich wichtig.«

Er reichte ihr ein Stück Maisbrot vom Vortag, und sie biss hungrig hinein. Dann folgte sie Robin nach draußen.

Das Leben im Hades war bereits in vollem Gange, als Pia und Robin den Hauptplatz passierten. Das große Feuer knisterte, und die Lampions wogten sachte im Luftzug, der aus den U-Bahn-Tunneln bis hier hinabwehte. Lukas und ein paar andere frühstückten gerade. Anscheinend hatte kurz vorher jemand einen Witz erzählt, denn die Männer lachten schallend. Ein paar Kinder, darunter Nele und ihr schwarzer Hund, hatten sich um Paul geschart, der vor einer alten Tafel in der Nähe des Baches stand.

Pia war glücklich, im Hades zu leben. Jeden Tag aufs Neue genoss sie die herzliche Wärme, die von der unterirdischen Gemeinschaft ausging. Sie war auch froh, dass Paul sich so gut eingelebt hatte. Zunächst war geplant, dass auch er zum Dieb oder Schlepper ausgebildet wurde, doch dann hatte Ilja erkannt, wie gut Paul lesen und schreiben konnte und dass er eine sehr schnelle Auffassungsgabe hatte. Zudem hatte er die Jahre in der Hochstadt genutzt, um alte Bücher zu lesen und an seiner Ausdrucksweise zu feilen.

Nun durfte er die Hades-Kinder unterrichten, wenn Ilja keine Zeit dafür hatte. Und das war noch nicht alles, denn nach und nach hatte Ilja begonnen, Paul in die Heilkunst einzuweisen. Es war ihr sehr wichtig, dass es außer ihr noch jemanden gab, der darin Kenntnis hatte, denn schließlich würde sie nicht ewig für die Hades-Gemeinschaft da sein können. Ilja wollte nicht, dass all ihr Wissen verlorenging, wenn sie eines Tages starb.

Pia konnte und wollte es sich gar nicht vorstellen, dass Ilja eines Tages nicht mehr bei ihnen sein würde. Sie hoffte, dass bis dahin noch viel Zeit vergehen würde – und außerdem lehrte Ilja sie, immer im Augenblick zu leben, denn nur der war es, der wirklich zählte.

Jedenfalls war Pia sehr stolz auf ihren Bruder und liebte ihn von ganzen Herzen, auch wenn sie sich manchmal erbarmungslos zoffen konnten. Sie hob die Hand und winkte Paul zu, ehe sie Iljas Haus betrat. Er lächelte und winkte zurück. Nele drehte sich um und winkte überschwenglich mit ihrem gesunden Arm, als sie Pia erblickte.

Iljas Studierzimmer war wie immer von gedämpftem Kerzenschein und dem Duft von Räucherwerk erfüllt. Aela und Sam waren schon da, als Pia und Robin den Raum betraten. Sam hatte sich sein Frühstück selbst mitgebracht und biss gerade in ein riesiges Fladenbrot-Sandwich mit gegrilltem Gemüse. Aela hatte die Beine über die Lehne des Sessels geworfen, in dem sie saß, und rauchte eine Zigarette. Eine Tasse mit dampfendem Kaffee stand neben ihr auf dem Boden. Auf ihrer Schulter saß Goliath, ihr kleiner Affe. Er hatte seinen Schwanz um ihren weißen Hals geschlungen und blickte Pia mit seinen menschenähnlichen Augen frech entgegen. Ilja saß wie immer in ihrem Lieblingssessel und lächelte den beiden Neuankömmlingen freundlich zu.

»Na endlich«, sagte Aela und legte den Kopf schief. »Wir dachten schon, jemand würde euch aus dem Bett zerren müssen.«

»Meine Schuld«, antwortete Pia. »Irgendwie komme ich heute nicht so richtig in Fahrt.«

Aela grinste breit. »Ach, wirklich? Das hörte sich letzte Nacht aber ganz anders an.«

Robin lachte beschämt, und Pia machte sich im Geiste eine Notiz, das nächste Mal leiser zu sein. Manchmal vergaß sie einfach, wie hellhörig der Hades war, vor allem nachts. Es war noch gar nicht lange her, da hätten Kommentare wie dieser ihr die Röte ins Gesicht steigen lassen, doch mit der Zeit hatte sie sich an Aelas Neckereien gewöhnt. Normalerweise wäre es nun an ihr gewesen, schlagfertig zu kontern, doch irgendwie fiel ihr heute nichts Passendes ein. Der Alptraum und die unerwünschten Gedanken an den Prophetensohn steckten ihr noch in den Knochen.

Aela hingegen dachte gar nicht daran, lockerzulassen: »Wenn ihr so weitermacht, dann habt ihr bald mit so einer Kinderschar zu kämpfen wie Sam und Lisa.«

Sam murmelte eine gespielt erboste Erwiderung, die jedoch vom Sandwich-Kauen verschluckt wurde.

»Setzt euch«, sagte Ilja und befreite Pia und Robin aus Aelas verbaler Kneifzange.

Sie nahmen in den weichen Polstern des alten Sofas Platz, und Robin warf ihr ein fast schon schüchternes Lächeln zu. Pia wusste genau, was es zu bedeuten hatte. Ihm würde es nichts ausmachen, wenn sie beim Sex unvorsichtig waren.

Früher wäre schwanger zu werden eine Horrorvorstellung für Pia gewesen. In ihrem Dorf in den Alpen war ein Kind zu bekommen wie ein lebenslanges Gefängnis. Doch hier im Hades waren Frauen und Männer gleichberechtigt. Kinder wurden von beiden Elternteilen gleichermaßen erzogen, sowie von der gesamten Gemeinschaft, die sich aktiv einbrachte. Und Robin wäre bestimmt ein sehr liebevoller Vater. Dennoch fühlte Pia sich noch nicht bereit für einen so großen Schritt. Außerdem genoss sie es viel zu sehr, die Fassaden der höchsten Häuser von MUC zu erklimmen.

Iljas ruhige, melodische Stimme holte Pia aus ihren Grübeleien und in die Gegenwart zurück. »Schön, dass ihr alle hier seid. Es gibt etwas Wichtiges zu besprechen.«

Der Ernst in ihrer Stimme ließ Robin den Gedanken laut aussprechen, der auch Pia im selben Moment durch den Kopf schoss. »Gibt es ein Problem?«

»Vielleicht«, sagte Ilja. »Wir sind noch nicht sicher, und genau das sollt ihr herausfinden. Aela.«

Aela drückte ihre Zigarette aus und griff das Wort ihrer Mutter auf. »Seit einigen Wochen schon mehren sich beunruhigende Berichte von der Oberfläche.«

Alle Blicke wandten sich ihr zu. Sam kaute gerade den Rest seines Sandwiches und rieb sich die Hände an seiner Hose ab. Aela gab Goliath einen leichten Stoß, ehe sie fortfuhr, und er ließ sich auf ihren Schoß plumpsen.

»Es herrscht eine sonderbare Unruhe in der Bevölkerung der Slums der Unterstadt. An manchen Tagen scheint es dort regelrecht zu brodeln. Etwas in dieser Art hat es noch nie gegeben, seit der alte Prophet die Macht in der Stadt übernommen hat.«

Pia hörte aufmerksam zu. Bisher war ihr noch nicht ganz klar, weshalb Unruhen in der Unterstadt Ilja und ihrer Tochter Sorge bereiteten.

»Zum ersten Mal zeigen sich viele Menschen offen unzufrieden mit dem Regime. Unsere Quellen von der Oberfläche berichten von unautorisierten Treffen, bei denen die ›göttliche Ordnung‹ MUCs offen angezweifelt wird. Die Menschen beginnen, Fragen zu stellen, die sie nicht sollten. Wir müssen herausfinden, woher das so plötzlich kommt.«

»Aber«, wandte Pia ein. »Ist das nicht etwas, worüber wir uns freuen sollten? Ich meine, das Regime des Propheten steht für alles, was wir im Hades ablehnen. Vielleicht wacht auch die Bevölkerung der Oberfläche endlich auf, und das ist der Beginn einer … einer Revolution?«

Sie hatte in einem von Iljas alten Büchern gelesen, dass in der Geschichte der Menschheit sogenannte »Revolutionen« immer wieder vorgekommen waren. Pia hatte es so verstanden, dass es in der menschlichen Natur lag, früher oder später gegen

Ungerechtigkeit und Unterdrückung aufzubegehren. Wenn die Bevölkerung endlich den Propheten satthatte, dann konnte das dem Hades doch nur gelegen kommen. Vielleicht konnte Ilja ihren Bruder als Anführerin ablösen und dann …

Doch Ilja schüttelte langsam den Kopf, ganz so, als hätte sie Pias Gedanken gelesen. »So einfach ist es leider nicht, Pia. Im Prinzip stimme ich dir natürlich zu. Niemand hier würde sich dem Volk von MUC in den Weg stellen wollen, wenn es die Kraft fände, sich gegen das Herrschaftssystem aufzulehnen. Doch so etwas muss von innen heraus geschehen. Wenn es von außen forciert wird, dann stecken erfahrungsgemäß andere Motive dahinter.«

Aela öffnete eine rot-weiße Schachtel aus der alten Zeit und zündete sich eine neue Zigarette an. »Mit anderen Worten, wir glauben, dass jemand bewusst versucht, Unruhe in die Bevölkerung zu bringen. Wenn das tatsächlich der Fall sein sollte, dann müssen wir denjenigen finden und in Erfahrung bringen, was genau er vorhat.«

»Aber wer sollte so etwas tun? Und warum?«, hakte Pia nach.

»Wir wissen es nicht«, erwiderte Ilja. »Aber wenn jemand versucht, einen gewaltsamen Umsturz herbeizuführen, dann kann das zu Chaos, Anarchie und Bürgerkrieg führen. Hunderte unschuldige Todesopfer könnten die Folge sein, vielleicht sogar mehr. Wir müssen wissen, woran wir sind, ehe wir uns für eine Seite entscheiden.«

»Manchmal ist das Übel, das man kennt, das kleinere Übel«, stimmte Robin zu.

»Okay«, meldete sich Sam, der bisher geschwiegen hatte, mit seiner bassigen Stimme zu Wort. »Wie gehen wir vor?«

Pia musste lächeln. Das war so typisch Sam. Pragmatisch und zielorientiert, kam er wie üblich ohne große Umschweife zum Punkt.

»Wir haben gehört, dass in der Unterstadt von ein paar Leuten, die wir nicht kennen, gezielt Gedankengut verbreitet wird, das den Propheten und MUCs System in Frage stellt. Es ist unwahrscheinlich, dass nach Jahrzehnten der systematischen Verdummung solche Ideen plötzlich von allein entstanden sind und zufällig die Runde machen.«

Pia überlief ein Schauer. »Ihr vermutet also, dass jemand von außerhalb MUCs versucht, einen Umsturz herbeizuführen?«

»Vielleicht«, sagte Ilja, und ihr Blick zeigte Pia, dass sie keine Sekunde bereute, sie in den engsten Kreis ihrer Leute aufgenommen zu haben. »Vielleicht versucht aber auch jemand, MUC zu destabilisieren. Wir müssen sichergehen, dass dem nicht so ist.«

»Aber, da draußen ist doch weit und breit nichts, oder?«, fragte Pia. »Nur Wildnis und ein paar kleine Siedlungen, die man schwer als Zivilisation bezeichnen kann … oder?«

Ilja blickte sie einen Moment lang direkt an, und in ihren ungewöhnlichen ausdrucksstarken Augen konnte Pia erkennen, dass sie Informationen hatte, die sie noch nicht bereit war zu teilen.

»Wir müssen sichergehen«, wiederholte sie, und Pia wusste, dass sie sich vorerst damit würde begnügen müssen. Doch ihre Neugier und Abenteuerlust waren geweckt.

»Wir mischen uns an der Oberfläche unters Volk, halten Augen und Ohren gezielt offen und versuchen, einen der Drahtzieher zu identifizieren.«

Sam nickte. »Und dann?«

Aela zwinkerte ihm zu. »Dann schnappen wir uns den Kerl und unterhalten uns ausgiebig mit ihm.«

3. Kapitel

Paul

Paul beobachtete, wie Pia und Robin Iljas Haus betraten, und lächelte. Manchmal konnte er noch immer nicht glauben, dass diese athletische junge Frau mit der eigenwilligen, asymmetrischen Frisur seine kleine Schwester war. Es kam ihm vor, als wäre es gestern gewesen, als sie ein kleines Mädchen mit aufgeweckten schwarzen Augen war, das mit ihm zusammen auf dem Schrottplatz vor dem Dorf Verstecken spielte. Wenn er daran dachte, meinte er regelrecht die frische Bergluft riechen zu können, mit ihrem unverwechselbaren Duft nach Wiesen, Blumen und Nadelhölzern. Manchmal vermisste er die Alpen – das Leben, das er dort führte, jedoch nie. Ebenso wenig wie er seinem »zweiten« Leben in der Hochstadt nachtrauerte.

Im Nachhinein war er Pia mehr als dankbar, dass sie plötzlich mitten in sein belangloses Dasein als Diener gestolpert war. Zunächst war er überrascht und erschrocken gewesen, denn er hatte nicht daran geglaubt, seine Schwester jemals wiederzusehen. Zwar hatte er sie vermisst und oft an sie gedacht, sich ausgemalt, wie es ihr wohl gehen mochte, doch es war ihm schnell klar gewesen, dass MUC kein Ort für seine kleine Pia war. Sie war unglücklich in ihrem Heimatdorf, das wusste er. Er hatte selbst die Enge und Verbohrtheit dort nicht mehr ausgehalten und war gegangen – aber wenigstens wusste er, dass seine Schwester dort in Sicherheit war. In MUC hätte er niemals dafür garantieren können. MUC war kein angenehmer Ort, das hatte er gleich nach seiner Ankunft festgestellt, aber für jemanden wie Pia, mit ihrer offensichtlichen Andersartigkeit, hätte es schnell die Hölle auf Erden werden können.

Nie hätte er gedacht, dass Pia seinen Schutz vielleicht gar nicht benötigte. Bis sie plötzlich vor ihm gestanden hatte, eine wunderschöne erwachsene Frau, mit einem entschlossenen Feuer in den Augen. Die Anlage dazu war schon immer da gewesen, denn schon als Kind war Pia sehr stur gewesen, wenn sie sich etwas in den Kopf gesetzt hatte. Außerdem war sie neugierig und geradezu furchtlos, vor allem, wenn es ums Klettern ging. Dennoch war Paul beinahe täglich aufs Neue erstaunt, wenn er sah, wie Pia sich entwickelt hatte. Sie hatte sich ganz allein bis nach MUC durchgeschlagen, hatte sich hier ein selbstbestimmtes Leben aufgebaut und wurde von allen im Hades geschätzt und gemocht, sogar so sehr, dass Ilja sie in den engsten Kreis ihrer Leute aufgenommen hatte.

Pia war etwas ganz Besonderes, und das nicht nur wegen ihrer schwarzen Haare. Jeder, der mit ihr zu tun hatte, wusste das. Paul war stolz auf sie und liebte sie von ganzem Herzen – auch wenn er sie an manchen Tagen am liebsten erwürgen wollte, wenn sie sich mal wieder zu stur gab oder partout nicht einsah, dass sie zu große Risiken einging.

Und dennoch. Paul wusste, dass er diesen Eigenschaften sein Leben verdankte. Und er würde es niemals vergessen.

Jemand stupste ihn an und riss ihn damit aus seinen Gedanken. Für einen Moment hatte Paul vergessen, wo er war.

»Du bist genau wie Pia«, sagte Nele und lachte. »Die verschwindet manchmal auch in ihrem eigenen Kopf.«

Die anderen Kinder sahen ihn mit erwartungsvollen Augen an, ein paar kicherten. Er fühlte sich ertappt, weil er in seinen Gedanken und Erinnerungen abgedriftet war, versuchte jedoch, es sich gegenüber den Kindern nicht anmerken zu lassen.

»Das stimmt«, gestand er. »Ich bin kurz in meinem eigenen

Kopf verschwunden, weil ich mich auf die schwierige Rechenaufgabe konzentrieren musste. Wer von euch hat die Lösung?«

»Ich, ich!«, rief Nele und hob ihren verstümmelten Arm in die Höhe, während sie aufgeregt von einem Bein aufs andere hüpfte.

»Dann schieß los«, sagte Paul.

»Zwölf!«

Er lächelte. »Richtig.«

Seine Aufgabe war es, den Kindern Schreiben und Rechnen beizubringen. Geschichte und Natur übernahm Ilja. Ihr Wissen war für die heutigen Maßstäbe gigantisch, und immer wenn Paul Gelegenheit hatte, ihr zuzuhören, lernte er selbst noch etwas dazu. Daher war er geschmeichelt, als Ilja ihn gebeten hatte, ihr mit dem Unterricht der Kinder auszuhelfen. Und das, obwohl er erst seit wenigen Monaten im Hades lebte. Nach Jahren als Diener in der Hochstadt, in denen er das Gefühl gehabt hatte, nicht mehr wert zu sein als ein Staubkorn unter den Füßen des Prophetensohns, tat es gut, Wertschätzung zu erfahren.

Ohne dass er es bemerkt hätte, beobachtete Ilja ihn bei seiner neuen Aufgabe genau, und ein paar Wochen später bot sie ihm an, bei ihr die Heilkunst zu erlernen, um eines Tages der Heiler der Gemeinschaft zu werden.

»Du hast eine schnelle Auffassungsgabe und Einfühlungsvermögen«, hatte sie zu ihm gesagt. »Ich kann dir zeigen, wie man in manchen Fällen dem Tod ein Schnippchen schlagen kann. Wenn du das willst.«

Und ob Paul wollte. Mit Elias war er häufig im Klinikum der Hochstadt gewesen, und was er dort beobachten und hören konnte, hatte ihn schon immer zutiefst fasziniert. Ilja hatte zwar nicht die technischen Möglichkeiten der dortigen Ärzte, aber ein Wissen, das dem ihren ebenbürtig war. Und sie war bereit, es mit ihm zu teilen.

Doch zunächst musste er das wenige Wissen, das er selbst besaß, mit den Kindern des Hades teilen.

»Mal sehen, ob ihr auch diese Aufgabe lösen könnt«, sagte er und schrieb eine simple Rechenaufgabe an die Tafel. Bestimmt wäre Nele wieder die Erste, die eine Antwort wusste, doch er musste auch den anderen Kindern eine Chance geben, sonst würden sie schnell die Motivation verlieren.

Nele war ein sehr aufgewecktes Mädchen, vor allem Rechnen fiel ihr leicht. Paul mochte sie sehr und konnte im Nachhinein gut verstehen, warum Pia Himmel und Hölle in Bewegung gesetzt hatte, um ihr Leben zu retten. Manchmal, wenn er abends im Bett lag, hatte er noch immer ein schlechtes Gewissen, dass er sich zunächst weigerte, Pia bei der Aktion zu helfen. Er war froh, dass er schließlich doch seinen Teil dazu beigetragen hatte, dass die Kleine noch hier war. Auch wenn er dafür selber beinahe mit dem Leben bezahlt hätte.

Als der Unterricht für heute zu Ende war, liefen die Kinder fröhlich zum unterirdischen Bach, um zu spielen. Paul holte sich einen Hagebuttentee aus der großen silberfarbenen Kanne der alten Zeit, die wie auf wunderbare Weise Getränke den ganzen Tag lang warm halten konnte und täglich für alle neu aufgefüllt wurde. Er setzte sich an einen der Tische und beobachtete von dort aus den Eingang zu Iljas Haus. Schließlich öffnete sich die Tür, und Robin und seine Schwester traten hinaus. Ihre Gesichter waren ernst, und sie unterhielten sich angeregt über etwas, das Paul nicht hören konnte. Auch auf die Entfernung hin konnte Paul jedoch deutlich das Glitzern in Pias Augen erkennen, das darauf hindeutete, dass sie voller Tatendrang und Abenteuerlust war. Wahrscheinlich hatte Ilja ihr eine neue Aufgabe übertragen, die ihren ganzen Wagemut erforderte. Paul schüttelte innerlich den Kopf über seine Schwester. Er wusste, dass es sinnlos war, ihr etwas ausreden zu wollen, zumindest wenn *er* es versuchte. Umso glücklicher war er, dass Pia Robin hatte, welcher der Besonnenere von beiden war und einen guten Einfluss auf sie besaß.

Paul war heilfroh, dass Pias Affäre mit Elias ein jähes Ende gefunden hatte, denn es war ihm von der ersten Minute an klar gewesen, dass es der Prophetensohn nicht ernst mit seiner Schwester meinte. Bei Robin jedoch konnte er sicher sein, dass er Pia aus tiefstem Herzen liebte. Er wünschte den beiden alles Glück der Welt.

Seine Augen folgten Pia und Robin für einen Moment, dann wandten sie sich zurück zum Eingang von Iljas Haus. Es waren nicht seine Schwester und ihr Freund, auf die er gewartet hatte.

Ein paar Minuten später erschien Aelas schlanke Silhouette in der Tür. Sofort begann Pauls Herz, wie wild in seiner Brust zu klopfen.

Am liebsten hätte er sich umgedreht und wäre in der Dunkelheit einer der Kammern der Zisterne verschwunden, doch er zwang sich, aufzustehen und auf Aela zuzugehen. Wenn er nicht sofort mit ihr sprach, würde ihn vielleicht der Mut verlassen.

»Hi«, sagte er, und seine Stimme war vor Nervosität so belegt, dass er sich räuspern musste.

Aela wandte den Kopf und sah ihn mit ihren wunderschönen, kristallklaren Augen an. Sie schien in Gedanken versunken gewesen zu sein und schenkte Paul ein schmales Lächeln, als sie ihn erkannte.

»Was gibt's, Paul?«

Er wusste sofort, dass der Zeitpunkt der falsche war. Was auch immer gerade in Iljas Haus besprochen worden war, es schien wichtig zu sein und beschäftigte Aela. Sie hatte keine Lust auf ein Gespräch mit ihm. Einen Moment zögerte Paul, ehe er etwas sagte. Vielleicht wäre es doch besser, die Angelegenheit aufzuschieben?

Du verschiebst diese »Angelegenheit« schon seit Tagen!, wies er sich dann jedoch zurecht. *Jetzt oder nie!*

Es stimmte. Die »Angelegenheit« fraß ihn auf. Er konnte sich kaum noch auf etwas anderes konzentrieren, fand nachts keinen Schlaf.

Aela betrachtete ihn prüfend, so dass er sich schließlich einen Ruck gab. »Können wir uns unterhalten?«

Sie schien einen Moment zu zögern, Paul konnte beim besten Willen nicht deuten, welche Gedanken und Emotionen sich hinter ihren einzigartigen Augen verbargen. Er rechnete schon damit, dass sie ihm eine Abfuhr erteilen würde, schließlich hatte sie Wichtigeres zu tun. Doch stattdessen nickte sie kaum merklich.

»Lass uns zum Wasserfall gehen.«

Sie drehte sich um und ging voraus, ganz wie es ihre Art war. Er folgte ihr und betrachtete dabei ihre feuerrote Irokesenfrisur, die einen Großteil ihres Kopfes freilegte. Sie hatte winzige Sommersprossen hinter den Ohren, und auf ihrer weißen Kopfhaut zeigten sich wieder erste rote Stoppeln. Aela rasierte sich den Schädel regelmäßig, wann immer sich erster Flaum bildete, um ihre ausgefallene Frisur aufrechtzuerhalten. Wahrscheinlich würden die winzigen Stoppeln niemandem auffallen, es sei denn, man betrachtete Aela so intensiv, wie Paul es immer tat.

Selbst ihr schmaler Rücken entzückte ihn und wie fließend sie ihre Schultern beim Gehen bewegte. Sie glich immer einer Katze auf Beutezug, wenn sie fast geräuschlos einen Fuß vor den anderen setzte.

Er war so vertieft in ihre Rückenansicht, dass er beinahe mit ihr zusammenstieß, als sie sich ruckartig zu ihm drehte. Hinter ihr plätscherte der unterirdische Wasserfall. Paul hatte gar nicht bemerkt, dass sie bereits so weit gegangen waren.

»Nun?«, fragte sie. »Worüber möchtest du reden?«

Erneut musste er seinen ganzen Mut zusammennehmen und

hasste sich im selben Moment dafür, dass er sich so anstellte. Das Dasein als Diener war ihm in der langen Zeit in der Hochstadt so in Fleisch und Blut übergegangen, dass es ihm manchmal noch immer schwerfiel, die alten Gewohnheiten abzuschütteln. Wie sollte Aela jemanden wie ihn jemals schätzen können?

»Über … uns«, sagte er schließlich.

Aelas Gesichtsausdruck veränderte sich nicht, doch Paul konnte deutlich erkennen, dass sich ihre Pupillen für einen Moment weiteten. *»Uns?«*

Er riss sich mit aller Kraft zusammen, um nicht einzuknicken. Mist, das lief gar nicht so, wie er es sich gewünscht und in seinen schlaflosen Nächten ausgemalt hatte.

»Du weißt schon … die Nacht nach der Party.«

Schon als Paul Aela das erste Mal sah, war er wie berauscht von ihrer Erscheinung. Auch wenn viele Erinnerungen aus den Tagen um seine Verhaftung, Einkerkerung und Folter nur noch blass und verschwommen waren, diese eine war so kristallklar wie Aelas Augen.

Es war dunkel, es stank, und er hatte Schmerzen. Aus einer Zelle in seiner Nähe ertönte ein herzerweichendes Schluchzen, irgendwo weiter weg stöhnte jemand vor Schmerz. Das tat er schon, seit Paul verprügelt und eingesperrt worden war, und er nahm an, dass der Unglückliche bald sterben würde.

Paul wusste nicht, ob er dankbar dafür sein sollte, dass ihm so ein Schicksal erspart bleiben würde. Man würde ihn sofort hinrichten, daran hatten die Wächter keinen Zweifel gelassen. Als er Schritte hörte und die Tür zu seiner Zelle aufgeschlossen wurde, war er sich sicher, dass es nun so weit war. Sie waren gekommen, um ihn abzuholen.

Doch es geschah etwas ganz Unglaubliches. Der Wächter, der sich über ihn beugte, war niemand anderes als seine

Schwester. Paul konnte zunächst gar nicht glauben, dass sie es wirklich war und nicht nur ein Traum. Niemand war jemals zuvor aus dem Gasteig befreit worden.

»Wir sind gekommen, um dich hier rauszuholen«, hörte er Pia flüstern, und erst als sie begann, ihm die Fesseln abzunehmen, begriff er, dass sie es wirklich war.

»Wir?«, fragte er schwach.

»Die Kavallerie«, antwortete eine unbekannte Stimme.

Paul hob den Blick und erkannte, dass zwei weitere als Wächter verkleidete Gestalten in der Tür standen. Eine davon war eine Frau. Sie war sehr schlank und groß – größer als so mancher Mann und auch ein paar Zentimeter größer als er selbst, wie sich später herausstellen würde. Sie hatte ihre Kapuze abgelegt, und er konnte ihr Gesicht sehen, das schmal und markant war und von einer ungewöhnlichen Schönheit, fernab jeden Ideals und deswegen einzigartig. Das Licht der Fackeln auf dem Gang spiegelte sich in ihren Augen, die in der Dunkelheit förmlich zu glühen schienen wie die eines Raubtiers. Paul hatte keine Ahnung, wer diese Frau war, die gemeinsam mit seiner Schwester hier war, um sein Leben zu retten, aber er wusste sofort, dass sie keineswegs übertrieb, wenn sie sich als Kavallerie bezeichnete. In diesem Moment war sie für ihn die Verkörperung einer antiken Kriegsgöttin.

Später, als er im Hades in Sicherheit war, konnte er nur schwer die Augen von ihr abwenden. Und daran hatte sich bis heute nichts geändert.

Wann immer er konnte, suchte Paul Aelas Nähe, doch sie interessierte sich nicht besonders für ihn. Immerhin war sie die Tochter der Anführerin des Hades und deren rechte Hand, er hingegen nur ein ehemaliger Diener aus der Hochstadt. Es war ihm schmerzhaft bewusst, dass er nur deshalb in die Gemeinschaft aufgenommen worden war, weil er Pias Bruder war. Seine Schwester wurde nach Neles Rettung von allen fast so sehr verehrt wie Aela selbst. Die beiden waren eng befreundet, und Paul konnte nicht anders, als manchmal eifersüchtig auf Pia zu sein.

Der Wendepunkt war dann gekommen, als Ilja seine Talente erkannt hatte. Aela schien ihn nun mit anderen Augen zu sehen und schenkte ihm mehr Aufmerksamkeit als zuvor.

Vor zehn Tagen wurde dann ein Fest gefeiert, Paul wusste gar nicht mehr, wieso, denn die Hadesbewohner brauchten keinen triftigen Grund, um zu feiern. Aela war angetrunken und ungewohnt ausgelassen gewesen. Und plötzlich war sie neben ihm gestanden, die unerreichbare Kriegsgöttin, der er sein Leben verdankte. Sie hatte ihn angelächelt, und mit einem Mal war das Eis geschmolzen, das normalerweise ihre Augen zu bedecken schien. Paul sah Wärme darin. Und Feuer.

Wenig später fand er sich in ihrer Hütte wieder, die geschmackvoll und erstaunlich gemütlich eingerichtet war. Sie sagte nicht viel, kam gleich zur Sache, und ehe Paul so richtig begreifen konnte, wie ihm geschah, lagen sie beide nackt in Aelas Bett.

Es war nicht das erste Mal für ihn, doch die Nacht mit Aela ließ ihn schlagartig all seine bisherigen erotischen Erlebnisse vergessen. Seiner Göttin so nahe zu sein, ihren Körper an seinem zu spüren und überall berühren zu können, war so wundervoll gewesen, dass ihn allein der Gedanke daran jederzeit in Ekstase versetzen konnte. Wie nicht anders von ihr zu erwarten, gab sie auch im Bett den Ton an, doch sie war gleichzeitig auch sehr sanft und zärtlich. Von der ersten bis zur letzten Sekunde ihres Liebesspiels, von dem Paul im Nachhinein gar nicht mehr sagen konnte, wie viele Stunden es gedauert hatte, spürte er eine Innigkeit und Intensität wie noch nie zuvor in seinem Leben.

Als sie schließlich fertig waren und erschöpft nebeneinanderlagen, betrachtete er entzückt ihren nackten Körper, während sie zufrieden lächelnd eine Zigarette rauchte.

Sie war sehr schlank und hatte fast keine weiblichen Rundungen, doch das störte Paul nicht im Geringsten. Ihre Brüste waren klein, doch in seinen Augen perfekt, ihr flacher Bauch muskulös, die Hüften so schmal wie bei einem Knaben, ihr Schamhaar feuerrot. Doch am schönsten war ihr Gesicht, das entspannt und mädchenhaft wirkte, während ihre einzigartigen Augen von einem warmen Glanz erfüllt wurden. Er hatte es zuvor schon gefühlt, doch in diesem Moment wusste Paul, dass er diese Frau liebte und immer lieben würde.

Sie unterhielten sich noch eine Weile, scherzten, lachten. Als Paul schließlich an ihrer Seite einschlief, war er glücklich wie nie.

Doch als er am nächsten Morgen erwachte, war Aela nicht mehr da. Verwirrt suchte er seine Sachen zusammen, die überall verstreut lagen, und machte sich auf die Suche nach ihr. Er fand sie schließlich mit Sam und ein paar anderen auf dem Hauptplatz beim Frühstück. Als er sich ihr näherte, benahm sie sich wieder so unnahbar wie immer, ganz so, als wäre nie etwas zwischen ihnen gewesen. Paul verstand die Welt nicht mehr.

Es dauerte ein paar Tage, bis er schließlich den Mut fand, sie auf die »Angelegenheit« anzusprechen.

Einen endlos langen Moment sagte Aela nichts, und auch im Hades schien es ungewöhnlich still zu sein. Alles, was Paul hören konnte, war das gleichmäßige Plätschern des Wasserfalls.

»Paul«, sagte sie schließlich mit sanfter und doch bestimmter Stimme. »Ich dachte, die Dinge zwischen uns seien klar.«

Er schwieg, sah sie nur an, während er langsam begriff, was sie gleich sagen würde.

»Ich mag dich«, fuhr sie fort. »Du siehst gut aus, und der Sex mit dir war heiß. Aber mehr war da auch nicht: nur Sex, verstehst du? Es tut mir leid, wenn du das anders gesehen hast. Ich bin nicht an Beziehungen interessiert. Aber vielleicht können wir bei Gelegenheit wieder Spaß zusammen haben, was meinst du?«

Paul schluckte. Er fühlte sich wie betäubt, gleichzeitig schwach und kindisch. Was hatte er sich bloß gedacht?

Aela sah ihn erwartungsvoll an, und Paul zwang sich, den Mund zu öffnen und ihr zu antworten. »Natürlich. Warum nicht? Ich sehe das genauso wie du.«

Aela lächelte. »Wunderbar! Ich muss jetzt los, an die Oberfläche. Nichts für ungut!«

Sie klopfte ihm kameradschaftlich auf die Schulter und ließ ihn allein an dem unterirdischen Bach stehen.

Als er ihr nachsah, löste sich seine Betäubung auf und machte Leere und Traurigkeit Platz. Er kam sich vor wie der letzte Idiot.

Dann holte er tief Luft und starrte eine Weile in das dunkle Wasser. Es hatte sich nichts an seinen Gefühlen für Aela geändert, auch wenn diese sie nicht erwiderte. Er liebte sie.

Und er dachte nicht daran, aufzugeben.

4. Kapitel

Sehnsucht

Elias fühlte sich rastlos. Wieder einmal. Er schritt in seiner luxuriösen Wohnung auf und ab und überlegte, ob er sich zu dieser frühen Stunde schon einen Drink genehmigen sollte. Schließlich entschied er sich dagegen. Sich zu betrinken, brachte ihn nicht weiter, das hatte er schon mehr als einmal ausprobiert. Alles, was ihn am nächsten Morgen erwarten würde, war ein schlimmer Kater – und die allgegenwärtige Leere.

Nein, er musste sich irgendwie beschäftigen, seinem Dasein einen Sinn verleihen. Früher war er mit dem hedonistischen Lebenswandel der Prophetensöhne mehr als zufrieden gewesen. Schließlich konnte er alles haben, was er sich nur wünschte. Sein tägliches Leben war etwas, wovon die durchschnittlichen Bewohner MUCs nicht einmal träumen konnten, weil es ihre Vorstellung übertraf, dass so ein Dasein überhaupt möglich war. Doch jetzt fühlte es sich für Elias so an, als würde er in einen glänzenden tiefroten Apfel beißen, der bei näherem Hinsehen voller Maden war.

Nachdem er eine Weile aus dem Fenster gestarrt hatte, rief er nach seinem persönlichen Sekretär und befahl ihm, die beiden Wächter holen zu lassen. Er musste hier raus, sonst würde er platzen. Der neue Diener machte seine Sache gut, er war stets bemüht, zuverlässig und höflich. Aber er war nicht Paul. Elias hätte es früher nie für möglich gehalten, aber nun, da er nicht mehr da war, vermisste er Paul. Es war ihm gar nicht klar gewesen, dass er immer viel mehr gewesen war als nur sein Diener und Sekretär. Er war jemand, dem Elias vertrauen, mit dem er seine Gedanken teilen konnte. Lange Zeit hatte er es sich nicht eingestehen wollen, doch jetzt wusste er, dass Paul nicht nur seinen Job gemacht hatte, sondern auch ein Freund gewesen war. Nun war Elias in seinem Elfenbeinturm allein.

Er ging ins Schlafzimmer und begann sich anzukleiden. Die Sachen, die er ausgewählt hatte, waren etwas zerschlissen und entsprachen gar nicht dem extravaganten Stil, den er sonst bevorzugte. Er zog eine blaue abgewetzte Jeans an sowie ein T-Shirt aus der alten Zeit, das vielleicht einmal schwarz gewesen war, nun jedoch nur noch die Farbe eines dunklen Winterhimmels hatte. Ein paar Fäden standen am Kragen ab. Er trat zum großen Spiegel mit dem Silberrahmen neben seinem Bett und betrachtete sich zufrieden. Wenn er jetzt noch seine glatten Haare verstrubbelte und ins Gesicht hängen ließ, war er kaum wiederzuerkennen. Gut so.

Vorsichtig fuhr er sich mit dem Finger über seine Nase. Sie war ein wenig schief und hatte einen kleinen Buckel, seitdem sie gebrochen worden war. Linus hatte angeboten, sie einen seiner besten Ärzte richten zu lassen, doch Elias hatte abgelehnt. Nachdem sie vollständig verheilt war und er sich an ihren Anblick gewöhnt hatte, gefiel ihm seine neue Nase irgendwie. Sie ließ ihn maskuliner und etwas verwegen erscheinen. Außerdem erinnerte sie ihn jeden Morgen, wenn er in den Spiegel blickte, daran, was geschehen war. Und dass er es verdient hatte.

Erstaunlicherweise fanden ihn die Frauen mit seiner neuen Nase noch attraktiver. Aber das war bedeutungslos.

Er betrachtete sein großes leeres Bett. Sechs Wochen war es her, dass er zum letzten Mal eine Frau darin gehabt hatte. Sie war eigentlich noch ein Mädchen gewesen, siebzehn oder achtzehn Jahre alt, mit lockigen rotblonden Haaren und zarten Sommersprossen im Gesicht. Ein wirklich schönes, junges Mädchen, das mit Freude alles getan hatte, was er von ihr wollte. Früher hätte er sie mit vollen Sinnen genossen, doch jetzt war alles anders. Wie sehr sie sich auch bemühte, sie vermochte eines nicht: die erbarmungslose Leere in ihm zu füllen.

Als er sie beim Schlafen in seinem Bett beobachtete, nackt und atemberaubend schön, war ihm das klargeworden. Er hatte das Mädchen weggeschickt und seitdem kein Interesse mehr daran gehabt, ein anderes zu sehen. Denn keine von ihnen war so wie Pia.

Egal, wie sehr er sich bemüht hatte, sich abzulenken, mit Alkohol oder bedeutungslosem Sex, er konnte Pia einfach nicht vergessen. Und dass er der größte Vollidiot auf Erden war.

Er schloss die Augen und sah sie sofort so deutlich vor sich, als stünde sie direkt vor ihm. Ihr wunderschönes Gesicht mit den großen, dunkelbraunen, ausdrucksstarken Augen, die fast schon schwarz wirkten und wie Kohlestückchen brannten, wenn sie begeistert oder aufgeregt war. Der Duft ihrer einzigartigen schwarzen Haare, von denen er nie genug bekommen konnte. Ihr athletischer Körper, den sie mit solcher Leidenschaft an ihn gepresst hatte. Der Geschmack ihrer weichen Lippen, wenn sie ihn küsste. Ihr scharfer Verstand, der dem seinen ebenbürtig war, ihre schnelle Auffassungsgabe und ihr eiserner Wille. Gleichzeitig besaß sie die Fähigkeit, sich wie ein Kind für Kleinigkeiten zu begeistern, die für ihn bis dato selbstverständlich gewesen waren.

Je mehr Zeit verging, desto weniger konnte Elias verstehen, wie er es hatte zulassen können, sie zu verlieren. Pia war einzigartig, die größte Kostbarkeit seines Lebens. Er hatte sie geliebt, obwohl ihre Beziehung nur sehr kurz gedauert hatte, das wusste er jetzt. Und wenn er ehrlich zu sich selber war, dann musste er sich eingestehen, dass er sie noch immer liebte.

Und anstatt sie festzuhalten, zu beschützen und alles zu tun, damit sie glücklich war, damit ihre warmen Augen strahlten, hatte er sie von sich weggestoßen. Und nicht nur das. Er hatte sie verraten und verkauft, als sie um seine Hilfe bat. Er hatte nicht den Mut gehabt, seinem Vater die Stirn zu bieten, als Pia ihn anflehte.

Was er getan hatte, war durch nichts zu rechtfertigen, und er war sich sicher, dass er es sein Leben lang nicht vergessen würde. Dafür würde allein schon der Anblick seiner Nase sorgen, die Pia ihm völlig zu Recht gebrochen hatte.

Einen Augenblick lang ertappte er sich bei dem Gedanken, ob sie ihn wohl mit diesem imperfekten Gesicht noch attraktiv finden würde, doch gleichzeitig hätte er sich deswegen am liebsten geohrfeigt. Sie war weg. Sie hasste ihn. Und es gab nichts, das daran etwas ändern konnte.

Fast schon fluchtartig verließ Elias seine Wohnung. Er konnte es nicht ertragen, dort, wo ihn alles an sie erinnerte, mit seinen Gedanken allein zu sein. Die zwei Wächter warteten bereits auf ihn.

Das Erste, das ihm stets auffiel, war die stickige Luft. Es war erstaunlich, dass diesbezüglich so ein großer Unterschied zur Hochstadt bestand. Es roch nach den allgegenwärtigen Holz- und Kohlefeuern, nach Abwasser, feuchten Wänden und ungewaschenen Körpern. Früher hatte ihn das angeekelt, doch mittlerweile nahm er alles mit Interesse in sich auf. Flankiert von den beiden Wächtern schritt Elias an einem alten Tor vorbei und dann die Straße entlang, die zum großen Marktplatz der Unterstadt führte. Von dort aus wollte er heute nach Norden in Richtung des alten Universitätsviertels.

Bis vor wenigen Wochen war er so gut wie nie in der Unterstadt gewesen, nun zog es ihn fast täglich dorthin. Als er glaubte, vor Sehnsucht und Reue den Verstand verlieren zu müssen, wenn er weiter so in den Tag hineinlebte, wie sein ganzes bisheriges Leben lang, war er plötzlich auf diese Idee gekommen. Seinem Vater erzählte er, er wolle die Unterstadt aus soziologisch-wissenschaftlichem Grund untersuchen, als er um zwei

Wächter als Begleitschutz bat. Der Prophet war erfreut darüber gewesen, dass sein Sohn Interesse zeigte. Auch wenn es nahezu ausgeschlossen war, dass er seinen Vater jemals in dessen Funktion beerbte – da waren fünf ältere Brüder, die näher am Thron waren als er –, so war es dem Propheten wichtig, dass auch seine anderen Söhne hohe Ämter in der Administration bekleideten. Elias hatte bislang leider wenig Interesse an Herrschaftsfragen und Politik gezeigt. Wenn sich das nun ändern sollte, war das seinem Vater mehr als recht.

Schon am nächsten Morgen standen die ihm zugeteilten Wächter vor seiner Wohnung, bereit, allen Befehlen zu gehorchen, die er an sie stellte. Als Erstes hatte Elias ihnen aufgetragen, ihre Kutten abzulegen und sich zivile Kleidung zu besorgen, wie sie von durchschnittlichen Bürgern der Unterstadt getragen wurde. Es war ihm klar, dass es zu gefährlich war, sich allein in manche Gegenden der Stadt zu begeben, weshalb er sich die Eskorte organisiert hatte. Trotzdem wollte er nicht auffallen, wenn er in die Unterstadt ging. Sein Plan war es, sich unters Volk zu mischen und so zu tun, als wäre er einer von ihnen. Er wollte lernen, wie sie lebten, was sie dachten und fühlten. Mit zwei Wächtern im Schlepptau wäre das kaum möglich gewesen.

Manchmal musste er schmunzeln, wenn er getarnt mit seinen beiden Begleitern durch die Straßen von MUC schlenderte. Pia und ihre Freunde hatten Wächterkutten benutzt, um sich unerkannt in die Hochstadt zu schleichen. Seine Wächter und er legten ihre täglichen Kleider ab, um sich unerkannt durch die Unterstadt zu bewegen.

Es funktionierte erstaunlich gut. Niemand vermutete in dem jungen Mann mit den speckigen Haaren und abgetragenen Sachen einen Sohn des Propheten. Und auch Dennis und Ed, so hießen seine zwei Beschützer, spielten ihre Rollen überzeugend. So konnte Elias unbehelligt durch die Unterstadt wandern und sie und ihre Bewohner studieren. Aber wissenschaftliche Neugier war natürlich nicht der wahre Grund für seine Ausflüge. Jedes Mal, wenn er dort unterwegs war, erfüllte ihn die Hoffnung, Pia zu begegnen. Er wusste, dass es unwahrscheinlich war, und selbst wenn, so würde sie ihm wahrscheinlich zur Begrüßung erneut die Nase brechen. Doch das nahm er in Kauf. Er konnte nicht anders.

Wenn sie mit Leuten ins Gespräch kamen, gab Elias die Wächter meist als seine Brüder aus, denn mit der Zeit hatte er begonnen, ein fast schon freundschaftliches Verhältnis mit seiner Entourage zu pflegen. Er fragte Dennis und Ed oft nach ihren Leben und ihrer Sicht auf tägliche Dinge. Was er zu hören bekam, erstaunte ihn. Es war absurd, aber bisher waren Wächter ihm nicht wirklich als Menschen erschienen – sie waren einfach da, allgegenwärtig in der Hochstadt, stumm und ohne Persönlichkeit. Fast wie Gebrauchsgegenstände, die ihm und seiner Familie zur Verfügung standen. Er schämte sich dafür, dass es so lange gedauert hatte, bis er die Menschen hinter den Wächterkutten erkennen konnte. Mit Namen, Gedanken und Gefühlen. Sie waren Menschen, genau wie auch er einer war. Und je mehr Zeit Elias mit ihnen verbrachte, desto deutlicher wurde es, dass sie mehr gemeinsam hatten, als er jemals für möglich gehalten hatte.

Außer ihrer besinnungslosen Hingabe an den Propheten und den fast schon naiven Glauben an Gott, dem sie dienten, indem sie dem Propheten dienten. Aber dafür konnten sie schließlich nichts. Wächter wurden bereits als Kinder von ihren Familien getrennt und ausgebildet. Ihre unerschütterliche Treue und Hingabe wurde ihnen so tief eingepflanzt, dass es schier unmöglich war, dass sie je davon abwichen. Das machte die Wächter so effektiv – und gleichzeitig gefährlich für die Feinde des Propheten.

Elias schämte sich nicht nur dafür, dass er sein Leben lang die Wächter nicht beachtet hatte. Er konnte auch nicht verstehen, wie er sechsundzwanzig Jahre alt hatte werden können, ohne sich jemals für das Leben außerhalb der Hochstadt zu interessieren. Die Unterstadt war zum Teil chaotisch und gefährlich, sie war dreckig, und sie stank. Doch da war auch so viel Leben, sie schien regelrecht zu pulsieren, während sich in ihren Straßen Freude, Trauer, Leid und Glück vermischten. Die Menschen hier waren arm und ungebildet, ihre Vorstellungen über Gott und die Welt waren zum Teil haarsträubend naiv – und doch waren sie Menschen, mit Gefühlen und Bedürfnissen. Sie träumten, hofften, liebten, hassten und kämpften jeden Tag aufs Neue ums Überleben, in einer rauhen, erbarmungslosen Welt. Von Tag zu Tag fragte sich Elias mehr, wer ihm und den anderen Bewohnern der Hochstadt das Recht gab, sich überlegen zu fühlen. Ging nicht ihr luxuriöses Leben auf Kosten der bitterarmen Mehrheit der Bewohner MUCs? Womit ließ sich das rechtfertigen? Weder Religion noch Wissenschaft konnten ihm die Antwort darauf geben.

Manchmal wünschte er sich, er könnte all diese Gedanken und Zweifel hinter sich lassen, die mit der Leere gekommen waren, doch er wusste, dass es unmöglich war. Er hatte sich unwiederbringlich verändert. Pia hatte ihn verändert.

Sie hatte sein Herz berührt und dort etwas gepflanzt, das für immer Teil seiner selbst bleiben würde. Er wünschte nur, das alles wäre ihm bereits klargeworden, bevor er sie von sich weggestoßen hatte.

Elias und seine Begleiter ließen den Marienplatz hinter sich und bogen in eine relativ gut erhaltene Straße ein. Er wusste, dass diese in der alten Zeit gesäumt war von Geschäften, die Luxusgüter anboten, von denen die heutigen Menschen, selbst in der Hochstadt, nicht zu träumen wagten. Heute hatten sich weitgehend Handwerker in den Läden niedergelassen. Es gab Bäcker, Tischler, Schneider, Schuster und sogar eine Färberei. Wer sich keine Sachen aus der alten Zeit leisten konnte, kaufte hier ein.

Je weiter man sich vom Marktplatz entfernte, desto schäbiger wurde alles. Die historisch anmutenden Häuser waren heruntergekommen und von Ranken und Efeu überwuchert. Überall bröckelte Putz, die meisten Fensterscheiben waren zerbrochen. Sie passierten eine alte Kirche auf der linken Seite, die sicher einmal wunderschön gewesen war, ehe man sie nach dem großen Sterben komplett geplündert hatte. Nun wohnten Obdachlose darin, und es stank durch die weit geöffneten Flügeltüren erbärmlich nach Urin. Die Kirche lag direkt an einem großen Platz, dessen Pflastersteine von Gras und Moos bedeckt waren. Ein paar Birken und eine Kastanie hatten es im Laufe der Zeit geschafft, hier Wurzeln zu schlagen, die Westseite war fast völlig von dornigen Sträuchern bedeckt. Auf einem früheren Streifzug hatte Elias hier ein Haus entdeckt, das noch sehr gut erhaltene, wunderschöne Wandmalereien besaß. Doch das war heute nicht sein Ziel. Er wollte weiter nach Norden, in die Slums nahe den Barrikaden des nördlichen Randes von MUC.

Einen Moment lang blieb Elias stehen und betrachtete die Sicht, die sich ihm von hier aus bot. Eine breite Straße, dic früher einmal wahrscheinlich in jede Richtung zwei bis drei Spuren für Fahrzeuge geboten hatte, führte von dem Platz aus gerade nach Norden. Trotz aller Zerstörung und dem üppigen Pflanzenwuchs strahlten die alten Häuser, die die Straße links und rechts säumten, eine stille Würde und Erhabenheit aus. Etwa einen Kilometer entfernt konnte Elias einen steinernen Torbogen erkennen. Dahinter ging die Stadt noch etwa einen weiteren Kilometer weiter, doch bisher war Elias noch nie dort gewesen.

Er meinte, einmal gelesen zu haben, dass das dreifach geschwungene Tor in der alten Zeit »Siegestor« genannt worden war. An welchen Sieg es erinnern sollte, wusste er nicht, denn seine Geschichtskenntnisse reichten nicht so weit. Er hatte sich bisher eher für Naturwissenschaften interessiert als für Geschichte, Architektur und Kunst. Ein großer Fehler, wie er nun immer wieder feststellte. Das alte München musste voller wunderschöner Bauwerke gewesen sein.

Während er und seine Begleiter langsam näher kamen, konnte Elias immerhin erkennen, dass das Siegestor mindestens dreihundert Jahre alt sein durfte. Die filigrane, geschwungene Architektur war nicht mit jener vergleichbar, die aus der Epoche stammte, die allgemein als »die alte Zeit« bezeichnet wurde.

Der Asphalt der alten Prachtstraße war an vielen Stellen rissig oder gewellt, Büsche und Brennnesseln hatten sich in den zahlreichen Löchern niedergelassen. Ohne es zu wollen, spürte Elias einen kleinen Stich im Herzen, je weiter sie vorankamen. Es war ein Jammer, dass so große Teile der Stadt dem Verfall preisgegeben waren. Seit er in der Unterstadt herumstreifte, fragte er sich immer wieder, was man dagegen unternehmen konnte. War es nicht ein Teil des kulturellen Erbes der Bewohner von MUC, der unwiederbringlich verlorenging? Warum interessierte das niemanden außer ihn?

Er wusste keine Antwort darauf, außer dass die Menschen der Unterstadt zu ungebildet und zu arm waren, um sich um solche Dinge zu sorgen. Und das wiederum war nicht nur ihr eigenes Verschulden, sondern wurde von den Mächten der Hochstadt – denen auch er angehörte, ob er es wollte oder nicht – forciert. Wäre es nicht die Aufgabe des Propheten, der der alleinige Herrscher der Stadt war, sich um die Belange all seiner Bürger zu kümmern? Früher war Elias überzeugt davon gewesen, dass sein Vater recht hatte und es keine andere Möglichkeit gab, als die Mehrheit der Menschen zu manipulieren und mit Hilfe von Angst klein zu halten, weil sie sich sonst gegenseitig die Köpfe einschlagen würden. Und doch waren die politischen Systeme der alten Zeit anders gewesen, und es hatte trotzdem funktioniert. So gut, dass die Menschheit eine unbeschreibliche Hochkultur hervorgebracht hatte. Oder aber, und dieser Gedanke beunruhigte Elias am meisten, die menschliche Gesellschaft hatte schon immer so funktioniert, dass einige wenige die Mehrheit manipulierten und beherrschten. Nur dass die Menschen der alten Zeit auch das so weit perfektioniert hatten, dass die meisten nicht einmal bemerkt hatten, dass es so war. Sein Großvater war dieser Meinung gewesen und hatte mit diesem Argument den eigenen Herrschaftsanspruch unterstrichen.

Elias nahm sich vor, von nun an öfter die Bibliothek in den Kellern des Klinikums aufzusuchen, um mehr über die Gesellschaft der alten Zeit herauszufinden. Auch wenn die Systeme der alten Zeit vielleicht nicht die strahlenden Vorbilder waren, die sie sein sollten, so hatte es bestimmt in früheren Jahrhunderten schon Denker gegeben, die dieselben Zweifel geplagt hatten wie ihn jetzt. Und diese hatten vielleicht Alternativen entwickelt, Antworten hinterlassen, die auch heute noch Gültigkeit hatten.

Nach ein paar Minuten erreichten sie die Gebäude der ehemaligen Universität.

Wieder dieser Stich des Bedauerns. Es war kaum vorstellbar, dass vor hundert Jahren Tausende junger Menschen an diesem Ort die unterschiedlichsten Wissenschaften studiert hatten. Heute war davon nichts mehr übrig. Die imposanten dreihundert Jahre alten Gebäude der Universität waren völlig verwahrlost und dienten als Massenunterkunft. Niemand wusste genau, wie viele Familien hier tatsächlich lebten. Etliche davon waren illegal in die Stadt gekommen. Manche Bewohner arbeiteten als Tagelöhner auf den Äckern und Feldern im E-Garten, wovon jedoch die Mehrheit lebte, konnte Elias sich nicht vorstellen.

Überall lag Abfall herum. Verwahrloste Kinder spielten im Dreck. Ein vielleicht vierjähriger Junge mit rotblonden Haaren grinste Elias frech zu, als er mit seinen Freunden an ihm vorbeirannte. Sein Gesicht war schmutzig und die Zähne in seinem Mund nur noch schwarze Stumpen.

Er bemerkte die leichte Anspannung, die sich bei seinen Bewachern breitmachte. Dennis griff instinktiv nach seiner Waffe, die er unter einem knittrigen Sweater versteckt hatte. Die Universität war eine jener Gegenden, die die Wächter normalerweise mieden. Die Menschen hier wurden weitgehend sich selbst überlassen, und in den heruntergekommenen Gebäuden herrschte Anarchie. Elias warf den beiden Wächtern einen beruhigenden und leicht mahnenden Blick zu. Bisher waren sie noch kein einziges Mal in Schwierigkeiten geraten, und er glaubte nicht, dass es heute anders sein würde. Auch ohne ihre Kutten und sichtbaren Schusswaffen waren Dennis und Ed Gestalten, mit denen sich niemand leichtfertig anlegte. Sie waren groß, mit breiten Schultern und großen Händen, ihre Augen waren stets wachsam und misstrauisch. Im Vergleich zu ihnen wirkte Elias viel kleiner und jünger, als er eigentlich war.

Sie folgten weiter der breiten Straße, als Elias nach etwa hundert Metern eine Menschentraube entdeckte, die sich um die Stufen eines Gebäudes gebildet hatte. Es war früher einmal eine riesige Bibliothek gewesen, falls er sich richtig an die alten Stadtpläne erinnerte, die er ausgiebig studiert hatte, bevor sie aufgebrochen waren.

Oben an der Treppe, vor dem geschwungenen Eingang, der irgendwann verbarrikadiert worden war, saßen vier antik anmutende Statuen. Sie zeigten alte Männer mit Bärten, die seit Jahrhunderten in erhabenen Haltungen in ihren steinernen Stühlen saßen und auf den ehemaligen Ort des Wissens blickten, der nun ein Zuhause des Unwissens geworden war. Jemand hatte es wohl lustig gefunden, zweien der Statuen die Köpfe abzuschlagen, denn von ihnen fehlte jede Spur. Die Gesichter und Körper der verbliebenen Gelehrten waren mit vulgären Kritzeleien bedeckt. Einer der Statuen hatte man vier Finger abgerissen, so dass nur noch der mittlere übrig war und in einer Geste hochragte, die der Erschaffer der Statuen bestimmt nicht so vorgesehen hatte.

Zwischen den steinernen Gestalten stand ein Mann und redete auf die Menge ein, die sich zahlreich zu seinen Füßen versammelt hatte. Die Menschen schienen über irgendetwas, das der Mann sprach, erregt zu sein.

Zielstrebig ging Elias auf die Versammlung zu, doch Dennis stoppte ihn sanft mit seinem muskulösen Arm.

»Das ist eine illegale Versammlung«, flüsterte er. »Wir wissen nicht, was uns hier erwartet. Es wäre ratsam, umzukehren.«

Doch Elias wollte nichts davon wissen. Er schüttelte den Arm ab und ging weiter. Seine Neugier war geweckt. Versammlungen in so großem Umfang waren tatsächlich in MUC verboten, es sei denn, sie wurden vom Palast organisiert. Elias wollte wissen, was die Menschen dazu bewegte, sich dieser Regel zu widersetzen und einer illegalen Kundgebung beizuwohnen.

Der Redner war ein drahtiger Mann in den späten Zwanzigern, mit einem schmalen Gesicht, blassroten Haaren und wulstigen Lippen. Seine Erscheinung war nichts Besonderes, doch was er sprach, ließ Elias kurzzeitig vor Überraschung die Luft anhalten, als sie nahe genug herangetreten waren, um sich in die Menge mischen zu können.

»… ihr denkt, es ist Gottes Wille? Gottes Wille, dass ihr im Dreck leben müsst, wie zuvor schon eure Väter und wie eure Kinder und Kindeskinder? Was für ein Gott ist das, der für Ungerechtigkeit steht? Oder sind es alles Lügen, die verbreitet werden von einem falschen Propheten?«

Ein zustimmendes Raunen ging durch die Menge, und ein älterer Mann mit ungepflegtem Bart, der neben Elias stand, ballte wütend die Fäuste.

Elias war schockiert und fasziniert zugleich. Was war hier los? Versuchte hier jemand tatsächlich, die Slumbewohner aufzuhetzen? Aber wozu? Und wer war dieser Mann? Er wirkte gepflegt und sprach so, als ob er gebildet war, doch er stammte definitiv nicht aus der Hochstadt.

»Doch der Prophet wird fallen!«, fuhr der Mann fort. »Er wird schon bald fallen und zermalmt werden, von einer größeren, besseren Ordnung! Einer Ordnung, die auf Gerechtigkeit basiert, und auf Fleiß. Aber bevor es so weit ist, wird jeder Einzelne von euch entscheiden müssen, auf welcher Seite er steht …«

Die Männer um Elias herum wurden immer aufgeregter. Offensichtlich traf der Redner hier einen Nerv. Doch plötzlich geschah etwas Seltsames.

Während die Stimme des Redners lauter wurde und zweifellos auf den Höhepunkt seiner Ansprache zusteuerte, bahnte sich ein ungewöhnlich großer und kräftiger Mann seinen Weg durch die Menge und erklomm schnellen Schrittes die Treppe zum improvisierten Podium. Dann baute er sich vor dem Redner auf und sagte etwas, das Elias auf die Entfernung nicht verstehen konnte. Die Zuhörer wurden ganz still und starrten zu dem sonderbaren Schauspiel hoch.

Die Augen des Redners wurden für einen Moment groß, dann lächelte er jedoch, als wäre nichts gewesen. Er trat etwas näher an den Hünen, holte mit einer plötzlichen Schnelligkeit aus, wie eine Schlange, und schlug ihm in den Magen.

Ein entsetztes Raunen ging durch die Menge, während der große Mann sich krümmte und laut hörbar nach Luft schnappte. Ebenso schnell, wie er zugeschlagen hatte, drehte sich der Redner um und rannte davon. Aus dem perplexen Raunen der

Zuhörer wurden wütende Pfiffe und Schreie. Jemand wollte sich auf den Hünen stürzen, dieser hatte sich jedoch wieder unter Kontrolle, schubste den Mann weg wie eine Puppe und nahm die Verfolgung des Redners auf.

Elias sah, dass er nicht der Einzige war. Zwei weitere Gestalten hatten sich aus der Menge gelöst und rannten dem Flüchtenden hinterher. Er runzelte die Stirn. Was auch immer das gerade gewesen sein mochte, es konnte nichts Gutes bedeuten. Offensichtlich gingen in der Stadt Dinge vor, von denen man in der Hochstadt keine Ahnung hatte. Auch wenn das System nicht perfekt war, so lebten dort doch seine Familie und Freunde. Wenn in den Slums gewalttätige Aktionen geplant wurden, dann musste er sie warnen. Er musste seinem Vater davon berichten, was er gesehen und gehört hatte.

Währenddessen war die Stimmung um ihn herum endgültig gekippt und jetzt unverhohlen aggressiv. Ein starker Arm legte sich auf Elias' Schulter und zog ihn sanft, aber bestimmt aus der Menschenmenge. Es war Dennis. Und diesmal hatte Elias keine Einwände.

5. Kapitel

Jagd

In lauernder Haltung hockte Pia an der äußersten Ecke des Daches und blickte hinab. Eine Woche war es nun her, dass Ilja ihnen den Auftrag gegeben hatte, den Unruhen in der Unterstadt nachzugehen. Zunächst war es gar nicht so einfach gewesen, denn die Verantwortlichen gingen äußerst geschickt vor. Meist schlossen sie sich einfach an, wenn mehrere Leute beisammensaßen, um ihr Gedankengut zu verstreuen. Nur manchmal hielt einer von ihnen eine richtige Rede, so wie heute. Einer von Robins Informanten in der Unterstadt hatte ihm gestern berichtet, dass angeblich eine Ansprache vor der alten Bibliothek geplant war. Daraufhin hatte Aela beschlossen, dass sie nicht warten würden, bis die Veranstaltung vorbei war und der Unruhestifter womöglich schnell wieder in der Menschenmenge verschwinden konnte. Sie würden ihn sich während seiner Ansprache vorknöpfen und ein paar unbequeme Fragen stellen.

Aufmerksam beobachtete Pia die Menschen, die sich nach und nach um die steinernen Stufen mit den verstümmelten Statuen versammelten. Sie konnte deutlich Sam und Aela erkennen, die sich unters Volk gemischt hatten. Robin stand an einer Straßenecke unweit des Geschehens, und sie selbst hatte auf dem Dach eines der alten Universitätsgebäude gegenüber Stellung bezogen. Aela meinte, falls Ilja tatsächlich recht hatte – und davon gingen sie alle aus – und die Aufrührer anderes im Sinn hatten als das Wohl der Ärmsten MUCs, würde der Redner entweder fliehen, wenn er mit den Vorwürfen konfrontiert wurde, oder seine Leute würden intervenieren. Deswegen hatten sich alle auf Aelas Anweisung hin so verteilt, dass sie schnell einschreiten oder die Verfolgung des Mannes aufnehmen konnten.

Nach einer Weile betrat ein hagerer, blasser Mann die Stufen und begann zu sprechen. Pia konnte aus der Entfernung weder sein Gesicht deutlich erkennen noch hören, was er sagte. Er schien zwar nicht besonders imposant zu sein, doch an der Reaktion des Publikums zeigte sich, dass er offensichtlich einen Nerv traf mit dem, was er sagte. Wie geplant wartete Sam ein paar Sätze lang, dann erklomm er die Stufen und trat zu dem Redner.

Gespannt wartete Pia darauf, was als Nächstes passieren würde, während ihre Augen erneut über die Menge wanderten. Etwas erregte ihre Aufmerksamkeit. Ganz kurz meinte sie, ein bekanntes Gesicht unter den Zuhörern gesehen zu haben. Sie blinzelte und sah genauer hin, doch ein alter bärtiger Mann versperrte ihr nun die Sicht. Sie spürte einen deutlichen Stich in der Brust und wie ihr Herz schneller schlug. Einen Moment lang hatte sie tatsächlich geglaubt, Elias in der Menge gesehen zu haben. Er sah zwar etwas anders aus, als sie ihn in Erinnerung hatte, doch sie hätte schwören können, dass er es war.

Blödsinn, sagte sie sich. *Was sollte der Sohn des Propheten in einer der ärmsten Gegenden der Unterstadt zu suchen haben?* Es gefiel ihr ganz und gar nicht, dass ihr Herz allein schon bei dem Gedanken, ihn wiederzusehen, in Aufruhr versetzt wurde. Elias war ein für alle Mal Geschichte!

Daher zwang sie sich, die Gedanken an Elias zu verdrängen und ihre ganze Aufmerksamkeit wieder dem Geschehen auf dem steinernen Podium zuzuwenden. Doch als sie den Kopf wandte, erstarrte sie vor Überraschung. Sie war maximal ein paar Sekunden lang abgelenkt gewesen, doch das hatte genügt.

Sam krümmte sich, als ob er Schmerzen hätte, während der Redner über die große alte Straße sprintete. Wahrscheinlich hatte er vor, im ehemaligen Universitätsviertel unterzutauchen.

Aela und Robin hatten bereits die Verfolgung aufgenommen, doch der hagere Mann schien viel fitter zu sein, als sie erwartet hatten. Wer immer er war, er war bestimmt nicht nur ein normaler Bürger der Unterstadt, der die Ungerechtigkeit des Systems satthatte. Aela hatte mit ihrer Vermutung, was passieren würde, wenn sie ihn zu stellen versuchten, völlig recht gehabt.

Pia sprang aus ihrer hockenden Haltung auf und rannte los. Wer auch immer dieser Kerl war, er würde ihr nicht entkommen.

Die Ziegel auf dem leicht abfallenden Dach waren von der fast täglich brennenden Sonne ausgeblichen und an vielen Stellen lose, doch das störte Pia mittlerweile nicht mehr. Sie war so oft auf Dächern unterwegs, dass sie nichts in ihrer Jagd aufhalten konnte – vorausgesetzt, das Dach unter ihr hielt. Sie überquerte die Kante zum nächsten Gebäude und versuchte dabei, den Flüchtenden im Auge zu behalten. Er war zwar schnell, aber über die Dächer konnte sie ihm den Weg abschneiden. Aus dem Augenwinkel sah sie, wie Aela im Rennen zu ihr hochblickte und nickte. Sie wusste, was sie zu tun hatte.

Das nächste Haus war etwas niedriger als das, auf dem Pia sich befand, vielleicht zwei Meter, vielleicht auch etwas mehr. Es war ihr egal. Durch ihre kurze Ablenkung hatte der Mann einen Vorsprung gewonnen, doch sie hatte nicht vor, diesen größer werden zu lassen. Ohne ihre Geschwindigkeit zu verringern, sprang Pia auf das Dach unter ihr, rollte sich dort ab und richtete sich sofort wieder auf, um weiterzurennen. Bereits nach etwa vierzig Metern grenzte das Haus an eines, das etwas höher war. Pia verfluchte innerlich die Architekten, die sich offenbar nicht auf eine Höhe hatten einigen können. Sie beschleunigte noch etwas mehr und sprang mit Anlauf so hoch, wie sie nur konnte. Ihre Hände erwischten die Kante des höheren Daches, sie zog sich hoch und lief sofort weiter. Ein flüchtiger Blick hinunter zeigte ihr, dass sie nicht viel Zeit verloren hatte. Es sah ganz danach aus, dass der Mann vorhatte, sich durch das Geröll an der vor ihm liegenden Kreuzung zu kämpfen. Dort war der hintere Teil des Hauses, auf dem Pia sich befand, irgendwann eingestürzt. Was hier genau passiert war, ließ sich heute nicht mehr sagen, doch der starke Bewuchs, der die Trümmer bedeckte, deutete darauf hin, dass das Unglück bereits vor ein paar Jahrzehnten passiert war.

Der Flüchtende begann, die Trümmer zu erklimmen. Es würde ihn etwas Zeit kosten, doch auch die Chance bieten, Aela, Robin und in einiger Entfernung auch Sam abzuhängen, wenn er erst einmal auf der anderen Seite und außer Sichtweite war. Die Sekunden, die er jetzt verlieren würde, waren Pias Chance. Das Gebäude, auf dem sie lief, war einmal L-förmig gewesen, ehe es teilweise eingestürzt war, ein Teil davon ragte noch in die Straße hinter dem Geröll. Sie wurde nicht langsamer, als sie nach links abbog und auf dem schmalen, noch stehenden Streifen weiterrannte. Rechts unter sich konnte sie die überwucherte Geröllhalde sehen, über der sich der Flüchtende gerade abquälte. Er war zwar ein bemerkenswerter Läufer, doch seine Kletterfähigkeiten waren begrenzt. Sie hatte ihn bereits überholt.

Pia wandte den Kopf und sah, dass das Gebäude unweit von ihr endete. Das nächste Dach war zu weit entfernt, als dass sie hinüberspringen konnte. Sie kam abrupt zum Stehen und sah direkt unter sich hinab. Die alte Fassade war an vielen Stellen verwittert, doch sie konnte daran hinunterklettern. Aber das würde viel zu lange dauern, ihr Vorsprung wäre dahin. Wenn sie dem Mann den Weg abschneiden wollte, musste sie sich einen Weg einfallen lassen, wie sie schneller hinabkam.

Schwer atmend betrachtete sie eine Sekunde lang den großen alten Kastanienbaum, der zwischen den beiden Häusern wuchs, und schätzte ihre Chancen ab.

Ach was, sagte sie sich. *Das ist nicht viel anders als das Riesenrad.*

Dann sprang sie.

Ihre durchtrainierten Hände in den ledernen, fingerlosen Handschuhen erwischten einen Ast mittlerer Dicke in der oberen Krone. Sie bremste ihren Fall, indem sie ihren Körper über den Ast schwingen ließ. Das Holz knarrte, hielt jedoch. Pia blickte einen Moment nach unten, dann ließ sie sich fallen. Sie landete auf einer breiten Baumgabel etwa zwei Meter tiefer. Sie hörte Schritte und Gepolter. Der Flüchtende hatte die Geröllhalde fast überwunden und würde in wenigen Sekunden an der Kastanie vorbeilaufen. Jetzt musste alles schnell gehen.

Geräuschlos ließ sich Pia auf einen breiten Ast hinabgleiten, der in etwa zwei Metern Höhe über die Straße hinausragte, und ging dort in die Hocke. Der Mann hatte seine Kletterpartie beendet und rannte direkt unter ihr vorbei. Ohne zu zögern, stürzte sich Pia auf ihn und riss ihn mit sich zu Boden.

Der Aufprall war hart und ließ einen Moment lang alle Luft aus Pias Lunge entweichen. Schnell sprang sie wieder auf die Beine, um den Mann an seiner weiteren Flucht zu hindern. Auch er rappelte sich gerade wieder hoch, auf seinem vor Anstrengung geröteten Gesicht spiegelten sich Überraschung und Wut. Dann sah er Pia in die Augen und grinste, während er ein großes Messer aus seinem Gürtel holte, das bisher von seinem Hemd verborgen gewesen war. Es glänzte silbern im Sonnenschein, der sich unregelmäßig durch die dichten Blätter der Kastanie kämpfte, die Klinge war gezackt und wirkte bedrohlich. Zumal Pia selbst unbewaffnet war.

Dennoch ballte sie die Fäuste und ging in Abwehrposition. Sie dachte gar nicht daran, sich einschüchtern zu lassen. Sam hatte ihr beigebracht, wie man sich gegen bewaffnete Gegner verteidigte, und bloß weil der Kerl ein machetenartiges Messer besaß, hieß das noch lange nicht, dass er auch damit umgehen konnte.

Doch er konnte. Wie ein Skorpion schoss er vor und versuchte, Pia aufzuschlitzen. Nur mit Mühe gelang es ihr gerade noch, dem Hieb auszuweichen. Sie spürte die kalte Klinge an ihrem Körper vorbeirauschen und hörte das knirschende Geräusch, als sie durch ihre Kunstfaserjacke schnitt.

Das war knapp! Doch der Angreifer gab sich damit nicht zufrieden. Ohne Pia auch nur eine Sekunde Zeit zum Verschnaufen zu lassen, holte er zum nächsten Hieb aus. Sie duckte sich geschickt darunter hinweg, doch er schien es ernst zu meinen. Dieser Mann wusste genau, was er tat, jemand musste ihn bestens ausgebildet haben.

Er will dich töten, schoss es Pia durch den Kopf.

Und er würde es tun, wenn sie ihm die Möglichkeit dazu ließ und auch nur eine Sekunde unvorsichtig war.

Er holte erneut aus, doch plötzlich verzerrte sich sein Gesicht vor Schmerz. Dann verdrehte er die Augen und sackte in sich zusammen wie eine Strohpuppe.

Hinter ihm stand Aela. Sie hatte ihn mit ihrer Pistole niedergeschlagen.

»Tss, tss«, meinte sie kopfschüttelnd, obwohl der Mann bewusstlos war und sie nicht hören konnte. »Nicht gerade die feine Art. Dabei wollten wir uns doch nur freundlich unterhalten.«

Robin kam hinter ihr angerannt, dahinter konnte Pia Sam erkennen, der sich schnaufend über den Geröllberg kämpfte.

»Alles okay?«, fragte Robin außer Atem. Seine Augen waren schreckgeweitet und betrachteten Pia voller Sorge.

»Ja«, sagte sie. »Aber er weiß, wie man kämpft, und wollte Hackfleisch aus mir machen.«

Robins Miene verfinsterte sich, als er den am Boden liegenden Mann betrachtete. »Wer ist dieser Kerl?«

Aela steckte die Waffe zurück in ihren breiten Gürtel und verschränkte nachdenklich die Arme. »Das wird er uns schon noch erzählen. Nicht wahr, Sam?«

Sam blieb neben ihr stehen. Er atmete schwer, und sein Gesicht war nach dem langen Sprint knallrot wie ein überreifer Apfel. Seine Augen verengten sich, als er das Kampfmesser erblickte, mit dem der Unbekannte Pia angegriffen hatte. »Oh ja, das wird er.«

Dass sie einen Bewusstlosen mit sich schleppten, fiel nicht weiter auf, oder es interessierte schlichtweg niemanden. Wer ihnen überhaupt Beachtung schenkte, sah bloß eine Gruppe von Leuten, die einen betrunkenen Freund nach Hause brachte. Auch zu der frühen Uhrzeit war das kein seltener Anblick in diesem Teil der Stadt.

Aela wollte an einen ruhigen Ort, der jedoch nicht weit entfernt war, und hatte sich für die Akademie entschieden, die nur ein paar Straßen weiter lag. Obwohl Pia geglaubt hatte, mittlerweile alle Ecken MUCs zu kennen, staunte sie, als sie ihr Ziel erreichten. Da die Armenviertel für ihre Raubzüge tabu waren, hatte sie das Viertel um die ehemalige Universität erst zwei oder drei Mal besucht, hauptsächlich als sie sich noch auf der Suche nach Paul befand. Dabei war ihr die Akademie entgangen, die etwas versteckt hinter den Hauptgebäuden der ehemaligen Bildungseinrichtung stand.

Es war ein wunderschönes, palastartiges Gebäude mit ausladenden Seitenflügeln und einem Haupthaus in der Mitte, das mit seinen beinahe fünfundzwanzig Metern Höhe imposant und gleichzeitig edel wirkte. Antik anmutende Säulen zierten das, was früher wahrscheinlich einmal der Haupteingang gewesen war. Davor standen zwei völlig verwitterte Reiterstatuen.

Mit etwas Phantasie konnte man sich leicht vorstellen, wie wunderschön das Gebäude einst gewesen sein musste, doch nun war es nur noch ein Schatten seiner einstigen Pracht. Eines der Seitengebäude war nach einem Brand rußgeschwärzt, das andere teilweise eingestürzt. Dem Hauptgebäude fehlte ein Großteil des Daches, und die zertrümmerten Fenster wirkten wie eingeschlagene Zähne in einem toten Gesicht. Dazu war alles so von Dornengestrüpp und Schlingpflanzen überwuchert, dass nicht einmal die Ärmsten der Armen die Akademie für bewohnbar hielten und sie daher inmitten eines quirligen Viertels verlassen stand.

Auf Pias Nachfrage, wieso der Palast »Akademie« genannt wurde, erklärte Robin, dass hier früher einmal Künstler ausgebildet worden waren. Pia fand das faszinierend und logisch zugleich. Bei den unglaublichen Kunstwerken, die die alte Zeit hervorgebracht hatte, war es eigentlich nicht verwunderlich, dass es Orte gegeben haben musste, an denen Künstler ihr Handwerk erlernten. Es war traurig, dass sich heute niemand mehr dafür interessierte und ein so wunderschönes Gebäude dem Verfall preisgegeben war.

Doch sie waren nicht hier, um alte Architektur zu bewundern. Alle waren sich einig darüber, dass der Fremde, den sie mitschleppten, nicht das war, was er vorgab zu sein. Nun ging es darum, herauszufinden, was genau er im Schilde führte.

Aela war schon öfter hier gewesen und kannte daher einen versteckten Trampelpfad, der durch das dichte Gebüsch und ein großes Loch in der Außenwand ins Innere der Akademie führte. Von dort aus gelangten sie zu einer breiten Treppe, die jedoch wegen des löchrigen Daches voller Schlamm und Schlingpflanzen war und somit gar nicht so einfach zu besteigen. Sam legte sich den noch immer bewusstlosen Gefangenen einfach über die Schulter und stampfte so die glitschigen, kaum noch erkennbaren Stufen hinauf.

Ein Teil des Daches im obersten Stock war noch intakt und wurde von Tauben als Nistplatz genutzt. Es stank erbärmlich. Im Boden klaffte ein großes Loch, das bis hinab in die unterste Etage reichte. Unten standen ein paar Eisenstangen senkrecht nach oben, die wahrscheinlich früher einmal Teil einer zerbröckelten Wand gewesen waren. Von Pias Position betrachtet, sahen sie aus wie tödliche Speere, die zum Schutz vor von oben kommenden Eindringlingen hier aufgestellt worden waren. Die Luft war stickig und heiß. Doch außer dem Geräusch von Wassertropfen, die sich nach dem letzten Regenguss vor ein paar Stunden noch immer ihren Weg durch das tote Gebäude bahnten, und einem gelegentlichen Schlagen von Taubenflügeln herrschte eine beklemmende Stille.

Sam legte den Gefangenen unsanft auf den dreckigen Boden, und dieser begann, sich leise stöhnend zu rühren. Ein dünner Speichelfaden klebte an seinen wulstigen Lippen, und die sommersprossenbedeckten Augenlider zitterten.

Aela holte eine Flasche Wasser aus Robins Rucksack und kippte es dem Mann einfach ins Gesicht. Sofort riss er die Augen auf und schnappte nach Luft wie ein Fisch auf dem Trockenen.

Dann wurden seine Augen jedoch klar, und er schien zu erkennen, in welcher Situation er sich befand. Er versuchte, sich aufzurichten, doch Aela hielt ihm das lange Messer, das sie ihm abgenommen hatte, an die Kehle.

»Wenn du schlau bist, rührst du dich keinen Millimeter«, sagte sie trocken. Die Pistole hing nun gut sichtbar an ihrem Gürtel. Als er sah, dass er es mit einer Überzahl Bewaffneter zu tun hatte, ließ sich der Mann langsam zurücksinken. Seine wachsamen Augen wanderten von einem zum anderen und schienen Pia und ihre Freunde genau zu studieren.

»Nettes Spielzeug«, fuhr Aela fort und ließ das Messer unweit seines Gesichtes ein paar Mal durch die Luft schwingen. Der Mann blieb davon jedoch ungerührt. Wenn er Angst hatte, dann ließ er sich das geschickt nicht anmerken. »Soweit ich weiß, waren solche Waffen schon in der alten Zeit eher selten und wurden vom Militär benutzt. Woher hast du sie?«

Der Mann schwieg einen Moment, dann zuckte er beiläufig die Achseln. »Hab's gefunden.«

Aela lächelte, doch ihre Augen blieben ernst. »Wirklich? Einfach so? Wie praktisch.«

»Was wollt ihr von mir?«, fragte der Gefangene.

»Uns nur ein bisschen mit dir unterhalten, das ist alles. Ich frage, du antwortest, und dann ziehen wir alle glücklich unserer Wege. Klar?«

Der Mann verzog seinen Mund zu einem dünnen Grinsen, und ein hochmütiger Ausdruck zeigte sich in seinen grünen Augen. »Ihr seid keine Wächter«, antwortete er.

»Zu deinem Glück nicht«, bestätigte Aela.

Während Pia die Szene aufmerksam beobachtete, wurde ihr klar, dass dieser Typ ihnen bestimmt nichts freiwillig erzählen würde. Was er getan hatte, war in MUC höchst illegal. Wäre er von Wächtern erwischt worden, dann wären seine Aussichten, jemals wieder Tageslicht zu erblicken, äußerst dünn. Er wäre für immer im Gasteig verschwunden oder sofort hingerichtet worden. Doch Aela und ihre Leute hielt er offensichtlich für keine große Bedrohung. Wenn er sich da mal nicht täuschte.

»Wie heißt du?«, begann Aela ihr Verhör.

»Lobo.«

»Seltsamer Name. Woher kommt er?«

Er zuckte die Achseln und schwieg.

»Wieso hast du heute die Ansprache gehalten?«

Er sagte nichts.

»Was bezweckst du damit, die Menschen aufzuhetzen?«

Keine Antwort.

»Wie viele seid ihr? Wer ist euer Anführer?«

Lobos Miene blieb versteinert.

»Ganz schön unhöflich, nicht zu antworten, wenn man freundlich gefragt wird. Findest du nicht?« Aelas Stimme klang zwar ruhig, der drohende Unterton, der sich hineingemischt hatte, war jedoch unüberhörbar.

Auch Lobo schien ihn wahrzunehmen, doch er grinste bloß und zeigte dabei eine Reihe schiefer Zähne.

»Ich werde nichts sagen«, meinte er verächtlich. »Es gibt nichts, das ihr tun könntet, um meine Meinung zu ändern. Ich habe keine Angst vor euch erbärmlichen Versagern, also warum hörst du nicht auf, unsere Zeit zu vergeuden, und lässt mich einfach gehen, Schätzchen?«

Robin sog vor Überraschung laut hörbar die Luft ein, während Sam ein Grinsen übers Gesicht huschte. Aela als »Schätzchen« zu bezeichnen, war definitiv die schlechteste Idee gewesen, die der Gefangene hätte haben können.

Pia rechnete damit, dass Aela aufgrund der Provokation wütend werden würde, stattdessen aber verschränkte sie bloß die Arme vor der Brust und betrachtete den Mann ein paar Minuten lang schweigend.

»Verstehe«, sagte sie schließlich. »Du bist definitiv nicht einfach nur ein Bewohner der Unterstadt, der die Nase voll hat, nicht wahr? Wer auch immer dein Boss ist, du hast mehr Angst vor ihm als vor Prügeln und Folter.«

Sie steckte das große Messer in ihren Gürtel und gab Sam und Robin ein Zeichen, worauf diese Lobo an den Armen ergriffen und hochzerrten.

»Du hast vielleicht keine Angst vor Schmerzen, aber wie sieht es mit Sterben aus? Bist du bereit, dafür zu sterben … unter schrecklichen Schmerzen?«

»Du blöde Schlampe hast ja keine Ahnung …«, zischte Lobo, doch er kam nicht dazu, seinen Satz zu beenden. Mit Robins Hilfe hob Sam ihn hoch und hielt ihn über das Loch im Boden, so dass er nach unten sehen konnte. Zehn Meter unter ihm ragten spitze Eisenstangen hervor. Lobos Augen weiteten sich. Wenn Sam ihn fallen ließ, würde er bei lebendigem Leib aufgespießt werden.

Pia hielt den Atem an. So ein Verhalten kannte sie von Aela

und Sam nicht. Würden sie diesen Mann tatsächlich töten, wenn er nicht redete? Und war es das wert? Sie selbst hatte schon einen Wächter getötet, aber das war im Kampf und aus reiner Notwehr gewesen. Wenn Sam Lobo nun fallen ließ, war das Mord.

Wir sind keine Killer, hatte Sam ihr während des Trainings immer und immer wieder eingebleut. Oder doch?

Gebannt beobachtete sie, dass auch Robin nichts dagegen zu haben schien, wenn der Gefangene in den Tod stürzte.

»Nein, *du* hast keine Ahnung«, sagte Aela kalt. »Wir sind keine Wächter, wir sind Gesetzlose. Wir halten uns an keine Regeln. Weißt du, was passiert, wenn der große Kerl dich fallen lässt?«

Sie machte eine kleine Pause, während Lobo anfing, sich in Sams Umklammerung zu winden. Vergeblich.

»Du wirst nicht sofort sterben. Die Fallhöhe ist nicht so groß, dass es schnell gehen könnte. Du wirst aber durch den Aufprall aufgespießt werden. Aufplatzen wie eine überreife Tomate. Plopp!«

»Ich weiß nicht, wie lange ich ihn noch so halten kann«, unterbrach sie Sam. Schweißperlen bildeten sich auf seiner Stirn.

»Du wirst deine eigene Scheiße aus deinen aufgeplatzten Gedärmen riechen, während du langsam verrecken wirst. Wir werden dabei zusehen und uns dann den Nächsten von euch holen, denn wir wissen, dass du nicht allein arbeitest. Es sei denn, du sprichst mit uns.«

Das Gesicht des Mannes war nun ganz blass. Er biss die Zähne zusammen, während Sams starke Arme anfingen zu zittern.

»Aela …«, sagte Sam warnend.

»Rede jetzt!«, fuhr Aela den hilflos Baumelnden an. »Letzte Chance!«

»Okay, okay!«, schrie Lobo heiser. »Ich sage euch, was ihr wissen wollt! Lasst mich nicht fallen!«

Sofort zog ihn Sam in Sicherheit. Pia bemerkte die Erleichterung in Aelas Gesicht, und ihr wurde klar, dass sie niemals vorgehabt hatte, den Mann ernsthaft zu verletzen. Vor Erleichterung atmete sie tief aus, als sie sich dem völlig verschwitzten und leicht zitternden Lobo zuwandte. Der Hochmut war aus seinen Augen gewichen, nun standen dort nur noch nackte Angst und Resignation.

»Also?«, fragte Aela scharf. »Rede, oder du fliegst. Dieses Mal sofort.«

»Scheiß drauf«, murmelte der Mann. »Egal, was ihr jetzt noch unternehmt, es ist sowieso nicht mehr aufzuhalten.«

»Wovon sprichst du?«

»Meine Leute und ich, wir sind nur die Vorhut. Wir sollen für Zwietracht in der Stadt sorgen. Dann wird es noch leichter …«

»Was wird leichter?«, hakte Aela nach.

Mit einem Mal war sich Pia sicher, dass sie hier auf etwas wirklich Großes gestoßen waren. Ilja hatte recht gehabt mit ihren Vermutungen. Gebannt lauschte sie, was der Gefangene als Nächstes sagen würde.

»Die Invasion«, sagte der Mann. »Aus Utilitas.«

Einen Moment lang herrschte eisige Stille. Aela wirkte für ein paar Sekunden wie erstarrt. Pia hatte keine Ahnung, was Utilitas war, doch allein die Erwähnung dieses Namens schien sogar Aela Angst einzujagen. Sie spürte, wie sich ihre Nackenhaare sträubten, als trotz der Mittagshitze eine Gänsehaut über ihren Rücken lief.

»Wann?«, fragte Aela schließlich.

Lobo starrte sie an, dann fing er plötzlich an zu lachen. Es klang fast ein wenig hysterisch – und boshaft.

»Bald. Sehr bald!«

6. Kapitel

Zweifel

Irgendwie hatte Pia keinen Appetit. An dem Frühstück lag es nicht, es gab lecker duftendes, frisch gebackenes Fladenbrot, Gemüse, Äpfel und sogar etwas Ziegenkäse, den Robin vor ein paar Tagen auf dem Markt in der Unterstadt gegen ein erbeutetes Artefakt eingetauscht hatte. Pia wusste, dass er das für sie tat, denn eigentlich liebte sie Ziegenkäse. Er erinnerte sie an ihre Kindheit im Dorf, als ihr geliebter Großvater noch lebte. Niemand konnte so guten Ziegenkäse herstellen wie er. Der Käse aus MUC konnte natürlich nicht mit dem ihres Großvaters mithalten, doch er war trotzdem gut und eine willkommene Abwechslung.

Sie bemerkte, wie Robin sie über den Tisch hinweg musterte, lächelte ihm zu und steckte sich etwas von dem Käse in den Mund. Doch er kannte sie viel zu gut, um sich täuschen zu lassen.

»Was ist los?«, fragte er sanft. »Du wirkst bedrückt, seit gestern Abend schon.«

Sie überlegte kurz, ob sie es mit irgendeiner Ausrede probieren sollte, verwarf den Gedanken jedoch schnell wieder. Er würde sich nicht damit abspeisen lassen und wäre womöglich verletzt, weil sie sich ihm nicht anvertrauen wollte. Langsam öffnete sie den Mund, brachte jedoch keinen Ton heraus. Sie wusste nicht, wie sie es sagen sollte.

Wieder einmal schien Robin ihre Gedanken zu erraten. »Ist es wegen gestern? Wegen des Verhörs?«

Pia nickte langsam und sah sich um, ehe sie zu sprechen begann. Sie saßen allein am Tisch, und es war noch früh am Morgen, so dass auf dem Hauptplatz des Hades kaum etwas los war. Gut so, denn Pia wollte nicht, dass jemand ihr Gespräch hören konnte.

»Ich habe Aela noch nie so erlebt«, sagte sie schließlich in gedämpftem Ton. »Glaubst du, sie wäre wirklich bis zum Äußersten gegangen?«

Erneut musste sie daran denken, wie Sam den Gefangenen über die tödliche Falle gehalten hatte. Sie fragte sich, ob Sam bedingungslos losgelassen hätte, wenn von Aela der Befehl dazu gekommen wäre. Hätte Robin widersprochen? Oder sie selbst?

Klar, der Kerl führte etwas im Schilde, das so groß und furchterregend war, dass selbst Aela blass wurde, als er endlich anfing zu reden. Und er hatte versucht, Pia im Kampf zu töten. Und dennoch … es wäre nicht richtig gewesen, ihn erbarmungslos zu ermorden.

Doch Robin schüttelte entschieden den Kopf. »Ich kenne Aela nun schon mein ganzes Leben lang und kann dir versichern, dass sie nur geblufft hat. Ob du es glaubst oder nicht, unter ihrer knallharten Fassade verbirgt sich ein weiches Herz. Sie könnte nicht einmal ein Tier töten, geschweige denn einen Menschen. Das würde der ganzen Lebensphilosophie widersprechen, die Ilja sie und uns alle gelehrt hat: Jedes Leben ist genauso wertvoll wie das eigene.«

Ein Lächeln der Erleichterung huschte über Pias Gesicht. Sie verehrte Aela wie eine große Schwester, und es gab – abgesehen von Ilja – wohl keinen Menschen auf der Welt, den sie so respektierte und als solch großes Vorbild ansah. Tief in sich wusste Pia, dass sie eigentlich nicht eine Minute hatte glauben können, dass Aela wirklich den Gefangenen hätte stürzen lassen, wenn er sich nicht doch dazu entschlossen hätte, zu reden. Doch erst Robins Zusicherung konnte die nagenden Zweifel endgültig vertreiben.

»Außerdem steht sie auf deinen Bruder, wusstest du das?«

Pia, die gerade einen Schluck Wasser nehmen wollte, verschluckte sich und begann zu husten.

Robin lachte und klopfte ihr auf den Rücken.

»So ein Quatsch!«, stieß Pia schließlich zwischen zwei Hustern hervor.

»Tatsächlich?«, fragte Robin neckisch. »Dann ist sie also nicht nach dem Fest mit ihm in ihrer Hütte verschwunden?«

Langsam hörte der Hustenreiz auf, und Pia beruhigte sich wieder. Dennoch war sie sich sicher, dass Robin sie auf den Arm nahm. Sie liebte Paul – aber er und Aela? Absurd!

»Ich glaube dir kein Wort!«, erwiderte sie und hatte plötzlich das Bedürfnis, Robin zu küssen. Seine warmen haselnussbraunen Augen strahlten sie so liebevoll an, wenn er, so wie jetzt, lächelte, dass sogar die dunkelsten Ecken des Hades ein wenig heller erschienen als sonst.

Er seufzte theatralisch. »Das weiß doch nun wirklich jeder, Prinzessin!«

Das ärgerte Pia ein wenig. Wie kam es, dass sie so etwas Wichtiges als Letzte erfuhr, noch dazu, wo es um ihren Bruder ging? Wahrscheinlich war auch das einfach nur ein blödes Gerücht, wie sie in kleinen Gemeinschaften wie dem Hades schnell entstanden. Paul und Aela passten doch überhaupt nicht zusammen! Sie überragte ihn nicht nur körperlich, sondern einfach in allem.

Robin beugte sich vor und drückte ihr einen sanften Kuss auf den Mund. In Augenblicken wie diesem war sich Pia eigentlich sicher, dass sie ihn liebte. Doch als sich ihre Lippen trennten, fiel ihr wieder ein, dass sie noch etwas beschäftigte, was am Vortag geschehen war. Einen Moment lang hatte sie gedacht, Elias in der Menge gesehen zu haben. Sah sie jetzt schon Gespenster? Warum konnte sie nicht einfach die Vergangenheit ruhen lassen und in der Gegenwart glücklich sein?

»Guten Morgen«, sagte plötzlich eine wohlbekannte Stimme neben ihnen. Sam hatte sich einen großen Teller voll Frühstück aufgeladen und setzte sich, ohne zu fragen, zu den beiden an den Tisch.

Robin löste sich von Pia und betrachtete Sam mit leicht gerunzelter Stirn. »Morgen«, erwiderte er. »Siehst ein wenig verschlafen aus.«

»Ha, ha«, brummte Sam und begann, hungrig Essen in sich hineinzuschaufeln. »Ich durfte die halbe Nacht unseren ›Gast‹ bewachen. Lukas hat mich gerade eben erst abgelöst.«

Mit dem »Gast« meinte er wohl Lobo, den Gefangenen. Nachdem der etwas von »Utilitas« gefaselt hatte, beschloss Aela, ihn mit in den Hades zu nehmen, um sich in Ruhe anhören zu können, was er zu erzählen hatte. Mit gefesselten Händen und verbundenen Augen führten sie ihn durch das Tunnelsystem hinab und brachten ihn in einem leerstehenden Haus unter. Obwohl Lobo gefesselt war, hatte Aela darauf bestanden, dass immer jemand da war, um ihn zu bewachen.

Pia konnte sich nicht erinnern, Aela jemals so angespannt erlebt zu haben. Was auch immer »Utilitas« war, es jagte ihr ganz offensichtlich eine Heidenangst ein. Auch Robin wusste nicht, was es damit auf sich hatte, und so musste Pia sich wohl oder übel gedulden, bis Aela und Ilja bereit waren, ihr Wissen mit ihnen zu teilen.

Robin wollte etwas sagen, doch er wurde von einem lauten Pfiff unterbrochen. Aela stand vor Iljas Haus und gab ihnen ein Zeichen, herzukommen. Selbst aus der Entfernung wirkte sie noch blasser als sonst. Auch sie hatte wahrscheinlich in der letzten Nacht kaum Schlaf gefunden. Offenbar hatten sie und ihre Mutter nun beschlossen, was als Nächstes zu tun war. Pia brannte darauf, endlich mehr zu erfahren.

Durch den Pfiff angelockt, kam als Erstes Goliath angerannt und sprang aus dem Laufen heraus auf Aelas Schulter, doch diese ignorierte ihn und blickte erwartungsvoll und etwas ungeduldig in Pias Richtung und der der anderen zwei.

Eilig erhob sich Robin, Pia schickte sich an, ihm zu folgen. Sam ließ missmutig sein Brot fallen. »Oh Mann, kann man denn hier nie in Ruhe frühstücken?«

Nachdem alle in den gemütlichen Sesseln in Iljas Besprechungszimmer Platz genommen hatten, zündete Aela sich eine Zigarette an. Pia meinte, ihre Hände dabei leicht zittern zu sehen, doch vielleicht täuschte sie sich auch. Doch was auch immer der Gefangene alles gesagt hatte, als Aela mit ihm allein war, es hatte sowohl ihr als auch ihrer Mutter eine schlaflose Nacht bereitet.

Ilja wirkte ruhig und gefasst wie immer, doch die dunklen Ringe um ihre sonst strahlenden Augen verrieten, dass auch sie angespannt war. Sie blickte schweigend von einem zum anderen, ehe sie zu sprechen begann.

»Die Lage ist ernst. Sehr ernst.«

Die Worte ließen Pia schaudern. Sie standen eine Weile im Raum wie ein unangenehmer Geruch. Alle warteten, bis Ilja weitersprach.

»Wenn alles so stimmt, wie der Gefangene es gesagt hat, dann werden wir uns in weniger als einer Woche im Krieg befinden. In einem Krieg, der das Ende MUCs bedeuten könnte.«

Es dauerte ein paar Sekunden, ehe Pia begriff, was Ilja da gesagt hatte. Sie spürte, wie Robin neben ihr entsetzt die Luft einsog. Sams Mund klappte auf, und Goliath schmiegte seine haarige Wange an Aelas, ganz so, als ob er verstanden hätte, was Iljas Worte bedeuteten.

»Wir hatten recht, den Unruhen in der Unterstadt zu misstrauen, doch ich hätte nie gedacht, dass sie Teil von etwas so großem sein könnten. Das Ziel war von Anfang an, MUC von innen zu schwächen, um die bevorstehende Invasion zu erleichtern.«

Ilja machte eine kleine Pause, und jeder, sogar Goliath, schien den Atem anzuhalten. »Während wir reden, ist eine Armee aus Utilitas unterwegs nach MUC.«

Robin war der Erste, der aus der Erstarrung erwachte. »Wie groß ist diese Armee?«

»Groß«, schaltete Aela sich ein. »Lobo spricht von Tausenden Soldaten, bestens trainiert und ausgerüstet mit Waffen aus der alten Zeit. Sie haben sogar funktionstüchtige Fahrzeuge. Wir wissen nicht, ob er übertreibt, damit wir eingeschüchtert sind. Vielleicht ist aber auch das Gegenteil der Fall, und er untertreibt und hat uns gar nicht die volle Stärke der Streitkräfte verraten.«

Robin sank in sich zusammen. »Scheiße.«

Sam starrte noch immer ungläubig in die Runde, während sich in Pias Kopf alles zu drehen begann. Sie konnte nicht glauben, was gerade passierte.

»Aber, wie ist das möglich?«, fragte sie. »Ich dachte, MUC ist weit und breit das einzige Zentrum menschlicher Zivilisation. Das große Sterben hat doch fast alles ausgelöscht, oder nicht? Wie kann es möglich sein, dass plötzlich eine Armee vor unseren Toren steht? Wo kommt die her?«

Ilja und Aela wechselten einen Blick. Dann sagte Aela: »MUC ist nicht das einzige Zentrum menschlicher Zivilisation, es gibt noch andere. Utilitas ist am nächsten und etwa vierhundert Kilometer entfernt. Niemand hätte ahnen können, dass es jemals zur Bedrohung für uns werden könnte.«

Pia versuchte, sich die Entfernung von vierhundert Kilometern vorzustellen, doch es erschien ihr unglaublich weit. Im Vergleich dazu war ihre Reise vom Alpenrand nach MUC geradezu ein Katzensprung. Aus Erzählungen wusste sie außerdem, dass das Land nördlich von MUC seit dem großen Sterben noch mehr gelitten hatte als die Regionen südlich davon. Alte Kraftwerke und Fabriken hatten ganze Landstriche unpassierbar gemacht, weite Teile waren angeblich überschwemmt. Niemand wusste, welche Gefahren auf einer so weiten Reise lauerten. Und dennoch gab es irgendwo dort offenbar eine Stadt namens Utilitas, deren Menschen all das in Kauf nahmen, um … MUC zu vernichten. Warum?

»Was ist Utilitas?«, fragte sie schließlich.

»Wir wissen nicht viel darüber«, sagte Ilja. »Der Kontakt zu Utilitas ist vor vielen Jahrzehnten abgebrochen, schon vor meiner Geburt. Es wurde in einer ehemaligen Großstadt der alten Zeit gegründet und basiert auf einer pervertierten Form des Utilitarismus.«

Alle sahen sie fragend an. »Utilitarismus?«

Ilja lehnte sich zurück, während Aela sich eine neue Zigarette anzündete, nachdem die letzte verglüht war, ohne dass sie auch nur ein einziges Mal daran gezogen hatte.

»Der Utilitarismus ist eine sozio-philosophische Ausrichtung aus dem achtzehnten Jahrhundert der alten Zeit«, begann Ilja. »Aspekte davon waren bis zum einundzwanzigsten Jahrhundert ein wichtiger Teil der Kultur der großen Industrienationen, was schon immer zu erheblichen gesellschaftlichen Problemen geführt hat. Nach dem großen Sterben stießen die Erschaffer des heutigen Utilitas auf alte Schriften des Begründers des Utilitarismus, Jeremy Bentham, und machten sie zum Fundament ihrer neuen Staatsform. Und das beinahe wortwörtlich. Jetzt ist Utilitas eine Gesellschaft, die einzig und allein auf den Nutzen des Einzelnen ausgerichtet ist. Etwas anderes zählt nicht.«

Robin runzelte nachdenklich die Stirn. »Das klingt nicht so, als ob es so etwas Schlimmes wäre …«

»Falsch!«, unterbrach ihn Aela mit einer Heftigkeit, die ihn zusammenzucken ließ. »Möchtest du nicht mehr sein als ein Objekt, dessen Wert allein durch seinen Nutzen definiert wird? In Utilitas ist das so. Die Existenz jedes Einzelnen wird durch den Nutzen, den er der Gesellschaft erbringen kann, festgelegt.

Alles, das ›Nutzen‹ besitzt, ist gut. Alles, das keinen ›Nutzen‹ bringt, ist wertlos.«

»In Utilitas wird alles streng nach dem Kosten-Nutzen-Prinzip bestimmt. Alles wird entweder nutzbar gemacht oder vernichtet.«

»Und jetzt kommen sie nach MUC«, flüsterte Pia, die langsam begriff, warum Ilja und ihre Tochter solche Angst vor den Menschen aus Utilitas hatten. Vor ihrem geistigen Auge erschien das Bild einer gigantischen, gefräßigen Raupe, die sich unaufhaltsam fortbewegte und alles verschlang, was sich ihr in den Weg stellte. Zurück blieben nur hohle Gerippe.

»Jetzt kommen sie nach MUC«, bestätigte Ilja. »Scheinbar ist der Nutzen, den sie darin sehen, eine Invasion über diese Distanz durchzuführen, größer als das Risiko.«

»Was werden sie tun, wenn sie da sind?«, fragte Pia. Irgendwie konnte sie noch gar nicht richtig fassen, was sie da hörte. Wenn Aelas Befürchtung sich tatsächlich bewahrheitete, dann lief sie Gefahr, alles zu verlieren, was sie liebte. Der schreckliche Traum, den sie in letzter Zeit immer wieder hatte, fiel ihr ein, und das damit verbundene Gefühl der Ohnmacht. Sie hatte mit einem Mal das Gefühl, als wäre ihre Kehle zugeschnürt. Das Atmen fiel ihr schwer.

»Das wissen wir nicht. Der letzte Kontakt mit Utilitas ist zu lange her, als dass wir einschätzen könnten, wie sich die Dinge dort entwickelt haben. Im günstigsten Fall werden sie MUC einfach nur einnehmen und plündern, alles mitnehmen, was ihnen nützlich erscheint, und dann wieder abziehen.«

Pia wagte es kaum, ihre nächste Frage auszusprechen. »Und im ungünstigsten Fall?«

»Versklaven sie alle, die sie brauchen können, und töten den Rest«, sagte Aela trocken.

Pia starrte zu ihr herüber und sah sofort, dass sie jedes einzelne Wort ernst meinte.

»Scheiße …«, flüsterte Robin, und seine Hand suchte Pias.

Sam ballte die Fäuste. »Langsam bekomme ich große Lust, mich auch mal ausgiebig mit unserem Freund Lobo zu unterhalten … auf die harte Tour. Es muss doch etwas geben, das wir tun können?«

Wut blitzte in seinen Augen auf. Pia wusste, dass er bereit war, alles zu tun, um seine Familie zu beschützen.

Ilja hob abwehrend die Hand. »Langsam! Ich sage nicht, dass wir nichts unternehmen werden. Noch ist Utilitas nicht da, wir haben dank der Informationen, die ihr beschafft habt, Zeit gewonnen, um uns vorzubereiten. Alles, was ich sage, ist, dass die Lage mehr als ernst ist. MUC steht vor seiner größten Herausforderung seit dem großen Sterben.«

»Okay, was können wir tun?«, fragte Pia. Ihre einzige Hoffnung war, dass Ilja wie immer einen Plan hatte. Doch noch ehe diese etwas antworten konnte, wurden draußen plötzlich Stimmen laut. Es klopfte, dann hörte sie stampfende Schritte auf der Treppe.

Lukas steckte den Kopf durch die Tür. »Entschuldigung, ich weiß, ihr wolltet nicht gestört werden …«

»Was gibt es?«, fragte Aela etwas gereizt.

»Ihr werdet nicht glauben, wer wieder da ist.«

Als sie Lukas alle nach draußen und zum Hauptplatz folgten, entdeckte Pia schon von weitem ein Gesicht, das sie nie wieder sehen wollte. Begleitet von zwei unbekannten Männern stand dort Falk und grinste ihnen überheblich entgegen.

»So eine Überraschung«, sagte Aela ohne jegliche Wiedersehensfreude. »Wenn das mal nicht Falk ist. Wir haben nicht damit gerechnet, dich jemals wiederzusehen. Wo zum Teufel hast du gesteckt?«

Falks Grinsen wurde breiter. Pia fiel auf, dass er sich verändert hatte. Seine Haare waren kürzer und ordentlich geschnitten, die Kleidung aus der alten Zeit gut in Schuss und fast schon vornehm.

»In Utilitas«, erwiderte er.

Einen Augenblick lang wurde es auf dem Hauptplatz ganz still. Lukas und die paar anderen, die anwesend waren, schienen nicht ganz zu verstehen, was los war. Aela und ihre Mutter wechselten einen vielsagenden Blick. Pias Magen verkrampfte sich, und das wenige Frühstück, das sie gegessen hatte, begann darin zu rumoren. Falk in Utilitas? Was hatte das zu bedeuten? Er war ihr vom ersten Moment an unsympathisch gewesen, aber dass er ein Verräter war, hätte sie nicht einmal von ihm für möglich gehalten.

»Was willst du?«, fragte Aela kalt.

Sam ließ die Knöchel seiner Fäuste knacken und signalisierte damit, dass es Falk und seinen Freunden bei der geringsten Kleinigkeit, die ihm nicht gefiel, übel ergehen würde. Doch dieser schien davon völlig unbeeindruckt.

»Ich komme als offizieller Gesandter der CEOs von Utilitas. Ich bin hier, um zu verhandeln.«

Sam wollte etwas erwidern, doch Ilja stoppte ihn mit einer Handbewegung. Sie trat vor und musterte Falk mit völlig ausdrucksloser Miene. Pia wusste, was es zu bedeuten hatte, wenn sie so auftrat. So ähnlich hatte Ilja gewirkt, als sie sich dem Propheten entgegengestellt und erfolgreich geblufft hatte.

»In Ordnung«, sagte sie. »Wir werden anhören, was du zu sagen hast.«

Falk trat einen Schritt auf sie zu. Seine schmeichelnde Art war Herablassung gewichen, die auf Pia mindestens genauso abstoßend wirkte. Sie konnte Sams Reaktion sehr gut nachfühlen. Nach dem, was sie gerade über Utilitas gehört hatten, wollte sie Falk am liebsten sein arrogantes Grinsen aus dem Gesicht prügeln. Doch sie hielt sich zurück. Ilja wollte reden, und Pia vertraute darauf, dass sie wusste, was sie tat.

»Ich dachte eher an dich und mich, Ilja. Unter vier Augen«, bemerkte Falk.

»Einverstanden.« Ilja drehte sich mit ihrer majestätischen Art um, und Falk blieb nichts anderes übrig, als ihr zu folgen.

Er will sie ermorden, dachte Pia plötzlich, und Panik breitete sich um ihr Herz aus wie eine kalte Klaue. *Wenn sie allein in ihr Haus gehen, wo sie niemand sehen kann, wird er versuchen, sie zu ermorden!*

Doch dann sah sie, dass Ilja gar nicht den Weg zu ihrem Haus einschlug, sondern zu dem unterirdischen Bach ging. Dort konnte sie ungestört mit Falk reden, blieb aber dennoch im Sichtfeld der anderen.

Alle standen nun unschlüssig herum und beobachteten, wie Ilja mit Falk sprach, der sich betont ruhig und galant zu geben schien. Aelas kristallklare Augen waren zu Schlitzen verengt und fixierten die Szene hochkonzentriert. Ihr Körper war angespannt, und Pia konnte sehen, dass sie bereit war, sofort vorzuschießen wie eine Schlange, sollte Falk auch nur eine falsche Bewegung machen.

Sam hingegen ließ die beiden Begleiter von Falk nicht aus den Augen. Auch wenn Pia sich sicher war, dass Lukas und die Männer, die Wachdienst hatten, die unerwarteten Besucher nach Waffen untersucht hatten, so war die Gefahr, die von ihnen ausging, doch nicht zu unterschätzen. Schließlich waren sie aus Utilitas, einer Stadt, deren Machthaber Menschen als Ressourcen betrachteten und deren Armee auf dem Weg nach MUC war. Was auch immer sie und Falk hier wollten, es konnte nichts Gutes sein. Ihr Magen verkrampfte sich noch mehr, und sie musste sich alle Mühe geben, um Aelas Beispiel zu folgen und cool zu bleiben.

Falk kannte den Weg in den Hades. Er wusste alles über ihn und seine Bewohner, schließlich war er monatelang einer von ihnen gewesen. Er kannte die geheimen Wege durch das alte

U-Bahn-System, wusste, wie man die codierten Markierungen in den Tunneln las. Wenn er tatsächlich zu Utilitas übergelaufen war, dann bedeutete das, dass auch die Soldaten von Utilitas jederzeit den Hades finden konnten. Sie suchte Robins Blick und wusste sofort, dass er dasselbe dachte wie sie. Sie steckten in der Scheiße. Und das gewaltig.

Langsam begann sich der Hauptplatz zu füllen, etliche Hadesbewohner kamen neugierig näher, um zu sehen, was los war. Pia entdeckte Paul, der wirkte, als wäre er gerade eben aufgestanden. Er bewegte sich mit hochgezogenen Augenbrauen auf sie zu, doch Pia schüttelte kaum merklich den Kopf, und er blieb stehen. Dann nickte er ihr kurz zu und ging zu den Kindern, die mit weit aufgerissenen Augen die Szene vom Rand des Hauptplatzes aus beobachteten. Sie wussten vielleicht nicht, was los war, doch sie konnten die Anspannung der Erwachsenen spüren. Paul sagte etwas zu ihnen, dann verschwand er mit den Kindern zwischen den Hütten. Pia war dankbar dafür. Sollte es hier tatsächlich gleich hässlich werden, dann wären wenigstens die Kinder nicht dabei.

Doch es blieb alles ruhig. Die zwei Männer aus Utilitas sprachen kein Wort und bewegten sich auch kaum, während Falk sich mit Ilja besprach. Ihre Mienen waren ausdruckslos, und es schien fast so, als hätten sie keine eigene Persönlichkeit.

Sie erfüllten einfach ihren Nutzen.

Als Pia den Kopf zurück in Iljas Richtung wandte, glaubte sie zunächst, sie sähe nicht richtig. Ilja lächelte Falk an. Doch das war nicht alles. Wenige Sekunden später streckte sie die Hand aus und schüttelte die seine.

Was zum Teufel geschah hier? Was auch immer Falk Ilja gesagt hatte, sie schienen sich einig zu sein. Pia verstand die Welt nicht mehr.

Ein paar Minuten später war die Unterredung beendet, und Ilja und Falk kehrten zu den anderen zurück. Alle Augen wandten sich ihnen zu, und Pia konnte fühlen, dass auch Robin und Sam dieselben Zweifel am soeben Gesehenen hegten wie sie selbst.

»Sam«, sagte Ilja. »Bring doch bitte unseren Gast hierher. Er wird mit Falk gehen.«

Falk warf erneut sein widerliches Grinsen in die verwirrten Gesichter der Runde. »Dann haben wir also unseren Deal?«

»Den haben wir«, bestätigte Ilja. »Niemand hier wird etwas dagegen unternehmen. Das versichere ich.«

Sam brachte Lobo, in dessen Gesicht nicht zu lesen war, ob er sich nun freute, Falk zu sehen, oder ob ihm das Angst machte. Falk wandte den Kopf und zwinkerte Pia mit einem Auge zu, dann verließ er mit seinen Leuten den Hades.

Pia blickte ihm nach, bis er in der Dunkelheit verschwunden war, dann sah sie zu Ilja. Sie bemerkte, dass alle anderen die Anführerin ebenfalls mit großen Augen anstarrten.

»Mutter, was zur Hölle ist hier los?«, stieß Aela schließlich hervor und beendete die sonderbar angespannte Stille.

Ilja sagte nichts. Ihr Lächeln war erstorben.

7. Kapitel

Pakt

Falk konnte nicht aufhören zu grinsen, während er seine Leute durch die ewige Dunkelheit der U-Bahn-Tunnel navigierte. Er liebte es, wenn er einen guten Job machte und dabei erfolgreich war. Noch mehr liebte er es, wenn er seinen Nutzen mit weniger Aufwand erfüllen konnte, als er zuvor einkalkuliert hatte. Genau das war soeben der Fall gewesen.

Er würde sich die verdutzten Mienen der Hadesbewohner einprägen und in Erinnerung rufen, wenn es einmal nicht so gut lief und er Aufmunterung brauchte. Der Ausdruck in den Gesichtern all dieser Menschen, die er verachtete, als sie ihn erkannt hatten und das Stichwort Utilitas gefallen war – er war einfach unbezahlbar.

Zunächst hatte er sich dagegen gesträubt, nach MUC zurückzukehren, doch mittlerweile war er froh, dass die CEOs ihn hierhergeschickt hatten. Denn dieses Mal war alles anders.

Bei seiner ersten Mission in MUC musste er mühsam das Vertrauen von Aela und ihren Leuten gewinnen. Er schmeichelte ihnen, gab vor, von ihrer Sache und der Lebensart im Hades überzeugt zu sein. Nur sein langes Training und das natürliche Talent, sich zu verstellen, hatten es ihm ermöglicht, dass er wegen dieser quälend langen Zeit nie aus der Rolle gefallen war. Denn es war manchmal geradezu haarsträubend schwer gewesen, all diesen Idioten nicht die Meinung zu sagen. Im Nachhinein war es schwierig zu beurteilen, wer ihm am meisten auf die Nerven gegangen war. Ilja mit ihren kruden Weltanschauungen, die schon in der alten Zeit nicht funktioniert hatten, ganz zu schweigen vom Hier und Jetzt, das seit dem großen Sterben einiges an Härte hinzugewonnen hatte. Oder Sam, dieser Bauerntölpel, der sich als großer Nahkampftrainer sah und in seiner bedingungslosen Treue nicht viel mehr wert war als ein Straßenköter. Aela mit ihrem stinkenden Affen, die meinte, unfehlbar zu sein, und die all seine Avancen mit einem Schulterzucken abgetan hatte … was glaubte sie eigentlich, wer sie war? Falk konnte es kaum erwarten, ihr ihren Platz zu zeigen, wenn die Ordnung in MUC erst einmal hergestellt war.

Und dann war da natürlich noch Pia. Dieses schwarzhaarige kleine Miststück von der Alm, die ihn von Anfang an misstrauisch mit ihren großen dunklen Rehaugen betrachtet hatte und seine Nähe mied wie der Teufel das Weihwasser. Dabei hatte er sich gerade ihr gegenüber besonders viel Mühe gegeben, denn ihr exotisches Aussehen turnte ihn an. Doch alles, was er dafür erntete, war Verachtung.

Wenn Falk es sich recht überlegte, dann war Pia diejenige, auf die er den größten Groll hegte. Und ausgerechnet sie wollten die CEOs unbeschadet in Utilitas. Manchmal bereute er, dass er in seinem Bericht überhaupt Pias Existenz erwähnt hatte, sonst hätte sie niemals Celvins Interesse geweckt. Aber es war Teil seines Jobs gewesen, die CEOs über alles Außergewöhnliche zu informieren, und ob er es wahrhaben wollte oder nicht, Pia war etwas Außergewöhnliches. Das sah auch Celvin so, weshalb Pia für Falk leider außer Reichweite war. Dennoch würde er seinen Spaß haben, wenn dieses Drecksloch MUC erst einmal in Trümmern lag.

Falk grinste noch immer, als er den U-Bahn-Tunnel im Norden MUCs außerhalb der Barrikaden verließ. Hier warteten noch mal drei seiner Leute, die für seine Sicherheit außerhalb der Stadt garantieren sollten. Das Umland von MUC war hoffnungslos verwildert, und es wimmelte nur so von gefährlichen Tieren, weshalb es ratsam war, hier nicht ohne bewaffneten Begleitschutz unterwegs zu sein. In Utilitas war das natürlich anders. Dort waren Wildtiere zur Jagd freigegeben, und es wurden regelrechte Wettbewerbe veranstaltet. Der Nachteil war natürlich, dass man kaum noch Beute im engeren Umkreis von Utilitas fand, wogegen die Artenvielfalt in der Gegend um MUC geradezu berauschend erschien. Auch das würde schon bald anders werden, da war sich Falk sicher.

Die Sonne stand bereits tief, als sie das alte Sportstadion passierten. Falk drängte seine Leute zur Eile, denn er wollte noch vor Einbruch der Dunkelheit im Camp sein. Lobo versuchte, ein Gespräch anzufangen, doch Falk würgte ihn ab. Er hatte keine Lust auf Unterhaltungen, viel lieber wollte er in seiner Zufriedenheit schwelgen. Lobo hatte seinen Nutzen erfüllt, nicht mehr und nicht weniger. Seine Aufgabe war es gewesen, für Unruhe in der Stadt zu sorgen, und das hatte er getan.

Berichten nach war es durchaus wahrscheinlich, dass Teile der armen Bevölkerung die Waffen niederlegen und die Truppen aus Utilitas als Erlöser feiern würden. Dass Lobo von Aela und ihren Leuten dabei erwischt worden war und verraten hatte, dass eine Invasion bevorstand, war zwar eigentlich unverzeihlich und musste bestraft werden, doch ohne es zu wissen, erwies Lobo Falk damit einen großen Dienst, weshalb die Strafe mild ausfallen dürfte. Weil er von der Gefahr, die von Utilitas ausging, berichtet hatte, waren die ach so aufrechten und unerschrockenen Hadesbewohner wie eine Schar aufgeschreckter Hühner erschienen, als Falk den Hades erreichte. Es brauchte daraufhin nicht viel Überredungskraft, um Ilja davon zu überzeugen, dass es im Sinne und zum Nutzen aller war, wenn sie sich mit Utilitas verbündete. Man konnte gegen sie haben, was man wollte, dumm war sie nicht.

Der Pakt, den sie geschlossen hatten, war so einfach wie genial. Ilja und ihre Leute würden einer Spezialeinheit aus Utilitas, angeführt von ihm selbst, helfen, durch die U-Bahn-Tunnel in die Hochstadt zu gelangen. Wenn die meisten Wächter abgelenkt waren, weil sich die Truppen von Utilitas vor den Toren der Stadt formierten, würde man gemeinsam den Propheten, seine Familie und die wichtigsten Mitglieder der Regierung ausschalten. Damit würde die Hydra mit einem Schlag all ihre Köpfe verlieren, und der träge Körper wäre ein leichtes Spiel für die gut trainierten Soldaten aus Utilitas. Wer weiß, vielleicht konnte man anschließend sogar auf weitere Kämpfe verzichten? Das würde enorm Material sparen und den Kosten-Nutzen-Faktor der Invasion um ein Vielfaches ins Positive steigern. Für alle eine Win-win-Situation. Ein Sieg für die CEOs, Ressourcen für Utilitas, und Ilja wäre endlich den verhassten Propheten und seine Bande los. Man bot ihr sogar an, im Falle des Sieges Statthalterin in MUC zu werden.

Ein guter Plan, den sich die CEOs da ausgedacht hatten, das musste Falk zugeben. Natürlich hatte er Ilja ein paar Kleinigkeiten verschwiegen. Sie war in dem Glauben, dass die Prophetenfamilie gefangen genommen würde, doch in Wahrheit hatte man nicht vor, auch nur einen von ihnen am Leben zu lassen. Die gesamte Elite von MUC stellte eine potentielle Bedrohung dar, wenn nicht jetzt, dann vielleicht in Zukunft – ergo musste sie weg.

Eine weitere Winzigkeit, über die Ilja im Dunkeln gelassen wurde, war, dass Falk auch nicht vorhatte, sie oder einen ihrer Leute am Leben zu lassen – außer Pia natürlich. Wenn die Hades-Versager ihren Zweck erfüllt hatten, würde man sie alle exekutieren. Aus Erfahrung wusste Falk, dass Leute wie die nur Ärger bereiten konnten, also war es am besten, sie präventiv kaltzustellen.

Das Gelände war so unwegsam und verwachsen, dass sie viel langsamer vorankamen, als es Falk lieb war. So herrschte um sie herum bereits schwärzeste Nacht, erfüllt von unangenehmen Tiergeräuschen, die Falk nicht zuordnen konnte, als sie endlich das Camp erreichten.

Der Bereich war schon lange im Vorfeld von Spähern als idealer Standort auserkoren worden, um die Truppen zu sammeln und sie sich nach der langen Reise von Utilitas nach MUC ein oder zwei Tage erholen zu lassen, ehe man mit der Invasion begann.

Die weite Fläche musste einmal geteert gewesen sein und war deshalb relativ spärlich bewachsen. Sie bot genügend Platz, um die Fahrzeuge zu warten und Zelte aufzuschlagen. Direkt daran grenzte ein Gebäude, das zwar etwas mitgenommen und zugewachsen war, aber dennoch als Hauptquartier dienen konnte. Es war von übergelaufenen Wasseranlagen umgeben und das Prächtigste, das Falk jemals gesehen hatte. Er hatte keinen großen Sinn für Schönheit und Architektur, aber er war gebildet genug, um zu wissen, dass das Land vor Jahrhunderten von Königen beherrscht worden war, die solche Paläste bauen ließen.

Jetzt würden hier neue Herrscher einziehen, effizienter als alle bisherigen. Falk fragte sich, was Maya wohl zu ihrem Hauptquartier sagen würde, wenn sie in wenigen Tagen hier mit dem Rest der Truppen ankam. Er konnte es kaum erwarten, ihr die Neuigkeiten mitzuteilen. Bestimmt würde sie erfreut sein, zu hören, dass das »Vorhaben MUC« mit so geringem Kostenaufwand realisierbar war. Auch wenn das zu bedeuten hätte, dass die Lorbeeren für einen Sieg mehr ihm zugedacht sein würden als ihr …

Falk grinste weiter vor sich hin. Was für ein erfolgreicher Tag!

Nachdem Falk den Hades verlassen hatte, herrschte dort große Aufregung. Fast alle hatten sich auf dem Hauptplatz versammelt und redeten wild durcheinander. Sogar Neles schwarzer

Hund bellte aufgeregt. Alle wollten wissen, was Falk mit den zwei Unbekannten im Hades zu suchen hatte.

Ilja und Aela hatten sich zu einer kurzen Unterredung zurückgezogen, und so blieb es an Sam hängen, die Leute zu beschwichtigen.

»Ich bin sicher, Ilja wird uns gleich erklären, was es mit der ganzen Sache auf sich hat«, sagte er, wenngleich sein breites Gesicht verriet, dass auch er sich Sorgen machte.

Paul trat an Pia heran. »Hast du eine Ahnung, was das gerade eben zu bedeuten hatte? Wer war dieser Typ?«

Pia hätte ihm am liebsten alles erklärt, was sie wusste, doch sie hielt es für besser, noch zu warten, bis Ilja oder Aela Stellung zu der Situation bezogen. Wenn sie Paul erzählte, dass die Invasion einer fremden Macht bevorstand, würden es vielleicht auch andere mitkriegen und in Panik geraten.

»Das war Falk«, erklärte sie. »Der lebte hier, bevor du in den Hades kamst. Dann ist er plötzlich verschwunden und jetzt wieder aufgetaucht, die zwei Fremden im Gepäck. Ich weiß nicht, was er mit Ilja zu besprechen hatte.«

Das entsprach sogar der Wahrheit. Sie konnte sich beim besten Willen nicht vorstellen, was Ilja und Falk geredet hatten. Die Anführerin war ausgesprochen freundlich zu ihm gewesen, und zum Abschied sprach er von einem »Deal«. Beide hatten gewirkt, als ob sie gerade eine Verschwörung ausgeheckt hätten. Aber konnte das möglich sein? Soweit Pia es verstanden hatte, verachtete Ilja Utilitas und alles, wofür es stand. Und nun machte sie mit Falk gemeinsame Sache?

Paul sah sie skeptisch an. »Ich wusste schon, wenn du etwas verschweigst, als du drei Jahre alt warst. Was ist hier also wirklich los?«

»Ich weiß es nicht, Paul, ehrlich«, antwortete sie. »Warten wir auf Ilja, okay?«

Er nickte etwas zerknirscht, doch dann lichtete sich sein

Blick. Ilja war in den Feuerschein des Hauptplatzes getreten. Aela war nicht bei ihr. Alle Köpfe wandten sich zur Anführerin des Hades, es wurde augenblicklich still.

»Bitte verzeiht, dass ich nicht sofort mit euch reden konnte«, begann sie mit ruhiger und doch ernster Stimme. »Ich kann mir vorstellen, dass ihr euch fragt, was hier eigentlich los ist.«

Verhaltene Zustimmung wurde hörbar. Die Anspannung in der Luft schien regelrecht greifbar zu sein.

»Ich musste zunächst mit Aela reden und ihr einen wichtigen Auftrag erteilen«, fuhr Ilja fort. »Aber wir sind eine freie Gemeinschaft mit freien Mitgliedern, weshalb ich euch nichts verheimlichen möchte. Tatsache ist, MUC steht ein Krieg bevor. Eine feindliche Armee aus einer Stadt namens Utilitas ist auf dem Weg hierher.«

Zunächst wurde es beinahe unnatürlich still. Alle schienen die Luft anzuhalten, so dass das Knistern des großen Feuers ungewöhnlich laut wirkte. Dann ging ein ungläubiges Raunen durch die Gruppe. Die meisten kannten das Wort Krieg nur aus Iljas Geschichtsbüchern. Man hasste zwar das Prophetenregime in MUC, doch immerhin hatte es in den letzten Jahrzehnten Frieden und relative Ordnung nach MUC gebracht.

Ilja wartete einen Moment, bis sich das Murmeln gelegt hatte und alle ihre Augen wieder zu ihr wandten.

»Ich werde alles in meiner Macht Stehende tun, um unsere Gemeinschaft zu beschützen, das verspreche ich euch. Habt jedoch bitte Verständnis, dass ich euch im Moment noch nichts Näheres sagen kann, was wir in dieser Situation unternehmen werden. Ich muss mir erst selbst ein klareres Bild machen, ehe ich Entscheidungen treffen kann. Bitte informiert diejenigen, die jetzt nicht hier sind. Niemand soll von nun an den Hades verlassen, bis wir entschieden haben, was als Nächstes zu tun ist. Sam, du kümmerst dich hier um alles, während ich weg bin.

Pia, Robin, ihr kommt mit mir. Wir sind in wenigen Stunden wieder da.«

Damit trat sie aus dem Lichtschein und wandte sich schnellen Schrittes in Richtung ihres Hauses. Pia und Robin folgten ihr, während Sam sich augenblicklich von Dutzenden Hadesbewohnern umringt sah, die offenbar alle dringende Fragen zu haben schienen.

Pia rannte Ilja hinterher, um sie einzuholen. Sie wollte wissen, was Ilja vorhatte und wobei sie behilflich sein konnte. Doch noch dringender war es ihr, zu erfahren, was sie mit Falk vereinbart hatte.

»Was passiert jetzt?«, fragte sie. »Was wollte Falk?«

Ilja blieb so stehen, dass sie außer Hörweite der anderen war. Ein humorloses Lächeln huschte über ihre Lippen. »Falk hat uns ein Abkommen angeboten. Wir sollen dabei helfen, den Propheten zu stürzen, und es Utilitas erleichtern, MUC einzunehmen. Im Gegenzug wird uns nichts passieren, und wir werden weiter friedlich im Hades leben können.«

Pia riss die Augen auf. Robin, der hinzugekommen war, warf ihr einen verwirrten Blick zu. Dann stimmte es also, was Pia befürchtet hatte. Ilja wollte gemeinsame Sache mit Falk machen. Ja, der Prophet war ein Monster, aber war nicht das Übel, das man kannte, das kleinere Übel? Es gelang ihnen nun schon seit Monaten, ohne Konflikte zu leben, und nach allem, was sie bisher über Utilitas gehört hatte, war das keine Gesellschaft, in der sie leben wollte. Was war bloß in Ilja gefahren? Pia erkannte sie nicht wieder. War sie wirklich so dumm, um auf Falk hereinzufallen? *Er stellt Ilja eine Falle,* schoss es Pia durch den Kopf.

»Und wir werden ihn unterstützen?«, fragte Robin ungläubig. Er hatte dieselben Zweifel wie Pia, das konnte sie deutlich an seinem Gesicht ablesen.

»Selbstverständlich nicht!«, rief Ilja aus, und Pia glaubte, eine leichte Kränkung in ihrer Stimme zu hören. »MUC ist nicht perfekt, aber unser aller Zuhause. Wir werden es nicht kampflos Utilitas zum Fraß vorwerfen!«

Pia fühlte, wie sich Erleichterung in ihr breitmachte, gemischt mit etwas Scham. Wie konnte sie nach allem, was sie im Hades erlebt hatte, auch nur eine Sekunde an Ilja zweifeln? Auch Robin senkte für einen Moment verstohlen den Blick.

»Falk hat uns monatelang ausspioniert und doch nichts über uns gelernt«, fuhr Ilja fort, und ein brennender Glanz breitete sich in ihren sonst so klaren Augen aus. »Sonst hätte er gewusst, dass wir niemals auf solche Vorschläge eingehen würden. Ich habe zum Schein eingewilligt, ja. Aber auch ich verfolge einen Plan. Wartet hier, ich muss eine alte Landkarte aus meinem Haus holen. Dann brechen wir auf.«

»Wohin?«, fragte Pia.

Ilja grinste. »In die Hochstadt. Es gibt noch etwas, das der gute Falk nicht in Erfahrung gebracht hat, dazu ist er zu schnell wieder verschwunden.«

»Der Prophet und du …«, beendete Pia den Gedanken.

»Richtig. Es wird Zeit, dass mein Bruder und ich nach langen Jahren mal wieder die Köpfe zusammenstecken.«

8. Kapitel

Pläne

Jedes Mal, wenn er hier war, musste Elias sich fragen, wie Linus in diesem Chaos den Überblick behalten konnte. Während er auf den dicken Wissenschaftler wartete, hatte er genügend Zeit, dessen Büro genau in Augenschein zu nehmen. Auf seinem breiten Schreibtisch stapelten sich Papiere, Bücher, mit seiner krakeligen Handschrift vollgeschriebene Zettel, halbleere Kaffeetassen sowie ein angebissenes Stück Apfelkuchen, den er so gerne naschte, wenn es nachts mal länger wurde – was in Linus' Fall beinahe täglich war. Er hatte keine Familie und keine Freunde, von denen Elias gewusst hätte. Seine Arbeit war sein Leben. Wahrscheinlich war Elias selbst noch am ehesten das, was Linus als Freund bezeichnen konnte, zumindest kam er regelmäßig vorbei, um sich mit ihm zu unterhalten. Gleichzeitig hatte auch er als Sohn des Propheten keine wirklichen Freunde, denn alle achteten in seiner Gegenwart immer peinlich genau darauf, wie sie sich benahmen und was sie sagten. Wahre Freunde hingegen konnten ehrlich zueinander sein und begegneten sich auf Augenhöhe.

Wenn Elias es sich recht überlegte, dann war auch er ziemlich einsam. Vielleicht war das der wahre Grund, warum er Linus so oft besuchte. Dieser war so in seiner wissenschaftlichen Welt versunken, dass er manchmal vergaß, wen er vor sich hatte und Elias deshalb behandelte wie jeden seiner Mitarbeiter auch. Er musste wieder einmal an Pia denken, die ihm so offen und unverkrampft begegnet war. Mit ihr hatte er sich zum ersten Mal in seinem Leben einfach nur als Mensch gefühlt. Ein

Mensch, der um seiner selbst wegen geliebt wurde und nicht, weil er der Sohn eines mächtigen Mannes war. Er verwarf den Gedanken an Pia schnell wieder. Es schmerzte einfach zu sehr, sich an die Zeit mit ihr zu erinnern. Wahrscheinlich musste er sich einfach damit abfinden, dass er sie nie wieder sehen würde.

Linus betrat schwer schnaufend sein Büro, und Elias war froh über die Ablenkung.

»Entschuldigung«, sagte er atemlos. »Ich wurde unten im Labor aufgehalten. Aber ich habe mich beeilt, so schnell wie möglich hier zu sein, als man mir gesagt hat, dass du da bist.«

Elias lächelte. »Kein Problem, nur kein Stress, Linus.«

Der dicke Wissenschaftler ließ sich in seinen Stuhl fallen, der unter dem plötzlichen Gewicht bedenklich knarzte. Er holte ein Tuch aus seiner Hosentasche und tupfte sich damit die Stirn ab.

»Was kann ich für dich tun, Sohn des Propheten?«

Elias lehnte sich in seinem Sessel zurück und verschränkte die Hände hinter dem Nacken. »Was gibt's Neues in der Forschung?«

Linus' sommersprossiges Pfannkuchengesicht strahlte. »Oh, Großartiges! Erst gestern ist es einem Team gelungen, unser bestehendes System der Photovoltaik zu optimieren. Es stehen noch ein paar Feinjustierungen an, aber wenn alles klappt – und davon gehen wir fest aus –, dann können wir die Effizienz unserer Anlagen um bis zu zehn Prozent steigern …«

Elias' Lächeln wurde breiter, und er schüttelte leicht den Kopf. »Das ist mit Sicherheit faszinierend …«

»… aber nicht die Antwort auf deine Frage?«, beendete Linus den Satz und unterbrach damit seinen eigenen Redeschwall.

»Nicht ganz«, bestätigte Elias. »Was ich wissen wollte, ist, ob ihr etwas Neues bezüglich der Forschung um das große Sterben habt.«

Linus errötete leicht. »Tut mir leid. Nicht, seit du das letzte Mal hier gewesen bist, Sohn des Propheten.«

Elias nickte, wusste aber an Linus' Reaktion sofort, dass ihm die Enttäuschung ins Gesicht geschrieben stand.

Der Wissenschaftler fuchtelte entschuldigend mit den Armen. »Es tut mir wirklich leid, dass ich nichts Neues berichten kann! Ich selbst würde mich am meisten freuen, wenn ich Fortschritte auf dem Gebiet erzielen könnte. Ich könnte in die Geschichtsbücher eingehen, als der Mann, der dem großen Sterben ein Ende gesetzt hat … vorausgesetzt, in Zukunft wird es überhaupt so etwas wie Geschichtsschreibung geben. Und selbst wenn nicht, dann könnte ich eines Tages aus dieser Welt scheiden mit dem guten Gefühl, ihr einen großen Dienst erwiesen zu haben.«

Elias musste schmunzeln, und Linus erkannte, dass er sich in einem erneuten Redeschwall befand. Er räusperte sich und schwieg abrupt.

»Woran liegt es?«, wollte Elias wissen.

Linus tupfte sich wieder etwas Schweiß von der Stirn. »Die Blutprobe, die wir von Pia hatten, war einfach zu gering. Sie genügte zwar, um herauszufinden, dass sie weder Trägerin der Mutation am Chromosom 16 ist noch eine der bekannten Blutgruppen hat. Aber um eventuell einen Impfstoff herzustellen, brauchten wir einiges mehr davon. Ich meine jetzt nicht, dass wir mit ihrem Blut impfen sollten, Gott bewahre! Nein, wir könnten versuchen herauszufinden, was genau in ihrem Chromosom 19 sie immun gegen das Virus macht. Das ist kompliziert, da das Chromosom etwa eintausendfünfhundert verschiedene Gene besitzt, aber vielleicht kann man auf der Basis der Bombay-Mutation irgendwann einen Impfstoff synthetisieren …«

»Klingt nach viel Arbeit …«

»Ist es auch! Wenn ich es mir recht überlege, dann wäre mein Leben wahrscheinlich viel zu kurz dafür, aber ich könnte einen Grundstein legen, und irgendwann gäbe es eine Impfung gegen das Virus. Aber wir haben sowieso nicht genug Blutproben, also was soll's …«

Erneut hatte Elias das Gefühl, der größte Trottel auf Erden zu sein. Er hatte mit Pia nicht nur die Frau, die er liebte, verloren, sondern vielleicht auch die einzige Hoffnung, die die Menschheit hatte, eines Tages das große Sterben zu überwinden. Und alles nur aus verletztem Stolz.

Sicher, wenn er seinem Vater davon berichtete, was Linus gesagt hatte, dann würde dieser vielleicht Wege finden, Pia zur Kooperation zu zwingen, aber das wollte Elias auf keinen Fall. Die Menschheit würde eben ohne Pia überleben müssen … das tat er ja schließlich auch. Mehr schlecht als recht, aber er akzeptierte es.

Das tödliche Virus, im Volksmund als »das große Sterben« bekannt, hatte vor mehr als hundert Jahren annähernd die ganze Menschheit ausgelöscht. Nur etwa zwei Prozent der Bevölkerung hatten sich immun gegen die Seuche gezeigt, die Träger einer Mutation am Chromosom 16. Wer die Mutation aufwies, hatte neben der Immunität gegen das Virus noch ein Merkmal, das ihn vom Rest der Menschen vor dem großen Sterben unterschied: rote Haare. Heute lebten ausschließlich rothaarige Menschen auf der Welt, die wenigen, die anders geboren wurden, starben meist wenige Stunden nach der Geburt. Alle außer Pia. Denn ihre Haare waren pechschwarz, und auch sonst war sie in jeder Hinsicht etwas ganz Besonderes.

Mit Hilfe einer Blutprobe hatte Linus vor einem Jahr das Rätsel um Pias Existenz entschlüsselt. Zwar besaß sie nicht die Mutation des Chromosoms 16, die alle gegen das Virus immun machte, jedoch eine andere Anomalie, die selbst vor dem großen Sterben extrem selten gewesen war. Eine Mutation am Chromosom 19 bewirkte, dass Pia eine unglaublich seltene Blutgruppe besaß, genannt »Bombay-Blutgruppe«, die ihr ebenfalls Immunität gegen das Virus schenkte. Für Linus war diese Entdeckung die bisher größte seines wissenschaftlichen Daseins gewesen.

Der dicke Mann nahm einen Schluck kalten Kaffee, dann

setzte er zu einem erneuten Redeschwall an. Elias konnte das deutlich daran sehen, wie sich seine roten Backen mit Luft füllten.

In diesem Moment klopfte es an der Tür. Linus ließ die Luft entweichen und blickte leicht zerstreut nach oben.

Elias wandte den Kopf. »Ja, bitte!«

Es war zwar nicht sein Büro, aber er war es schlicht gewohnt, Befehle zu erteilen. Das Mädchen vom Empfang streckte etwas unsicher den Kopf herein. Sie wusste, dass der Leiter der Wissenschaftsabteilung es gar nicht mochte, gestört zu werden, erst recht nicht, wenn er hohen Besuch hatte.

»Verzeihung«, sagte sie leise. »Aber unten stehen zwei Wächter, die dringend um die Anwesenheit des Sohnes des Gebieters bitten.«

Elias runzelte die Stirn. Das waren zweifellos seine Leibgardisten Dennis und Ed, aber was wollten sie von ihm? Er konnte sich eigentlich nicht vorstellen, was so wichtig sein konnte.

»Sag ihnen, ich bin in ein paar Minuten da«, befahl Elias. Er hatte noch ein paar Fragen, die er Linus stellen wollte. Was auch immer die Wächter wollten, sie würden sich etwas gedulden müssen.

Das Mädchen blickte unglücklich drein und schien einen Moment zu überlegen, was sie sagen sollte. Elias bemerkte ihre Nervosität und lächelte sie freundlich an.

»Verzeihung, aber die Wächter sagen, der Prophet schicke sie. Er wünscht seinen Sohn zu sehen. Jetzt.«

Es waren tatsächlich nicht seine gewohnten Leibgardisten, die im Eingangsbereich auf Elias warteten. Dem Emblem auf ihren schwarzen Kutten nach zu urteilen, gehörten sie zu den persönlichen Leibwächtern seines Vaters. Während Elias ihnen durch die heiße Sommernacht folgte, fragte er sich, was der Prophet wohl so Dringendes von ihm wollte. Vielleicht hing es mit den seltsamen Vorkommnissen in der Unterstadt zusammen, von denen Elias berichtet hatte? Was auch immer es war, er wusste, dass man den Propheten nicht warten ließ, Vater hin oder her. Deswegen hatte er sich schnell von Linus verabschiedet und war nach unten geeilt.

Zu seiner Überraschung führten ihn die Wächter nicht direkt in den hell erleuchteten Prophetenpalast, sondern seitlich daran vorbei und in die Gärten am Flussufer. An einem alten Springbrunnen, der erst vor wenigen Jahren aufwendig renoviert und wieder funktionstüchtig gemacht worden war, entdeckte er seinen Vater.

Genauer gesagt musste er zweimal hinsehen, ehe er den Propheten erkannte. Normalerweise trug dieser prächtige Gewänder, die seinen Status und seine Würde unterstreichen sollten. Heute jedoch war sein Vater in schlichte dunkle Sachen aus der alten Zeit gekleidet, er trug eine graue Jeans und ein langärmeliges Leinenhemd, das im leichten Abendwind flatterte. Eigentlich sah er wie ein ganz normaler Mann aus, nur seine würdevolle Haltung und die ausdrucksstarken Augen verrieten, dass er jemand Besonderes war. Elias konnte nicht anders, als in diesem Moment seinen Vater noch mehr zu lieben als sonst. Er wusste, dass der Prophet ein Tyrann war und sein Volk nicht gerade zu dessen Bestem regierte. Vor allem seit er so oft in der Unterstadt unterwegs war, verstand Elias das besser denn je. Und doch war das, was vor ihm stand, kein Monster, sondern sein einziger Vater, den er immer lieben und auf gewisse Weise bewundern würde.

Ihn jetzt so zu sehen, versetzte Elias einen kleinen melancholischen Stich im Herzen. Wie oft hatte er sich als Kind gewünscht, sein Vater wäre ein ganz normaler Mann und nicht der Herrscher von MUC? Dann hätte er vielleicht mehr Zeit mit seinem Sohn verbringen können, der sich nichts sehnlicher gewünscht hatte, als stundenlang auf dem Schoß seines Vaters zu sitzen und dessen melodischer Stimme zu lauschen.

»Du kommst spät«, begrüßte ihn der Prophet. Es klang nicht unfreundlich, und doch tat es Elias immer weh, dass sein Vater so selten persönliche Worte für ihn fand.

»Entschuldigung«, sagte Elias und versuchte, keine Schwäche in seiner Stimme zuzulassen, die sich so gerne einschlich, wenn er es mit dem Propheten zu tun hatte. »Ich war im Klinikum.«

Sein Vater nickte, ohne jedoch weiter darauf einzugehen. Wahrscheinlich ging er davon aus, dass Elias nicht deswegen dort gewesen war, weil er sich krank fühlte, sondern aus rein wissenschaftlichem Interesse.

»Ich habe dich rufen lassen, weil du derjenige warst, der mich über die Unruhen in der Unterstadt unterrichtet hat. Es ist schon erstaunlich, da beschäftige ich ein ganzes Heer an Wächtern, und erst mein Sohn bringt mir derart wichtige Informationen.« Er verzog für eine Sekunde wütend den Mund, dann wandte er sich wieder Elias zu. »Außerdem bist du mein einziger Sohn, der bereits die zweifelhafte Ehre hatte, meine Schwester kennenzulernen. Und genau sie werden wir nun gemeinsam treffen.«

Elias war für einen Moment sprachlos. Der Prophet traf seine Schwester? Die Anführerin des Hades, die ihn bei ihrer letzten Begegnung ausgespielt hatte wie einen kleinen Jungen? Wieso?

»Komm jetzt«, befahl sein Vater leicht ungeduldig. »Wir wollen sie nicht länger als nötig warten lassen. Sie steht bereits mit ein paar ihrer Leute auf der Brücke an der Grenze zur Unterstadt.«

Mit diesen Worten drehte der Prophet sich um und ging voraus auf die Brücke zu, die direkt unter dem Palast lag. Erst jetzt fiel Elias auf, dass sie heute im Dunkeln lag und nicht wie üblich hell erleuchtet war. Nun verstand er auch den sonderbaren

Aufzug seines Vaters. Das Treffen sollte heimlich und ohne großes Aufsehen vonstattengehen. Das konnte nur eines bedeuten: Etwas Wichtiges musste passiert sein. Etwas, das so groß war, dass der Prophet und die Anführerin des Hades bereit waren, für eine Zeitlang ihr Kriegsbeil zu begraben. Und es musste mit den Unruhen zu tun haben, die Elias beobachtet hatte. Warum sonst hätte sein Vater betont, dass er ihn zu dem sonderbaren Treffen mitnahm, weil er ihm diese Informationen zugetragen hatte?

Mitten auf der Brücke, hinter den Barrikaden, standen drei dunkle Gestalten, die sie bereits erwarteten. Elias konnte nur ihre Silhouetten erkennen, aber zweifellos waren das Ilja und ihre Leute.

Kurz bevor sie die Barrikaden erreicht hatten, konnte Elias nicht anders, er musste seinen Vater einfach fragen, was los war. Er wollte nicht völlig unwissend in dieses Treffen stolpern und womöglich als Idiot dastehen.

Wäre ja nichts Neues, sagte eine sarkastische Stimme in ihm, doch er würgte sie ab.

»Vater«, begann er. »Was ist passiert? Weshalb treffen wir uns mit Ilja?«

Der Prophet blieb für einen Moment stehen und musterte seinen Sohn eindringlich. »Sie hat mir vor ein paar Stunden eine Botschaft zukommen lassen, die höchst beunruhigend war. Wir haben vor Jahren vereinbart, uns auf diese Weise zu kontaktieren, wenn eine Katastrophe bevorsteht.«

Elias starrte seinen Vater ungläubig an. Er konnte sich nicht vorstellen, was so Schlimmes auf sie zukam, dass der Prophet von einer Katastrophe sprach.

»Was war Inhalt dieser Botschaft?«, fragte er tonlos.

»Wir stehen vor einem Krieg, den MUC so noch nie erlebt hat. Es ist Zeit für einen Pakt, den ich nie für möglich gehalten hätte. Und jetzt komm.«

Nur von den zwei Leibwächtern begleitet traten Elias und sein Vater auf die Barrikade zu. Die dort stationierten Männer hatten einen schmalen Durchgang geöffnet. Als Elias ihn passierte, konnte er die drei Abgesandten des Hades deutlicher erkennen. Es waren zwei Frauen und ein Mann. In der Mitte stand Ilja, deren Körperhaltung allein schon der des Propheten so ähnlich war, dass sie unverkennbar herausstach. Auch der junge Mann kam Elias bekannt vor, vielleicht war auch er an jenem Tag dabei gewesen, als die Hadesleute den Gasteig gestürmt hatten. Die dritte Person stand zunächst etwas von Ilja verdeckt, doch als sie näher kamen und die Lichter des Prophetenpalastes, die sich im Wasser spiegelten, auf ihr Gesicht trafen, verschlug es Elias für einen Moment den Atem.

Es war Pia.

Sie hatte sich verändert, wirkte gereifter, seit Elias sie zum letzten Mal gesehen hatte. Ihre langen Haare waren asymmetrisch geschnitten, und man konnte in dem wenigen Licht rote Strähnen in ihrem Schwarz aufblitzen sehen. Ihre dunklen Augen erschienen in den Reflexionen wie kleine glühende Kohlestückchen.

Mein Gott, dachte Elias, *sie ist so wunderschön.*

Er spürte, wie sein Mund trocken wurde, seine Beine drohten weich zu werden und ihren Dienst zu versagen. Er musste sich zwingen, weiterzugehen und nicht einfach stehen zu bleiben, um sie anzustarren. Monatelang hatte er an kaum etwas anderes denken können als an sie, jedes Mal, wenn er die Unterstadt betrat, hatte er gehofft, sie wiedersehen zu können. Und jetzt stand sie plötzlich vor ihm, schöner und aufregender als jemals zuvor.

Auch sie erkannte ihn erst wieder, als er bereits ganz nah war. Ihr Körper versteifte sich etwas, und ihre ausdrucksstarken Augen verengten sich zu Schlitzen. Elias konnte sehen, wie sie kurz ihre Fäuste ballte und von einem Fuß auf den anderen trat, dann jedoch hatte sie sich wieder im Griff. Sie sagte nichts, wandte den Blick von ihm ab und schien sich ganz auf den Propheten konzentrieren zu wollen.

Sie hasste ihn, wurde Elias schmerzhaft klar. Und er konnte es ihr nicht einmal verübeln.

Dennoch konnte er den Blick keine Sekunde lang von ihr abwenden. Am liebsten wäre er auf sie zugegangen und hätte sie in den Arm genommen, sie leidenschaftlich geküsst … und sich für all das entschuldigt, was er ihr angetan hatte.

Das wichtige Gespräch, das um ihn herum stattfand, bekam Elias nur am Rande mit. Es ging um die Zukunft der Stadt, die von einer gewaltigen Armee bedroht wurde, und dennoch verblasste alles in Pias Gegenwart zur Nebensächlichkeit.

Ilja berichtete von dem Mann, den sie gefangen genommen und verhört hatten und der sich als Spion aus Utilitas entpuppt hatte. Irgendwo ganz hinten in Elias' Verstand klingelte das Stichwort Utilitas. War das nicht eine der wenigen noch erhaltenen Städte ein paar hundert Kilometer im Nordwesten von MUC? Er wusste nicht viel darüber, außer, dass die Lebensart der dortigen Menschen völlig anders war als hier. Er konnte kaum glauben, dass Utilitas nun MUC bedrohte. Wie war das möglich? Woher hatten sie die Ressourcen dafür? Doch sein Vater schien alles, was Ilja sagte, sehr ernst zu nehmen.

Vor allem, als sie von dem Abgesandten aus Utilitas erzählte, der ihr und ihren Leuten einen Pakt vorgeschlagen hatte.

»Ich hätte nie gedacht, dass ich das jemals sagen würde«, begann der Prophet schließlich, als Ilja ihren Bericht beendet hatte, »aber ich danke dir.«

Ilja lächelte und sah dabei seinem Vater geradezu unheimlich ähnlich. »Nathanael, ich bin deine Schwester. Dachtest du auch nur für eine Sekunde, ich könnte mit denen gemeinsame Sache machen? Unser aller Schicksal und das Leben der Menschen MUCs stehen auf dem Spiel. Nur gemeinsam haben wir eine Chance.«

Nun lächelte auch der Prophet. »Noch etwas, das ich nie gedacht hätte zu sagen, aber du hast recht.«

Er streckte die Hand aus, und Ilja ergriff sie. Obwohl Elias noch immer fast gänzlich von Pia gefesselt war, wurde ihm klar, dass er gerade Zeuge eines einzigartigen Ereignisses wurde. Gegensätzlicher als sein Vater und dessen Schwester konnten zwei Menschen kaum sein. Und doch reichten sie sich in einer Notlage, die alle betraf, die Hand. Bereit, zu kooperieren.

»Wie wollen wir vorgehen?«, fragte der Prophet nun, und Elias traute seinen Ohren kaum. Sein Vater fragte üblicherweise nicht, er befahl.

»Ich fürchte, wir allein werden unterlegen sein«, sagte Ilja. »Wir brauchen Verbündete.«

»An wen denkst du?«

»Es gibt eigentlich nur einen Ort, der in Frage kommt. Nur eine menschliche Siedlung in der unmittelbaren Umgebung, die in der Lage wäre, Hilfe zu schicken.«

Der Prophet nickte. »Das alte MUC. Aber warum sollten die Bewohner dort uns helfen?«

»Ganz einfach, aus Eigennutz. Wenn Utilitas mit uns fertig ist, hindert sie nichts daran, sich als Nächstes das alte MUC vorzunehmen.«

Nun konnte Elias seine Aufmerksamkeit endlich von Pia ab- und dem Gespräch zuwenden. Wovon genau redeten sein Vater und Ilja? Das alte MUC … damit konnte eigentlich nur der alte Flughafen gemeint sein, der nordöstlich der Stadt lag. Doch welche Hilfe wäre von dort zu erwarten? Soweit Elias wusste, war der Kontakt zu den Menschen dort bereits vor Jahrzehnten abgebrochen. Niemand wusste genau, ob sie überhaupt noch da waren, und wenn ja, wie sie auf eine erneute Kontaktaufnahme reagieren würden. Der alte Flughafen lag am Rande der verseuchten Zone, und die dortigen Menschen waren … anders. Zumindest war es das, was man sich in MUC erzählte.

»Wir sollten Boten schicken«, sagte sein Vater. »So schnell wie möglich. Die Truppen aus Utilitas werden bald in MUC eintreffen. Wir müssen vorbereitet sein.«

»Ganz deiner Meinung, Bruder«, meinte Ilja, und Elias war erstaunt darüber, wie sie und der Prophet sich plötzlich die Bälle zuspielen konnten, fast so, als wären sie ein eingespieltes Team. Und das nach all den Jahren des Schweigens. »Ich werde zwei meiner besten Leute schicken, Pia hier kennst du ja bereits. Mit Sam hattest du zwar noch nicht das Vergnügen, aber mit dem Laser seines Scharfschützengewehrs.«

Der Prophet versteifte sich einen Moment lang angesichts der Stichelei seiner Schwester, bemühte sich jedoch, sich nichts anmerken zu lassen. »In Ordnung. Ich schicke …«

»Ich werde gehen, Vater«, unterbrach Elias ihn plötzlich. Er wunderte sich selbst über seine Worte, die so spontan über seine Lippen gekommen waren. Nicht nur, dass er es wagte, dem Propheten ins Wort zu fallen. Das Unternehmen war außerdem mit großen Risiken verbunden, wenn nicht gar Wahnsinn. Niemand wusste genau, was sie nordöstlich von MUC erwarten würde. Seit Jahrzehnten war niemand, der dorthin aufgebrochen war, jemals wieder zurückgekehrt.

Und dennoch war es für Elias der einzig logische Schritt. Wenn Pia ging, dann würde auch er gehen.

Er sah, wie sie überrascht zu ihm herüberstarrte, und ihre Blicke trafen sich für einen Moment.

Sein Vater hob eine Augenbraue. »Du?«

Elias wandte seinen Blick von Pia ab und seinem Vater zu. Dieses Mal würde er nicht vor ihm einknicken. Er wollte gehen. Er musste.

»Wer würde einen besseren offiziellen Abgesandten für MUC abgeben als ein Sohn des Propheten?«, fragte er. »Das wird den Menschen des alten MUC verdeutlichen, wie wichtig uns die Angelegenheit ist.«

Der Prophet betrachtete Elias einen Moment lang, und sein Blick schien ihn förmlich zu durchbohren. Er befürchtete schon, dass sein Vater nein sagen würde, doch stattdessen nickte er.

»Einverstanden. Ich werde dir Wächter als Eskorte mitgeben.«

Elias lächelte erleichtert und fühlte ein aufgeregtes Flattern in seinem Herzen. Endlich würde er Pia wieder nah sein können.

Diese schien weniger begeistert von der Idee zu sein, denn sie warf ihm einen so feindseligen Blick zu, als ob sie ihn zur Salzsäule erstarren lassen wollte.

Ilja hob abwehrend die Hand. »Keine Eskorte! Wir wollen keinen falschen Eindruck erwecken. Maximal zwei Männer, und das in ziviler Kleidung.«

Der Prophet schluckte. Der Gedanke, seinen Sohn fast ohne Begleitschutz in die Wildnis zu schicken, gefiel ihm überhaupt nicht. Einen Moment lang befürchtete Elias, er würde seine Meinung noch ändern. Doch sein Vater stand zu seinem Wort.

»Einverstanden«, wiederholte er. »Wenn es so ist, wie dieser Falk behauptet, dann haben wir nur wenige Tage Zeit, um uns vorzubereiten. Morgen bei Sonnenaufgang brecht ihr auf.«

Elias wurde vor Aufregung ganz flau im Magen. Schon in wenigen Stunden würde er zum größten Abenteuer seines Lebens aufbrechen. Es war nicht nur seine Chance, MUC einen gewaltigen Dienst zu erweisen und im Ansehen seines Vaters zu steigen – vielleicht konnte er die gemeinsame Unternehmung auch nutzen, um Pia wieder näherzukommen.

Die Mission musste in jeder Hinsicht ein Erfolg werden, er durfte nicht versagen.

9. Kapitel

Aufbruch

Robin war sauer. So hatte Pia ihn bisher noch nie erlebt. Und sie konnte es ihm nicht verübeln. Sie selbst war auch alles andere als begeistert, dass ausgerechnet Elias sie auf die Expedition zum alten Flughafen begleiten würde.

Noch auf dem Weg in die Hochstadt, als Ilja ihr von ihrem Plan erzählte, war Pia sehr angetan gewesen. Die Unternehmung, zum alten MUC zu gelangen, würde bestimmt aufregend werden. Niemand, den sie kannte, war jemals dort gewesen, nicht einmal Ilja konnte sagen, was sie nordöstlich von MUC erwarten würde. Pia konnte es kaum erwarten, zu sehen, wie es dort war. Zudem war es eine große Ehre, dass Ilja ausgerechnet sie schicken wollte. Eigentlich wäre so etwas ein typischer Job für Aela gewesen, doch Ilja wollte sie für die bevorstehenden Vorbereitungen in MUC behalten.

»Du hast dich ganz allein aus den Bergen bis zu uns durchgeschlagen, Pia. Ich könnte mir niemanden vorstellen, der geeigneter für diese Mission wäre als du«, hatte Ilja zu ihr gesagt, während sie durch die verlassenen U-Bahn-Tunnel zum Treffen mit dem Propheten geeilt waren. »Vorausgesetzt, du willst.«

Und wie sie wollte!

Doch nun war alles anders. Elias hatte ihre erwartungsvolle Vorfreude auf ein neues Abenteuer gehörig durcheinandergebracht. Und auch sie selbst.

Im Nachhinein wunderte sie sich, dass sie so davon überrumpelt gewesen war, ihn auf der Brücke neben dem Propheten wiederzusehen. Schließlich war er dessen Sohn. Dennoch hatte Pia schlicht nicht damit gerechnet, ihm zu begegnen. Eigentlich wollte sie ihn nie wiedersehen.

Und plötzlich stand er vor ihr. Er hatte sich irgendwie verändert, sein Gesicht sah anders aus, als Pia es in Erinnerung hatte, der hochmütige Glanz war aus seinen Augen verschwunden. Sie konnte nicht anders, als ihn im ersten Moment mit angehaltenem Atem anzustarren. Er war nach wie vor der attraktivste Mann, den sie jemals gesehen hatte.

Doch dann riss sie sich zusammen. Sie wollte solche Gedanken gar nicht erst zulassen. Schließlich hasste sie diesen Kerl!

Auch Robin fühlte sich in Elias' Gegenwart unwohl, das spürte Pia genau. Aus dem Augenwinkel bemerkte sie, wie er Elias einen wütend eifersüchtigen Blick zuwarf, den dieser jedoch nicht einmal bemerkte. Sein Blick war ganz auf sie fixiert und machte sie schwach, ohne dass sie es wollte oder etwas dagegen tun konnte.

Demonstrativ wandte sie ihre Augen von Elias ab und dem Propheten zu. Den hasste sie zwar auch, aber im Moment war ihr der Vater tausendmal lieber als sein Sohn. Außerdem hatte sie jetzt keine Zeit für ihr kindisches Gefühlschaos. Die Zukunft MUCs stand auf dem Spiel, und sie musste sich darauf konzentrieren, was Ilja mit dem Propheten besprach.

Das Treffen verlief ganz so, wie Ilja es vorausgesehen hatte. Zu Pias Überraschung zeigte sich der Prophet äußerst kooperativ und war bereit, zum Wohle der Stadt mit seiner Schwester zusammenzuarbeiten. So sehr, dass er sogar einverstanden war, einen seiner Söhne auf eine gefährliche und ungewisse Mission zu schicken.

Für Pia war das ein Schock. Sie wollte auf keinen Fall wieder näheren Kontakt mit Elias haben.

Als sie den Rückweg antraten, überlegte sie sogar, Ilja zu

fragen, ob sie nicht jemand anderes schicken konnte. Sie öffnete den Mund und verwarf den Gedanken im selben Moment wieder. Ilja hatte recht. Sie wusste, wie man in der Wildnis überleben konnte, und war begierig darauf, zu erfahren, wie die nördlichen Gebiete um MUC aussahen. Außerdem, wen sonst sollte Ilja mit Sam zusammen ins alte MUC schicken, wenn sie Aela an ihrer Seite behalten wollte? Robin? Damit Elias und er sich unterwegs die Köpfe einschlugen? Lukas vielleicht? Zwei so grobschlächtige Kerle würden kein gutes Bild gegenüber potentiellen Verbündeten abgeben. Alle anderen waren entweder zu jung, zu alt oder nicht trainiert genug, um außerhalb der Stadt zu überleben.

Nein, ob sie wollte oder nicht, Pia musste gehen. Sie würde sich nicht vor dieser Aufgabe drücken, bloß weil Elias mit von der Partie war. Im Grunde konnte es ihr schließlich egal sein. Sie empfand nichts mehr für ihn. Was zwischen ihnen passiert war, blieb ein für alle Mal Vergangenheit.

Doch Robin schien das anders zu sehen. Kaum dass sie die Brücke zur Hochstadt hinter sich gelassen hatten, fragte er Ilja, ob er nicht auch mit auf die Mission zum Flughafen könnte. Aber Ilja hielt das für keine gute Idee. Sie wollte nicht, dass die Expeditionsgruppe zu groß wurde, außerdem brauchte sie Robin im Hades. Es gab viele Vorbereitungen zu treffen. Robin sah zwar ein, dass eine Diskussion mit Ilja sinnlos war, gab sich von da an jedoch wortkarg und geknickt.

Auch jetzt am nächsten Morgen war er noch immer sauer. Pia wünschte, es gäbe etwas, das sie sagen oder tun konnte, um seine Nerven zu beruhigen.

»Mach dir keine Sorgen«, sagte sie schließlich, als sie in der morgendlichen Stille den Kopf an seine Schulter lehnte. An seiner Atmung konnte sie hören, dass er wach war und zur ewig schwarzen Decke hochstarrte. Auch sie selbst hatte in den wenigen Stunden Nacht, die nach dem Treffen geblieben waren, kaum ein Auge zugemacht. Die bevorstehende Reise beschäftigte sie viel zu sehr.

»Pass einfach auf dich auf«, flüsterte er. »Es ist gefährlich da draußen.«

Pia schmiegte sich näher an ihn. Es rührte sie, wie sehr er sich um sie sorgte. »Sam ist bei mir. Mir wird schon nichts passieren.«

»Nicht nur Sam … auch … *er*.«

Sie schlang ihre Arme enger um ihn. »*Er* ist mir völlig egal, und das weißt du auch.«

Robin wandte den Kopf. Es war so dunkel, dass sie nur Umrisse seines Gesichts erkennen konnte, doch sie wusste, dass er sie ansah.

»Ist er das?«

»Selbstverständlich! Das weißt du doch!«

In diesem Moment war sie dankbar, dass auch er sie nicht sehen konnte. Mit einem Mal hatte sie Angst, er könnte vielleicht etwas in ihrem Gesicht lesen, das nicht mal sie selbst wahrhaben wollte. War es denn wirklich so? Empfand sie wirklich gar nichts mehr für Elias?

»Ich habe gestern gesehen, wie er dich angestarrt hat …«

»Soll er doch! Er wird schon bald ganz andere Probleme haben. Du und ich waren schon außerhalb der schützenden Mauern MUCs, das Prophetensöhnchen war es nicht. Wahrscheinlich wird er schon nach ein paar Stunden die Hosen so voll haben, dass er umkehren wird. Wenn er überhaupt so lange ohne Wächterarmee überlebt.«

Pias Stimme klang so fest, als sie das sagte, dass sie im selben Moment davon überzeugt war, dass sie es tatsächlich so meinte. Elias war ein mieses Stück Dreck. Wenn er sich einbildete, bei der bevorstehenden Unternehmung irgendwie ihre Sympathie zurückgewinnen zu können, dann würde er sein blaues Wunder erleben.

Robin drückte ihr einen zärtlichen Kuss auf die Stirn.

»Wir sollten aufstehen«, sagte er traurig. »Du wirst bald losmüssen.«

Pia zog sich an und packte ihren Rucksack, nachdem Robin Licht in der Hütte gemacht hatte. Sie nahm nur das Nötigste mit, etwas Wäsche zum Wechseln und eine dünne Decke, falls es in der Wildnis wider Erwarten nachts kühl werden sollte. Wenn sie auf keine Hindernisse stießen, müsste die Reise in ein bis zwei Tagesmärschen zu bewerkstelligen sein. Um schnell voranzukommen, würden sie mit leichtem Gepäck reisen.

Sie verließ die Hütte und ging gemeinsam mit Robin zum Hauptplatz, um den Rest ihres Rucksacks mit Wasser und Proviant zu füllen. Sam war bereits dort und frühstückte. Seine Frau Lisa saß bei ihm und wirkte besorgt. Es gefiel ihr nicht, dass ausgerechnet ihr Mann auf so eine gefährliche Mission geschickt wurde, doch sie beschwerte sich nicht. Ihre Kinder waren nicht da, wahrscheinlich schliefen sie noch. Von Sam selbst wusste Pia, dass er sich keine großen Sorgen machte, in das Gebiet nördlich von MUC aufzubrechen. Er war schon oft genug im Süden gewesen und hatte es überlebt, schlimmer konnte seiner Meinung nach auch der Norden nicht sein. Er hatte allerdings Angst, dass er nicht rechtzeitig zurück in MUC sein würde, um seine Familie beschützen zu können, ehe die Hölle losbrach. Deswegen rutschte er ungeduldig auf der Bank hin und her, während er gewaltige Mengen Eier und gebratenes Gemüse in sich hineinstopfte. Je schneller sie loskamen, desto schneller konnte er wieder zurück sein.

Ilja saß in der Nähe des Feuers und beobachtete, wie Pia und Robin näher kamen. Sonst war der Hauptplatz leer. Pia schätzte, es musste etwa eine Stunde vor Tagesanbruch sein. Wahrscheinlich schliefen die meisten noch.

»Möchtest du etwas essen?«, fragte Ilja, als Pia die bereitgelegten Vorräte verstaute.

Sie schüttelte den Kopf und bedankte sich. Irgendwie fühlte sie sich viel zu aufgeregt, um jetzt etwas essen zu können. So ernst der Hintergrund dafür auch sein mochte, das bevorstehende Abenteuer begann, ein kribbelndes Hochgefühl in ihrem Bauch zu verbreiten, nun, da es bald losgehen sollte. Oder war es etwas anderes als der Aufbruch ins Unbekannte, das ihr Herz flattern ließ? Genauer gesagt, jemand? *Nein,* sagte sie sich. *Definitiv nicht!*

Ilja gab ihnen eine alte Landkarte mit und erklärte, welche Route sie am besten nehmen sollten. Dann besprachen sie erneut, worauf Pia und Sam achten mussten, wenn sie auf die Menschen des Flughafens stießen.

»Denkt daran«, mahnte sie. »Wir sind für jede Unterstützung dankbar, die sie anbieten.«

Als es schließlich darum ging, Abschied zu nehmen, hatte Pia plötzlich einen Kloß im Hals. Sam drückte Lisa an sich, hob sie hoch und flüsterte ihr etwas ins Ohr, worauf sie leise kichern musste. Ilja umarmte sie beide und wünschte ihnen viel Glück und eine gute Reise.

Dann stand Pia Robin gegenüber. Als sie in seine sorgenvollen, haselnussbraunen Augen blickte, spürte sie, wie ihr heiße Tränen hochschossen. Er presste sie so fest an sich, dass Pia für einen Moment der Atem stockte.

»Sei vorsichtig«, bat er heiser, als ob auch er nur mühsam die Tränen unterdrücken konnte.

»Du auch.«

»Ich liebe dich, Pia.«

Sie nahm sein Gesicht zärtlich zwischen ihre Hände und küsste ihn. Als ihre Zungen sich für einen Moment berührten, hätte Pia am liebsten alles abgeblasen und wäre bei ihm geblieben. Doch das konnte sie nicht. Ilja hatte ihr eine äußerst wichtige Aufgabe übertragen, und sie würde sie nicht enttäuschen.

Sam räusperte sich ungeduldig, und langsam löste sich Pia von Robin. Sie gab ihm noch einen letzten flüchtigen Kuss, dann folgte sie Sam zum Ausgang des Hades.

Als sie sich noch ein letztes Mal umdrehte, sah sie, dass er immer noch dastand und ihr nachsah. Seine Augen hatten den traurigen Ausdruck eines Hundes. Mit einem Mal überkam Pia das entsetzliche Gefühl, als ob es das letzte Mal war, dass sie ihn, Ilja und den Hades sah. Schnell verdrängte sie es, ehe es sie vollständig übermannen konnte. Das war Unsinn. Ihr würde nichts passieren. In vier Tagen war sie wieder da, mit Hilfe im Gepäck.

Den Rest des Weges durch die Kanalisation und die Tunnel verbrachten Sam und sie schweigend. Pia fühlte sich erleichtert, als sie endlich nach oben kletterten und in einen rötlich goldenen Sonnenaufgang blickten.

Als Treffpunkt war das alte Stadion vereinbart worden, das etwas nördlich der Barrikaden von MUC lag, jedoch noch mitten in den Ruinen des alten Münchens. Die Luft war sehr schwül und würde in der Stadt spätestens mittags regelrecht kochen. Pia hoffte, dass sie bis dahin auf dem Land waren, doch Sam teilte ihren Optimismus nicht. So verwildert, wie alles jenseits der Barrikaden war, würden sie seiner Einschätzung nach viele Stunden brauchen, ehe sie die alten Stadtgrenzen passierten. Es wäre viel schneller gegangen, wenn sie die U-Bahn-Tunnel bis zu einer der Endstationen im Norden genommen hätten, doch Ilja wollte nicht, dass sie die Tunnel gemeinsam mit dem Team aus der Hochstadt benutzten. Es blieb ihnen im Moment zwar keine andere Wahl, als mit dem Propheten und seinen Leuten zu kooperieren, um das drohende Unheil von MUC abzuwenden, doch das bedeutete noch lange nicht, dass die Allianz auch darüber hinaus Bestand haben würde. Falls die Dinge später wieder in den gewohnten Rahmen zurückfallen sollten, wollte Ilja vermeiden, dass jemand aus der Hochstadt wusste, wie das ausgeklügelte Navigationssystem durch die unterirdischen Tunnel funktionierte.

Die Umgebung des Stadions musste in der alten Zeit mal ein Park gewesen sein, denn sie war nicht bebaut und mittlerweile von urwaldartigem Bewuchs bedeckt. Mächtige alte Trauerweiden ließen ihre Zweige bis hinab zu einem kleinen See sinken, der von wilden Seerosen bedeckt war. Etliche unterschiedlichste Wasservögel tummelten sich dort. Enten und Schwäne waren Pia zwar bekannt, doch es gab auch eine sonderbare Art mit langen Beinen und rosafarbenem Gefieder. Sie hatte den Park am Stadion bisher nur von oben bei ihren Klettertouren gesehen und blieb nun für einen Moment stehen, um die einzigartigen Vögel zu bewundern.

»Ich meine, dass Ilja mal erzählt hat, die seien hier vor dem großen Sterben nicht heimisch gewesen«, erklärte Sam.

»Dann stammen sie auch aus den Zoos?«

»Kann schon sein.« Sam wirkte etwas ungeduldig. »Ich wette, die zwicken, wenn du ihnen zu nah kommst. Und außerdem sind wir nicht hier, um die Natur zu bewundern, Prinzessin.«

Pia musste grinsen, als sie sich abwandte. Sam hatte recht, sie sollten keine Zeit verlieren. Sie nahm sich vor, den Park später einmal genauer zu erkunden. Vielleicht verbarg er ja noch mehr Überraschungen.

Als sie sich schließlich durch das Unterholz bis zum Eingangsbereich des Stadions durchgekämpft hatten, der als Treffpunkt mit den anderen dienen sollte, war weit und breit niemand zu sehen.

»War ja klar«, brummte Sam und setzte sich in den Schatten auf ein umgestürztes, moosbedecktes Häuschen mit dem verwitterten Schriftzug »Kasse«.

Pia nutzte das Warten, um sich weiter umzusehen. Das gläserne, segelartige Dach des Stadions faszinierte sie jedes Mal aufs Neue wieder. Es wirkte federleicht und war doch so stabil, dass es bis jetzt der Zeit größtenteils standgehalten hatte. An manchen Stellen war es mit wildem Wein und Ranken bewachsen, in denen Vögel nisteten. Außer deren Gezwitscher und dem Rauschen der Blätter war es hier vollkommen ruhig. Kaum zu glauben, dass sich nur wenige hundert Meter hinter dem Park die Stadtgrenze von MUC befand. Die friedvolle Stimmung stand im Kontrast zu den stummen Zeugen des Chaos, das hier während dem großen Sterben geherrscht haben musste. Etwa ein Dutzend verrosteter und geplünderter Fahrzeuge stand in der Nähe des Eingangs herum. Sie alle sahen ähnlich aus, auf manchen war der Schriftzug »Rettungswagen« lesbar, auf anderen prangte ein rotes Kreuz. Eines der Autos stand direkt neben Sams umgestürztem Kassenhäuschen. Seine Türen waren geöffnet, so als ob jemand in großer Eile ausgestiegen wäre. Die alten Reifen waren jedoch platt, und aus der Führerkabine wuchsen wilde violettfarbene Blumen, um die einige Bienen und Hummeln emsig kreisten. Überall lagen noch Bahren und Tragen herum.

Pia wusste, dass das alte Stadion in den ersten Tagen des großen Sterbens als Quarantänelager gedient hatte. Auch heute noch befanden sich die Überreste Hunderter, wenn nicht Tausender Menschen darin. Hinter dem Glasdach des Stadions erhob sich der zylinderförmige Turm mit dem weißblauen Rautensymbol, den Pia erst vor wenigen Wochen erklommen hatte. Er wirkte wie ein Koloss, der stumm all das Elend unter sich beobachtet hatte und der sicher auch dann noch stehen würde, wenn alle jetzt unter ihm lebenden Menschen längst zu Staub und Asche zerfallen waren.

Trotz der Schrecken der Vergangenheit, die an diesem Ort allgegenwärtig waren, fühlte Pia sich irgendwie leicht und zuversichtlich. Die Traurigkeit und Sorge, die sie verspürt hatte, während sie den Hades verließ, waren verflogen. Es tat gut, wieder unterwegs zu sein und Neues zu entdecken. Sie spürte, dass sie den Herausforderungen, die vor ihr lagen, gewachsen sein würde. Auch dass Elias mit dabei war, störte sie nicht mehr. Sie würde schon mit ihm fertig werden, was auch immer er sich von der Reise erhoffte. Wenn er denn überhaupt auftauchen würde. Vielleicht hatte das Prophetensöhnchen ja in letzter Minute gekniffen.

Doch er kam. Und schon als Pia ihn auf sich zukommen sah, wusste sie, dass es albern gewesen war, zu denken, dass er ihr egal war. Er trug ein dunkelgraues Leinenhemd, dazu eine olivgrüne Cargohose und Stiefel. Die legere Kleidung stand ihm hervorragend, und sein glattes braunrotes Haar leuchtete in der Sonne. Er strahlte Pia an, als ob sie zu einem romantischen Picknick unterwegs wären, und sie konnte nichts dagegen unternehmen, dass sich ihr Körper mit einem Mal ganz leicht anfühlte und ein aufgeregtes Kribbeln durch ihre Glieder fuhr. Doch sie zwang sich, sich nichts anmerken zu lassen, und setzte eine ungerührte, leicht genervte Miene auf.

»Guten Morgen, Pia«, sagte er.

»Du bist zu spät«, entgegnete sie kühl und verschränkte die Arme vor der Brust. »So kommen wir nie ans Ziel.«

Aus der Nähe sah sie nun, warum sie bei ihrer Begegnung in der Nacht den Eindruck gehabt hatte, er hätte sich verändert. Seine Nase stand ein wenig schief und hatte eine leichte Krümmung. Das musste das Resultat seiner letzten Begegnung mit ihr gewesen sein! Sie grinste breit.

»Ist irgendetwas?«, fragte Elias, während Sam sich von seinem Platz erhob und neugierig zu ihnen trat. Jetzt erst nahm Pia auch seine beiden Begleiter wahr. Sie war im ersten Moment so auf Elias fokussiert gewesen, dass sie diese gar nicht zur Kenntnis genommen hatte. Die zwei Männer waren groß und kräftig, mit dumpfen, grobschlächtigen Gesichtern. Obwohl sie zivile Kleidung trugen, Hosen aus der alten Zeit und rote, verblasste Hemden, stand ihnen »Wächter« regelrecht auf die Stirn geschrieben.

»Ach, nichts«, antwortete Pia Elias, und ihr Grinsen wurde breiter. »Ich habe nur gerade deine neue Nase bewundert.«

Sam lachte schallend, und Elias' Lächeln verlor für einen Moment an Strahlkraft, ehe es mit voller Wucht zurückkehrte.

»Danke«, sagte er. »Ich ahnte, sie würde dir gefallen.«

Es stimmte. Kaum zu glauben, aber seine Gesamterscheinung wirkte durch den kleinen Makel noch attraktiver. Seine unglaublich grünen Augen schienen an den ihren zu kleben, und Pia wandte verärgert den Blick ab. Das ging ja gut los.

»Wir müssen aufbrechen«, sagte sie und versuchte, ihrer Stimme einen professionellen Klang zu verleihen.

»Ganz meine Meinung«, bestätigte Sam. »Wir haben schon genug Zeit verloren.«

»Ich möchte mich für unsere Verspätung entschuldigen«, sagte Elias so förmlich, als wäre er bei Hofe. Mitten in den Spuren der Apokalypse, die sie umgaben, wirkte das seltsam deplaziert und entrückt. »Aber wir haben nicht damit gerechnet, dass das Gelände so unwegsam sein würde.«

Pia und Sam sahen einander an, dann prusteten sie los vor Lachen. Der Prophetensohn würde noch sein blaues Wunder erleben, wenn sie erst einmal die Ruinen der Stadt hinter sich gelassen hatten. Er hatte offensichtlich keine Ahnung, was »unwegsam« wirklich bedeutete.

Sie gingen nach Norden los, über eine alte Brücke, die zu dem zylinderförmigen Hochhaus führte. Elias runzelte verdutzt die Stirn und folgte ihnen.

10. Kapitel

Verrat

Falk fühlte sich wie ein König. Er hatte ganz ausgezeichnet geschlafen, war energiegeladen und voller Tatendrang. Auch wenn es nur ein militärisches Feldbett war, in dem er schlief, so stand es doch in einem alten Salon des Palastes, der als Zentrale für das Unternehmen »MUC« diente. Vermutlich war das gesamte Interieur schon vor Jahrzehnten geplündert und zerstört worden, dennoch atmeten die hohen Räume voller Ornamente und Malereien noch immer den erhabenen Geist vergangener Zeiten.

Falk trat auf den Balkon hinaus, stützte die Arme auf das steinerne Geländer und füllte seine Lungen mit der frischen Morgenluft. Noch war die Temperatur halbwegs erträglich, obwohl die Luft mit Feuchtigkeit vollgesogen war wie ein Schwamm, doch in spätestens zwei Stunden würde es in der Sonne kaum noch auszuhalten sein. Er hasste das Klima hier. In Utilitas war es zwar auch feucht, doch meistens kühler, zumal durch die Häuserschluchten des Zentrums fast immer ein erfrischender Wind wehte. Die Sonne verbarg sich häufig hinter dunstigen Wolken.

Während seiner Zeit in MUC hatte Falks helle Haut mehrmals an unterschiedlichen Stellen einen Sonnenbrand erlitten. Die debilen Bewohner dieser Stadt hatten keine Ahnung, wie gefährlich die Sonne war, und wunderten sich, warum so viele von ihnen an Geschwüren erkrankten und starben. Für sie war es eine Strafe Gottes, für gebildete Menschen wie Falk schlicht Krebs. Er hatte nicht vor, welchen zu bekommen, weshalb er sich dieses Mal verstärkt im Schatten aufhalten würde.

Er betrachtete das weitläufige Gelände unter sich. Noch gestern herrschte hier bis auf das Zirpen von Zikaden Stille, und abgesehen von ein paar Kaninchen bewegte sich auch nichts. Nun brutzelten die Kaninchen auf einem langen Spieß über einem von Dutzenden Lagerfeuern, Tausende Paar Stiefel hatten das hohe Gras niedergetrampelt.

Früher als erwartet war Maya mit ihrer Armee in der letzten Nacht eingetroffen. Jetzt war das riesige Lager vollständig aufgebaut und wimmelte nur so von Menschen, Pferden, Zelten und Fahrzeugen. Es war ein beeindruckender Anblick, der Falks Blut in Wallung versetzte. Denn er stand über all diesen Menschen, und das nicht nur auf dem Balkon. Nur Mayas Stellung war bei diesem Unternehmen mit seiner vergleichbar, und auch diese würde beeindruckt sein, wenn er erst einmal von seinem Erfolg erzählte. *Das Leben kann doch schön sein,* dachte er selbstgefällig. Falk fühlte sich wie ein König.

Gleich bei ihrer Ankunft hatte sich Maya völlig unbeeindruckt gezeigt angesichts der Pracht und Symbolik des Hauptquartiers. Sie lehnte es ab, in die für sie vorgesehenen Räume zu ziehen, und ließ stattdessen ein großes Armeezelt aus der alten Zeit für sich aufschlagen. Es steigerte die Moral der Truppen, wenn die Befehlshaber auf Annehmlichkeiten verzichteten und in ihrer Mitte schliefen, meinte sie. Falk war zwar anderer Meinung, denn schließlich waren die Truppen dazu da, Befehlen Folge zu leisten, doch er wollte nicht gleich am ersten Abend mit Maya diskutieren. Sie hatten ein Briefing für den nächsten Morgen vereinbart, und so machte sich Falk auf den Weg zu ihrem olivgrünen Zelt, das auf einer kleinen Anhöhe neben einem zugeschütteten Brunnen stand.

Die zwei am Eingang stationierten Soldaten salutierten ihm zu, und so hob er die schwere Plane der Zelttür an und trat ein. Da er aus dem gleißenden Licht der Morgensonne kam, sah er in dem dunklen Inneren zunächst gar nichts. Er blinzelte, und langsam gewöhnten sich seine Augen an die Lichtverhältnisse. Das große Zelt wurde nur von ein paar gläsernen Öllampen beleuchtet. Obwohl die Sonne erst seit weniger als drei Stunden schien, herrschte in dem Zelt bereits jetzt schon eine fast unerträgliche Hitze. Der Geruch war alles andere als einladend. Keiner der Anwesenden hatte wahrscheinlich seit dem Aufbruch aus Utilitas gebadet. Falk verzog angewidert die Nase, als er auf den großen Klapptisch zuging, der in der Mitte des Zeltes aufgestellt worden war. Nun, da er hier war, konnte er noch weniger verstehen, warum Maya diese Form der Unterkunft gewählt hatte. Wahrscheinlich, um zu unterstreichen, wie knallhart sie war. Wieder einmal war Falk heilfroh, dass er beim AIS arbeitete und nicht beim Militär.

Maya saß am Kopfende des Tisches, umringt von fünf Männern unterschiedlichen Alters. Sie alle trugen Uniform und Offiziersabzeichen. Eine große Karte von MUC lag auf dem Tisch ausgebreitet, und es sah ganz so aus, als ob die Lage besprochen wurde. Falk spürte einen Hauch von Wut in sich aufkeimen. Wenn es etwas Wichtiges zu bereden gab, warum war er dann nicht dabei? Doch er zwang sich, ruhig zu bleiben.

Maya sah kurz zu ihm hoch und nickte ihm zu. »Falk«, sagte sie. »Setz dich. Wir sind hier gleich fertig.«

Ohne eine Antwort abzuwarten, wandte sie sich wieder ihren Offizieren zu. »Ich möchte jetzt eine klare Aussage. Wann sind die Schäden so weit behoben, dass wir die Operation starten können?«

Falk hatte mitbekommen, dass es auf dem Weg nach MUC offensichtlich Schwierigkeiten gegeben hatte. Die Truppen waren in einen schweren Sturm geraten, der Schäden am Equipment und an ein paar der Fahrzeuge verursacht hatte. Zudem hatte die ausgewählte Route nahe an einer der verseuchten Zonen vorbeigeführt. Einige Dutzend Soldaten hatten kontaminiertes Wasser getrunken und waren erkrankt. Doch Maya hatte sich von den Schwierigkeiten auf der Reise nicht behindern lassen. Mit eiserner Härte hatte sie die Truppen vorangetrieben, um die verlorene Zeit wieder reinzuholen. Wer nicht mehr konnte und sich damit als nutzlos erwies, wurde einfach zurückgelassen. Der Lohn war, dass sie fast zwei Tage früher als geplant im Hauptquartier eintrafen. Falk konnte nicht anders, als diese Leistung zu würdigen, auch wenn es ihn natürlich ärgerte, dass Maya ihn nicht mit dem Respekt empfing, der ihm eigentlich gebührte. Das würde sich aber spätestens dann ändern, wenn die CEOs davon erfuhren, dass es dank ihm gelungen war, MUC fast ohne Aufwand einzunehmen.

Die Offiziere rangen um eine Antwort auf Mayas Frage. Offenbar wollte sich keiner zu weit aus dem Fenster lehnen.

»In drei Tagen dürften die Truppen von den Strapazen des Marsches erholt und die Fahrzeuge repariert sein«, sagte schließlich der Älteste der Offiziere.

Maya nickte langsam und sah dabei von einem zum anderen. »Ihr habt zwei Tage. Nicht mehr. Die Kranken und Schwächsten werden direkt an die Frontlinie geschickt, die können wir am ehesten entbehren.«

Als keinerlei Widerrede kam, fuhr sie fort: »Schickt weitere Späher. Ich möchte wissen, wo sie am verwundbarsten sind. Morgen früh besprechen wir dann die genaue Taktik des Angriffs. Das wäre alles.«

Die Offiziere nickten, salutierten und verließen einer nach dem anderen das Zelt. Niemand stellte die Autorität der kleinen Frau an ihrer Spitze in Frage. Maya hatte schließlich schon oft genug bewiesen, dass sie ihren Job nicht nur deswegen hatte, weil sie aus einer der reichsten Familien von Utilitas stammte. Potentielle Widersacher ließ sie einfach verschwinden. Unkompliziert und brutal.

Jetzt, da sie allein im Zelt waren, konnte Falk nicht leugnen, dass er sich von ihrer skrupellosen Art angezogen fühlte. Sie hatte ihre Uniformjacke abgelegt und trug zu ihrer militärischen Hose nur ein schwarzes enganliegendes Shirt ohne Ärmel. Falk stellte fest, dass ihre Brüste so um einiges größer und runder wirkten als in Uniform. Kein Tropfen Schweiß war auf ihrer makellosen Haut zu sehen, die so weiß war, dass sie im schummrigen Licht regelrecht zu leuchten schien. Ihre Haare waren wie immer streng nach oben gesteckt, und ihre Eisaugen verrieten keinerlei Regung, als sie Falk eingehend betrachtete.

»Nun«, begann sie, während sie sich in ihrem Stuhl zurücklehnte und ihre Füße mit den schweren Stiefeln auf die Tischkante legte. »Du wolltest einen Bericht zur Lage in MUC abgeben. Ich bin ganz Ohr.«

Erneut kochte Wut in Falk hoch. Sie schien wohl nicht begreifen zu wollen, dass er keiner ihrer Untergebenen war, sondern ein hochrangiges Mitglied des Sicherheitsapparates, von den CEOs persönlich für diese Mission ausgewählt. Aber er war professionell genug, um sich nicht auf diese Provokation einzulassen. Zudem konnte er sich nie sicher sein, was sie wirklich bezweckte. Vielleicht suchte sie ja nur nach einem Vorwand, um ihn loszuwerden und die Lorbeeren allein einzuheimsen?

Also berichtete er von den Unruhen, die seine Leute angezettelt hatten, um die Moral der Bevölkerung zu schwächen.

Er erzählte vom Treffen mit Ilja und dem Pakt, den er ausgehandelt hatte.

»MUC einzunehmen, wird ein Kinderspiel«, sagte er. »Die Bewohner sind völlig unvorbereitet. Ich kenne die U-Bahn-Tunnel und die geheimen Kennzeichnungen der Navigation dort. Gemeinsam mit den Leuten aus dem Untergrund werde ich mit einer Spezialeinheit in die Hochstadt eindringen und den Propheten und seine Führungsriege ausschalten. Danach werden deine Truppen ein leichtes Spiel haben. Ehe die wissen, wie ihnen geschieht, ist ihre Stadt Geschichte.«

Maya bewegte sich nicht, während er berichtete. Sie verzog

auch keine Miene, sondern hörte ihm nur aufmerksam zu. Falk schwitzte in der stickigen Hitze des Zeltes und musste sich mehrmals den Schweiß von der Stirn wischen. Als er schließlich fertig war, lächelte Maya, und es fühlte sich an, als ob plötzlich ein kühler Lufthauch durch den Raum wehte.

»Das ist ein ausgezeichneter Plan, Falk«, sagte sie.

Er grinste breit. Irgendwie tat es gut, die Anerkennung von ihr zu erhalten, die er verdiente.

Dann jedoch bemerkte er den spöttischen Ausdruck in ihren Augen und fühlte die Hitze in seinem Körper aufwallen.

»Er wird nur nicht funktionieren.«

Ihre Aussage hatte etwas so Endgültiges, dass er mit einem Schlag unsicher wurde. »Was? Wieso denn nicht?«

»Ganz einfach. Während du noch geschlafen hast, habe ich mich mit den Spähern unterhalten, die ich gleich nach unserer Ankunft losgeschickt habe.«

Langsam fiel es Falk richtig schwer, seine Wut im Zaum zu halten. »Und?«

»Wenn es so ist, wie du behauptest, warum ist MUC dann in Alarmbereitschaft und bereitet sich auf unsere Ankunft vor?«

Einen Augenblick lang war Falk so perplex, dass er nicht anders konnte, als Maya verdutzt anzustarren.

Sie musste lügen! Oder ihre Späher hatten sich getäuscht. Es konnte unmöglich wahr sein … oder doch?

Langsam kam sein völlig überrumpeltes Gehirn wieder in Fahrt. Ilja. Dieses Miststück musste ihn verraten haben! Von wegen, sie machten gemeinsame Sache! Wie sonst sollte MUC von ihrer Ankunft wissen?

Aber wie konnte das möglich sein? Er war sich sicher gewesen, dass Ilja und ihre Leute nichts mehr hassten als den Propheten und sein Regime. Der Deal, den er ihr vorgeschlagen hatte, musste doch eigentlich das gewesen sein, worauf sie schon immer gewartet hatte. Sie konnte mit Hilfe von Utilitas den Propheten loswerden und selbst über MUC herrschen. Dass er nicht vorhatte, den zweiten Teil der Vereinbarung einzuhalten, konnte sie ja schließlich nicht wissen. Also wieso hatte sie ihn an den Propheten verraten? Ahnte sie vielleicht, dass er sie auszutricksen versuchte? Verdammt, er hatte sie unterschätzt!

Egal, er musste schnell handeln, sich schnell einen neuen Plan ausdenken, wenn er vor Maya und den CEOs nicht als kompletter Idiot dastehen wollte. Die Idee, durch die Tunnel unbemerkt in die Stadt einzudringen, war auf jeden Fall gut. Wenn nicht direkt in die Hochstadt und die Schaltzentrale der Macht, dann doch wenigstens an strategisch wichtige Punkte, die er dann von innen heraus sabotieren konnte. Doch davor würde er ein lästiges Hindernis aus dem Weg räumen müssen …

»Ich werde mich darum kümmern«, sagte er schließlich. »Der Zugang durch die Tunnel wird trotz der Alarmbereitschaft kein Problem sein.«

»Das möchte ich doch schwer hoffen«, erwiderte Maya kalt. »Alles andere wäre eine immense Ressourcenverschwendung. Für die du persönlich geradestehen wirst.«

Falk fühlte sich gedemütigt, als er Mayas stickiges Zelt verließ und endlich wieder frische Luft atmen konnte. Die Wut in ihm loderte lichterloh.

Paul war in Aufruhr. Seit dieser Falk im Hades aufgetaucht war, war die Stimmung gedrückt, und die Nerven lagen blank. Ilja hatte gesagt, dass ein Krieg bevorstand, mit einer Stadt namens Utilitas. Paul erinnerte sich daran, in der Hochstadt schon einmal etwas über Utilitas gehört zu haben, doch er konnte sich nicht entsinnen, dass irgendjemand dort Utilitas tatsächlich als Bedrohung ansah. Und nun war eine feindliche Armee aus dieser Stadt unterwegs nach MUC. Wie konnte das möglich sein? Und wie um Himmels willen sollte MUC sich dagegen verteidigen?

Während seiner Jahre in der Hochstadt hatte Paul einen sehr

guten Eindruck davon bekommen, wie das Heer der Wächter des Propheten aufgestellt war. Die Wächter waren sehr effektiv darin, die Bevölkerung einzuschüchtern und klein zu halten, sie beschützten den Propheten, die Hochstadt und seine Bewohner. Aber sie waren keine wirklichen Soldaten. Wenn Utilitas tatsächlich eine richtige Armee besaß, die vergleichbar war mit jenen der alten Zeit, dann würde MUC dieser Bedrohung nicht wirklich etwas entgegenzusetzen haben.

Aber das war noch nicht alles. Mitten in der Nacht war seine Schwester zu einer Mission aufgebrochen, ohne sich von ihm zu verabschieden. Niemand schien etwas darüber zu wissen, außer Aela und Robin. Aela gab sich wortkarg und abweisend, als er sie nach Pia fragte, und so wandte er sich an Robin. Dieser wirkte bedrückt, als Paul ihn vor seiner Hütte abfing. Das gefiel ihm gar nicht.

»Wo genau ist Pia hin? Was ist das für eine Mission?«, wollte Paul ohne Umschweife wissen.

»Ins alte MUC«, erwiderte Robin. Die Sorge in seiner Stimme war unüberhörbar.

»Ins alte MUC?«, wiederholte Paul ungläubig. »Du meinst den …«

»… alten Flughafen im Nordosten, ja.«

Paul starrte ihn entsetzt an. Das ergab keinen Sinn! Ein Krieg stand bevor, und seine Schwester war mit Sam in die Wildnis aufgebrochen? Noch dazu wusste er, dass der Flughafen ganz nah der radioaktiven Zone lag, die östlich davon große Landstriche unpassierbar gemacht hatte. Durch seine zahlreichen Besuche bei den Wissenschaftlern im Klinikum, die er gemeinsam mit Elias unternommen hatte, hatte er gelernt, was Radioaktivität wirklich war. Eine Art unsichtbares Gift, das tief in den Körper drang und ihn von innen heraus zerfraß. Und dieses Gift »strahlte« Tausende von Jahren mit unverminderter Intensität. Deswegen waren die Gebiete nordöstlich von MUC für immer verloren. Niemand ging dorthin, es sei denn, er war lebensmüde. Die Auswirkungen der Strahlung waren sogar bis in die Stadt hinein spürbar, wo immer wieder Menschen mit Mutationen geboren wurden. Natürlich glaubten die ungebildeten Menschen der Unterstadt, dabei handelte es sich um eine Strafe Gottes, doch in Wahrheit war das schlicht ein Resultat der allgegenwärtigen radioaktiven Strahlung.

Warum nur war Pia in dieses gefährliche Gebiet aufgebrochen?

»Wieso?!«, brachte er schließlich mit einer Mischung aus Wut und Fassungslosigkeit heraus.

»Um die Menschen dort um Hilfe im Kampf gegen Utilitas zu bitten.«

»Dort leben … Menschen?« Wut und Fassungslosigkeit machten in Pauls Verstand grenzenloser Verblüffung Platz. »Aber … das Gebiet ist doch verseucht! Wie können dort Menschen leben?«

Robin zuckte resigniert die Achseln. »Ilja ist davon überzeugt. Deswegen hat sie Pia und Sam losgeschickt. Und auch *er* ist mit dabei.«

Paul wusste sofort, wer gemeint war. Elias. Diese ganze Geschichte wurde von Minute zu Minute seltsamer.

»Der Prophet wollte eine Delegation mitschicken, und da hat er sich aufgedrängt.«

Langsam fand Paul seine Sprache wieder. »Mach dir keine Sorgen. Pia ist zwar starrköpfig und leichtsinnig, aber sie ist nicht blöd. Sie weiß, dass Elias ein Fehler war und was sie an dir hat.«

Er legte seine Hand auf Robins Schulter und drückte sie freundschaftlich.

»Ich hoffe, du hast recht«, seufzte Robin. »Aber ich habe kein gutes Gefühl dabei.«

Mit einem Mal tat Robin Paul so leid, dass er seine eigene

Sorge um Pia für einen Moment verdrängen konnte. »Das hat man mit Pia doch schon, wenn sie morgens das Haus verlässt. Sie wird zurückkommen, das tut sie immer. Und *er* kann von mir aus in der verseuchten Zone bleiben.«

Robin musste grinsen, und Paul war froh, im Partner seiner Schwester einen so guten Freund gefunden zu haben. Dennoch fühlte er sich höchst beunruhigt. Ein Krieg stand bevor, und seine einzige Schwester war auf einer lebensgefährlichen Expedition unterwegs. Das waren düstere Aussichten.

Gemeinsam machten sie sich auf in Richtung Hauptplatz. Ilja hatte angekündigt, eine Ansprache zu halten und zu erklären, wie es für die Hadesbewohner nun weitergehen sollte und wie sie vorhatte, sich auf die bevorstehende Invasion vorzubereiten.

Doch schon nach wenigen Schritten hörten sie einen fürchterlichen Knall, der in sämtlichen Kammern der Zisterne nachhallte, wie ein unterirdisches Gewitter, und der sie kurzzeitig erstarren ließ. Als Paul in Robins Gesicht blickte, wusste er sofort, dass dieser dasselbe dachte wie er. Der Knall konnte nichts anderes gewesen sein als der Schuss einer Feuerwaffe!

Ohne ein weiteres Wort zu wechseln, rannten beide los, direkt auf den Hauptplatz zu. Schon aus der Entfernung hörten sie Schreie und Menschen, die aufgeregt durcheinanderriefen. Je näher sie kamen, desto stärker spürte Paul, dass etwas Fürchterliches geschehen sein musste. Er fühlte, wie sich seine Nackenhaare sträubten und eisige Kälte sich in seinem Körper auszubreiten begann, obwohl er rannte.

Als er um die Ecke zwischen zwei Hütten bog, erwartete ihn eine schreckliche Szenerie. Eltern brachten ihre kreischenden Kinder in Sicherheit, während andere sich in der Nähe des Feuers um eine am Boden liegende Gestalt tummelten. Es herrschte totales Chaos, weil alle durcheinanderschrien. Als er sich der Menschentraube näherte, stieß Paul fast mit Lukas zusammen. Sein sonst zur Rötung neigendes Gesicht war totenblass. Er hatte eine Pistole in der Hand und schulterte gerade das einzige funktionstüchtige Gewehr des Hades. Drei weitere bewaffnete Männer liefen hinter ihm her.

»Warte!«, rief Paul. »Was ist passiert?«

Lukas drehte sich im Rennen um. »Ein Attentat! Falk ... dieser Wichser ... Wenn ich ihn erwische, bringe ich ihn eigenhändig um!«

Paul konnte nicht glauben, was er da hörte. Wie war das möglich? Natürlich kannte Falk den Weg in den Hades, aber wie war er an den Wachen vorbeigekommen? War er vielleicht nicht allein? Einen Augenblick zögerte Paul und dachte fieberhaft darüber nach, was er nun tun sollte. Er sah, wie Robin sich den Männern um Lukas anschloss, die die Verfolgung der Eindringlinge aufnahmen, und überlegte, ob er sich ebenfalls anschließen sollte. Aber er hatte noch keine Kampfausbildung bekommen und wusste nicht, wie man eine Waffe bediente. Außerdem schien jemand verletzt oder getötet worden zu sein, vielleicht brauchte Ilja seine Hilfe bei der Versorgung.

Plötzlich hörte er, wie jemand seinen Namen rief. Aelas Stimme hatte sich gegen das allgemeine Wirrwarr durchgesetzt. Sie stand neben dem Feuer und winkte ihm hektisch zu. Ein Blick in ihr sonst so selbstsicheres Gesicht verriet ihm, dass sie verzweifelt war. An ihren Händen klebte Blut – viel Blut.

Paul rannte auf sie zu und stolperte dabei beinahe über Neles schwarzen Hund, der hysterisch bellend auf und ab lief.

Als er näher kam, sah er, dass Tränen in Aelas Augen standen, und musste unwillkürlich an einen Alpenbach während der Eisschmelze denken.

»Du musst ihr helfen, Paul!« Ihre Stimme hatte die sonstige Festigkeit verloren und klang wie die eines kleinen Mädchens. »Rette sie. Bitte!«

Erst jetzt konnte er die Person erkennen, die blutüberströmt am Boden lag und der das Attentat gegolten hatte. Es war Ilja.

11. Kapitel

Neuland

Trotz der Anstrengung und der Ungewissheit, in die sie unterwegs waren, fühlte Elias sich so frei und lebendig wie nie zuvor. Je weiter sie sich von MUC entfernten, desto klarer wurde die Luft, die Natur wurde immer dichter und dschungelartiger. Er sah Pflanzen und Tiere, von deren Existenz er bisher nur in der Theorie gehört hatte. Andere waren ihm dagegen völlig fremd.

Aber das war nicht alles. Zum ersten Mal in seinem Leben hatte er das Gefühl, etwas wirklich Sinnvolles zu tun. Er war nicht mehr nur der verwöhnte Herrschersohn, der alles haben konnte, was er sich nur wünschte, und dessen Dasein rein dem hedonistischen Selbstzweck diente.

Nein, nun war er jemand, der sein Leben aufs Spiel setzte, um seine Heimat zu retten. Das gab seiner Existenz zum ersten Mal einen wirklichen Sinn und war aufregend und befreiend zugleich. Es war ihm natürlich klar, dass die Reise zum Flughafen mit großen Risiken verbunden war, auch wenn es nicht viel mehr als vierzig Kilometer dorthin waren. Abgesehen davon, dass nicht mal die klügsten Forscher in MUC sagen konnten, wie sich das Land nordöstlich über die Jahrzehnte entwickelt hatte und wie hoch die Strahlung am Flughafen wirklich war, wusste niemand, wie die Bewohner des Flughafens auf Besucher aus MUC reagieren würden. Seitdem der Kontakt noch vor der Geburt seines Vaters abgebrochen war, war man in der Hochstadt der einhelligen Meinung, dass es besser war, sich von ihnen fernzuhalten. Viele glaubten sogar, dass alle Bewohner des Flughafens mittlerweile tot waren. Andere dagegen vermuteten, dass sie zwar noch da waren, sich aber so verändert hatten, dass man sie nicht mehr als Menschen bezeichnen konnte.

Doch selbst wenn sie nur verlassene Ruinen vorfinden sollten, war die Reise es in jedem Fall wert. *Pia* war es wert, bis ans Ende der Welt zu gehen. Das wurde Elias von Minute zu Minute klarer, während er sie heimlich beobachtete. Sie bewegte sich mit einer solchen Geschmeidigkeit durch die überwucherten Straßen des alten Münchens, als ob sie nie etwas anderes getan hätte. Er selbst stolperte oft und hatte Mühe, gegen den Pflanzenwuchs anzukommen, der mancherorts fast wie eine Blockade wirkte, die Reisende davon abhalten sollte, nach Norden vorzudringen. Bereits nach kurzer Zeit schwitzte er stark, und die Riemen seines Rucksacks rieben ihm die Schultern auf, obwohl das meiste Gewicht der Ausrüstung auf die beiden Wächter verteilt war. Spätestens abends würden seine Füße voller Blasen sein. Doch er bemühte sich, mit Pia und dem großen Kerl, der sich mürrisch als Sam vorgestellt hatte, mitzuhalten und keine Miene zu verziehen.

Er schämte sich dafür, so verweichlicht zu sein, aber er war lange Wanderungen durch die Wildnis einfach nicht gewohnt.

Vielleicht hättest du öfter mal die seidenen Kissen des Palastes verlassen sollen, spottete eine Stimme in seinem Kopf – und hatte damit völlig recht. Es schien fast so, als ob er all die Jahre blind und taub für die Welt außerhalb der Hochstadt gelebt hätte. Klar, er war gebildet und las viel, aber das war nicht dasselbe.

Hin und wieder drehte Pia den Kopf und warf ihm einen demonstrativ missbilligenden Blick zu. Auch deswegen musste er sich bemühen und zusammenreißen, um keine Schwäche zu zeigen. Sie schien regelrecht darauf zu warten, um sich über ihn lustig machen zu können. So wie vor zwei Stunden, als er mit dem Stiefel in einem Loch im Boden stecken geblieben war, das er übersehen hatte, weil es so dicht von Schlingpflanzen bedeckt wurde. Oder als er zusammenzuckte, als plötzlich ein Kapuzineräffchen auf seine Schulter sprang und versuchte, ihm den Apfel zu stehlen, in den er gerade beißen wollte. Pia und Sam spotteten jetzt noch darüber, obwohl das Ereignis bereits mehr als eine Stunde zurücklag. Dennis und Ed, seine beiden treuen Wächter, hatten keine Regung gezeigt, doch er ahnte, dass selbst sie seine Unbedarftheit insgeheim peinlich fanden.

Doch Elias machte gute Miene zum bösen Spiel und versuchte, in solchen Situationen über sich selbst zu lachen. Sich aufzuregen, wäre schließlich der völlig falsche Weg, wenn er die Unternehmung dazu nutzen wollte, um Pia zu beweisen, dass er sich verändert hatte.

Sie war mit ihrem ärmellosen, enganliegenden Top und der Hüfthose viel freizügiger gekleidet als in MUC. Ihre schmalen und doch muskulösen Schultern glänzten von der Sonne braun gebrannt, und ihre langen, schwarz-roten Haare baumelten zu einem Pferdeschwanz gebunden bei jedem ihrer anmutigen Schritte hin und her. Elias konnte nicht anders, als sie immer wieder anzustarren. Er kannte sonst niemanden, dessen Haut in der Sonne noch schöner wurde. Die meisten Rothaarigen wurden puterrot oder bekamen einen Sonnenbrand, er selbst musste trotz der Hitze lange Kleidung und einen breitkrempigen Hut tragen, um sich nicht zu verbrennen. Pia dagegen wirkte selbst in der prallen Mittagssonne in ihrem Element. Sie war so sexy, dass Elias immer wieder den Blick von ihr abwenden musste, um nicht auf andere Gedanken zu kommen, die ihn in der gegenwärtigen Situation nur ablenken würden. Und doch driftete er immer wieder gedanklich zu der Zeit ab, in der Pia und er sich in seinem Bett so nah waren. Ihr wunderschöner athletischer Körper nackt an ihn geschmiegt … die unglaublich sinnliche Hingabe, mit der sie ihn liebte …

Er spürte eine neue Hitzewelle in seinem Körper aufsteigen, die nichts mit den schwülen Temperaturen zu tun hatte, und zwang sich schnell, seine Aufmerksamkeit von Pia weg und der atemberaubenden Landschaft um ihn herum zuzuwenden.

Der Pflanzenwuchs war so üppig, dass sie nur sehr langsam vorankamen. Sie hatten auch nach Stunden noch immer nicht die Stadtgrenzen des alten München hinter sich gelassen. Die Straßen waren in einem sehr schlechten Zustand, zum Teil von verrosteten Autowracks versperrt oder durch dornige Büsche und meterhohe Brennnesseln unpassierbar. Einmal mussten sie einen Umweg um einen ganzen Häuserblock machen, weil die Straße, auf der sie liefen, irgendwann eingesackt und in einen darunter liegenden U-Bahn-Schacht gestürzt war. Elias wunderte sich außerdem, in welch schlechtem Zustand die meisten Häuser waren. Sie passierten große Wohnblocks aus Beton, deren Fassaden von Rissen nur so strotzten und die von Affenkolonien besetzt worden waren. Die meisten Fensterscheiben waren im Laufe der Zeit zersprungen und ließen die Fenster wie leere Augenhöhlen erscheinen. Aus einem davon wehten zerschlissene Vorhänge, auf denen jedoch noch deutlich rosafarbene Herzchen zu sehen waren.

Elias wusste zwar viel über das große Sterben und mit welcher Wucht es einst über die Welt hereingebrochen war, doch als er nun durch die verlassene, von der Natur dominierte Stadt wanderte, wurde ihm das Ausmaß der Katastrophe erst so richtig bewusst. Er fragte sich, wie viele menschliche Überreste wohl noch in den Häusern lagen, gezeichnet von den Gezeiten, und von Tieren und Insekten blank genagt. Es schauderte ihn.

Nach einer Weile wurden die Häuserblocks kleiner und wichen schließlich Häusern, die früher wahrscheinlich nur von ein oder zwei Familien bewohnt worden waren. Die meisten schienen schon vor langer Zeit geplündert worden zu sein, manche waren bis auf skelettartige Überreste abgebrannt. Das, was früher einmal gepflegte Gärten gewesen sein mussten, hatte sich im Laufe der Zeit in ein Dickicht verwandelt, das an manchen Stellen so aussah, als ob es die Häuser regelrecht verschlungen hätte.

Zahlreiche Vögel nisteten hier, die meisten davon Krähen. Sie betrachteten die menschlichen Störenfriede argwöhnisch mit ihren schwarzen Augen. Bis auf ihr Krächzen und den mittlerweile aufgekommenen Wind, der melancholisch durch die verlassenen Gebäude pfiff, war alles beklemmend ruhig. Vor einem der Häuser bemerkte Elias eine völlig verrostete Kinderschaukel, die sich leise quietschend hin und her bewegte, fast so, als säße der Geist eines Kindes darauf, der bis in alle Ewigkeit schaukelte.

Linus war der Meinung, dass das große Sterben von den Menschen selbst herbeigeführt worden war, und Elias sah keinen Grund dafür, das in Frage zu stellen. Es passte zur menschlichen Natur, selbstzerstörerisch zu sein, frei nach dem Motto: »Die Geister, die ich rief, ich werde sie nicht los.« Er überlegte kurz, woher er den Spruch kannte, kam aber nicht darauf. Er stammte wahrscheinlich aus einem der alten Bücher, die er so gerne las.

Trotz der Hitze fröstelte Elias. Er hatte noch nie Zeugnisse der alten Zivilisation so nah gesehen wie auf dieser Reise. Der Gedanke an die grauenvollen Dramen, die sich überall auf der Welt abgespielt haben mussten, als für fast alle das unausweichliche Ende nahte, war hier zwischen den verlassenen, heruntergekommenen Häusern geradezu unerträglich. Er versuchte, sich wieder auf Pia zu konzentrieren, die von alldem scheinbar unbeeindruckt ihr Tempo keine Sekunde verlangsamte. Konnte es wirklich sein, dass sie der Schlüssel dazu war, die Seuche ein für alle Mal zu beenden? War es nicht seine Pflicht, sie dazu zu bringen, mit den Wissenschaftlern der Hochstadt zu kooperieren? Doch es war noch viel zu früh, sie danach zu fragen. Zunächst musste die Mission erfolgreich verlaufen, MUC musste gerettet werden – und Elias musste Pias Herz zurückgewinnen.

Sie sprachen nicht viel, jeder schien in seine eigenen Gedanken versunken zu sein. Hin und wieder wechselte Pia ein paar Worte mit ihrem Begleiter, allerdings so leise, dass Elias nicht verstehen konnte, was sie sprachen. Seine Wächter waren es gewohnt, stundenlang zu schweigen, und so trotteten sie einfach nur geduldig hinter ihrem Herrn her.

Schließlich begannen sich die Wohnsiedlungen zu lichten, und sie erreichten eine große Fläche, die früher einmal als Parkplatz gedient haben musste. Jedenfalls ließen das die vielen hier verteilten Fahrzeuge vermuten. Der Asphalt, auf dem sie standen, war mit der Zeit rissig und löchrig geworden und fast überall von Unkraut und Büschen bedeckt. Jenseits des Parkplatzes erblickten sie ein Gebäude, das Elias zwar von Bildern kannte, das ihn aber dennoch in seiner Größe und architektonischen Einzigartigkeit beeindruckte. Es wirkte wie ein gigantischer runder Schlauch aus einem überdimensionalen Rad, den ein Riese einfach mitten in die Landschaft gelegt hatte. Früher einmal mussten die Tausenden gläsernen Kacheln, aus denen es bestand, weiß gewesen sein, doch nun waren sie dunkelgrau. Viele waren zerstört, doch das Bauwerk ragte nach wie vor stolz aus dem üppigen Grün, das alles darum herum verschluckt hatte. An der ihnen zugeneigten Seite konnte Elias noch die Reste eines blauen Schriftzuges entziffern: Arena.

Pia war inzwischen stehen geblieben und betrachtete das Gebäude staunend. Elias musste lächeln. Egal, wie taff sie sich auch geben mochte, in Augenblicken wie diesen war sie einfach nur entzückend, wenn ihre großen Augen begeistert in die Ferne blickten und alle Eindrücke genau in sich aufnahmen.

»Was ist das?«, fragte sie.

»Keine Ahnung.« Sam kratzte sich am Kopf. »Hier war ich noch nie. Sieht aus wie 'ne zusammengerollte Riesenraupe ...«

»Die Arena diente für Sportveranstaltungen«, schaltete Elias sich ein. »Fußball, um genau zu sein.«

Ihre großen Augen hefteten sich neugierig auf ihn. Für einen Moment schien sie vergessen zu haben, dass er der Feind war. »Fußball?«

»Das war eine Art sportlicher Schaukampf«, erklärte Elias. »Zwei gegnerische Mannschaften, bestehend aus je elf Männern, haben versucht, sich gegenseitig einen Ball abzunehmen und in ein Tor zu schießen.«

Pia kräuselte ungläubig die Stirn. »Und dazu brauchte man so ein gigantisches Gebäude?«

»Für das Spiel nicht. Aber für die sechzigtausend Zuschauer schon.«

Pia lachte auf. »Sechzigtausend Menschen kamen zusammen, um sich anzusehen, wie zweiundzwanzig Männer einem Ball hinterherlaufen?«

Er grinste. »Ja, die alte Zeit war voller Wunder.«

Sie schmunzelte, und für einen Moment schien die Blockade zwischen ihnen nicht mehr ganz so unüberwindbar wie noch wenige Minuten zuvor. Dann jedoch schien Pia wieder einzufallen, dass sie Elias ja hasste.

»Wir sollten weitergehen«, sagte sie hastig und lief schnellen Schrittes auf die Arena zu.

Auch hier war der Pflanzenwuchs so stark, dass sie fast eine Stunde brauchten, bis sie das gewaltige Stadion von dem Punkt aus erreichten, an dem sie es zuerst gesehen hatten.

Aus der Nähe betrachtet war erkennbar, dass die Arena viel mitgenommener war, als aus der Ferne zu vermuten. Die einzelnen Waben bestanden nicht aus Glas, sondern aus Kunststoff, der an vielen Stellen Risse hatte oder aus der Verankerung gerissen war. Wenn man direkt davorstand, ähnelte der einstmals stolze Bau eher einem dahinsiechenden Insekt. Die Vergänglichkeit der Macht und des Wissens der alten Zeit waren hier so spürbar wie selten zuvor.

Dennoch wählte Sam den Ort für eine Pause aus. »Ich will zwar auch so schnell wie möglich wieder zurück sein, aber es bringt nichts, wenn wir vor Erschöpfung umkippen, wenn wir im alten MUC ankommen«, sagte er und setzte sich auf einen umgefallenen Baum im Schatten des riesigen Gebäudes. »Wir wissen schließlich nicht, was uns dort erwartet. Womöglich müssen wir kampfbereit sein.«

Pia widersprach nicht, setzte sich auf ein Stück Wiese unter dem rostigen Dach einer ehemaligen Imbissbude und holte ihre Wasserflasche heraus.

Elias war dankbar für diese Pause. Die Wanderung in der erbarmungslosen Hitze machte ihm stark zu schaffen, und bis auf zwei kurze Trink- und Verschnaufpausen waren sie seit dem frühen Morgen durchmarschiert.

Einen Augenblick lang stand er unschlüssig da, dann setzte er sich in den Schatten in Pias Nähe. Ihre Augen blitzten argwöhnisch auf, während sie trank, doch sie sagte nichts. Stattdessen drehte sie demonstrativ den Kopf in die andere Richtung.

»Keine Sorge, ich beiße nicht«, bemerkte er ruhig.

»Das möchte ich dir auch geraten haben«, antwortete sie schnippisch. »Oder möchtest du zu deiner krummen Nase auch noch ein paar ausgeschlagene Zähne?«

»Nein. Aber ich möchte dir etwas geben.«

Sie wandte den Kopf und sah ihn offen an. »Du hast nichts, was ich haben möchte.«

»Vielleicht doch.« Er öffnete seinen Rucksack und kramte einen Moment darin herum, bis er fand, was er suchte. Dann reichte er ihr ein gläsernes Röhrchen, das mit kleinen weißen Pillen gefüllt war.

»Bisschen spät für Penicillin«, sagte sie und wandte sich wieder ab.

Elias ging nicht auf ihren Seitenhieb ein. »Das ist ein Medikament, das vor der Strahlenkrankheit schützen soll. Es ist sehr wertvoll, und mein Vater hat es mir mitgegeben, damit ich auf dieser Reise keine bleibenden Schäden davontrage. Ich habe keine Ahnung, ob es funktioniert, aber wenn es etwas bringt, dann sollst du es haben.«

Sie blickte ihn einen Moment an und schien nicht genau zu wissen, was sie erwidern sollte. Schließlich fragte sie: »Glaubst du, die Strahlung am Flughafen ist so hoch, dass wir davon krank werden können?«

»Ich hoffe nicht. Aber die Strahlung scheint sogar das Leben in MUC zu beeinflussen, die Mutationen sind zum Beispiel ein Zeichen dafür. Ich bin mir ziemlich sicher, dass wir selbst hier schon erhöhte Werte messen könnten. Linus wollte mir ein Gerät mitgeben, das die Strahlung messen kann, Geigerzähler genannt, doch ich habe abgelehnt. Unnötiger Ballast, und ich möchte lieber gar nicht wissen, wie verseucht die Luft, die ich atme, wirklich ist.« Er lächelte Pia an, die Tabletten noch immer in der ausgestreckten Hand. »Nimm sie. Bitte.«

Zögerlich streckte sie die Hand danach aus, hielt dann jedoch mitten in der Bewegung inne. »Und was ist mit den anderen?«

Sie deutete erst auf Sam, der sich, mittlerweile für ein Nickerchen bereit, an den Baumstamm gelehnt hatte, dann auf die beiden Wächter, die es sich unter einem großen Baum bequem gemacht hatten und deren verschwitzte rote Hemden an ihren muskulösen Körpern klebten.

Er schüttelte langsam den Kopf. »Das ist alles, was ich habe. Es reicht nur für eine Person und wenige Tage. Ich möchte, dass du die Pillen nimmst.«

Pia sah Elias einen Augenblick in die Augen, und ihr Blick

wurde weich. Er hatte mit einem Mal das berauschende Gefühl, dass sie tief unter ihrer Fassade der Ablehnung noch immer etwas für ihn empfand. Dann jedoch zog sie die Hand zurück, und der Moment zwischen ihnen war verflogen wie ein wunderschöner Duft, den man nicht aufhalten konnte.

»Ich möchte sie nicht«, sagte sie bestimmt. »Ich will nicht die Einzige sein, die ein Gegengift bekommt. Entweder alle oder niemand.«

Mit diesen Worten drehte sie sich wieder weg, und Elias ließ langsam seinen Arm sinken. Er wusste, dass es sinnlos war, sie dazu überreden zu wollen, und liebte sie in diesem Moment mehr als jemals zuvor. Sie war der selbstloseste und loyalste Mensch, den er je getroffen hatte.

Pia erhob sich und deutete auf den Himmel im Westen, wo sich dunkle Wolken aufgetürmt hatten, die bereits näher kamen.

»Sam«, rief sie. »Wir sollten lieber weiter, wenn wir heute noch vorankommen wollen.«

Er schien tatsächlich kurz eingenickt zu sein, war jedoch sofort hellwach, als sein Blick ihrem ausgestreckten Finger folgte. »Scheiße, du hast recht. Wir sollten schauen, dass wir über die Brücke kommen, ehe es losgeht.«

Er packte seinen Rucksack und richtete sich auf. Bevor sie jedoch losmarschierten, trat er dicht an Elias heran und rempelte ihn unsanft an, ohne dass es sonst jemand mitbekam.

»Lass sie in Ruhe, Prophetenbengel«, knurrte er. »Sie hat einen Freund, und du bist nichts weiter als ein Arschloch. Verstanden?«

Dabei spannte er seine mächtigen Armmuskeln an und ließ eine Faust in die andere klatschen. Elias zweifelte zwar nicht daran, dass Dennis und Ed notfalls mit ihm fertig werden würden, doch Sam und Pia schienen sich nahezustehen. Er wollte keinen Ärger mit ihm. Deswegen nickte er dem Hünen freundlich zu und ging weiter.

12. Kapitel

Sog

Pia versuchte, ihre Schritte betont selbstsicher und zielstrebig wirken zu lassen, als sie die Arena verließen und sich auf die große alte Straße zubewegten. Innerlich war sie jedoch in Aufruhr. Sie fühlte sich verwirrt und wütend zugleich. Wütend, weil Elias mit auf dieser Mission war und sie sich damit arrangieren musste, was ihr viel schwerer fiel als erwartet.

Verwirrt, weil er sich tatsächlich verändert hatte. Zumindest erweckte er den Eindruck und machte es ihr damit viel schwieriger, ihn zu verachten, als noch vor wenigen Tagen. Nicht nur optisch war er nicht mehr der Mann, in den sie sich vor mehr als einem Jahr verliebt hatte. Sein ganzes Verhalten war anders. Er wirkte nachdenklicher, rücksichtsvoller, irgendwie in sich ruhender – erwachsener. Fast schien es so, als hätte noch vor einem Jahr ein Teil von ihm geschlafen, der jetzt hellwach war, weil ihn jemand an den Schultern gepackt und ordentlich durchgeschüttelt hatte.

Auch wenn sich alles in Pia sträubte, es zuzugeben, ihr gefielen diese Veränderungen an Elias. Ohne dass sie es verhindern konnte, hatte die Geste, ihr die Strahlungsmedikamente geben zu wollen, sie gerührt. Er wollte, dass es ihr gutging, und war deswegen sogar bereit, seine eigene Gesundheit zu riskieren. Andererseits, wer sagte denn, dass das nicht alles nur gespielt war, um ihr zu imponieren? Schon einmal hatte sie sich von ihm einwickeln und blenden lassen, das würde ihr bestimmt nicht wieder passieren.

Sie brauchte sich nur in Erinnerung zu rufen, wie charmant

und zuvorkommend er bei ihren ersten Begegnungen gewesen war, bloß um dann, wenn es wirklich darauf ankam, sein wahres Gesicht zu zeigen.

Nein, Elias konnte ihr gestohlen bleiben. Sie wusste, wer er unter seinem schönen Schein wirklich war. Wenn ihre gemeinsame Mission zu Ende war, würde sie ihn hoffentlich nie wiedersehen. Sie würde zu Robin zurückkehren, mit dem sie eine gemeinsame Zukunft hatte. Und der Prophetensohn konnte sich von ihr aus ein neues Spielzeug suchen.

Über einen vermutlich von Wildtieren ausgetretenen Trampelpfad, der sich steil nach oben wand, erklommen sie die von dornigen Büschen bedeckte Anhöhe, auf der die alte Autobahn entlangführte. Die Straße selbst war noch relativ gut erhalten, auch wenn der Asphalt an manchen Stellen so faltig war wie die Haut eines alten Menschen. Plötzliche Windböen ließen lose Buschteile zwischen ein paar Autowracks aufwirbeln. Pia wandte den Kopf und stellte fest, dass die dunkle Wolkenfront bedrohlich schnell näher kam. Das war nicht nur ein harmloses Gewitter, sondern ein ausgewachsener Sturm, der sich zusammenbraute und mit hohen Windgeschwindigkeiten auf sie zuraste.

Vielleicht wäre es besser, zur Arena zurückzugehen, um dort Unterschlupf zu suchen, doch das würde sie wertvolle Zeit kosten. Schließlich konnte man nie vorhersagen, wie lange so ein Sturm andauerte – ob einige Stunden oder sogar mehrere Tage, hier war mit allem zu rechnen.

»Was meinst du, Sam?«, fragte sie. »Sollen wir versuchen, über die Brücke zu kommen, oder lieber sofort Unterschlupf suchen?«

Sam runzelte die Stirn, als er die Wolken betrachtete und ihre Möglichkeiten abwog.

Elias und die beiden Wächter schlossen zu ihnen auf und blieben ebenfalls stehen. Der Prophetensohn folgte Sams Blick und betrachtete die Wolkenfront. Vermutlich konnte er mit ihrem Anblick nicht viel anfangen. Für jemanden, der sein ganzes Leben in der Hochstadt verbracht hatte, deren Gebäude gegen Stürme geschützt wurden, waren das einfach nur dunkle Wolken. Erfahrene Reisende in der Wildnis wussten jedoch, dass es über Leben und Tod entscheiden konnte, einen heranziehenden Sturm richtig einzuschätzen.

»Wir sollten weitergehen«, sagte Sam schließlich. »Ich denke nicht, dass es so schlimm werden wird.«

Seine Augen straften diese Aussage Lügen, das registrierte Pia genau. Ihm schien die Unwetterfront genauso große Sorgen zu bereiten wie ihr. Aber er wusste auch, dass eine feindliche Armee MUC und damit auch seine Familie bedrohte. Es kam für ihn nicht in Frage, auch nur eine einzige Stunde zu verschwenden.

Pia spürte, wie Elias' grüne Augen einen Moment auf ihrem Gesicht ruhten. Auch er begann sich wahrscheinlich langsam Sorgen zu machen. Sie vermied es allerdings, seinen Blick zu kreuzen.

»Beeilen wir uns«, bestimmte sie schlicht und setzte schnellen Schrittes ihren Weg fort, bevor Elias wieder den Mund öffnen konnte.

Bereits ihre Reise nach MUC hatte Pia über eine der großen alten Straßen – sogenannte Autobahnen – geführt. Doch die, auf der sie jetzt unterwegs waren, ließ die Straßen, die von den Alpen nach MUC führten, geradezu klein erscheinen.

Die Straße hatte auf jeder Seite vier Spuren, die so breit waren wie ein kleineres Haus. Aber das war noch nicht alles. Nach etwa einem Kilometer kreuzten sie eine weitere Autobahn, die auf einer mächtigen Brücke thronte. Der Anblick war so gewaltig, dass Pia für einen Augenblick der Atem stockte. Wieder einmal versuchte sie, sich vorzustellen, wie viele Menschen und Fahrzeuge es in der alten Zeit gegeben haben musste, dass der Bau solch riesiger Straßen erforderlich gewesen war.

Was sie vor allem nicht verstand, war, warum die alten Menschen offensichtlich das Bedürfnis gehabt hatten, ständig unterwegs zu sein. Wieso blieben sie nicht einfach, wo sie waren? Immerhin gab es den Erzählungen nach alles an jedem Ort im Überfluss. Die Beschaffung von Ressourcen konnte es also nicht gewesen sein, was die alten Menschen auf ihren riesigen Straßen umtrieb. Aber was dann? Eine Art Rastlosigkeit vielleicht?

Bevor Sam und sie aufgebrochen waren, hatten sie auf einer alten Landkarte ihre Route genau einstudiert. Pia wusste, dass sie die alte Straße nehmen mussten, die auf der Brücke diejenige kreuzte, auf der sie jetzt unterwegs waren. Sie mussten nach rechts, obwohl die Autobahn nach Südosten führte und sie zunächst ein paar Kilometer von ihrem Ziel im Norden entfernen würde. Doch es war die beste Möglichkeit, über den Fluss zu kommen, der nördlich von MUC, so wusste man, weite Landstriche überschwemmt hatte und vielerorts unpassierbar war.

Kurz vor der Kreuzung führte eine kleinere Straße nach links ab und schlang sich in einer halbmondförmigen Kurve auf die Brücke der zweiten Autobahn hinauf. Sie war zwar mit ausgebrannten Autowracks verstopft, doch breit genug, damit sie sich durchquetschen konnten.

Oben auf der Brücke bot sich ihnen ein atemberaubender Anblick über die Arena und das dahinter liegende MUC. Deutlich konnte Pia die gläsernen Hochhäuser erkennen, dahinter erhoben sich die unverkennbaren Zwillingstürme der alten Kirche aus der Dunstglocke von MUC. Am Horizont thronten über alles erhaben die majestätischen Spitzen der Alpen. Irgendwo dort befand sich das kleine Dorf, aus dem Pia stammte. Sie fragte sich, wie es den Menschen dort wohl ging. Wahrscheinlich hatte sich in all der Zeit, in der sie fort war, nichts verändert, man folgte stur dem gewohnten Lebenstrott in dem Glauben, Pia und ihr Bruder wären tot und MUC nichts als ein

Mythos. So ähnlich mussten sich wohl Ameisen in ihrem Bau fühlen …

Doch es blieb keine Zeit, die schöne Aussicht zu betrachten. Sie mussten so schnell wie möglich den alten Flughafen erreichen und ihre Mission erfüllen – und vor allem rechtzeitig einen sicheren Unterschlupf gegen den herannahenden Sturm finden. Schnellen Schrittes folgten sie der zweiten Autobahn nach Südosten, und schon bald war die imposante Arena aus ihrem Sichtfeld verschwunden. Rechts passierten sie einen Hügel, der einsam aus der sonst flachen Landschaft emporragte und eine so symmetrische Form besaß, dass er vielleicht einmal vor langer Zeit von Menschenhand angelegt worden war. Jetzt war er bis zur Spitze mit dichter Vegetation bewachsen. Ganz oben ragte etwas aus dem Grün hervor, das aussah wie die Überreste eines riesigen Windrades, aber genau konnte Pia das nicht erkennen.

Hinter dem Hügel begann links und rechts der alten Straße ein regelrechter Urwald, der die Autobahn nur deshalb noch nicht verschluckt hatte, weil sie etwas erhöht lag. Die Gegend musste bereits vor dem großen Sterben unbebaut gewesen sein, nur so ließ sich das Ausmaß der Überwucherung erklären. Nach etwa einem Kilometer änderte sich das Bild um sie herum jedoch beträchtlich. Der dichte Wald wich zunehmend einer feuchten, moorigen Sumpflandschaft, die nur bedeuten konnte, dass sie sich dem Fluss näherten.

Pia sah sofort, dass es die richtige Entscheidung gewesen war, den Umweg über die große alte Straße zu nehmen. Die feuchten Flächen um sie herum wirkten alles andere als einladend und waren stellenweise unpassierbar. Seltsame Bäume mit zerfurchten Wurzeln, die sie noch nie zuvor gesehen hatte, ragten aus dem bräunlich grünen Wasser. Sie wirkten fast so, als hätten sie natürliche Stelzen.

»Das ist interessant!«, sagte Elias, der, ohne dass sie es

merkte, zu ihr aufgeschlossen hatte. »Diese Bäume sehen fast so aus wie Mangroven. Ich wusste nicht, dass die bei uns wachsen können … zumindest gab es sie vor dem großen Sterben nur in den Tropen.«

Pia antwortete ihm nicht. Zum einen wusste sie weder, was Mangroven waren, noch, wo sich die Tropen befanden. Außerdem wollte sie sich auf keinen Fall mit Elias unterhalten und ihm allgemein so wenig wie möglich Gelegenheit dazu geben, ihr beweisen zu können, dass er sich verändert hatte.

Auch wenn sie betont ablehnend von ihm wegstarrte, so konnte sie seine Präsenz deutlich spüren, wenn er so dicht neben ihr herging. Trotz allem, was passiert war, schien er noch immer eine Anziehungskraft auf sie auszuüben, die sie ärgerte. Trotz des erdig moorigen Geruchs um sie herum konnte sie seinen unverwechselbaren Duft in der Nase spüren. Er weckte Erinnerungen daran, wie es gewesen war, ihm nah zu sein. Wie glücklich und unbeschwert sie sich gefühlt hatte. Wie komplett.

Der Duft ist künstlich, nichts als Illusion, rief sie sich ins Gedächtnis. *Genau wie der ganze Typ!*

Es stimmte, und das wusste sie ganz genau. Doch warum fiel es ihr so schwer, in seiner Nähe zu sein? Noch dazu, wo sie glücklich mit Robin zusammen war?

Unter ihnen wurde das Wasser immer tiefer, bis die überflutete Landschaft langsam in einen Fluss überging. Dieser wirkte zwar träge, war allerdings viel breiter als noch in MUC, wo er in ein teilweise künstlich verstärktes Flussbett eingespannt war. Die vielen starken Regenfälle im Sommer ließen ihn nördlich der Stadt über die Ufer treten und einen weiten Teil der Landschaft um ihn herum monatelang überfluten. Die meisten kleineren Brücken waren daher im Laufe der Zeit fortgerissen worden oder wurden so stark beschädigt, dass es nicht mehr sicher war, sie zu überqueren. Und ein Blick hinab genügte Pia, um zu wissen, dass ihn zu durchschwimmen nur eine Option für Lebensmüde sein konnte.

Sie hatten den Strom fast zur Hälfte überquert, als sich die Sonne plötzlich verdunkelte und ein mächtiges Grollen alle zusammenzucken ließ. Pia drehte sich um, und ein kalter Schauer fuhr durch ihre Glieder.

Der Sturm war ungewöhnlich rasch näher gekommen. Weder Sam noch sie hatten damit gerechnet, dass es so schnell gehen würde. Die schwarze Wolkendecke kroch unaufhaltsam näher, wie ein gigantisches Reptil, das vorhatte, sich jede Sekunde auf die winzigen Reisenden zu stürzen, die allein auf der riesigen, verlassenen Brücke wie auf dem Präsentierteller saßen. Weiße Blitze durchzuckten das Gebilde, stürzten jedoch nicht zu Boden und blieben völlig lautlos, was ihre Bedrohlichkeit irgendwie noch steigerte.

Dann geschah etwas noch Seltsameres. Ein starker Wind setzte ein, zerrte an ihren Kleidern und Pias langen Haaren. Doch er wehte nicht, wie sonst üblich, in die Richtung, in die die Wolkenfront unterwegs war. Er wehte auf den Sturm zu wie ein gewaltiger Sog.

Die beiden Wächter blickten ratlos zu ihrem Herrn, doch sämtliche Selbstsicherheit war aus Elias' schönem Gesicht gewichen. Wie ein ängstliches Kind starrte er der Naturgewalt entgegen. Pia sah Sam fragend an. Der Hüne war blass geworden, seine mächtigen Kiefer mahlten nervös.

»Was zum Teufel ist das für ein Sturm?«, wollte Pia von Sam wissen und bemerkte, dass sie plötzlich schreien musste, um sich gegen das Tosen des Windes verständlich zu machen.

Sam antwortete nicht. Seine Augen weiteten sich, und Pia sah in der Spiegelung seiner Iris etwas, das sie herumfahren und wieder dem Sturm zuwenden ließ.

Es geschah etwas, das sie so noch nie gesehen hatte. Ein Teil der gewaltigen, blitzdurchzuckten Wolkendecke teilte sich ab und begann, sich zum Boden herabzusenken. Es wirkte wie ein gigantischer Strudel in einem reißenden Fluss, nur dass dieser aus Luft, Staub und Trümmerteilen bestand, die sich in rasender Geschwindigkeit drehten. Wie ein gewaltiger, tastender Rüssel begann sich der Windschlauch auf sie zuzubewegen. Der reißende Sog wurde dabei von Sekunde zu Sekunde stärker.

»Lauft!«, schrie Sam und setzte sich bereits selbst in Bewegung. Pia wirbelte herum und folgte ihm, doch der reißende Wind machte es ihr schwer, sich zu bewegen. Aus dem Augenwinkel sah sie, dass auch Elias etwas schrie, das sie jedoch nicht verstehen konnte, und dann ebenfalls losrannte.

Die Windsäule bahnte sich ihren Weg über die alte Straße und riss alles mit, was sich in unmittelbarer Nähe befand. Sie mussten dringend von der Autobahn runter und irgendwo Unterschlupf finden, doch solange sie sich auf der Brücke über dem Fluss befanden, war das unmöglich. Die einzige Chance war ein Sprung in das aufgewühlte Wasser, oder aber es gelang ihnen, den Fluss zu passieren und sich dann auf dem Trockenen in Sicherheit zu bringen.

Obwohl sie eine gute Läuferin war, merkte Pia, dass sie viel langsamer vorankam als sonst. Der Sog war so stark, dass es sich anfühlte, als versuchte sie, durch eine zähe Masse zu laufen. Sam, der wesentlich mehr Kraft hatte als sie, war deutlich im Vorteil und schien sich mit jedem Schritt weiter zu entfernen. Sie warf einen Blick zurück und sah, dass Elias, der untrainiert war, hinter ihnen zurückfiel. Einer seiner Wächter versuchte, ihn zu stützen, damit er besser vorankam. Sein rotes Hemd flatterte im Wind wie ein aufgebrachter Vogel. Der zweite Wächter hielt sich knapp hinter den beiden. Es war erstaunlich. Selbst in akuter Lebensgefahr ließen die Wächter ihren Herrn nicht im Stich, um ihre eigene Haut zu retten. Bestimmt liefen sie viel schneller als Elias, blieben aber dennoch unerschütterlich bei ihm.

Nur noch etwa hundert Meter trennten sie vom Ende des Flusses, doch sie erschienen Pia wie eine unüberwindbar lange Distanz. Es war wie in einem Alptraum, bei dem man nicht vom Fleck kam, egal wie schnell man zu rennen versuchte. Nur dass die Monster, die einen in Träumen verfolgten, in Wahrheit ungefährlich waren – ganz im Gegenteil zu dem Wirbelsturm hinter ihnen, der unaufhörlich näher kam. Er schien wie ein lebendiges Wesen zu sein, das gierig alles in sich hineinfraß und die verzweifelt um ihr Leben laufenden Menschen als Dessert auserkoren hatte.

Sam war bereits am Ende der Brücke angekommen und blickte über die Absperrung der Straße hinab. Dann hob er den Kopf und winkte hektisch, deutete nach unten. Pia verstand sofort. Ihre einzige Chance war, sich irgendwo unter der Brücke zu verstecken. Sam kletterte über die Absperrung und verschwand.

Noch einmal mobilisierte Pia all ihre Kräfte und legte keuchend die letzten Meter bis zu der Stelle zurück, an der Sam noch vor wenigen Sekunden gestanden hatte. Sie schwang sich über das rostige Geländer und sah hinab. Unter ihr war der Fluss wieder dem feuchten Morast gewichen, doch von der Autobahn bis zum Boden war es noch immer viel zu hoch, um hinabzuspringen, ohne sich dabei den Hals zu brechen. Dann jedoch entdeckte sie den Grund, warum Sam sie so hektisch hierhergewinkt hatte. Direkt unter der Straße gab es zwischen den Brückenpfeilern einen Spalt, der groß genug war, um sich dazwischen zu quetschen. Sam war schon fast da. Für sie selbst würde es ein Einfaches sein, dorthin zu gelangen.

Doch sie zögerte. Ohne zu wissen, warum, wandte sie den Kopf, um nach Elias zu sehen. Er und seine Wächter waren noch ein paar Meter entfernt und rannten auf sie zu. Dicht hinter ihnen toste der Wirbelsturm heran. Fast hatte er sie erreicht.

Er wird es nicht schaffen, schoss es Pia durch den Kopf, und der Gedanke verursachte ein Entsetzen in ihr, das noch viel größer war als die Angst um ihr eigenes Leben.

Als hätte sie es geahnt, stolperte Elias plötzlich und drohte zu stürzen. Erschrocken hielt Pia den Atem an. Wenn er jetzt stürzte, dann war das sein Ende …

Doch der Wächter, der neben ihm lief – Pia meinte sich zu erinnern, dass Elias ihn als Ed vorgestellt hatte –, blieb stehen, griff nach seinem Herrn, half ihm auf die Beine und gab ihm einen kräftigen Stoß nach vorne. Dabei geriet er selbst jedoch ins Straucheln und drohte das Gleichgewicht zu verlieren. Der Wind zerrte jetzt viel heftiger an seinen Kleidern, ganz so, als hätte der Sturm seine Schwäche erkannt und ihn als Opfer auserkoren. Sein kräftiger Oberkörper wurde nach hinten gezogen.

Einen schrecklichen Augenblick lang sah Pia dem Wächter direkt in die Augen. Sie waren in blankem Entsetzen und Todesangst weit aufgerissen. Er wusste, dass er gleich sterben würde, und Pia wusste es auch. Diese Gewissheit mit dem Wächter zu teilen, war so erschreckend, dass ein eiskalter Schauer durch ihren ganzen Körper fuhr und sie für einen Moment regelrecht lähmte.

Dann war es plötzlich vorbei. Ed verlor endgültig das Gleichgewicht, und innerhalb einer Sekunde hatte der schwarze-graue Windstrudel ihn eingesogen, als wäre er nichts weiter als eine Strohpuppe.

Elias sah sich kurz um, dann wandte sich sein Blick Pia zu. Seine sonst so stolzen, strahlenden Augen waren die eines ängstlichen Kindes.

Verschwinde hier! Sofort!, schrie Pias Verstand sie an. *Oder du wirst die Nächste sein!*

Doch stattdessen beugte sie sich über die Absperrung, streckte die Hand aus und griff nach Elias' Arm.

Dann ging plötzlich alles ganz schnell.

Mit ganzer Kraft zog sie ihn zu sich und half ihm über die

Absperrung, als die sich bedrohlich drehende Windturbine nur noch wenige Meter entfernt war. Sie drückte ihn herunter, hinab in die Spalte zwischen Straße und Brückenpfeiler. Dann schob sie sich selbst mit letzter Kraft hinterher. Das Letzte, was sie sehen konnte, war, dass auch der zweite Wächter es nicht rechtzeitig schaffte. Noch während er Schwung nahm, um über das Geländer zu springen, wurde er von einer reißenden Böe erfasst und in die Luft geschleudert. Dann verschwand auch er in dem gierigen Schlund des Sturms.

Elias zitterte am ganzen Körper, als sie sich neben ihn in die Spalte drückte. Sie waren zwar aus dem reißenden Sog des Wirbels heraus, doch Pias Instinkt sagte ihr, dass sie noch längst nicht in Sicherheit waren. Sie wandte den Kopf und sah, dass Sam auf der anderen Seite des Pfeilers Zuflucht gefunden hatte, nicht mehr als fünf Meter von ihnen entfernt. Erleichterung breitete sich in ihr aus; er war in Sicherheit.

»Wir müssen tiefer in die Spalte!« Obwohl sie direkt neben Elias lag, musste Pia schreien, damit er sie verstehen konnte. Das Tosen des Sturmes war jetzt ohrenbetäubend. Er schien direkt auf der Brücke über ihnen zu sein und hörte sich fast so an wie ein gigantisches Raubtier aus der Urzeit, das wütend tobte, weil ihm sein Snack durch die Lappen gegangen war.

Elias antwortete etwas, das sie nicht verstehen konnte, und zwängte sich langsam tiefer in die Spalte. Pia spürte, wie der eiskalte Sog des Windes auch hier unten an ihren Kleidern zu zerren begann. Ihre Finger versuchten, etwas Festes zu greifen, an dem sie sich festklammern konnte, doch da war nichts außer etwas Erde und Kieselsteinen auf dem uralten Beton. Langsam begann sie zu rutschen.

Doch Elias bemerkte es und streckte sofort die Hand nach ihr aus. Es gelang ihr, danach zu greifen, sie spürte die Wärme seiner Haut und die erstaunliche Kraft, die er zu mobilisieren schien, um sie zu sich zu ziehen. Mit dem anderen Arm klammerte er sich an eine rostige Stahlstange, die in seiner Nähe aus dem Beton ragte.

Der unerbittliche Sog schien schwächer zu werden, je tiefer sie in die Spalte rutschte. Sie war ganz dicht bei Elias, der seinen Arm um sie gelegt hatte. Hilflos klammerten sie sich aneinander, doch obwohl Pia vor Todesangst bebte, fühlte es sich irgendwie gut an, ihn so dicht bei sich zu spüren. Sein vertrauter und betörender Duft, der ihr sofort wieder in die Nase stieg, gab ihr irgendwie das Gefühl, in Sicherheit zu sein.

Mit einem Schlag endete das Tosen, und der Sog hörte auf, an Pias Kleidern zu rütteln.

Überrascht hob sie den Kopf. War es etwa vorbei? So abrupt?

Ein Blick in Elias' Augen verriet ihr, dass er ebenso perplex war wie sie.

»Bleibt, wo ihr seid!«, durchbrach Sams Stimme die sonderbare, plötzliche Stille. »Wir sind im Auge des Sturms. Es geht gleich weiter!«

Und er hatte recht. Kaum hatte Sam zu Ende gesprochen, brach der Sturm mit der gleichen Wucht wie zuvor über sie herein. Pia blieb nichts anderes übrig, als sich erneut an Elias zu klammern. Der alte Stahl und Beton um sie herum knarzte und stöhnte unter der Belastung – doch er hielt.

Pia konzentrierte sich auf Elias' Herzschlag, den sie in seiner Brust spürte, und schloss die Augen.

Dann war es endlich vorbei.

13. Kapitel

Blut

Paul holte tief Luft und versuchte, ruhig zu bleiben. Seine Hände zitterten so sehr, dass er sie hektisch durch die Haare fahren ließ, damit Aela es nicht sah. Er musste Ruhe bewahren und Zuversicht ausstrahlen, das war ihm klar. In dieser Situation war er der Einzige, der etwas tun konnte, doch die Last der Verantwortung schnürte ihm die Kehle zu und drohte ihn völlig zu überwältigen.

Überall war Blut. Von Ilja.

So viel Blut hatte er noch nie gesehen. Es machte ihm Angst, denn wie viel Blut konnte ein Mensch tatsächlich verlieren, ohne zu sterben?

Sein Gefühl sagte ihm, dass es für Ilja kritisch werden würde, wenn er die Blutung nicht bald stoppte.

Gemeinsam mit Aela und ein paar anderen hatten sie Ilja in das nächstgelegene Haus getragen und auf einen Tisch gebettet, damit er sich ihre Verletzungen besser ansehen konnte.

Sie war ohne Bewusstsein, doch sie atmete schwach, und ihr Puls schien stabil zu sein. Das hatte Paul als Erstes festgestellt, nachdem er die Schocksekunde nach dem Attentat überwunden hatte. Auf den ersten Blick war er sicher gewesen, dass die Anführerin des Hades tot war. Sie hatte eine Wunde am Kopf, die von einem direkten Treffer zu stammen schien und die niemand überleben konnte.

Dann jedoch konnte er die Wunde am Kopf glücklicherweise als Platzwunde identifizieren, die sie sich wahrscheinlich durch den Sturz zugezogen hatte. Der Schütze hatte sie in die Brust getroffen. Das war zwar auch nicht viel besser, aber zumindest bestand eine kleine Chance auf Rettung.

Als Paul sie jetzt betrachtete, wie sie vor ihm auf dem Tisch lag, leichenblass und blutüberströmt, drohte ihn Panik zu überkommen. Er war kein Arzt! Alles, was er besaß, waren medizinische Grundkenntnisse, die er in den letzten Monaten von Ilja gelernt hatte. Und dennoch war das mehr, als jeder andere im Hades aufzuweisen hatte. Die Bewohner zählten darauf, dass er Ilja half, er musste sich also zusammennehmen.

Schweiß begann, sich auf seiner Stirn zu sammeln, seine Hände wollten nicht aufhören zu zittern. Als er aufblicke, sah er direkt in Aelas große, hellblaue Augen. Die übliche Stärke und das schier grenzenlose Selbstvertrauen waren daraus verschwunden, es waren die Augen eines kleinen Mädchens, die ihn anblickten und bis ins tiefste Innere seiner Seele rührten. Sie waren voll Angst und Schmerz und flehten ihn förmlich an.

Er war ihre einzige Hoffnung. Nur er konnte verhindern, dass ihre Mutter starb. Er durfte sie nicht enttäuschen!

Mit einem Mal hörten Pauls Hände auf zu zittern, und er begann alles klar zu sehen, als ob sich eine Nebelwand vor ihm aufgelöst hatte. Alles, was er über Medizin und Heilkunst gelernt hatte, fiel ihm wieder ein.

»Ich brauche heißes Wasser!«, rief er in die Runde und staunte, wie selbstsicher seine Stimme klang. »Und Alkohol. So hochprozentig wie möglich.«

Lisa, Sams Frau, nickte und rannte los. Dann wandte sich Paul Aela zu. »Ilja hat in ihrem Studierzimmer eine alte Arzttasche. Bring sie mir bitte!«

Ohne auch nur eine Sekunde zu zögern, befolgte Aela seine Bitte und verließ mit langen schnellen Schritten die Hütte.

»Alle anderen bitte raus!« Die übrigen Leute, die sich in den kleinen Raum gedrängt hatten und ihn mit geschockten Augen betrachteten, taten wie geheißen.

Paul atmete tief durch und ballte seine Hände kurz zu Fäusten, während er sich konzentrierte. Dann drehte er vorsichtig Iljas blutigen Kopf und betrachtete die dortige Wunde im Schein der flackernden Öllampe, die jemand auf den Tisch gestellt hatte. Es war tatsächlich nur ein Schnitt, der zwar auf den ersten Blick schlimm ausgesehen hatte, aber wahrscheinlich relativ harmlos war. Er würde ihn säubern, desinfizieren und nähen müssen. Das größere Problem würde die Schusswunde sein.

Vorsichtig öffnete er Iljas Hemd und zog den Schal beiseite, den er in der Eile notdürftig auf die Wunde gedrückt hatte, ehe sie Ilja hochgehoben hatten. Sofort schoss ihm ein Schwall warmes Blut entgegen. Die Wunde sah riesig aus, und Paul war sich einen Moment lang sicher, die Kugel hätte Iljas Herz getroffen. Er zwang sich jedoch, einen kühlen Kopf zu bewahren. Bei genauerer Betrachtung stellte er fest, dass der Schütze wie durch ein Wunder Iljas Herz verfehlt hatte. Die Kugel war oberhalb davon in ihre Schulter eingedrungen, hatte ein paar Blutgefäße zerfetzt und vielleicht auch einen Schulterknochen. Mit etwas Glück steckte sie jedoch nicht fest, sondern hatte Iljas Körper auf der anderen Seite wieder verlassen.

Aela kam mit Iljas Arzttasche als Erste wieder zurück, kurz darauf betrat auch Lisa schwer atmend den Raum. Sie trug einen Topf mit dampfendem Wasser in den Händen und eine Flasche Selbstgebrannten unter dem Arm.

»Hier«, sagte Aela und stellte die schwere Tasche auf einen Stuhl in Pauls Reichweite. »Was kann ich noch tun?«

Wenn ich das bloß wüsste, hätte Paul am liebsten geantwortet, doch er kniff die Lippen zusammen und überlegte. Alles, was er tun konnte, war, die Wunde zu reinigen, zu nähen und so gut wie möglich zu verbinden. Er musste schlicht darauf hoffen, dass die Kugel tatsächlich nicht noch irgendwo in Iljas Körper steckte, denn er wusste nicht, was zu tun wäre, wollte er sie entfernen.

Er begann damit, seine Hände zu waschen und zu desinfizieren, dann säuberte er die Wunde an Iljas Schulter mit dem heißen Wasser und dem Alkohol.

So weit, so gut, dachte er. Jetzt, da Pauls Hände nicht mehr zitterten und er hochkonzentriert bei der Sache war, stellte er sich gar nicht mal so übel an.

Der nächste Teil der Prozedur war aber schon etwas kniffliger. Er suchte in Iljas Arztkoffer nach Nadel und Faden, um die Wunde zu nähen. Nachdem er gefunden hatte, was er brauchte, zögerte er einen Moment. Alles, was Ilja ihm zu dem Thema bisher beigebracht hatte, war, dass man größere Wunden und Schnitte nähen musste, weil sie sonst nicht richtig verheilten. Sie hatte ihm allerdings noch immer nicht erklärt, *wie* man sie nähen musste.

Als Diener in der Hochstadt hatte Paul zwar Nähen gelernt, denn schließlich gehörte es zu seinen Aufgaben, die Kleidung seines Herrn in Ordnung zu halten. Aber war es dasselbe, eine klaffende Wunde zu nähen wie den Riss in einer Hose?

Doch ihm blieb keine Zeit, länger darüber nachzudenken. Schnell desinfizierte er die Nadel, setzte sie an die noch immer blutende Wunde und stach nach einem letzten kurzen Zögern zu. Obwohl die Nadel spitz und relativ groß war, brauchte er einiges an Kraft, um sie durch das gerötete Fleisch zu stoßen. Zu seiner Überraschung wurde ihm dabei nicht schlecht, und es fühlte sich an, als würde er mit einem rohen Stück Schweinefleisch hantieren.

Nach ein paar Minuten hatte er die ganze Wunde, so eng und fest er konnte, zugenäht. Schweiß begann sich auf seiner Stirn zu bilden, doch bevor er tropfen konnte, nahm Aela ein Tuch und tupfte ihn ab. Als er kurz hochblickte und in ihre Augen sah, hatte er das Gefühl, dass sie ihn wie einen völlig neuen Menschen betrachtete. Sorge und Dankbarkeit mischten sich mit Hochachtung in Aelas sonst so unnahbaren Kristallaugen.

Schnell bat er Aela und Lisa, ihm zu helfen, Ilja umzudrehen, damit er mit derselben Behandlung an dem kleineren Loch auf Iljas Rücken beginnen konnte. Zu seinem Erstaunen ging ihm das Nähen bereits viel leichter von der Hand. Als er damit fertig war, entnahm er Verbandsmaterial der alten Zeit aus Iljas Tasche und machte damit einen festen Druckverband um die Schusswunde, ganz so, wie es die Anführerin ihm erst kürzlich beigebracht hatte.

Schließlich kümmerte er sich noch um die Wunde am Kopf, reinigte, desinfizierte, nähte und verband auch diese. Während der ganzen Prozedur erlangte Ilja das Bewusstsein nicht wieder. Paul war einerseits dankbar dafür, andererseits plagte ihn jedoch auch die Sorge, Ilja könnte womöglich nie wieder aufwachen. Was, wenn sie irgendwo innere Blutungen hatte, die er nicht sehen konnte? Oder wenn die Wunde am Kopf doch viel gefährlicher war, als es den Anschein hatte? Was, wenn sie trotz aller Bemühungen starb? Aela würde ihm das nie verzeihen, dessen war er sich sicher …

Doch es brachte nichts, sich jetzt mit derartigen Gedanken zu quälen. Er hatte getan, was in seiner begrenzten Macht stand, um die Anführerin des Hades zu retten. Nun blieb ihm nichts anderes übrig, als abzuwarten und zu hoffen, dass sie das Bewusstsein wiedererlangte – und lebte.

»Danke«, sagte Aela, als er fertig war, und fasste ihm sanft an die Schulter. »Ich danke dir von Herzen, Paul.«

Er wollte erwidern, dass es nichts zu danken gab und dass sie erst einmal abwarten mussten, ob Ilja die Nacht überstand, doch dann blickte er einfach nur in ihre Augen und lächelte.

»Sie wird es schaffen.« Seine Stimme war so voller Zuversicht, dass er selbst darüber staunte.

Aela antwortete nicht und sah ihn einfach nur an. Erneut hatte er das Gefühl, dass sie etwas ganz Neues in ihm entdeckte. Doch bevor er ihren Blick erwidern konnte, wurden plötzlich aufgeregte Stimmen auf dem Hauptplatz laut. Wahrscheinlich war ein Teil der Männer zurück, die die Verfolgung des Attentäters aufgenommen hatten. Aela wandte den Kopf, und der fast schon intime Augenblick zwischen ihnen verflog.

»Geh ruhig«, sagte Paul. »Ich bleibe hier und passe auf. Wenn sich irgendwas an ihrem Zustand ändert, gebe ich dir sofort Bescheid.«

Aela nickte und verließ die Hütte, in der ihre Mutter ums Überleben kämpfte.

Paul blickte ihr einen Moment hinterher, dann begann er mit Lisas Hilfe, das Blut aus Iljas Gesicht zu waschen.

Später saß er völlig erschöpft mit Robin in der Nähe des Feuers und aß etwas Suppe und Brot. Die Anführerin hatte das Bewusstsein noch immer nicht wiedererlangt, doch immerhin atmete sie mittlerweile ruhig und fest. Auch die Blutung hatte zumindest äußerlich gestoppt, und Paul war mehr als erleichtert, dass er wenigstens das geschafft hatte. Eigentlich wollte er Iljas provisorisches Krankenlager gar nicht verlassen, doch Aela hatte drauf bestanden, dass er sich ein paar Stunden ausruhte, während sie über ihre Mutter wachte. Wie immer konnte er ihr keinen Wunsch abschlagen, also war er zum Hauptplatz gegangen, um etwas zu essen.

Die Stimmung war niedergeschlagen, kaum jemand redete etwas, selbst die Kinder waren ungewöhnlich ruhig. Wohin Paul auch blickte, sah er den Schock und das Entsetzen über das, was passiert war, in den Gesichtern der Leute.

Utilitas hatte den Hades tief ins Herz getroffen. Falk hatte genau gewusst, was zu tun war, um die unterirdische Gemeinschaft von Grund auf zu demoralisieren.

Paul war kein gewalttätiger Mensch, er hatte noch nie in seinem Leben jemandem etwas zuleide getan, doch nun spürte er eine grollende Wut in seinem Bauch, die er bisher nicht gekannt hatte. Er wusste, er würde Falk ohne zu zögern umbringen, wenn sich ihm die Gelegenheit dazu bot. Der Gedanke machte ihm Angst. Und es war kein Trost, dass wahrscheinlich alle um ihn herum genauso dachten. So schnell nahmen friedliebende Menschen also das Auge-um-Auge-Prinzip an, wenn jemand versuchte, ihnen wegzunehmen, was sie liebten.

Ilja war nicht nur die Anführerin des Hades, sie war sein Herz und seine Seele. Sie hatte die Gemeinschaft gegründet und den Bewohnern die alternativen Lebensweisen antiker Denker beigebracht. Jedes einzelne Mitglied des Hades liebte sie wie die eigene Mutter. Ein Leben ohne sie war für die meisten undenkbar. Paul konnte und wollte sich gar nicht vorstellen, was passierte, wenn sie starb. Er wünschte, er wäre ein richtiger Arzt, wie es sie in der Hochstadt im Klinikum noch gab. So aber konnte er nichts weiter tun, als abzuwarten und zu hoffen, dass Aelas Mutter es aus eigener Kraft schaffte.

Nach einer Weile gesellte sich Robin zu ihm. Auch sein Gesichtsausdruck war ungewohnt düster und besorgt. Paul wusste mittlerweile, dass die Jagd nach Falk oder den Attentätern, die er geschickt hatte, erfolglos verlaufen war. Er kannte sich in den unterirdischen Tunneln zu gut aus und war spurlos in der Dunkelheit verschwunden. Seitdem wurden zwar alle Zugänge zum Hades streng bewacht, und jeder Erwachsene, der eine Waffe bedienen konnte, war zur Wache eingeteilt worden, denn noch mal würde man sich nicht überrumpeln lassen. Doch die Unsicherheit blieb trotzdem.

»Wie geht es ihr?«, fragte Robin.

»Ich weiß es nicht«, antwortete Paul wahrheitsgemäß, jedoch so leise, dass niemand außer Robin ihn hören konnte. Er wollte die anderen nicht noch mehr entmutigen. »Sie ist stark. Und ungewöhnlich fit für ihr Alter … aber ich weiß nicht, ob das genug ist. Ich wünschte, ich könnte mehr für sie tun.«

»Was du getan hast, ist schier unglaublich«, entgegnete Robin. »Niemand sonst hier wäre dazu in der Lage gewesen. Egal, was passiert, dich trifft keine Schuld!«

Paul lächelte ihm dankbar zu. Es tat gut, mit jemandem über seine Zweifel reden zu können. Aela und den anderen gegenüber musste er Stärke zeigen, um sie nicht noch mehr zu verunsichern.

Sie schwiegen eine Weile, während Paul seinen Löffel ziellos in der Suppe kreisen ließ. Er hatte keinen Appetit. Obwohl er es sorgsam abgewaschen hatte, schien es ihm noch immer, als würde Blut an seinen Händen kleben.

Schließlich seufzte Robin leise in sich hinein. »Ich kann nicht glauben, dass man uns so überrumpelt hat. Wir hätten es wissen müssen, dass dieses feige Arschloch zu allem fähig ist.«

»Er wird dafür bezahlen«, sagte Paul trocken und spürte erneut den unbarmherzigen Groll in seiner Brust hochsteigen wie kaltes Sodbrennen.

»Wusstest du, dass Pia Falk von der ersten Minute an misstraut hat?«

Paul nickte. Sie hatte es ihm erzählt. »Sie hat einen starken Instinkt für solche Dinge.«

Zum ersten Mal seit den schrecklichen Ereignissen fragte er sich, wie es Pia wohl ging. Er hoffte, sie war okay und in Sicherheit. Und dass ihre Mission erfolgreich war. Denn gegen diesen Feind brauchten sie jede Hilfe, die sie kriegen konnten, das musste spätestens jetzt allen klargeworden sein. Gleichzeitig war Paul froh, dass seine Schwester nicht da war, denn nach dem feigen Anschlag auf Ilja hätte sie womöglich etwas Unüberlegtes getan. Wie Falk allein ausfindig zu machen und zur Strecke zu bringen, zum Beispiel.

Ein Blick in Robins Augen verriet ihm, dass dieser dasselbe dachte. Unwillkürlich musste er lächeln. Seine Schwester war für alle, die sie liebten, Fluch und Segen zugleich.

»Paul!«, schallte es plötzlich aus der Richtung des Hauses,

in dem Ilja untergebracht war. Er wandte den Kopf und sah, dass Aela ihm hektisch winkte. Sofort ließ er alles stehen und liegen und sprang auf. Während er auf Aela zulief, betrachtete er ihr schönes und gleichzeitig besorgt aussehendes Gesicht. Er registrierte sofort, dass etwas Wichtiges passiert sein musste, doch er konnte nicht sagen, ob es gut oder schlecht war. Hoffentlich hatte sich Iljas Zustand nicht verschlechtert …

Doch dann sah er ein schwaches, aber erleichtertes Lächeln über Aelas Lippen huschen, als er sie erreicht hatte.

»Sie ist wach«, sagte sie. »Und will dich sehen.«

Als Paul das halbdunkle Zimmer betrat, in dem Ilja noch immer auf dem Tisch lag, auf dem er sie notdürftig operiert hatte, fiel ihm als Erstes der Geruch auf. Er war irgendwie erdig und gleichzeitig leicht süßlich. Es war der Geruch von trocknendem, menschlichem Blut.

Zwar hatte er es, so gut es ging, von Iljas Gesicht und ihren Schultern abgewaschen und Lisa den blutverschmierten Boden rings um den Tisch gewischt, doch trotzdem war nicht zu übersehen, dass die Anführerin des Hades beängstigend viel Blut verloren hatte.

Doch dass sie endlich aufgewacht war, war zweifellos ein gutes Zeichen. Lisa hatte ihr ein Kissen unter den bandagierten Kopf gelegt, ihr Gesicht war weiß wie frisch gefallener Schnee, doch ihre blauen Augen wirkten hellwach.

Als Paul näher trat, hob sie den Kopf ein wenig und lächelte schwach. Ihr Gesicht wirkte dabei viel faltiger als sonst. Sie musste starke Schmerzen haben, was angesichts der Schwere ihrer Verletzungen auch kein Wunder war.

»Paul.« Ihre Stimme war kaum mehr als ein Flüstern. »Ich danke dir. Scheint so, als hättest du mir das Leben gerettet.«

Nun lächelte auch Aela, und er spürte, wie sich ein Kloß in seinem Hals zu bilden begann. Ilja würde leben. Dessen war er sich mit einem Mal ganz sicher. Vor Dankbarkeit und Erleichterung hätte er am liebsten geweint, doch das wollte er vor Aela auf keinen Fall zulassen.

»Ich wünschte, ich hätte schon viel länger Unterricht bei dir gehabt«, sagte er schließlich. »Dann hättest du jetzt vielleicht weniger Schmerzen.«

Ilja schüttelte kaum merklich den Kopf. »Unsinn. Dafür gibt es Schmerzmittel. Aela hat mir schon welche verabreicht. Du hast alles richtig gemacht. Ich bin stolz auf dich, Paul – und sehr dankbar. Du wirst einmal ein großartiger Arzt sein.«

Paul merkte, dass Aelas Augen auf ihm ruhten. Als er ihren Blick erwiderte, nickte sie ihm lächelnd zu und bekundete auf diese Weise ebenfalls ihren Dank und ihre Anerkennung. Pauls Erleichterung wich einer leichten Verlegenheit.

»Aela hat mir berichtet, was passiert ist«, fuhr Ilja fort. »Es war dumm von mir, nicht mit so etwas zu rechnen. Doch jetzt ist es geschehen, und es wird nichts bringen, darüber zu lamentieren. Wir müssen in die Zukunft blicken … und unsere Leute in Sicherheit bringen.«

Paul stutzte. »Aber wohin?«

An der Oberfläche war kein Platz für die Menschen des Untergrunds, und selbst wenn, so war es dort angesichts der drohenden Invasion auch nicht sicherer als hier unten. Auch außerhalb der Stadtmauern MUCs gab es nichts als überwucherte Wildnis, Raubtiere und Banditenbanden.

Mit gerunzelter Stirn blickte er von Ilja zu ihrer Tochter und entdeckte dabei ein leichtes Grinsen in Aelas Gesicht.

»Für einen Fall wie diesen haben Mutter und ich schon vor langer Zeit einen Plan gefasst«, erklärte sie. »Es gibt einen Ort, den kaum einer kennt. Falk und seine Leute werden uns dort niemals finden.«

Paul staunte, als er die genauen Details des Plans erfuhr. Nicht nur, weil das Vorhaben tatsächlich die Gemeinschaft des

Hades in Sicherheit bringen würde, sondern auch, weil er plötzlich zum inneren Zirkel um Ilja und Aela gehörte. Er war nicht mehr nur Pias Bruder und ein Ex-Diener, dem man lediglich Zuflucht gewährt hatte. Er war nun der Heiler der Gemeinschaft.

Falk war sich ziemlich sicher, dass ihn niemand im Hades gesehen, geschweige denn erkannt hatte, doch das wäre ihm im Grunde auch egal gewesen. Die Leute da unten waren verblendete Spinner, aber ganz dumm waren sie nicht. Es würde ihnen nicht schwerfallen, eins und eins zusammenzuzählen und herauszufinden, wer hinter dem Anschlag auf ihre Anführerin steckte.

Das war in Ordnung so. Sollten sie es ruhig wissen. Schließlich hatten sie ihn hereingelegt und sollten nun dafür büßen. Er hatte ihnen ein faires Angebot gemacht, auf das Ilja zum Schein eingegangen war, bloß, um als Erstes zum Propheten zu laufen und ihn über die Invasionspläne zu informieren. Warum sie das getan hatte, verstand Falk noch immer nicht, denn schließlich waren die Bewohner des Hades und der Prophet mit seinen Wächtern Todfeinde. Während seiner Zeit im Untergrund hatte Falk oft genug mitbekommen, wie verächtlich man dort über den Propheten und die dekadenten Bewohner der Hochstadt sprach. Sein Plan, sich vordergründig mit den Hadesianern zu verbünden, war daher durchaus logisch gewesen.

Je mehr er nun darüber nachdachte, desto sicherer war er sich, dass man ihn nie wirklich als Mitglied der Gemeinschaft angesehen und die ganze Zeit an der Nase herumgeführt hatte. Allein deswegen schon hätte Ilja sterben müssen, doch ihr Verrat hatte ihr Schicksal endgültig besiegelt.

Wenn er sie schon nicht als Verbündete gewinnen konnte, dann war die einzig logische Alternative, die Gefahr, die von den Bewohnern des Untergrunds ausging, wenigstens zu minimieren. Und das erreichte er am effektivsten, indem er deren Anführerin ausschaltete. Ohne Ilja waren sie nichts weiter als ein Haufen unorganisierter Wilder. Deren Tochter Aela war zwar intelligent und besaß ein gewisses Charisma, doch ihr fehlte die Erfahrung und Gerissenheit ihrer Mutter.

Die Hadesleute würden unter Schock stehen und ein leichtes Ziel abgeben, falls sic sich tatsächlich Utilitas in den Weg stellen sollten. Doch damit rechnete Falk nun eigentlich nicht mehr. Viel wahrscheinlicher war es, dass man sich zurückzog und auf diese Weise versuchte, den Hades zu verteidigen.

Sollten sie doch. Wenn die Truppen aus Utilitas erst einmal MUC eingenommen hatten, konnte man in aller Ruhe die Kakerlaken des Untergrunds ausräuchern.

Dennoch war Falk fast ein wenig enttäuscht, dass sie es ihm so einfach gemacht hatten. Er wusste noch genau, wo die Wachen positioniert waren und wie er sich an ihnen vorbeischleichen konnte, ohne dass sie ihn bemerkten. Dann war er mit einem Gewehr in Position auf die Lauer gegangen und hatte einfach abgewartet, bis sich der richtige Augenblick geboten hatte. Selbstverständlich hätte er auch einen seiner Leute schicken können, doch diese Herzensangelegenheit wollte er persönlich erledigen. Und Maya damit seine Effizienz beweisen. Er wusste, wie man ein Gewehr bediente – in seiner Abschlussklasse der Akademie des Sicherheitsapparates von Utilitas war er sogar der mit Abstand beste Schütze gewesen. Nun wollte er Iljas Blut mit eigenen Augen auf den Boden spritzen sehen.

Er musste nicht lange warten, denn bald, nachdem er sich in Position gebracht hatte, spazierte sie völlig arglos auf den Hauptplatz. Es schien sogar so, als wollte sie eine Ansprache halten, vielleicht, um noch mehr ihrer kruden Theorien zu verbreiten.

Während er auf ihr Herz zielte und den Hahn spannte, spürte er eine Erregung in seinen Eingeweiden, die er bislang nicht gekannt hatte. Es fühlte sich so ähnlich an wie Sex, und er ahnte, was es war: der Nervenkitzel vor einer Exekution.

Dann drückte er ab.

Er traf sie genauso, wie er es vorgehabt hatte: zielsicher in die linke Brust. Fasziniert beobachtete er, wie sie nicht einfach nur zu Boden ging, sondern von der Wucht des Geschosses zurückgeschleudert wurde. Ihr Blut spritzte wie eine Fontäne in alle Richtungen und den entsetzten Umstehenden in die Gesichter.

Gerne hätte Falk die Szene noch länger beobachtet, doch er wusste, dass er nicht viel Zeit hatte, um mit heiler Haut davonzukommen. Er nutzte das allgemeine Chaos, das nun in dem unterirdischen Dorf losbrach, um unbemerkt zu verschwinden. Die Dunkelheit und Verzweigtheit der alten Tunnel machte es ihm leicht, seinen Verfolgern schnell zu entkommen.

Als er schließlich das Lager der Truppen aus Utilitas erreicht hatte, war er wieder einmal sehr zufrieden mit sich und seiner Leistung. Der Invasion stand nichts mehr im Wege.

Doch ihn erwartete eine böse Überraschung.

Es war bereits fast dunkel, als er das Lager erblickte. Schon aus der Entfernung wurde ihm klar, dass etwas nicht stimmte. Jeder verfügbare Mann schien auf den Beinen zu sein, und es herrschte großes Durcheinander. Verwundert schlug er sich bis zu Mayas Zelt durch. Sie stand davor und verteilte in gewohnt herrischer Manier Anweisungen.

»Was ist hier los?«, wollte Falk wissen, als sie ihn endlich zur Kenntnis nahm.

»Bis vor kurzem hat hier ein gottverdammter Tornado getobt, das ist los!«, herrschte sie ihn an, als wäre es seine Schuld.

Falk stutzte. Er hatte gar nicht gewusst, dass dieses Naturphänomen in der Gegend um MUC überhaupt vorkam. Doch er bemühte sich, seine Überraschung nicht offen zur Schau zu stellen.

»Haben wir Schäden oder Verluste zu beklagen?«

»Glücklicherweise ist der Tornado knapp nördlich des Lagers vorbeigezogen, die Verluste sind also gering«, antwortete sie. Langsam schien sie sich zu beruhigen. »Aber ein paar Fahrzeuge wurden beschädigt, und etliche Pferde sind verletzt, weil sie in Panik gerieten, als der Sturm kam. Außerdem haben wir einige Kisten mit Proviant verloren.«

Falk war erleichtert. Es schien so, als hätten sie noch einmal Glück gehabt. Wäre der Tornado mitten durch das Lager gezogen, hätten sie unter Umständen die ganze Operation abblasen müssen.

»Wir werden die Invasion um mindestens zwei Tage verschieben müssen«, fügte Maya wütend hinzu, als sie Falks erleichterten Gesichtsausdruck registrierte.

Das gefiel ihm weniger. Die Hadesbewohner waren jetzt am verwundbarsten, je eher es also losging, desto härter würde der Angriff sie treffen. Andererseits machte es keinen großen Unterschied, ob sie der Vernichtung heute oder morgen ins Auge sahen. Sie war ohnehin unausweichlich.

»Ich nehme an, du hast dich um unser kleines Problem gekümmert?«, wechselte Maya das Thema und sah ihn prüfend an.

»Die Anführerin des Hades ist tot«, sagte er und konnte sich ein Grinsen nicht verkneifen, als er daran dachte, wie er den Abzug gedrückt hatte. »Ihre Leute werden uns keine Schwierigkeiten bei der Durchführung des Plans machen.«

Doch Maya schien seine Zuversicht nicht zu teilen. »Ich hoffe, dass es dieses Mal auch wirklich so ist, wie du sagst. Noch eine Fehleinschätzung können wir uns nicht erlauben.«

Damit wandte sie sich anderen Dingen zu und ließ Falk einfach stehen.

14. Kapitel

Flammen

Elias fand keinen Schlaf. Egal, wie sehr er sich auf dem harten Boden unter der Autobahnbrücke auch hin und her drehte, er konnte nicht einschlafen. Und das, obwohl sein Körper völlig erschöpft war. Es war sein Kopf, der einfach keine Ruhe finden wollte. Seine Gedanken drehten sich im Kreis, ganz so, wie der schwarze Wirbelsturm es getan hatte, den sie vor wenigen Stunden beinahe nicht überlebt hätten.

Jedes Mal, wenn er die Augen schloss, sah er die Gesichter von Dennis und Ed vor sich. Ihre panischen, weit aufgerissenen Augen, kurz bevor der Tornado sie verschlungen hatte. Ihre hektisch im Wind flatternden roten Hemden. Ohne die beiden Wächter hätte er es nicht geschafft, dessen war er sich ganz sicher. Sie hatten sein Leben gerettet und mit den ihren dafür bezahlt.

Es war nicht fair.

Elias wusste, dass der Ruf der Wächter in der Bevölkerung MUCs nicht der beste war. Doch diese beiden waren gute Männer gewesen. Nun gab es sie nicht mehr. Und sie hinterließen nichts als die Erinnerung, die Elias an sie hatte.

Traurig stellte er fest, dass er Dennis und Ed kaum gekannt hatte, obwohl sie ihn in den letzten Monaten beinahe täglich begleitet hatten. Sie waren einfach da gewesen wie treue, etwas einfältige Hunde, die ihm überallhin folgten und seinen Befehlen Folge leisteten. Er war so mit sich selbst beschäftigt gewesen, dass er sich gar nicht groß dafür interessiert hatte, wer sie wirklich waren, was sie dachten und fühlten. Nun würde er es nie erfahren.

Elias schauderte. Die beiden Wächter waren mehr als nur seine Beschützer gewesen. In gewisser Weise waren sie seine Freunde, vielleicht die einzigen, die er jemals hatte.

Umso wichtiger war es nun, dass die Mission erfolgreich verlief. Zwei Männer waren bereits dafür gestorben, und niemand wusste, was sie auf der weiteren Reise noch alles erwarten würde. Er seufzte und schloss erneut die Augen, in der Hoffnung, endlich etwas Erholung zu finden. Doch sofort sah er wieder die Gesichter der beiden toten Wächter. Es war aussichtslos.

Unweit von ihm lag Sam und schnarchte friedlich vor sich hin. Elias bewunderte das. Die heutigen Ereignisse schienen an dem großen, wuchtigen Mann einfach abgeprallt zu sein wie Regentropfen an einer Glasscheibe. Die Leute aus dem Hades waren aus ganz anderem Holz geschnitzt als seinesgleichen, das wurde ihm mehr und mehr bewusst. Er war verweichlicht, völlig weltfremd.

Nachdem der Tornado abgezogen war, folgte ein Sturm mit starken Regenschauern. Obwohl die Zeit drängte, hatten Sam und Pia gemeinsam entschieden, nicht weiterzureisen, sondern stattdessen den Rest des Tages und die Nacht im Schutz der Autobahnbrücke zu verbringen. Hier konnten sie sich jederzeit in Sicherheit bringen, falls der tödliche Wirbelsturm zurückkehrte.

Es war sinnlos, nach den Leichen der beiden Wächter zu suchen. Die Windhose mochte sie vielleicht ganz in der Nähe wieder ausgespuckt haben, vielleicht aber auch kilometerweit weg. Fest stand, sie waren definitiv tot. Niemand konnte so etwas überleben.

Elias öffnete die Augen und starrte eine Weile in die Dunkelheit, die ihn umgab. Er würde heute Nacht sowieso kein Auge mehr zutun, egal, wie sehr er es versuchte. Unweit der Betonstreben, an denen sie zum Schlafen Schutz gesucht hatten, brannte ein kleines Feuer, dessen roter Schein wie eine Oase des Trostes inmitten der niederdrückenden Finsternis wirkte. Sein heimeliges Knistern wurde als leises Echo an den Mauern der gewaltigen Brücke zurückgeworfen. Eine Gestalt saß davor, und obwohl er nur ihre Silhouette sehen konnte, hätte Elias sie immer und überall erkannt.

Pia.

Auch sie hatte ihm heute das Leben gerettet. Elias war ihr selbstverständlich dankbar dafür, doch gleichzeitig wunderte er sich. Obwohl sie sich solche Mühe gab, ihm zu demonstrieren, dass sie ihn verachtete, hatte sie keine Sekunde damit gezögert, sich selbst in Gefahr zu bringen, um ihn zu retten. Warum?

Lag es einfach nur an ihrer unerschrockenen, hilfsbereiten Art, durch die sie jedem so zu Hilfe gekommen wäre? Oder versteckten sich hinter der zur Schau gestellten Abneigung doch noch Gefühle für ihn?

Wahrscheinlich war das reines Wunschdenken, doch vielleicht hatte sie genauso empfunden wie er, als sie sich in der Betonspalte eng aneinandergepresst und festgehalten hatten.

In diesem Moment, in dem sich keiner von ihnen sicher sein konnte, die nächsten Minuten zu überleben, hatte es sich so gut angefühlt, sie in seinem Arm zu spüren. Als sie vor dem Wirbelsturm weggelaufen waren, hatte er noch Todesangst verspürt, doch als er Pia so nah bei sich gefühlt hatte, war die Angst so plötzlich verflogen, als hätte sie der bedrohliche Windrüssel einfach weggesaugt.

Er hatte gewusst, wenn das hier seine letzten Augenblicke gewesen sein sollten, wäre er nirgendwo lieber gewesen als hier in Pias Armen. Dann jedoch zog der Sturm vorbei und mit ihm der innige Moment.

Einem plötzlichen Impuls folgend, stand Elias von seinem spartanischen Nachtlager auf und ging auf Pia zu, die reglos neben dem Feuer saß, weil sie die erste Nachtwache übernommen hatte.

Er kam nicht weit, ehe sie ihn bereits hörte. Auch wenn es auf den ersten Blick nicht so wirken mochte, so war sie offenbar hellwach und aufmerksam. Er hingegen hatte das Gefühl, sich so laut und unbeholfen zu bewegen wie ein halbblinder Esel.

Pia wandte den Kopf und sah ihn offen an. Die Flammen spiegelten sich in ihren dunklen Augen und ließen diese in der Finsternis leicht glühen. Es sah irgendwie unheimlich aus – gleichzeitig jedoch auch aufregend und wunderschön.

»Du bist viel zu früh«, sagte sie leise, um Sam nicht zu wecken, was aber wahrscheinlich unnötig war, denn dieser wirkte, als ob ihn nicht einmal die Rückkehr des Tornados aus dem Schlaf reißen könnte. »Deine Schicht beginnt erst in ein paar Stunden.«

»Ich weiß«, antwortete er ebenso leise. »Ich kann nicht schlafen.«

Sie sagte nichts, heftete nur weiterhin ihren glühenden Blick auf ihn, der ein Kribbeln über sein Rückgrat rasen ließ.

Er räusperte sich leise, um die zwischen ihnen entstandene Stille zu brechen. »Darf ich mich etwas zu dir ans Feuer setzen?«

Sie zuckte mit den Schultern, als wäre ihr das völlig egal, deutete mit der Hand unbeteiligt neben sich und blickte wieder ins Feuer. Er setzte sich umständlich auf einen der losen Steine, die um die Brücke herumlagen.

Eine Weile schwiegen sie wieder, und Elias suchte nach den richtigen Worten. Gleichzeitig konnte er seine Augen einfach nicht von ihr wenden. Ihre exotische Schönheit schien durch das flackernde Licht des Feuers noch verstärkt zu werden. Ähnlich wie bei ihrem Freund Sam deutete nichts in ihrem Gesicht oder ihrer Haltung darauf hin, dass sie noch vor wenigen Stunden in Lebensgefahr geschwebt waren. Scheinbar war es für sie nichts Ungewöhnliches, dem Tod ins Auge zu blicken.

Elias konnte spüren, wie er sie von Minute zu Minute mehr liebte und begehrte. Ihm wurde schmerzhaft klar, dass er nie wieder einen Menschen so lieben würde wie sie, sollte er sie endgültig verlieren.

Sie schien seinen unverhohlenen Blick zu spüren. »Was ist?«, wollte sie wissen.

Schnell blickte auch er ins Feuer. »Ich wollte mich bei dir bedanken«, sagte er dann.

»Wofür?«

»Du hast mir das Leben gerettet.«

»Das hätte doch jeder getan …« Sie schien die Tatsache, dass sie sich für ihn in Gefahr begeben hatte, herunterspielen zu wollen. Wieso tat sie das nur?

»Nicht die Menschen, die ich kenne«, bemerkte er.

Sie zuckte erneut mit den Schultern. »Dann kennst du wohl die falschen Menschen.«

Er sah ihr in die vom Feuer schimmernden Augen, und als ihre Blicke sich berührten, fühlte er einen Blitz durch seinen Körper fahren. »Ich kenne dich, Pia«, flüsterte er. »Das genügt mir.«

Ohne darüber nachzudenken, was er tat, beugte er sich vor und küsste sie. Es war nur ein kleiner zärtlicher Kuss auf ihren sinnlichen Mund. Er rechnete damit, dass sie wütend wurde, zurückwich, ihn vielleicht sogar ins Gesicht schlug. Doch sie tat nichts dergleichen. Stattdessen öffnete sie ihre Lippen und erwiderte seinen Kuss. Ihre geschmeidigen, warmen Hände griffen nach seinem Gesicht und seinen Haaren, strichen zärtlich darüber und zogen ihn näher zu sich.

Bereits nach wenigen Sekunden fühlte sich Elias, als ob die Flammen des Lagerfeuers auf ihn übergesprungen wären und in seinem Innersten lodern würden. Er schlang seine Arme um sie und drückte ihren erhitzten Körper an den seinen, während er immer tiefer in den Kuss versank, nach dem er sich so lange gesehnt hatte. Auch sie schien dieselbe Leidenschaft zu empfinden wie er, denn sie küsste ihn mit einer Hingabe und Gier, die ihm vollständig die Sinne zu rauben drohten. Am liebsten hätte er sich auf sie gestürzt und ihr die Kleider vom Leib gerissen, da weitergemacht, wo sie in seinem großen Bett vor einem Jahr aufgehört hatten, weil er ein Idiot gewesen war. Doch er hielt sich zurück. Das waren weder der richtige Ort noch die richtige Zeit dafür. Er wollte auf keinen Fall, dass sie dachte, es ginge ihm nur um Sex.

Doch plötzlich war es ebenso schnell vorbei, wie es angefangen hatte. Der Kuss war wie der Tornado, der mit einer gnadenlosen Wucht über sie hinweggerauscht war.

Doch sein Sog konnte den Umständen nicht ewig standhalten.

Mit einem Ruck wich Pia von ihm zurück und starrte ihn mit weit aufgerissenen Augen schwer atmend an.

»Pia … ich wollte …«, stammelte er, doch die Veränderung in ihrem Gesicht ließ ihn schweigen.

»Tu das nie wieder!«, sagte sie drohend und blickte weg, ehe sie ihre Augen eine Lügnerin strafen konnten. »Hast du verstanden? Nie wieder!«

Damit wandte sie sich ab und verschwand schnellen Schrittes in der Dunkelheit unter dem gewaltigen Bogen der Autobahnbrücke.

Elias blieb nichts anderes übrig, als ihr verwundert nachzustarren.

Am nächsten Morgen brachen sie zeitig auf. Elias hatte höchstens zwei Stunden geschlafen und war todmüde. Pia würdigte ihn keines Blickes, und falls Sam etwas davon mitbekommen hatte, was sich am Lagerfeuer zwischen ihnen abgespielt hatte, so ließ er es sich mit keiner Miene anmerken.

Elias war froh darüber, denn jetzt, da seine Wächter tot waren, würde ihn niemand mehr beschützen können, falls der Hüne seine Drohung vom Vortag wahr machte. Und Elias konnte auf einen weiteren Nasenbruch oder Schlimmeres gut verzichten.

Sie folgten der alten Autobahn noch ein paar Kilometer nach Osten, der rotglühend aufgehenden Sonne entgegen. Die Farbe und Wärme der Strahlen erinnerte Elias an letzte Nacht, als sich die Flammen des Lagerfeuers so sinnlich in Pias Augen gespiegelt hatten. Er schloss während des Gehens für einen Moment die Augen und erinnerte sich an ihre Berührung und den Kuss, der ihm so vollständig die Sinne geraubt hatte. Als er die Augen wieder öffnete, bemerkte er, dass Pia ihn von der Seite betrachtete. Er wandte den Kopf, und für einen kurzen Moment trafen sich ihre Blicke, was seinen Körper wie jedes Mal wohlig erschaudern ließ. Doch dann drehte sie sich weg und beschleunigte ihren Schritt, um zu Sam aufzuschließen, der ein paar Meter vorausgelaufen war.

Elias seufzte leise. Trotz all seiner Bildung und Intelligenz war es ihm nicht möglich, Pias Verhalten zu enträtseln. Die Tatsache, dass sie ihm das Leben gerettet hatte, und der Kuss gestern Nacht ließen darauf schließen, dass sie noch etwas für ihn empfand. Doch warum hatte sie sich ihm so plötzlich wieder entzogen und benahm sich jetzt feindselig wie eh und je? Sollte er weiterhin versuchen, ihre Aufmerksamkeit und ihr Vertrauen zu gewinnen, oder war es besser, sie einfach in Frieden zu lassen, in der Hoffnung, dass sie früher oder später zu ihm zurückfinden würde? Er hatte keine Antwort auf diese Fragen und beschloss daher, sich fürs Erste auf die Mission zu konzentrieren, die er versprochen hatte, erfolgreich zu Ende zu bringen.

Nicht nur der Schlafmangel machte ihm zu schaffen, auch die lange Wanderung vom Vortag und die Flucht vor dem Tornado steckten ihm noch in den Gliedern. Er war so lange

Märsche und halsbrecherische Sprints nicht gewohnt, zudem hatten ihm die neuen Stiefel, die er sich extra für die Reise besorgt hatte, ein paar unangenehme Blasen beschert, die bei jedem Schritt schmerzhaft brannten.

Die Landschaft um ihn herum erschien ihm ebenso feindselig wie Pias Verhalten. Links und rechts der großen Straße erstreckten sich Sümpfe, durch die der Tornado eine Schneise der Verwüstung gezogen hatte. Jede Minute rechnete Elias damit, die Leichen von Dennis und Ed irgendwo zu entdecken, ihre toten Körper zerbrochen und grauenvoll verdreht, die toten Augen zu einem vorwurfsvollen Blick erstarrt, weil er noch lebte und sie tot waren. Doch nichts dergleichen geschah. Der Wirbelsturm hatte die beiden Wächter offenbar weit weggetragen.

Als die Sonne vollständig am Horizont erschienen war und ihre Strahlen darauf hindeuteten, dass es wieder ein gnadenlos heißer Tag werden würde, warfen Pia und Sam einen Blick auf ihre Karte und folgten daraufhin einer von kleinen Büschen überwucherten Abfahrt hinab, um die Autobahn zu verlassen.

Es ärgerte Elias zwar ein wenig, dass er in ihre Entscheidungsfindung nach der besten Route nicht einbezogen wurde, doch gleichzeitig war ihm klar, dass Pia und Sam viel mehr Erfahrung in Navigieren in der Wildnis hatten als er. Das war auch nicht weiter schwer, denn seine Erfahrung war diesbezüglich gleich null, und er musste sich eingestehen, dass er sich in dem wilden Dickicht, das jenseits der großen Straßen herrschte, ohne die beiden innerhalb kürzester Zeit hoffnungslos verlaufen würde.

Also bemühte er sich, dem Muskelkater und den Blasen an seinen Füßen zum Trotz, so gut wie möglich mit den beiden Schritt zu halten, um nicht den Anschluss zu verlieren. Denn er war sich keineswegs sicher, ob sie nach ihm suchen würden, falls das tatsächlich geschah. Vielleicht wären sie auch froh, den verhassten Sohn des Propheten los zu sein.

Um die Mittagszeit herum wandelte sich die sumpfig verwilderte Landschaft, aus der hin und wieder ein paar Gebäude der alten Zeit herausragten wie deplazierte Fremdkörper. Immer öfter entdeckte Elias Pflanzen und Bäume, die ihm fremdartig erschienen. Ihre Blätter wirkten irgendwie größer und wulstiger, als sie sein sollten. Zudem hatten sie viele sonderbare Grünschattierungen, die unnatürlich wirkten und von Braun bis hin zu grellem Giftgrün reichten, das er sonst nur von Plastikblumen aus der alten Zeit kannte. Er fragte sich, ob es möglich war, dass sich tropische Gewächse hier breitgemacht hatten, die vor dem großen Sterben nur in südlicheren Regionen der Welt anzutreffen waren. Immerhin hatte er mangrovenähnliche Bäume in den überschwemmten Gebieten rings um den Fluss gesehen. Oder aber die Pflanzen hatten sich im Laufe der Zeit einfach stark verändert, weil sie sich mit jedem Schritt näher auf die verseuchte Zone zubewegten. Elias beschloss, seinen Vater darum zu bitten, eine Expedition aus Wächtern und Wissenschaftlern des Klinikums hierherzuführen, um das Gebiet näher zu untersuchen, wenn die Bedrohung vorüber war. Vorausgesetzt, er überlebte dieses Abenteuer überhaupt.

Pia und Sam schienen die absonderliche Wandlung der Flora nicht zu bemerken, oder aber sie interessierten sich schlicht nicht dafür. Elias war von der Farben- und Formenvielfalt um sich herum so fasziniert, dass er für eine Weile sogar seine schmerzenden Füße vergaß.

Wenige Minuten später stieß er fast mit seinen Weggefährten zusammen, die plötzlich stehen geblieben waren und entsetzt auf den Boden starrten.

»Was zum Teufel ist das?«, fragte Pia angewidert.

Sam kratzte sich am Hinterkopf. »Keine Ahnung … Würmer?«

»So groß? Sehen mir eher aus wie Schlangen. Eine Art Blindschleiche vielleicht?«

Elias trat neben Sam, um sehen zu können, was die beiden bestaunten. Sofort verstand er den Ekel, den er in Pias Stimme gehört hatte. Was er sah, waren weder Würmer noch Schlangen. Es war etwas … anderes.

In der Nähe eines kleinen Tümpels wuselten seltsame Lebewesen, deren weißlich rosige Haut in der Sonne glänzte. Sam hatte recht, sie wirkten auf den ersten Blick wie Würmer, doch dafür waren sie viel zu groß. Ihre Körperlänge betrug etwas zwischen dreißig und vierzig Zentimetern, und ihren Umfang schätzte Elias auf etwa fünf Zentimeter. Sie schienen blind zu sein, zumindest ließ sich an ihren Köpfen nichts erkennen, was Augen hätten sein können. Dafür hatten sie seltsame Mäuler, die weder zu einem Wurm noch zu einer Schlange passten, sondern am ehesten zu Fischen. Ähnlich den Amphibien ließen auch sie ihre Mäuler unentwegt auf und zu schnappen, während sie sich über den unkenntlichen Kadaver eines Wirbeltieres kräuselten, das vielleicht einmal ein Fuchs gewesen war.

»Besser, ihr kommt ihnen nicht zu nahe«, warnte Elias.

Pia und Sam drehten sich abrupt zu ihm um und sahen ihn skeptisch an.

»Weißt du etwa, was das ist?«, fragte Sam.

»Nein«, antwortete er. »Aber es sieht mir nach einer Mutation aus. Die Kreaturen könnten giftig sein oder sind womöglich verstrahlt.«

Pia runzelte die Stirn. »Du meinst, wegen der verseuchten Zone? Beginnt die nicht erst hinter dem Flughafen?«

»Das weiß niemand genau«, sagte Elias. »Am besten, wir versuchen, mit nichts hier in Kontakt zu kommen, wenn es nicht unbedingt sein muss.«

Er wünschte mit einem Mal, er hätte den Geigerzähler, den Linus ihm angeboten hatte, doch mitgenommen. Die Vorstellung, vielleicht jetzt schon in giftiger Umgebung unterwegs zu sein, war beklemmend. Andererseits machte es keinen Unterschied, ob er es wusste oder nicht. Auch wenn sie bereits in verstrahltem Gebiet unterwegs waren, mussten sie weiter und den Flughafen erreichen. Es blieb nur zu hoffen, dass die Strahlendosis nicht tödlich war. Er wusste aus Erzählungen, dass am alten Flughafen definitiv einmal Menschen gelebt hatten, also konnte die Strahlung eigentlich nicht so schlimm sein. Es war allerdings schon Jahrzehnte her, dass der Kontakt zu ihnen abgebrochen war.

Sie marschierten weiter und kämpften sich durch das immer unwegsamere Dickicht. Hin und wieder sah Elias Dächer alter Siedlungen aus dem unnatürlichen Grün ragen, doch sie machten einen Bogen darum. Sam und Pia wollten unbedingt noch vor Anbruch der Dunkelheit den alten Flughafen erreichen, da war es besser, jedem Ärger aus dem Weg zu gehen. Es war zwar sehr unwahrscheinlich, dass in den überwucherten Dörfern noch Menschen lebten, aber ausschließen konnte man es nicht. Elias war das nur recht. Er zweifelte nicht daran, dass Pia und Sam sich im Notfall zu verteidigen wussten, doch er war ohne seine Wächter völlig schutzlos.

Am frühen Nachmittag stießen sie auf eine weitere alte Autobahn, die jedoch sehr rissig und größtenteils mit seltsam anmutenden Ranken bedeckt war. Ein altes Schild hing noch über der Straße, dessen einstmals blaue Farbe stark abgeblättert war. Die darauf aufgemalte grafische Darstellung eines Flugzeugs war jedoch noch gut erkennbar. Darunter befand sich ein weißer Pfeil, der in die Richtung zeigte, in die sie unterwegs waren. Sie waren also auf dem richtigen Weg. Auch wenn Elias eigentlich nicht daran gezweifelt hatte, dass Pia und Sam durch die Wildnis navigieren konnten, so fühlte er sich doch erleichtert. Wenn nicht noch etwas gewaltig schiefging, müssten sie tatsächlich abends am alten Flughafen sein.

Während er den beiden auf die Autobahn hinauf folgte, registrierte Elias aus dem Augenwinkel eine Bewegung. Als er den Kopf wandte, sah er gerade noch, wie ein seltsames Wesen über den alten Asphalt ins Gestrüpp huschte. Es sah einer Ratte ähnlich, wirkte jedoch bedeutend größer als jene, die er bisher gesehen hatte. Anstelle von Fell hatte das Tier eine ähnlich weiß-rosige Haut wie die Würmer, die sie vor ein paar Stunden gesehen hatten. Sein unnatürlich langer Schwanz war von Geschwüren übersät.

Obwohl Elias das Wesen nur ganz kurz zu Gesicht bekommen hatte, spürte er, wie sich seine Nackenhaare sträubten. Sie mussten versuchen, die Mission so schnell wie möglich hinter sich zu bringen. Nicht nur wegen der Bedrohung, die auf MUC zukam.

Sie hatten definitiv die verseuchte Zone erreicht.

15. Kapitel

Ankunft

Die Sonne stand bereits tief, brannte ihnen jedoch noch immer mit unerbittlicher Wucht in den Rücken, als Sam plötzlich stehen blieb und mit der Hand auf etwas vor ihnen zeigte. Pia folgte seinem Blick und entdeckte eine weiß-gläserne Turmspitze, die wenige Kilometer entfernt aus dem dichten Grün ragte.

»Das muss der Turm des alten Flughafens sein!«, rief Sam aufgeregt. »Sieht so aus, als hätten wir es geschafft.«

Pia war erleichtert. Irgendwie hatte sie insgeheim befürchtet, dass der Flughafen vielleicht gar nicht mehr existierte und sie sich auf dem Weg ins verseuchte Nirgendwo befanden. Wenn das Gebäude noch da war, dann würden sie vielleicht auch die Bewohner finden.

»Wozu brauchte der Flughafen einen so hohen Turm?«, fragte sie verdutzt.

»Das ist der sogenannte Tower«, erklärte Elias, der noch immer ein paar Schritte hinter ihnen lief und fast den ganzen Tag nichts gesagt hatte. Zeitweise wirkte es fast so, als wäre er gar nicht dabei. Nun aber drehte Pia sich um und sah ihn an. Seine helle Haut war von der Sonne stark gerötet, und er sah so erschöpft aus, als würde er jede Minute umkippen. Ohne dass sie es wollte, versetzte ihr sein erbärmlicher Zustand einen Stich in der Brust. Als er zu ihnen aufschloss, bemerkte sie außerdem, dass er ein Bein ein wenig nachzog. Hatte er sich etwa verletzt, ohne dass sie oder Sam etwas davon mitbekommen hatten? Wenn ja, dann waren sie schlechte Teamkameraden.

Klar, er war der Sohn des Propheten, und keiner von ihnen hatte ihn auf dieser Reise dabeihaben wollen, doch nun, da sie sich gemeinsam auf dieser lebensgefährlichen Expedition befanden, war es eigentlich ihre Pflicht, aufeinander aufzupassen.

Er lächelte tapfer, als er ihren Blick bemerkte, und wischte sich den Schweiß aus der Stirn. »Jeder Flughafen hatte einen Tower«, meinte er. »Von dort wurden die Starts und Landungen kontrolliert.«

Noch immer konnte Pia sich kaum vorstellen, dass die Menschen der alten Zeit tatsächlich in der Lage gewesen waren zu fliegen. Die Leute in dem Dorf, aus dem sie stammte, hatten die Erzählungen ihres Großvaters darüber, dass sein eigener Großvater in der alten Zeit selbst mit einer Flugmaschine gereist war, als Hirngespinste abgetan. In MUC wusste man jedoch, dass es früher tatsächlich möglich gewesen war, Flugzeuge, so groß wie Häuser, Hunderte Meter hoch in die Luft zu bekommen, doch *wie* man es gemacht hatte, das konnte sich niemand vorstellen. Außer vielleicht Ilja, die einmal gesagt hatte, die Menschen damals hätten schlicht ein paar einfache Gesetze der Physik für sich genutzt. Pia wusste nicht einmal, was diese Physik eigentlich war, und nahm sich vor, Ilja irgendwann einmal danach zu fragen.

»Interessant«, murmelte Sam. »Und jetzt machen wir, dass wir so schnell wie möglich dort hinkommen.«

Er nahm seine Machete in die Hand und schlug einige Büsche und hohe Gräser beiseite, die ihnen den Weg versperrten, ehe er, so schnell es das unwegsame Gelände erlaubte, in Richtung des weißen Turmes weiterschritt. Sie hatten schon nach ein paar Kilometern die Autobahn verlassen müssen, da diese an mehreren Stellen eingestürzt war. Nun kämpften sie sich parallel zu den Ruinen der alten Straße durchs Unterholz.

Pia nahm einen Schluck aus ihrer Wasserflasche, dann folgte sie Sam. Hinter sich hörte sie Elias' humpelnde Schritte. Sie spürte deutlich, dass er sie betrachtete, wie schon fast den ganzen Tag über.

Pia selbst hatte es, seit sie morgens aufgebrochen waren, vermieden, ihm in die Augen zu sehen. Sie hatte Angst, was sie dort entdecken könnte – oder welche Gefühle ein direkter Blickkontakt in ihr auslösen würde.

Auch wenn sie sich fast den ganzen Tag den Kopf darüber zerbrochen hatte, erschien es ihr unbegreiflich, wie es letzte Nacht zu dem Kuss zwischen ihnen hatte kommen können.

Eigentlich verachtete sie Elias und alles, wofür er stand. Auch wenn er sich jetzt noch so verwandelt gab, sie konnte und durfte nicht vergessen, was er ihr angetan hatte. Er hatte sie verraten und verkauft, ihr das Herz nicht nur gebrochen, sondern aus der Brust gerissen und achtlos zertrampelt.

Außerdem liebte sie doch Robin – oder etwa nicht?

Robin war ein guter Mensch und liebte sie von Herzen. Wie konnte sie ihn nur so abscheulich hintergehen? Sie schämte sich und war wütend auf sich selbst … und auf Elias.

Die einzige Erklärung, die sie sich selbst geben konnte, war, dass sie nach dem Erlebnis mit dem Tornado so aufgewühlt gewesen war, dass sie sich nach Nähe gesehnt hatte. Immerhin waren sie alle um ein Haar gestorben, und Pia musste mit ansehen, wie die zwei Wächter in den Tod gerissen wurden. Zwar hatte sie die beiden kaum gekannt, aber auch sie waren menschliche Wesen, die einen derartigen Tod nicht verdient hatten. Den Anblick, wie sie von dem wirbelnden Schlund verschluckt worden waren, und ihre entsetzten Gesichter würde sie wahrscheinlich niemals vergessen.

Elias so nahe zu spüren, als sie sich vor dem Sturm versteckten, war trotz der Gefahr irgendwie angenehm und anregend gewesen. Und während sie nachts bei ihrer Wache darüber nachgegrübelt hatte, warum das so war, war er plötzlich vor ihr gestanden.

Auch er litt offenbar unter den Ereignissen des Tages, das hatte sie sofort gesehen und gespürt. Alle Erhabenheit und Größe waren aus seinem Verhalten verschwunden. Er hatte so verletzlich und … so *menschlich* gewirkt. Das Licht der Flammen hingegen hatte seine Gesichtszüge noch edler erscheinen lassen, seine roten Haare hatten im Feuerschein wie Flammen geglänzt.

Als er sich dann neben sie setzte und immer näher kam, war sie nicht weggerutscht, ohne genau zu wissen, warum. Selbst nach einem anstrengenden Tag in der Sonne hatte er noch immer so gut geduftet wie eine frische Bergquelle im Frühling.

Und dann waren seine Lippen plötzlich auf ihren gewesen. Anstatt sofort aufzuspringen, hatte sie den Kuss instinktiv erwidert. Sie wusste zwar nicht wirklich, wie ihr geschah – doch es fühlte sich gut an, so richtig; vertraut und aufregend zugleich.

Es war wie ein süßer Rausch oder intensiver Tagtraum. Doch ein plötzliches lautes Knacken im Feuer katapultierte sie zurück in die Gegenwart, und ihr wurde mit Entsetzen klar, was sie da eigentlich getan hatte. *Und nun schwelgst du auch noch in süßer Erinnerung? Das ist nicht dein Ernst, Pia!,* ermahnte sie sich selbst.

Sie war dankbar, dass Sam tief geschlafen und nichts von der Sache mitbekommen hatte. Wie hätte er wohl reagiert? Bestimmt wäre er ausgeflippt.

Fest stand, so etwas durfte und würde nie wieder vorkommen. Und das hatte sie auch Elias hoffentlich mehr als deutlich gemacht. Sie durfte sich nicht wieder von ihm einwickeln lassen! Wenn er noch einmal versuchte, ihr nahezukommen, würde sie ihm einfach wieder die Nase brechen. Vielleicht würde er dann endlich begreifen, dass es endgültig aus war zwischen ihnen und sie einen anderen Mann liebte.

Sie war froh, als die ersten Gebäude des Flughafens im Dickicht vor ihnen auftauchten. Nun konnte sie sich wieder auf die Mission konzentrieren und sich von ihren völlig chaotischen Gefühlen ablenken.

Zunächst jedoch stießen sie auf ein unerwartetes Hindernis. Mitten in dem starken Bewuchs, der an das Gelände grenzte, ragte plötzlich ein Zaun in die Höhe. Er bestand aus Draht und Metall, war etwa dreieinhalb Meter hoch und erstaunlich gut erhalten. Das obere Drittel bestand aus rostigem, doch noch immer gefährlich aussehendem Stacheldraht. Pia wunderte sich, warum die alten Menschen diesen wohl aufgestellt hatten. Durfte nicht jeder den Flughafen besuchen? Wenn nein, warum nicht?

Alle drei blieben stehen und betrachteten das Hindernis, das sich in beide Richtungen kilometerweit auszudehnen schien. Für Pia durfte es kein Problem sein, darüber zu klettern, wenn sie nur eine Stelle fand, an der der Stacheldraht nicht mehr ganz so dicht war, doch bei Sam und vor allem Elias war sie sich dessen nicht so sicher. Sam war zwar gelenkig, doch groß und schwer, und ob Elias überhaupt klettern konnte, bezweifelte sie stark. Passendes Werkzeug, um ein Loch hineinzuschneiden, hatten sie auch nicht.

»Scheiße«, brummte Sam. »Damit habe ich nicht gerechnet. Wie kommen wir jetzt rein?«

»Wir könnten außen herumlaufen«, schlug Elias vor. »Wenn ich die alten Karten richtig im Kopf habe, befindet sich der Eingang auf der anderen Seite.«

»Damit könnten wir Stunden verlieren!«, seufzte Sam genervt.

»Ich frage mich, warum die alten Menschen überhaupt so einen undurchdringlichen Zaun um den Flughafen gebaut haben«, sprach Pia ihren Gedanken laut aus.

»Wegen der Sicherheit«, erklärte Elias. »Damit sich niemand so einfach reinschleichen konnte, um eine Bombe zu legen.«

»Warum hätte jemand so etwas tun wollen?«, fragte sie erstaunt.

Elias lächelte traurig. »Die alte Zeit war nicht so perfekt, wie sie uns heute erscheinen mag, Pia. Die Menschen konnten zwar fliegen, doch es gab trotzdem Krieg, Gewalt … und verrückte Fanatiker, die bereit waren, Unschuldige zu opfern, um ihre Ziele zu erreichen.«

»Ich weiß, dass die alte Zeit nicht perfekt war«, entgegnete Pia schnippisch. »Du brauchst mir keinen deiner Vorträge zu halten.«

»Hey, du wolltest wissen, was es mit dem Zaun auf sich hat!« Seine Stimme klang gekränkt.

»Kinder«, mischte Sam sich ein. »Vertagt bitte, euch die Augen auszukratzen, okay? Im Moment zählt nur, wie wir am schnellsten da reinkommen.«

Beide schwiegen einen Moment lang. Pia starrte wütend auf den Boden. Eigentlich war sie sauer auf sich selbst und nicht auf Elias, also was sollte die Zankerei? Sie hatte das Gefühl, jeden Augenblick platzen zu können wie eine überreife Frucht. Doch Sam hatte natürlich recht. Sie mussten sich konzentrieren und bei der Sache bleiben.

Elias blickte am Zaun aufmerksam auf und ab.

»Da vorne fehlt ein Stück des Stacheldrahtes, und der Zaun sieht dort nicht ganz so stabil aus wie sonst überall«, bemerkte er schließlich und deutete mit der Hand auf die entsprechende Stelle. »Pia, wenn du dort hinüberklettern könntest, dann schaffst du es vielleicht, den Zaun von innen mit der Machete aufzubiegen, so dass wir darunter hindurchkriechen können.«

Sam runzelte die Stirn. »Was meinst du, Pia? Schaffst du das?«

»Kinderspiel«, entgegnete sie und versuchte, ihren Ärger zu verbergen, dass ausgerechnet Elias die Stelle entdeckt hatte. Was war bloß los mit ihr? Sie benahm sich wie ein Kind! Egal, wie sehr sie sich bemühte, offenbar schien sie nicht in der Lage zu sein, klar zu denken, wenn dieser Mann in der Nähe war.

Sie kämpften sich bis zu der Stelle durch, von der Elias gesprochen hatte und die in etwa fünfzig Metern entfernt lag. Wie er richtig gesehen hatte, war der Stacheldraht hier stark in Mitleidenschaft gezogen worden und hing in losen Spiralen auf die andere Seite hinab. Ein paar große Federn hatten sich darin verfangen und flatterten leicht im Wind. Vielleicht hatte ein großer Raubvogel nähere Bekanntschaft mit dem Zaun gemacht und sich mit Gewalt freigekämpft? Doch welcher Vogel war dafür groß und stark genug? In den Bergen hatte Pia häufig Steinadler gesehen, doch nicht einmal deren Federn waren so groß wie die an dem Zaun. Sie wollte sich lieber nicht vorstellen, wie der dazugehörige Vogel wohl aussehen mochte. Die seltsam mutierten Tiere, die sie bisher gesehen hatten, reichten ihr vollkommen für zukünftige Alpträume.

Sie schwang sich auf den Zaun und kletterte die noch immer erstaunlich festen Maschen hinauf. Als sie oben angelangt war, begann die mehr als hundert Jahre alte Konstruktion, ein wenig unter ihrem Gewicht hin- und herzuschwingen, hielt jedoch stand. Vorsichtig begann sie, sich auf der anderen Seite herunterzulassen, ohne an den Stacheln hängenzubleiben. Die letzten zwei Meter ließ sie sich einfach fallen und landete sicher im hohen Gras. In Elias' Augen sah sie Staunen und Bewunderung dafür, dass sie das Hindernis mit solcher Leichtigkeit überwunden hatte, und ihr fiel ein, dass er sie bisher noch nie in Aktion erlebt hatte.

Sam reichte ihr die Machete, die gerade so durch den Zaun passte. Sie setzte die Spitze auf den Boden und begann mit Hilfe der Waffe die festen Maschen hochzudrücken. Die beiden

Männer bückten sich und halfen ihr von der anderen Seite, so gut es ging.

»Sehr gut!«, ermunterte sie Sam. »Nur noch ein bisschen und ich müsste mich durchdrücken können.«

Pia biss die Zähne zusammen und drückte mit ganzer Kraft den Zaun nach oben. Das alte Material war so stabil, dass sie trotz der Hebelwirkung der eisernen Machete ihre ganze Energie mobilisieren musste, um den Zaun überhaupt bewegen zu können.

»Nur noch ein bisschen, Pia!«, rief Sam. »Du schaffst das.«

Während Elias ebenfalls mit ganzer Kraft gegen das Metall drückte, legte sich Sam ganz flach hin und begann bereits, unter dem Zaun hindurchzukriechen. Einen Moment lang sah es so aus, als würde er steckenbleiben, doch dann hatte er es geschafft. Schnell rappelte er sich auf und übernahm für Pia die Machete. Nun war nur noch Elias auf der anderen Seite.

»Zuerst das Gepäck«, wies ihn Sam zwischen zusammengebissenen Zähnen an. Selbst er musste sich anstrengen, um die Lücke offen zu halten. Elias schob die Rucksäcke unter dem Zaun hindurch, und Pia half ihm dabei.

»Jetzt du!« Dicke Schweißperlen begannen, sich auf Sams Stirn zu bilden, doch es gelang ihm sogar, die Lücke noch ein wenig zu vergrößern, so dass Elias bequem hindurchkriechen konnte. Als er vollständig drüben war, ließ Sam locker, und der alte Zaun bog sich sofort wieder in die Ausgangsposition zurück.

Sam wischte sich mit dem Handrücken den Schweiß von der Stirn und steckte die Machete zurück in seinen Gürtel.

Elias richtete sich auf und klopfte den Staub von seinen Kleidern. »Danke.«

Sam und Pia wandten die Köpfe und blickten ihn erstaunt an.

»Wofür?«, fragte Sam.

»Na ja, ihr hättet mich einfach auf der anderen Seite zurücklassen können«, bemerkte Elias mit einem Achselzucken.

Sam sah ihn einen Moment verdutzt an, dann ließ er sein dröhnendes Lachen hören. Pia fiel auf, dass sie ihn nicht mehr lachen gehört hatte, seit sie auf diese Expedition aufgebrochen waren. Es tat gut, ihn so ausgelassen zu sehen.

»Egal, wer du gewesen bist, bevor du auf diese Reise gingst, jetzt bist du einer von uns«, sagte Sam und schlug Elias freundschaftlich auf die Schulter, jedoch so fest, dass dieser beinahe das Gleichgewicht verlor. »Wir sind ein Team und passen aufeinander auf. Da wird niemand einfach so zurückgelassen. Klar?«

Elias lächelte, und Pia konnte nicht anders, als festzustellen, wie süß seine Grübchen in seinem Gesicht dabei wirkten. »Klar.«

»Weiter geht's. Je schneller wir diesem gottverlassenen Ort wieder auf Wiedersehen sagen können, desto besser.«

Erst von innen wurde deutlich, wie riesig das Areal des Flughafens der alten Zeit war. Pia schätzte, dass locker eine ganze Stadt darauf Platz haben könnte, vielleicht nicht so groß wie MUC, aber auf jeden Fall größer als alle anderen, die sie bisher gesehen hatte. Jenseits des Zaunes hatte sich die Natur viel weniger ausgebreitet als außerhalb. Das mochte daran liegen, dass hinter einem zum Glück trockenen Graben und einem Streifen Grün fast alles betoniert war.

Sie erreichten eine sehr breite Straße, deren Belag noch gut erhalten wirkte. Zu Pias Überraschung schien diese jedoch ins Nichts zu führen, denn sie endete nach etwa vier Kilometern abrupt. Auch die ebenso breite Straße, die in ein paar hundert Metern Entfernung parallel zur ersten verlief, hörte auf derselben Höhe auf. Beide waren durch mehrere kleinere Straßen miteinander verbunden. Dazwischen wucherten hauptsächlich Büsche und kleinere Bäume.

Jenseits der beiden Straßen erhoben sich die vielen Gebäude

des Flughafens, die mit ihrem Glas und den weißen Flächen verheißungsvoll in der Spätnachmittagssonne glitzerten. Mittendrin erhob sich der Tower, den sie schon von weitem gesehen hatten, wie ein einsamer Wächter. Die Szenerie wirkte auf Pia wie ein Ort aus einer anderen Welt, in der Zukunft und Vergangenheit eins waren.

Nur die Anordnung der Straßen machte für sie keinen Sinn.

Elias, der neben ihr stehen geblieben war, um das vor ihnen liegende Areal ebenfalls zu bewundern, schien ihre verwundert gerunzelte Stirn bemerkt zu haben.

»Das sind die Start- und Landebahnen«, begann er wieder zu erklären. »Für die Flugzeuge.«

Er sagte das in fast entschuldigendem Tonfall, als ob er befürchtete, Pia würde ihn gleich wieder anfahren. Sie schämte sich und bereute ihr Verhalten von vorher. Immerhin hatte sie ihn zurückgeküsst, das durfte sie nicht vergessen. Sam hatte zudem deutlich gemacht, was er von ihren Streitereien mit Elias hielt – nämlich gar nichts. Außerdem hatte er sich offensichtlich mit seiner Anwesenheit arrangiert und akzeptierte ihn als Mitglied des Teams. Warum also sollte sie das nicht auch tun?

»Wozu brauchte man denn so lange Landebahnen?«, fragte sie Elias teils aus Höflichkeit, teils weil sie die seltsame Anordnung noch immer nicht verstand.

»Soweit ich weiß, brauchten die Flugzeuge so lange Strecken, um beschleunigen zu können, ehe sie abheben konnten. Bei der Landung hingegen mussten sie langsam abbremsen, um zum Stehen zu kommen. Aber warum das genau so war, müsstest du die Physiker im Klinikum fragen.«

Pia nickte, obwohl sie sich noch immer darüber wunderte. Irgendwie hatte sie sich vorgestellt, dass die Flugmaschinen der alten Zeit aus dem Stand abheben konnten, wie Vögel.

Während sie die breite Landebahn überquerten, stellten sie fest, dass es noch eine ganze Weile zu laufen war, ehe sie die alten Gebäude des Flughafens erreichen würden. Die sich im Glas spiegelnden Sonnenstrahlen begannen, sich langsam rot zu färben, was der Stimmung etwas Surreales verlieh. Sie hatten nicht mehr viel Zeit, ehe die Dämmerung einsetzte.

Pia verspürte ein aufgeregtes Gefühl, denn niemand wusste genau, was sie inmitten dieses seltsamen Bauwerks erwarten würde. Vielleicht waren die Bewohner ihnen feindlich gesonnen und sie bewegten sich in eine Falle. Oder aber das Gelände war längst verlassen, und sie würden nichts finden außer ein paar von der Sonne verblichene Knochen und hätten die weite Reise womöglich ganz umsonst gemacht.

Je näher sie den Gebäuden kamen, desto skeptischer wurde Pia. Denn nichts deutete darauf hin, dass hier Menschen lebten. Näherte man sich dagegen MUC, konnte man schon von weitem die Dunstglocke sehen, die die Innenstadt umgab und die von Hunderten kleinen Feuern rührte. Doch der Himmel über dem Flughafen war klar, nicht eine einzige Rauchsäule war zu entdecken. Außerdem schien das Gelände fast unnatürlich still. Außer ihren eigenen Schritten und dem leichten Wind war nichts zu hören.

Dann entdeckte Pia die Flugzeuge. Sie blieb einen Moment mit offenem Mund stehen. Allen Unkenrufen zum Trotz hatte ihr Großvater recht gehabt. Sie existierten tatsächlich und waren mit nichts vergleichbar, was sie in ihrem Leben jemals gesehen hatte.

16. Kapitel

Flughafen

Die Gebäude, die ihnen am nächsten waren, sahen aus wie riesige Lagerhallen. Das weißlackierte Metall und das viele Glas wirkten zumindest auf die Distanz erstaunlich gut erhalten. Erst als sie langsam näher kamen, erkannte Pia, dass die weiße Farbe an vielen Stellen abblätterte und das Glas stellenweise die Zeit nicht überdauert hatte. Dennoch schienen die gewaltigen Hallen in besserem Zustand zu sein als die meisten Häuser in MUC.

So beeindruckend die einzigartige Architektur aber sein mochte, im Vergleich zu den Flugmaschinen wirkte sie regelrecht langweilig. Etwa ein Dutzend von ihnen standen vor den Hallen geparkt, auf einer Strecke von vielleicht einem Kilometer verteilt.

Die metallenen Maschinen hatten die Form von überdimensionalen Gurken und besaßen links und rechts gewaltige Flügel. Sie standen auf Rädern, die im Vergleich zum Rest ihrer Körper winzig wirkten. Kleine ovale Einbuchtungen verzierten die Rümpfe auf voller Länge, und erst aus der Nähe erkannte Pia, dass es sich dabei um sonderbar kleine Fenster handelte. Die meisten der Flugzeuge, die sie hier sahen, waren weiß oder silberfarben und hatten blaue Symbole auf gelbem Hintergrund, die wohl einen Vogel mit langem Hals darstellen sollten, einen Kranich vielleicht. Weiter weg entdeckte Pia auch Flugzeuge mit anderer Lackierung und Symbolen, die sich nicht so leicht identifizieren ließen.

Auch Sam und Elias schienen überwältigt von dem Anblick

zu sein, der sich ihnen bot. Schweigend liefen sie neben Pia her und konnten die Augen nicht von den Flugzeugen abwenden. Sie mussten wie drei Ameisen wirken, wie sie so über das gigantische verlassene Areal schritten, auf die Titanen der menschlichen Ingenieurskunst früherer Jahrhunderte zu.

»Sie sind so … riesig«, brachte Pia schließlich heraus, als sie fast das erste Flugzeug erreicht hatten. »Wie kann es möglich sein, dass sie sich damals tatsächlich in die Luft erhoben haben? Sie müssen doch schwer sein wie ein Haus.«

»Ich habe keine Ahnung«, gestand Elias ehrfürchtig. »Ich wusste zwar, dass sie existierten, aber mir war nicht klar, dass sie *so* groß waren. Da drin muss Platz für Hunderte Menschen sein. Es ist ein Wunder der Technik.«

Er hielt inne und grinste einen Moment lang. »Linus würde ausflippen, wenn er das sehen könnte.«

Pia konnte sich noch gut an den dicken Wissenschaftler erinnern, der auf seine schräge Art ganz in Ordnung war. Sie musste sich vorstellen, wie Linus, der bereits schwitzte, wenn er hinter seinem Schreibtisch saß, mit weit aufgerissenen Eidechsenaugen auf die Flugzeuge zurannte, um sie zu umarmen. Sie lachte leise.

Elias sah sie an und lächelte ebenfalls. Ihre Blicke trafen sich für einen Moment.

Schnell wandte Pia den Kopf und konzentrierte sich wieder auf die Flugzeuge. »Wieso sind sie so riesig?«, fragte sie. »Ich meine, Hunderte Menschen in einem davon … das würde bedeuten, Tausende passten in alle, die hier stehen.«

»Zehntausende«, ergänzte Elias. »Ich bin sicher, über den ganzen Flughafen verteilt gibt es noch viel mehr.«

»Aber warum? Wo wollten die denn alle hin?«

Es gab für Pia keinen logischen Grund, warum so viele Menschen auf einmal irgendwo hinfliegen wollten. Außer vielleicht, wenn sie auf der Flucht vor etwas waren. Aber dafür schienen der Flughafen und die vielen Flugmaschinen wohl kaum gebaut worden zu sein. Es war sonderbar, wie anders die Menschen der alten Zeit gewesen waren als ihre Nachfahren heute. Ihre Prioritäten mussten völlig andere gewesen sein.

»Ich weiß es nicht genau«, ergriff Elias wieder das Wort. »Den Erzählungen nach flogen manche in andere Länder und sogar Kontinente, um in der Sonne zu liegen. Andere machten weit weg wichtige Geschäfte.«

Sie starrte ihn verwundert an. Sollte das ein Witz sein? Doch sein Gesicht blieb ernst. Pia glaubte nicht, die alten Menschen jemals verstehen zu können.

»Fest steht, diese hier werden sicher nirgends mehr hinfliegen«, wandte Sam mit trockenem Tonfall ein und deutete auf die Maschine direkt vor ihnen.

Erst aus unmittelbarer Nähe wurde deutlich, dass das Flugzeug viel ramponierter war, als es auf den ersten Blick erschien. Zum Teil kürbisgroße Löcher prangten in den einstmals stolzen Flügeln, und die Verkleidung des Rumpfes wies ebenfalls große Löcher auf. Moos hatte sich an den ovalen Fenstern ausgebreitet, Ranken umwucherten die Reifen, deren Luft im Laufe der Zeit fast vollständig entwichen war. Pia sah sich um und betrachtete die anderen Flugzeuge, die in ihrer Nähe standen. Sie alle waren genauer betrachtet Wracks, nur noch ein Schatten ihrer einstmals erhabenen Pracht.

Diese Tatsache versetzte Pia einen unerwarteten Stich. Jetzt erst wurde ihr klar, dass sie tatsächlich tief in sich die naive Hoffnung gehegt hatte, sich mit einer der alten Maschinen in die Lüfte erheben zu können. Schnell verwarf sie diesen albernen Gedanken. Wie fast alles aus der alten Zeit, funktionierten auch diese Wunderwerke längst nicht mehr. Die alten Menschen hatten durch das große Sterben ihre Geheimnisse, wie man sie baute und flog, mit ins Grab genommen.

»Sollen wir einen Blick hinein wagen?«, fragte Pia.

Sie brannte förmlich darauf, das alte Flugzeug vor ihr zu erklimmen und nach einem Eingang zu suchen. Zu gerne wollte sie wenigstens wissen, wie es von innen aussah.

Doch Sam schüttelte vehement den Kopf. »Ein anderes Mal, Prinzessin. Wir sollten zusehen, dass wir ins Zentrum der Anlage vordringen und nach den Bewohnern suchen. Aber irgendwas sagt mir, dass es dort ebenso tot sein wird wie hier.«

Wiederwillig nickte Pia, riss sich von dem Flugzeug los und folgte Sam, der bereits mit langen Schritten seinen Weg fortsetzte.

Wenig später schloss Elias mit einem schelmischen Grinsen im Gesicht zu ihr auf. »Prinzessin?«

Pia rollte mit den Augen und ignorierte ihn demonstrativ.

Sie folgten der langen Asphaltbahn, die sich längs der großen Hallen erstreckte, während die Sonne in ihrem Rücken immer tiefer sank und das Weiß der Gebäude in rötliches Licht hüllte. Pia war fasziniert von der Architektur und den Flugzeugwracks, die sie immer wieder passierten. Ihr Ziel war das Zentrum des riesigen Geländes, aus dem der große weiße Turm ragte.

Doch je näher sie kamen, desto geringer wurde ihre Hoffnung, tatsächlich auf Menschen zu treffen. Die Hallen wirkten leer und verlassen, es sah nicht so aus, als ob sie seit dem großen Sterben benutzt worden wären. Doch wenn Ilja und der Prophet überzeugt davon waren, dass der Flughafen zumindest eine Zeitlang Bewohner gehabt hatte, dann musste an ihrer Vermutung auch etwas dran sein. Aber warum hatten sie bislang nicht einmal eine Spur von den Bewohnern gesehen?

Nachdem sie etwa einen Kilometer gelaufen waren, stießen sie auf einen breiten Grünstreifen, der vollständig von Büschen, Unterholz und bambusartigen Pflanzen zugewuchert war und ihnen die Sicht auf das dahinter liegende Areal versperrte. Erneut musste Sam seine Machete herausholen und ihnen den Weg freischlagen. Sie kämpften sich durch das teilweise dornige Unterholz, bis sie nach einer gefühlten Ewigkeit endlich wieder den glatten Asphalt erreichten, der große Teile des Areals bedeckte. Sam, der vorausgegangen war, blieb plötzlich stehen und starrte mit offenem Mund in die Ferne. Als Pia die letzten Büsche hinter sich gelassen hatte und sehen konnte, was er sah, wusste sie, warum. Der Anblick war einfach überwältigend.

Sie hatten das erreicht, was sie für das Zentrum des Flughafens hielten. Der Turm war jetzt ganz nah, vielleicht etwa fünfhundert Meter entfernt. Zu seinen Füßen erstreckten sich mehrere Gebäude, deren Architektur so spektakulär war, dass Pia der Atem stockte. Hinter dem Turm wölbte sich eine Art Halbkuppel, deren geschwungene Bauweise, das weiße Material und viele Glas sie wirken ließ, als wäre sie ein gigantisches Segeltuch, das federleicht über den nahe stehenden Häusern gespannt war.

Vor dem Turm und ihnen am nächsten befand sich ein Gebäude, das flach und weiß war, vier oder fünf Stockwerke hoch. Es wäre im Gegensatz zum Rest des Flughafens wenig spektakulär gewesen, wenn es nicht so unglaublich lang gewesen wäre. Pia musste blinzeln, um sicherzugehen, dass ihr ihre Augen in der herannahenden Abenddämmerung keinen Streich spielten. Doch das taten sie nicht. Ihrer Schätzung nach musste das schlauchartige Gebäude mindestens einen Kilometer lang sein, wenn nicht gar noch länger. Es hatte eine schier unendliche Reihe völlig gleich aussehender Einbuchtungen, an deren Seiten überall ein überdimensionales, blaues M befestigt war.

Zwischen ihnen und dem langen Gebäude lag eine in etwa fünfhundert Meter breite und mindestens einen Kilometer lange, asphaltierte Fläche. Darauf standen weitere Flugzeuge.

Dutzende. Vielleicht sogar Hunderte.

Doch die Ansammlung der Flugmaschinen wirkte keineswegs chaotisch. Sie sahen aus, als hätte jemand sie ordentlich und systematisch dort abgestellt, wie ein Titanenkind, das seine Spielzeuge sauber aufgereiht hatte, ehe es zu Bett ging.

Manche davon befanden sich nahe der Hallen, die von der anderen Seite an das betonierte Feld grenzten, andere standen in langen Reihen mittendrin. Wieder andere hatte man direkt in die Einbuchtungen des schlauchartigen Gebäudes gestellt und mit seltsamen Tunneln damit verbunden, die wie überdimensionale Ärmel einer knittrigen Jacke wirkten.

Neben den Flugzeugen standen noch zahlreiche andere Fahrzeuge der alten Zeit, die Pia zum Teil in dieser Form noch nie gesehen hatte. Busse kannte sie, auch wenn diese hier länger waren als die Wracks, die sie sonst gesehen hatte. Es gab aber auch etwas, das einem Lastwagen ähnlich sah, jedoch so flach war, dass es an eine Flunder auf Rädern erinnerte. Besonders bizarr wirkten aber die Fahrzeuge, die statt einer Ladefläche oder Passagierkabinen Treppen aufmontiert hatten, die ins Nirgendwo führten. Einen Augenblick lang stutzte Pia, als sie diese sah, dann wurde es ihr schlagartig klar, wozu diese Treppen-Fahrzeuge gut gewesen sein mussten. So konnten auch Menschen in die Flugmaschinen gelangen, die nicht so gut klettern konnten wie sie.

Alles war in das rote Licht der untergehenden Sonne getaucht, die sich in den unzähligen Glasscheiben spiegelte und das einzigartige Areal vor ihnen gleichzeitig surreal und erhaben erscheinen ließ.

»Wow«, sagte Elias schließlich, nachdem sie alle eine Weile schweigend das vor ihnen Liegende betrachtet hatten. »Das ist beeindruckend.«

»Wunderschön«, pflichtete Pia ihm bei.

»Ich kannte Bilder des eigentlichen MUC«, fuhr Elias fort. »Aber ich konnte mir nicht vorstellen, dass es so groß und imposant gewesen ist.«

Das erinnerte Pia daran, was Elias ihr damals erzählt hatte, als sie ihn in der Hochstadt besuchte. Dass MUC eigentlich der Name des Flughafens gewesen war und erst nach dem großen Sterben für das alte München übernommen wurde.

»Sieht ziemlich verlassen aus, wenn ihr mich fragt«, brummte Sam. »Ich glaube nicht, dass wir hier eine lebende Seele finden werden.«

»Wir müssen es zumindest versuchen!«, beharrte Pia. »Vielleicht verstecken sich die Bewohner ja.«

»Wovor?« Der Frust in Sams Stimme war unüberhörbar. »Etwa vor der Armee aus uns dreien?«

Pia verstand seine Enttäuschung. Er hatte seine Familie allein gelassen, obwohl sich eine große Gefahr vor den Toren MUCs zusammenbraute, weil er geglaubt hatte, sich auf eine überlebenswichtige Mission zu begeben. Nun stellte sich womöglich heraus, dass ihr tagelanger Marsch völlig umsonst gewesen war.

Pia strich ihm freundschaftlich über seine muskulöse Schulter. »Komm«, sagte sie. »Lass uns das verbliebene Tageslicht nutzen, um uns hier umzusehen. Wenn wir nichts finden, machen wir uns morgen früh auf den Rückweg, okay?«

Sam nickte. Sie begannen, den Parkplatz für Flugzeuge zu überqueren und liefen direkt auf das lange Gebäude zu.

Doch der alte Flughafen schien tatsächlich verlassen zu sein. Wie die Hangarhallen war auch das langgezogene Abfertigungsgebäude leer. Nichts deutete darauf hin, dass hier seit dem großen Sterben noch jemand gelebt hatte. Das war höchst sonderbar, denn den Erzählungen nach musste die hier existierende Gemeinschaft aus Hunderten, wenn nicht sogar Tausenden von Bewohnern bestanden haben. Waren das alles etwa nur Geschichten gewesen? Pia konnte es sich eigentlich nicht vorstellen. Normalerweise wusste Ilja genau, wovon sie sprach.

Klar, die meisten Leute in MUC glaubten nicht an eine menschliche Siedlung so nah an der verseuchten Zone, aber andererseits hatten die meisten Menschen aus ihrem Heimatdorf auch MUC für ein Hirngespinst gehalten.

Genauso verhielt es sich mit Utilitas. Bis vor kurzem war Pia überzeugt gewesen, MUC wäre die einzige noch erhaltene Stadt weit und breit. Nun stellte sich heraus, dass es noch andere gab, zumindest von einer wusste man sicher, denn ihre feindlichen Truppen waren auf dem Weg nach MUC, um es zu vernichten.

Als die Sonne langsam am Horizont zu versinken begann und sie noch immer nichts gefunden hatten, beschloss Pia, das letzte Licht dafür zu nutzen, sich von weiter oben ein Bild zu machen. Der Turm war zwar hoch, doch nichts im Vergleich zu den Hochhäusern, die sie bereits in MUC erklommen hatte. Der Himmel war klar, und sie schätzte, dass es noch etwa eine Stunde lang genügend Licht gab, um eine kleine Klettertour zu unternehmen.

»Okay, aber sei vorsichtig«, warnte Sam, als sie ihm ihre Pläne mitteilte.

Pia grinste. »Bin ich doch immer.«

Elias, der nicht gefragt wurde, mischte sich erneut ein. »Kann ich dir mit irgendwas behilflich sein?«

Sam musste erneut schallend lachen, und das Geräusch hallte als Echo durch die leeren Hallen um sie herum wider.

»Du hast zwar mit ihr geschlafen, weißt aber sonst nicht wirklich viel über sie, was?«

Pia meinte einen Anflug von Röte in Elias' Gesicht zu bemerken, aber vielleicht war das auch nur eine Spiegelung der letzten Sonnenstrahlen auf seiner sonnengepeinigten Haut.

»Setz dich einfach auf deinen Arsch und genieß die Show, Prophetensöhnchen«, fügte Sam hinzu, ohne eine Antwort auf seine Stichelei abzuwarten.

Pia grinste und deutete eine Verbeugung an. Dann wandte sie sich dem rostigen Lastwagen zu, der neben einem der alten Flugzeuge stand, als würde dieser in alle Ewigkeit darauf warten, es endlich betanken zu dürfen. Sam hatte Elias eine Show versprochen, und die würde sie ihm liefern.

Sie zog ihre fingerlosen Handschuhe an, die sie zum Klettern benutzte, und ließ kurz ihre Finger knacken. Dann legte sie los.

Der Lastwagen hatte eine kleine Leiter an der Rückseite, und sie benutzte diese, um auf das abgerundete Dach zu gelangen. Von dort arbeitete sie sich sicheren Schrittes bis zum Führerhäuschen des Fahrzeugs vor. Von hier aus dürfte es ihr ein Leichtes sein, auf den langen Flügel des riesigen Flugzeugs zu gelangen. Sie konzentrierte sich, ging ein wenig in die Knie und sprang schließlich ab. Ohne Probleme überwand sie die Distanz von etwa drei Metern, und ihre kräftigen Finger krallten sich an der Seite des Flügels fest. Das kühle Metall fühlte sich fest an, und doch anders als etwa das Material, aus dem die Autos der alten Zeit hergestellt waren. Pia spannte ihre Armmuskeln an und zog sich hoch. Sie konnte deutlich spüren, wie Elias sie bei jeder Bewegung beobachtete, doch es machte ihr nichts aus. Wenn sie kletterte, zählte sonst nichts auf der Welt.

Leichtfüßig lief sie den Flügel entlang, auf den Rumpf der Flugmaschine zu. Dabei bemerkte sie, dass dieser nicht etwa aus einem großen Stück bestand, sondern sich aus vielen beweglichen Einzelteilen zusammensetzte. Zu gerne hätte Pia die Technik, die sich dahinter verbarg, verstanden, oder einen der Flieger in Aktion gesehen, aber das würde für immer ein Traum bleiben.

Sie erreichte die Passagierkabine und warf einen Blick durch das von innen beschlagene und außen angestaubte Fenster. Fast erwartete sie, innen skelettierte Leichen zu entdecken, wie sie in den Zügen der ehemaligen U-Bahn MUCS zu finden waren. Doch der Innenraum war bis auf schier endlose Reihen von Sitzen leer. Dabei ging Pia auf, dass sie bisher auf dem Flughafen weder lebende noch tote Menschen gesehen hatten. Nur noch die Gebäude und Maschinen zeugten von der einstigen Geschäftigkeit dieses Ortes. Mit einem Mal hatte Pia das Gefühl, dass die Leere dieses Ortes viel unheimlicher wirkte, als wenn die Flugzeuge voller Leichen gewesen wären. Wie alle anderen war auch sie die Allgegenwärtigkeit des großen Sterbens gewohnt. Der Flughafen aber wirkte, als wären die Menschen nicht gestorben, sondern einfach vom Erdboden verschluckt worden.

Und plötzlich war da noch etwas, das ihr mulmiges Gefühl verstärkte. Sie spürte, wie sich ihre Nackenhaare sträubten und ihre Haut am Rücken zu kribbeln begann. Es war das deutliche Gefühl, beobachtet zu werden. Sie wandte ruckartig den Kopf und sah sich um. Doch außer Elias und Sam, die ein paar Meter unter ihr neben dem alten Lastwagen standen, war weit und breit niemand zu sehen. Nichts bewegte sich auf dem gigantischen Platz zwischen den Hallen und dem langen Gebäude. Es herrschte eine beinah unnatürliche Stille, während die Schatten der einsetzenden Abenddämmerung langsam um die toten Flugzeuge zu kriechen begannen.

»Alles okay?«, rief Sam zu ihr hinauf. Wieder schien seine Stimme über das ganze Gelände zu hallen.

Pia nickte. »Alles klar. Ich dachte, ich hätte etwas gehört, aber ich habe mich getäuscht.«

»Du kannst nichts gehört haben, Prinzessin, weil es hier nichts und niemanden gibt«, maulte Sam und nahm auf einem kleineren Fahrzeug Platz, auf dem noch die Überreste von ein paar Koffern lagen. »Hier gibt's nicht mal Scheiße.«

Pia lachte leise und wandte sich wieder dem Flugzeugrumpf zu. Sie sprang, so hoch sie konnte, dann zog sie sich auf das Dach der Kabine. Noch einmal ließ sie von hier aus den Blick über das verlassene Gelände streifen. Das Gefühl, beobachtet zu werden, war weg, doch irgendwie war sie sich nicht mehr sicher, ob sie hier wirklich jemanden oder etwas finden wollte. Vielleicht war es besser, einfach unverrichteter Dinge wieder nach MUC zurückzukehren?

Langsam balancierte sie auf dem gebogenen Dach auf die Schnauze des Flugzeugs zu. Hier war einer jener seltsamen, ärmelartigen Verbindungen angebracht, die von der Maschine zum Gebäude führte. Jetzt, da sie den Ärmel von hier aus betrachtete, wurde Pia auch klar, wofür diese Dinger gedient haben mochten. Es waren eine Art Verbindungsbrücke zwischen den Flugzeugen und dem Flughafen. So konnten die Passagiere mühelos ein- und aussteigen, ohne die fahrbaren Treppen benutzen zu müssen.

Pia schüttelte den Kopf. Ihr war schon lange klargeworden, dass die alten Menschen ziemlich faul und bequem gewesen sein mussten, aber das hier übertraf alles.

Sie machte einen Satz und landete auf dem ärmelartigen Verbindungsstück, dem sie so lange folgte, bis sie das Flughafengebäude erreicht hatte. Bei näherer Betrachtung stellte sich heraus, dass es wie geschaffen war, um daran hochzuklettern. Zwar bestand die Fassade überwiegend aus großen Fensterscheiben, die trotz allem Schmutz die Zeit fast unbeschadet überstanden hatten. Doch an der Außenseite gab es lange weißlackierte Rohre, die ein loses Netz vor der Fensterfront ergaben. Ob sie nur zur Zierde oder zum Schutz gedient hatten, war nicht mehr zu bestimmen.

Pia sprang etwa einen halben Meter hoch und ergriff eine der waagrechten Stangen. Daran konnte sie sich entlanghangeln, bis sie eine der vertikalen erreichte. Diese führte hinauf bis kurz vor das Dach und erlaubte Pia einen schnellen Aufstieg. Ähnlich, wie sie es an einem Seil getan hätte, kletterte sie das lange Rohr nach oben und hängte sich von dort aus an die Dachkante. Dass sie nun zwanzig Meter über dem Boden baumelte und nur die Muskelkraft ihrer Arme verhinderte, dass sie in die Tiefe stürzte, machte ihr nichts aus. Doch aus Erfahrung wusste sie, dass Manöver wie dieses auf Außenstehende spektakulär wirkten. Spätestens jetzt war Elias mit Sicherheit beeindruckt. Der Gedanke gefiel ihr irgendwie.

Geübt nahm sie Schwung und zog sich auf das Dach hinauf, wo sie sich umdrehte und zu den beiden Männern hinabwinkte. Sam hob lässig die Hand, denn er hatte Pia schon oft klettern gesehen, doch Elias starrte sie mit weit aufgerissenen Augen an und schien wie gelähmt zu sein. Sie grinste in sich hinein. Dann ließ sie erneut ihre Augen über das weitläufige Areal um sie herum streifen, auf der Suche nach Hinweisen danach, dass es vielleicht doch noch bewohnt war.

Unter ihr erstreckte sich die riesige Fläche, die als Parkplatz für die Flugzeuge diente, sowie die großen Hangarhallen. Dahinter sah sie das schier endlose Grün der verwilderten Landschaft mit ihren mutierten Pflanzen und Tieren.

Weit und breit war niemand Lebendiges zu sehen. Auch das Gefühl, von jemand Fremdem beobachtet zu werden, stellte sich nicht mehr ein.

Langsam drehte sich Pia in die andere Richtung, um auch den Rest des Geländes überblicken zu können. Sie konnte das segeltuchartige Bauwerk jetzt deutlicher sehen, und es beeindruckte sie mit seiner Größe und ungewöhnlichen Bauweise noch mehr. Dort herum gab es noch etliche kleinere Häuser und Hallen, alle in Weiß und Glas gehalten. Sie sah sofort, dass sie noch höher klettern musste, um sich einen genauen Überblick über diesen Teil des Flughafens zu verschaffen. Das langgezogene Gebäude, an dem die Flugzeuge andockten, war einfach nicht hoch genug. Sie blickte nach rechts und betrachtete den Turm, zu dem es von hier aus vielleicht noch dreihundert Meter waren. Es sollte möglich sein, über die Dächer der umliegenden Häuser relativ schnell zu dem Turm zu gelangen, doch sie musste sich trotzdem beeilen, denn die Sonne war bereits komplett verschwunden, und das Licht begann rapide zu schwinden. Sie wusste nicht, warum, aber irgendwie hatte sie ein sehr mulmiges Gefühl bei der Vorstellung, im Dunkeln allein an diesem Ort unterwegs zu sein.

Pia drehte sich noch einmal kurz zu Sam und Elias um, machte ein Handzeichen in Richtung Turm und rannte dann über das flache Dach los.

Während sie über die flachen Dächer auf den Turm zulief, fiel ihr auf, dass sich die Bauweise des Flughafens nicht nur in der Architektur stark von allem abhob, was sie aus MUC kannte. Alles hier schien besonders gut erhalten zu sein. Nirgendwo bröckelte Putz, das viele Glas war weitgehend unversehrt, die Dächer hatten mehr als ein Jahrhundert dicht gehalten und drohten nirgends unter ihr einzustürzen. Auch die Natur hatte die alten Bauwerke bis auf wenige Ausnahmen kaum überwuchert. Es war so still, dass sie nichts außer ihren Schritten und dem eigenen Atem hören konnte. Fast schien es, als wäre der Flughafen in einer Art Zeitblase gefangen, in der die alte Zeit für immer konserviert wurde.

Nur einmal musste Pia eine größere Lücke zwischen zwei Dächern überwinden, dann kletterte sie eine Fassade hinab und stand ein paar Minuten später vor dem weißen Turm. Doch aus unmittelbarer Nähe betrachtet fiel ihr ein großes Problem auf, das sie aus der Entfernung im schwindenden Licht nicht wahrgenommen hatte: Die Außenfassade des Turmes war komplett mit glatten weißen Kacheln bedeckt.

Pia legte den Kopf in den Nacken und blickte nach oben. Sie schätzte die Höhe auf vielleicht achtzig Meter, davon waren mindestens die unteren vierzig bis fünfzig mit den Kunststoffkacheln bedeckt, die die Zeit seit dem großen Sterben erstaunlich gut überdauert zu haben schienen.

Prüfend fuhr sie mit den Fingern über das Material. Keine Chance, die Kacheln waren sehr glatt und die Fugen zwischen ihnen viel zu klein, um sich daran festzukrallen. In Augenblicken wie diesen wünschte sie sich, sie hätte Saugnäpfe an den Fingern, wie eine Fliege oder Eidechse, dann würden solche Flächen kein unüberwindbares Hindernis mehr darstellen.

Sie fragte sich, ob die Menschen der alten Zeit wohl die Technik besessen hatten, senkrechte Wände hochzusteigen. Wer tonnenschwere Maschinen bauen konnte, die sich wie Vögel in die Luft erhoben, für den musste so etwas doch ein Kinderspiel sein, oder?

Aber solche Gedanken brachten sie jetzt nicht weiter. Langsam kämpfte sie sich durch das hohe Gras, das um den Turm herum wuchs, in der Hoffnung, eine bessere Stelle zum Klettern zu finden. Als sie ihn fast umrundet hatte, entdeckte sie zwei schmale vertikale Schlitze. Sie trat näher und stellte fest, dass es sich dabei um eine Tür handelte, die scheinbar so konstruiert war, dass man sie nur von innen öffnen konnte, denn es gab außen keinen Griff. Doch als sie dagegen drückte, gab die Tür nach. Entweder, jemand hatte sie vor langer Zeit offen gelassen, oder das Material war im Laufe der Jahrzehnte mürbe geworden. Jedenfalls hatte Pia unverhofft einen Eingang gefunden.

Sie drückte die Tür weiter auf und blickte vorsichtig ins Innere des Turmes. Es war sehr dunkel, doch sie erkannte eine eiserne Treppe, die sowohl nach oben als auch nach unten führte. Auf der Innenseite der Tür war ein Schild befestigt, auf dem in weißer Schrift auf grünem Hintergrund »Notausgang« stand.

Pia begriff. Diese Tür war nur dafür vorgesehen gewesen, schnell nach außen zu gelangen, falls es zum Beispiel brannte. Der eigentliche Zugang des Turmes lag unterirdisch.

Sie warf einen Blick nach unten in die Dunkelheit, aus der ein leichter Windzug nach oben stieg, ähnlich wie in den U-Bahn-Schächten in MUC. Vielleicht gab es dort unten Schätze aus der alten Zeit zu entdecken, doch dafür war jetzt keine Zeit. Ganz abgesehen davon hatte sie ohnehin keine Fackel dabei und wusste nicht, was sie da unten erwarten würde. Den riesigen Spinnennetzen, die über das Treppenhaus verteilt hingen, nach zu urteilen, gab es hier zumindest ziemlich große Insekten, deren Bekanntschaft sie nicht unbedingt machen wollte … und wer konnte schon sagen, was dort noch so alles lauerte?

Schnellen Schrittes rannte sie die alten Stufen hoch, deren Metall unter ihren Füßen leise knirschte. Die Treppe wandte sich spiralförmig rings um ein grauverkleidetes Innenstück hinauf, das vielleicht einen Aufzug beherbergte, der schon seit langer Zeit stillstand. Da die alten Menschen sich auch sonst nur dann bewegt zu haben schienen, wenn es unbedingt sein musste, und Pia schon häufig in alten Häusern auf Aufzüge gestoßen war, konnte sie sich nicht vorstellen, dass es ausgerechnet hier keine dieser Maschinen gegeben haben sollte.

Da der Turm keine Fenster hatte, wurde es zunächst immer dunkler, je höher Pia kam. Schließlich sah sie gar nichts mehr und musste sich den Weg ertasten. Das war zwar unangenehm, doch sie hatte von unten gesehen, dass die Spitze des Towers aus Glas bestand. Früher oder später musste sie also auf Licht stoßen, das von außen hereinkam. Hell genug durfte es draußen ja noch sein. Sie hoffte bloß, dass die Treppe überall so stabil und gut erhalten war und sie nicht plötzlich in die schwarze Tiefe stürzte.

Nach einer gefühlten Ewigkeit wurde es tatsächlich langsam wieder heller, und die Stufen unter ihren Füßen nahmen wieder graue Konturen an. Nun konnte es nicht mehr weit bis zur Glasspitze sein.

Als sie schließlich ganz oben ankam, stellte Pia fest, dass das Innere der Turmspitze mit nichts vergleichbar war, was sie jemals gesehen hatte. Vom schnellen Aufstieg etwas außer Atem, blieb sie verdutzt stehen und sah sich um.

Wie sie richtig vermutet hatte, drang durch die großen Fenster noch genügend rötliches Dämmerlicht ein, so dass sie alles gut erkennen konnte. Der Raum, in dem sie stand, war genauso rund wie der Turm und nach allen Seiten nur durch die riesigen Panoramascheiben begrenzt. Es schien wie ein überdimensionaler Ausguck hinter Glas, von dem man über das gesamte Flughafengelände und weit darüber hinaus blicken konnte. Vor den Fenstern, doch so, dass sie nicht die Sicht versperrten, waren etliche der unterschiedlichsten Apparaturen aus der alten Zeit angebracht. Knöpfe, kleine Hebel, Platten mit beweglichen Buchstabentasten, auf denen man, wie Pia mittlerweile wusste, früher schreiben konnte. Daneben und darüber Dutzende dieser flachen dunklen Glasscheiben, auf denen die alten Menschen angeblich bewegte Bilder betrachten konnten, die nun jedoch wie schwarze, tote Augen wirkten, aus denen das Leben schon vor mehr als hundert Jahren gewichen war.

Vor den Apparaturen standen ein paar der obligatorischen Drehstühle der alten Zeit, die darauf hindeuteten, dass die Menschen sich hier zum Arbeiten aufgehalten hatten und nicht zum Vergnügen. Alles deutete darauf hin, dass diejenigen, die hier täglich saßen, wichtig für den Flughafen waren, unter Umständen waren sie sogar die Herrscher hier gewesen. Warum sonst hatten sie sich einen Platz gesucht, von dem aus sie alles überblicken konnten?

Die Möbel und Geräte waren zwar ziemlich eingestaubt und zum Teil mit Spinnweben bedeckt, doch alles schien noch so gut erhalten zu sein, dass es wirkte, als wären die Mitarbeiter des Towers nur kurz hinausgegangen, um Pause zu machen – um dann vom großen Sterben überrascht zu werden. Neben einer der Platten mit den beweglichen Buchstabentasten stand sogar noch eine Keramiktasse mit dem Aufdruck »MUC«. Aus dem Augenwinkel erschien es Pia so, als ob der Inhalt darin noch dampfen würde, doch als sie den Kopf wandte, sah sie, dass es sich nur um eine optische Täuschung handelte: es waren feine Staubpartikel, die in den letzten einfallenden Tageslichtstrahlen tanzten.

Das erinnerte Pia daran, dass sie nicht hier war, um Artefakte der alten Zeit zu bewundern. Sie wandte ihre Konzentration dem Panorama außerhalb des Turmes zu und schaute angestrengt hinaus, auf der Suche nach Anzeichen einer menschlichen Siedlung.

Die Sicht nach Westen war am besten, da dort vor kurzem die Sonne untergegangen war und sich die Schatten der Dämmerung noch nicht so weit ausgebreitet hatten. Unter ihr lag das schlauchförmige Gebäude, und aus der Höhe wirkte seine kilometerweite Ausdehnung noch imposanter. Davor parkten die vielen verfallenden Flugzeuge, die von hier oben gar nicht mehr so groß wirkten, sondern eher wie seltsame, dahinsiechende Vögel.

Dahinter lagen die großen Lagerhallen, und Pia sah, dass es noch viel mehr waren, als sie von unten vermutet hatte. Selbst die große alte Straße, auf der sie gekommen waren, konnte Pia von hier aus sehen. Und ganz weit am Horizont, halb verborgen in einer dunstigen Wolke, meinte sie im Südwesten ein paar der Hochhaustürme MUCs erkennen zu können.

Pia drehte sich um und blickte durch die staubigen Panoramascheiben in die andere Richtung. Wieder staunte sie, wie riesig der Flughafen war, denn nach Westen ging es mindestens genauso lange weiter wie auf der anderen Seite.

Sie erkannte die langen Straßen, die ins Nichts zu führen schienen und die den Flugmaschinen für Start und Landung gedient hatten. Außerdem gab es auch auf dieser Seite eine Vielzahl von weiß-gläsernen Gebäuden und großen Hallen sowie einen riesigen Platz, auf dem mindestens so viele Flugzeuge standen wie drüben.

Ganz in der Nähe befand sich das große Bauwerk mit der

segeltuchartigen Bedachung. Es schien so, als wäre das Dach größtenteils aus Glas, doch genau konnte Pia das im rapide schwindenden Licht nicht bestimmen. Zumal es darunter erstaunlich dunkel war, fast so, als ob sich innerhalb des Gebäudes dichte Pflanzen breitgemacht hatten. Aber eigentlich konnte das nicht sein, denn sonst schien der Flughafen größtenteils von der Überwucherung durch Pflanzen verschont geblieben zu sein.

Pia ärgerte sich ein wenig, dass sie nicht etwas früher beschlossen hatte, den Turm zu besteigen, um sich einen Überblick zu verschaffen. Bei mehr Tageslicht hätte das wahrscheinlich größeren Sinn gemacht. Andererseits konnte sie auch so mit ziemlicher Sicherheit sagen, was es auf diesem gigantischen Gelände nicht gab: Menschen.

Nichts, wirklich gar nichts deutete darauf hin, dass es sich hierbei um eine bewohnte menschliche Siedlung handeln konnte. Entweder waren die Bewohner vor langer Zeit hier weggezogen, oder es hatte hier seit dem großen Sterben kein menschliches Leben gegeben, und Ilja hatte sich getäuscht. Die Anführerin des Hades besaß ein riesiges Wissen und Weisheit, doch das hieß schließlich nicht, dass sie unfehlbar war, oder?

Am Horizont erschien das Licht des aufgehenden Mondes und begann, den Flughafen in schummriges Silber zu tauchen. Irgendwo ertönte Wolfsgeheul und verursachte Pia eine Gänsehaut. Seit ihrer Begegnung mit einem Wolfsrudel auf ihrer Reise nach MUC, die sie beinahe mit dem Leben bezahlt hatte, empfand sie vor diesen wilden Tieren noch mehr Respekt als ohnehin schon. Doch das war es nicht allein, was ihr die Nackenhaare sträubte.

Dieses Geheul klang irgendwie anders. Es war höher und hörte sich fast schon an wie ein Kreischen, das durch Mark und Bein ging. Pia dachte an die sonderbar mutierten Tiere, die sie in der Gegend um den Flughafen gesehen hatten, und schauderte. Wie mochten wohl die hiesigen Wölfe aussehen?

Das wollte sie auf keinen Fall herausfinden, vor allem nicht allein, weshalb sie beschloss, sich schnellstens auf den Rückweg zu Sam und Elias zu machen.

In diesem Moment spürte sie ein seltsames Kribbeln auf ihrem Bein. Sie blickte an sich hinab und erstarrte einen Augenblick lang vor Ekel und Entsetzen. Etwas krabbelte an ihrer staubigen Jeans hoch. Etwas Großes und Haariges.

Wie die meisten Menschen, so mochte auch Pia keine Spinnen, doch sie hatte keine Angst vor ihnen. Zumindest nicht vor den kleinen, harmlosen.

Doch diese hier war ein ganz anderes Kaliber. Sie war mindestens so groß wie Pias Handfläche. Ihre langen haarigen Beine bewegten sich mit jener unheimlichen Dynamik, zu der nur Spinnen in der Lage waren. Doch das Ekelhafteste war der fette Körper, den sie an Pias Bein immer weiter nach oben schleppte. Er war von einem fleischigen Weiß und erinnerte sie spontan an die mutierten Würmer, die sie in der Nähe des Flughafens gesehen hatten. Pia glaubte nicht, jemals etwas so Widerliches gesehen zu haben wie diese riesige Spinne, die gerade ihr Knie passierte und zielstrebig weiter nach oben krabbelte.

Pia hielt einen Moment lang die Luft an und widerstand dem Impuls, einfach schreiend wegzurennen. Sie spürte das Gewicht des Tieres an ihrer Hose ziehen und hörte das leise Trippeln seiner acht Beine. Mit größter Mühe überwand Pia ihren Ekel und wischte die Spinne mit einer schnellen Handbewegung von ihrem Körper. Mit einem klatschenden Geräusch prallte sie gegen einen der Drehstühle und fiel auf den Boden, bloß um sich eine Sekunde später wieder in Pias Richtung zu drehen.

Pia hatte keine Ahnung, ob Spinnen wütend werden konnten, aber wenn, dann war es diese nun mit ziemlicher Sicherheit. Schnell drehte sie sich um und rannte in Richtung Treppe. Kurz bevor sie diese erreichte, wandte sie den Kopf und blickte zurück. Ein eiskalter Schauer überlief sie, als sie sah, dass die Spinne sie tatsächlich verfolgte. Und dann sah sie noch etwas, das sie einen leisen Schrei ausstoßen ließ.

Die Spinne, die an ihr hochkrabbeln wollte, war bei weitem nicht die einzige in dem großen Aussichtsraum. Pia hatte keine Ahnung, ob die Tiere erst nach Sonnenuntergang hervorkrochen oder ob sie vor lauter Faszination für die Apparaturen der alten Zeit schlicht blind für alles andere gewesen war, als sie den Raum betreten hatte. Nun aber sah sie mindestens zehn weitere dieser abstoßenden Wesen. Sie krochen über die großen Netze, die Pia bereits überall im Turm gesehen hatte, über die Bretter mit beweglichen Tasten und an den großen Fensterscheiben entlang.

Das ist ein gottverdammtes Nest!, dachte Pia mit einem Anflug von Panik. Sie stürzte auf die Treppe zu, blieb jedoch bereits auf der zweiten Stufe wie angewurzelt stehen. Was, wenn es nicht nur hier oben, sondern im gesamten Turm von diesen Viechern nur so wimmelte? Bei der Vorstellung, durch ein stockfinsteres Treppenhaus voller Spinnen zu rennen, drehte sich ihr der Magen um. Schweiß begann, aus all ihren Poren zu strömen.

Als sie den Kopf wandte, sah sie, dass die Spinne sie noch immer verfolgte. Es schien sie nicht im Geringsten zu stören, dass Pia viel größer war als sie. Wahrscheinlich hatte sie noch nie einen Menschen gesehen oder war giftig und hatte daher keine Angst, ähnlich wie Wespen, die einen hartnäckig verfolgen konnten, wenn man einen süßen Apfel in der Hand hielt.

Sie überlegte einen Moment lang, ob es womöglich noch einen anderen Weg nach draußen gab. Doch die Außenfassade des Turms war viel zu glatt, um daran herabzuklettern, und außerdem sah es nicht so aus, als ließen sich die Panoramafenster öffnen. Und da sie eine so lange Zeit unbeschädigt geblieben waren, bestanden sie wohl aus besonders bruchsicherem Glas und waren nur mit viel Mühe einzuschlagen.

Nein, sie musste die Treppe benutzen, ob sie wollte oder nicht. Sie nahm einen tiefen Atemzug und versuchte mit aller Kraft, ihren Ekel hinunterzuschlucken. Dann rannte sie los.

Trotz der Dunkelheit im Treppenhaus nahm Pia immer zwei Stufen auf einmal und versuchte, nicht daran zu denken, was sich alles in der Schwärze um sie herum verstecken mochte.

Es war wic in einem Alptraum. Passend dazu fühlte sich die Strecke nach unten viel länger an als auf dem Hinweg, und das, obwohl sie jetzt rannte. Einmal spürte sie, dass sie auf etwas getreten war. Es war weich und machte ein matschiges Geräusch. Sie versuchte, es zu ignorieren, und lief einfach weiter. Endlich begann es auf der Treppe etwas heller zu werden, und sie wusste, dass sie sich dem Ausgang näherte. Da berührte ihre Hand auf dem Geländer etwas Haariges, das sich bewegte. Pia kreischte auf und rannte noch schneller.

Das letzte Stück der Treppe sprang sie hinab und landete sicher auf der untersten Stufe. Schwer atmend stürzte sie durch die angelehnte Tür ins Freie.

Das Tageslicht war nun fast vollständig verschwunden, und das Weiß der Flughafengebäude erschien im Mondschein nun silberfarben. Hektisch klopfte Pia ihre Kleidung ab und überprüfte, ob nicht irgendwo eine Spinne auf ihr saß, konnte aber zum Glück nichts entdecken. Lediglich unter ihrem rechten Schuh klebte etwas Dunkles und Matschiges. Angewidert streifte sie den Schuh im Gras sauber und atmete tief durch.

Ein weiteres markerschütterndes Heulen erinnerte sie jedoch wenige Sekunden später daran, dass sie noch immer allein mitten auf dem riesigen verlassenen Gelände voller seltsamer Tiere war. So schnell sie konnte, rannte sie los, in die Richtung, in der sie ihre Freunde zurückgelassen hatte.

Es war bereits stockfinster, als sie endlich die Stelle erreichte, an der sie auf das Dach des Flughafengebäudes geklettert war.

Einen furchterregenden Moment lang glaubte sie, Sam und Elias wären nicht mehr da, sondern vielleicht losgezogen, um zu sehen, wo sie so lange blieb, und dabei in Schwierigkeiten geraten. Irgendetwas sagte ihr, dass der alte Flughafen noch mehr Gefahren zu verbergen hatte als einen Turm voller Spinnen.

Doch dann entdeckte sie Sams unverkennbare, massige Gestalt im Mondlicht. Er und Elias warteten genau dort, wo sie sie zurückgelassen hatte. Sie hörte gedämpfte Stimmen und ein leises Lachen. Überraschenderweise schienen sie sich ganz gut zu verstehen. Schnell kletterte sie über das Flugzeug und den Lastwagen zu ihnen hinab. Elias sprang von der Kiste, auf der er saß, als er Pia bemerkte.

»Da bist du ja! Ist alles in Ordnung?«

Sie nickte lächelnd. Es klang ganz so, als hätte er sich Sorgen um sie gemacht.

Sam, der gerade ein paar getrocknete Früchte aß, blickte hoch und sah sie erwartungsvoll an. »Und?«

Sie zögerte einen Moment, ehe sie antwortete, entschloss sich dann jedoch, nichts von ihrem Erlebnis mit dem Spinnenturm zu erzählen. Irgendwie war es ihr peinlich, vor den beiden zuzugeben, wie sehr sie das Erlebnis geekelt und beunruhigt hatte. Schließlich waren es ja nur ein paar Spinnen.

»Hier gibt's nicht mal Scheiße«, wiederholte sie schließlich Sams Worte.

Dieser seufzte und spuckte einen Apfelkern aus. »Ich hab's befürchtet.« Er klang resigniert. »Lasst uns einen Schlafplatz suchen und morgen so schnell wie möglich zurück nach MUC aufbrechen.«

Sie überquerten den Flugmaschinen-Parkplatz und schlugen ihr Nachtlager in einer der großen Hangarhallen gegenüber auf, deren Tor offen stand. Da es weit und breit keine Menschen zu geben schien, weder wohl- noch feindlich gesonnen, aber immer wieder das kreischende Wolfsgeheul an ihre Ohren drang, entzündeten sie ein Feuer auf dem Boden der Halle, unweit des Eingangs.

Pia war nach ihren heutigen Erlebnissen so geschafft, dass sie dankbar das Angebot annahm, erst die letzte Schicht vor Morgengrauen zu übernehmen. Als sie sich neben das angenehm knisternde Feuer legte, drifteten ihre Gedanken noch einmal kurz zu dem Turm und seinen widerlichen Bewohnern ab, dann war sie auch schon eingeschlafen.

Es war weit nach Mitternacht, als sie wach wurde, weil jemand sie sanft an der Schulter rüttelte. Als sie die Augen öffnete, blickte sie in Elias' edles Gesicht. Doch er hatte seine Brauen zusammengezogen und wirkte beunruhigt.

»Was ist?«, fragte Pia schläfrig.

»Sie sind da«, flüsterte Elias.

»Was? Wer?« Sofort musste Pia an die Spinnen denken. Ein absurdes Bild begann, sich in ihrem Kopf zu formen, wie eine ganze Armee der ekelhaften Biester sie von dem Turm bis hierher verfolgte.

Elias antwortete nicht, sondern deutete mit der Hand zum Tor der Halle. Pia hob den Kopf und sah zunächst Sam, der mit seiner Machete in der Hand ein paar Meter von ihnen entfernt stand und ebenfalls zum Eingang blickte.

Dort stand eine Gruppe von etwa zehn Gestalten, deren Gesichter im Schatten von Kapuzen lagen. Keiner von ihnen sagte etwas. Sie standen einfach nur reglos da und schienen die Eindringlinge zu beobachten.

Pia war sich nicht sicher, ob sie sich freuen oder fürchten sollte. Fest stand, sie hatten die Bewohner des Flughafens gefunden.

17. Kapitel

Flucht

Paul hatte verdammt schlecht geschlafen. Nicht nur, dass er kaum ein Auge zugemacht hatte, da ihn die Sorge verfolgte, es könnte jederzeit jemand in seine Hütte stürmen und ihn holen, weil sich Iljas Zustand plötzlich verschlechtert hatte. Er machte sich zudem Sorgen um seine Schwester.

Je länger sie und die anderen unterwegs waren, desto stärker beschlich ihn das Gefühl, sie könnte in Gefahr sein. Wenn es ihm dann doch irgendwann gelang, endlich einzuschlafen, wurde er von grässlichen Alpträumen geplagt, in denen bis an die Zähne bewaffnete Killerkommandos in den Hades eindrangen und jeden töteten, der sich ihnen in den Weg stellte. Ein anderes Mal träumte er, wie er verzweifelt versuchte, Ilja zu retten, während er in der riesigen Wunde an ihrer Brust ihr Herz pochen sah. Egal, wie sehr er um ihr Leben kämpfte, das Herz wurde zusehends schwächer, bis es schließlich ganz aufhörte zu schlagen. Entsetzen und grenzenlose Trauer erfassten ihn, doch als er in ihr totes Gesicht blickte, hatte es sich in Aelas verwandelt. Ihre leeren Augen starrten ihn wie zerbrochene Kristalle an, voller Vorwurf und Schmerz. Und überall war Blut … so viel Blut.

Er war schweißgebadet, als er erwachte, und fühlte sich so erschöpft, als hätte er die ganze Nacht kein Auge zugetan. Doch die Geräuschkulisse im Hades verriet ihm, dass es bereits Morgen sein musste. Schnell zog er sich an und ging auf den Hauptplatz. Dort war heute von der sonst so entspannten Atmosphäre nichts zu spüren. Alle Anwesenden wirkten müde und furchtsam, ganz so, wie er sich auch fühlte.

Erstaunlich, wie eine einzige Sekunde alles vollkommen verändert hatte. Nach Falks Attentat würde der Hades nie wieder der Ort der Freude und familiären Geborgenheit sein, der er einmal war.

Mitten auf dem Platz stand Aela, in der einen Hand einen großen Becher dampfender Flüssigkeit – vermutlich Kaffee –, in der anderen die fast schon obligatorische Zigarette. Sie wirkte noch blasser als sonst. Wahrscheinlich hatte sie ähnlich wenig Schlaf bekommen wie Paul, zumal sie noch nicht wieder zurück im Hades gewesen war, als er sich schlafen gelegt hatte. Doch in ihren Augen brannte wieder das wohlbekannte Kristallfeuer. Ohne dass er etwas dagegen tun konnte, spürte Paul, wie sein Herz bei ihrem Anblick anfing, schneller zu schlagen. Sie war wieder die antike Kriegsgöttin, die er so sehr liebte, dass es manchmal weh tat. Es fiel ihm schwer, seine Augen von ihr abzuwenden, doch es war seine Pflicht, nach Ilja zu sehen. Fast schon mühsam wandte er sich von Aela ab und ging auf das kleine Haus zu, das als Iljas Krankenlager diente. Da ihre Wunden und Nähte noch immer sehr frisch waren, hatte Paul es für besser gehalten, sie so wenig wie möglich zu bewegen. Nun jedoch hatte man sie vorsichtig von dem Tisch heruntergehoben und in ein Bett gelegt, damit sie es bequemer hatte.

Als Paul eintrat, waren Lisa und ihre Tochter Nele bei ihrer Anführerin, die mit geschlossenen Augen im Bett lag. Ihre Gestalt wirkte viel kleiner und schwächer, als er sie vor dem Attentat in Erinnerung hatte. Tiefe Falten hatten sich in das Gesicht gegraben, das Aelas so ähnlich sah. Bei dem immensen Blutverlust war das allerdings auch kein Wunder. Paul war sich ziemlich sicher, dass ein gleichaltriger Mensch, der nicht ihre Ausdauer und Fitness besaß, die Verletzungen keine vierundzwanzig Stunden überlebt hätte. Doch Ilja war zäh und eine geborene Kämpferin, auch wenn sie ihrer Gemeinschaft eine friedliche Lebensweise beibrachte.

Zufrieden stellte Paul fest, dass ihre Gesichtsfarbe schon viel besser aussah als noch am Abend davor, ihr Atem ging ruhig und gleichmäßig. Er setzte sich an den Bettrand, legte seine Hand auf ihre Stirn und spürte, dass auch das Fieber gefallen sein musste, auch wenn ihre Haut noch immer etwas zu warm war. Vorsichtig, um sie nicht zu wecken, nahm er dann ihre Hand in seine, um ihren Puls messen zu können, ganz so, wie sie selbst es ihm vor gar nicht allzu langer Zeit beigebracht hatte. Ihr Puls war zwar noch schwach, schien aber stabil zu sein.

Jemand stupste ihn sanft an. Er wandte den Kopf und sah Nele, die neben ihm stand und ihn wohl schon eine Weile beobachtet hatte. Sie legte ihre verkrüppelte Hand, die direkt aus ihrer Schulter wuchs, auf seinen Arm. Strahlungsmutationen wie diese waren noch immer relativ häufig anzutreffen, doch in MUC wurden Kinder wie Nele in der Regel kurz nach der Geburt ausgesetzt. Paul war immer wieder aufs Neue froh, dass das im Hades anders war. Nele war ein wunderbares kleines Mädchen.

»Keine Angst, sie wird nicht sterben«, flüsterte sie Paul zu. »Sie hat den besten Arzt von ganz MUC.«

Paul lächelte der Kleinen zu und strich ihr gerührt durchs Haar. Er wollte den Mund öffnen und etwas antworten, doch jemand kam ihm zuvor.

»Das stimmt, Nele. Du hast vollkommen recht.«

Überrascht wandte Paul sich wieder Ilja zu. Er war sicher gewesen, dass sie tief schlief, doch offenbar hatte er sich getäuscht. Ihre Augen, die Aelas so ähnlich waren, standen jetzt offen, sie lächelte ihn schwach an. Sie musste noch immer starke Schmerzen haben. Paul wusste, dass sie sparsam mit den Schmerzmitteln umgehen mussten, nichtsdestotrotz würde er Ilja gleich etwas verabreichen.

»Wie geht es dir?«, fragte er.

»Beschissen«, antwortete sie ohne Umschweife. Nele musste leise kichern, denn sie war derartige Ausdrücke aus dem Mund der Anführerin nicht gewohnt. Meist drückte Ilja sich sehr gewählt aus. »Aber das wird schon. Unkraut vergeht nicht, musst du wissen.«

Paul lächelte ihr aufmunternd zu, nahm ihre Hand und drückte diese sanft. »Rosen auch nicht.«

»Du meinst, wegen der vielen Dornen?« Ilja versuchte zu lachen, doch stattdessen krümmte sie sich leicht vor Schmerz.

»Genau«, erwiderte Paul und schob die Decke behutsam beiseite, um nach ihrem Verband zu sehen. Er war fast durchweicht und musste dringend gewechselt werden.

Paul bat Lisa, ihm dabei zu helfen, und schickte Nele unter einem Vorwand hinaus.

Vorsichtig öffnete er zuerst den Verband auf Iljas Brust. Die Wunde war stark gerötet und nässte, zudem war das Fleisch um die Naht herum sehr geschwollen, doch es sah nicht nach einer Entzündung aus. Das lag wahrscheinlich an dem Penicillin, das er Ilja vorsorglich verabreicht hatte. Pia hatte vor einem Jahr so viel davon aus der Hochstadt entwendet, dass es nicht nur locker gereicht hatte, um Nele zu behandeln, sondern auch genug für weitere Notfälle übrig geblieben war. Ohne es zu wissen, hatte Pia damals also nicht nur Neles Leben, sondern auch das der Anführerin des Hades gerettet.

Schweigend und mit fast schon andächtiger Konzentration säuberte Paul die Wunde und wickelte einen festen Verband darum. Dann wandte er sich der Kopfwunde zu und stellte zufrieden fest, dass auch diese den Umständen entsprechend gut aussah. Es sah ganz danach aus, als ob die Naht gut verheilen würde, auch wenn Ilja mit Sicherheit eine große hässliche Narbe am Kopf davontragen würde, von der Brust ganz zu schweigen. Dennoch fühlte Paul Stolz in sich aufkeimen, während er den zweiten Verband wechselte. Zum ersten Mal, seitdem die fürchterliche Tragödie geschehen war, glaubte er ernsthaft daran, dass Ilja es schaffen würde.

Er war kaum fertig, da klopfte es, und Robin steckte seinen Kopf hinein. »Lisa, Paul. Aela möchte etwas sagen und hätte gerne, dass nach Möglichkeit alle dabei sind.«

Lisa machte sich umgehend auf den Weg, doch Paul blickte zögernd zu Ilja. Er wollte sie nur ungern allein lassen.

»Geh nur«, nickte ihm die Anführerin aufmunternd zu. »Ich werde in den paar Minuten schon nicht sterben, versprochen.«

Eigentlich fand Paul solche Späße angesichts ihres Zustandes alles andere als lustig, doch er zwang sich zu einem Lächeln und folgte Robin dann auf den Hauptplatz.

»Die Stunde der Wahrheit«, flüsterte dieser ihm zu, als sie sich zu den anderen gesellten, die wie eine aufgebrachte Traube Bienen Aela umringten, so dass nur ihr feuerroter Haarschopf zu sehen war.

Als alle da waren, sprang sie auf einen hölzernen Hocker und hob die Hand. Sofort wurde es so still, dass nur das Plätschern des unterirdischen Wasserfalls zu hören war. Selbst die Kinder schienen den Atem anzuhalten.

»Ich weiß, ihr alle habt Angst und macht euch Sorgen«, begann Aela mit ernster, aber fester Stimme. »Und ich würde lügen, wenn ich euch sagen würde, dazu besteht kein Grund. Wir sind aufs Heimtückischste angegriffen worden, und wie ihr alle wisst, wurde Ilja dabei schwer verletzt.«

Sie machte ein paar Sekunden Pause, bevor sie weitersprach. Paul hatte den Eindruck, als ob ihre Stimme für einen Moment versagen wollte. Doch dann hatte sie sich wieder im Griff. »Aber Ilja wird leben! Paul, unser Heiler, hat das schier Unmögliche vollbracht und das Leben unserer Anführerin gerettet. Es wird dauern, aber sie wird wieder ganz gesund werden und noch viele Jahre für uns da sein. Daher sind wir Paul für immer zu tiefstem Dank verpflichtet!«

Ihre ausdrucksstarken Augen fanden ihn in der Menge, und er bekam eine Gänsehaut. Er spürte, wie sich ein Kloß in seinem

Hals bildete, als ein erleichtertes Raunen und Seufzen durch die Versammlung ging. Ein paar Leute drehten sich zu ihm um und nickten ihm dankbar zu. Robin legte stolz seinen Arm auf Pauls Schulter und lächelte, dann spürte er, wie sich eine kleine warme Hand in seine schob. Als er hinabblickte, stand Nele neben ihm und strahlte ihn an. »Ich wusste es doch!«, flüsterte sie.

Paul war den Tränen nah, als er wieder hochsah und Aelas Blick traf. Er sah Dankbarkeit darin, aber auch eine Wärme und Zuneigung, wie er sie bei ihr noch nie gesehen hatte. Dann wurde ihr Gesicht wieder ernst.

»Wir alle wissen, wer hinter dem feigen Attentat steckt«, fuhr sie fort. »Und glaubt mir, nichts wäre mir lieber, als den Verantwortlichen zu finden, zur Rechenschaft zu ziehen und Ilja zu rächen.«

Wütende Worte der Zustimmung wurden in der Menge laut, doch Aela schüttelte den Kopf und brachte die Leute mit einer Handbewegung zum Schweigen. »Aber das werden wir nicht tun! Weil das nicht dem entspricht, wer wir sind! Und weil Ilja die Letzte wäre, die das wollte.«

»Aber eine feindliche Armee steht vor MUC!«, rief Lukas dazwischen. »Sollen wir uns denen etwa kampflos ergeben?«

Aelas Mund verzog sich zu einem dünnen Lächeln, und ihre Augen strahlten wieder das eisige Feuer aus, das Paul so liebte. »Oh, wir werden kämpfen, mach dir keine Sorgen. Falk und seine Sippschaft werden bereuen, jemals einen Fuß in unsere Stadt gesetzt zu haben! Aber zuerst müssen wir all das in Sicherheit bringen, was wir lieben. Utilitas weiß, wo der Hades liegt. Deswegen müssen wir ihn verlassen, bevor die Invasion beginnt.«

»Aber wohin sollen wir bloß gehen?«, rief jemand mit vor Angst bebender Stimme.

»An einen Ort, den Falk ganz bestimmt nicht kennt.«

»Hier in MUC?«

Aelas Lächeln wurde breiter. »Nicht nur das, sondern auch

im Untergrund. Es gibt eine verlassene unterirdische Station, so groß wie eine kleine Stadt. Dort ist Platz genug für uns alle, und unsere Kinder und Vorräte sind in Sicherheit.«

Erneut ging ein Raunen durch die Menge. Für die meisten Bewohner war Aelas Plan eine Überraschung, nur einige wenige wussten von der Station.

»Der Ort ist weniger als zwei Kilometer entfernt und durch die U-Bahn-Tunnel erreichbar. Wir werden sofort mit der Evakuierung beginnen. Nehmt nur mit, was wirklich wichtig ist, denn wir können unmöglich alles mitnehmen. Vorräte, Kleidung, Medikamente, Werkzeuge und persönliche Erinnerungsstücke. Außerdem muss Iljas Bibliothek komplett mit, denn sonst verlieren wir womöglich für immer das kostbare Wissen unserer Vorfahren. Und natürlich alles, was auch nur im Entferntesten als Waffe benutzt werden kann!« Sie grinste und ballte für einen Moment die Fäuste. Da war sie wieder, die antike Kriegsgöttin, die Paul aus dem Gasteig gerettet hatte. Er würde ihr überallhin folgen und konnte spüren, dass es allen anderen um ihn herum genauso ging.

»Es besteht kein Grund zur Hektik oder Panik, wir haben laut unserer Berechnungen mindestens vierundzwanzig Stunden Zeit, bis Utilitas mit der Invasion beginnt, vielleicht sogar mehr. Aber alle müssen mithelfen! Was uns bevorsteht, wird nicht einfach sein, doch wir werden es schaffen, wenn wir nur zusammenhalten! So, wie wir es immer getan haben!«

Sie hielt kurz inne und blickte andächtig in die Runde. Alle starrten sie an, doch die Angst und Verunsicherung waren Tatendrang gewichen.

»Alles klar?«, fragte Aela bestimmt.

Alle bejahten, viele Stimmen mischten sich in einen Ruf, der fast schon einem Kampfruf glich. Paul fühlte, wie ihn die um sich greifende Euphorie mitriss. Plötzlich hatte er das Gefühl, dass alles gut werden würde. Nele, die noch immer seine Hand hielt, hüpfte aufgeregt von einem Bein aufs andere.

Als hätte er alles verstanden, kam Goliath angerannt, sprang an Aela hoch und setzte sich auf ihre Schulter. Aela schmiegte kurz ihre Wange an seine, dann lächelte sie in die Runde. »Worauf wartet ihr dann noch?«

Da Aela wollte, dass Paul in Iljas Nähe blieb, falls sich ihr Zustand ändern sollte, konnte er sich beim Auszug aus dem Hades nur wenig nützlich machen. Schon um die Mittagszeit brachen die ersten Trupps zum neuen Zufluchtsort auf, vollbeladen mit wertvollen Gütern, die gerettet werden mussten. Da Aela eine der wenigen war, die wussten, wo genau sich die unterirdische Station befand, begleitete sie die Gruppe. Wenn er darüber nachdachte, fand Paul es erstaunlich, wie bedingungslos alle hier Aela vertrauten. Ohne zu zögern, gaben sie ihr liebgewonnenes Heim auf, um ihr ins Ungewisse zu folgen. Natürlich tat das Paul selber auch, doch er liebte Aela schließlich und würde ihr bis in die Hölle folgen, wenn es nötig sein sollte. Zudem lebte er erst seit einem knappen Jahr im Hades. Es war weniger der Ort als seine herzlichen Bewohner, die er als Zuhause empfand. Doch vielleicht war das auch der Grund für die anderen, ihr Heim aufzugeben, denn ein Ort selbst war nur dann wertvoll, wenn seine Bewohner ihn dazu machten.

Er ließ Nele bei Ilja und gab ihr den Auftrag, ihn sofort zu holen, wenn es dieser schlechter gehen sollte. Dann begann er, die wenigen Dinge, die er und Pia besaßen, aus ihrer Hütte auszuräumen und transportfertig zu machen. Als er Pias Kleidung zusammenpackte, entdeckte er ganz unten in ihrer Wäsche ein altes Buch. Es trug den Titel »Faust«, und obwohl es Paul nicht einleuchtete, warum Pia das Buch versteckte, war es ihm klar, dass es mitmusste. Erstens schien es seiner Schwester etwas zu bedeuten, und zweitens betonten sowohl Ilja als auch Aela immer wieder, dass die Bücher der alten Zeit ein immer selteneres Gut waren, das es zu schützen galt.

Gerade als er es zu den anderen Sachen in die Tasche packen wollte, flatterte etwas aus dem Buch heraus. Er hob es auf und sah, dass es sich um eine Fotografie seiner Schwester handelte. Sie sah auf dem Bild wunderschön aus, das für sie typische Feuer brannte in ihren Augen, die leicht beunruhigt etwas außerhalb des Bildrandes zu betrachten schienen. Schlagartig fiel Paul ein, wer das Foto gemacht hatte: Elias bei ihrem ersten Treffen. Er erinnerte sich noch gut daran, wie fasziniert der Prophetensohn von Pia gewesen war, doch er hatte damals nicht mitbekommen, wie Elias das Foto entwickelt und es seiner Schwester geschenkt hatte.

Paul öffnete das Buch und entdeckte auf der ersten Seite eine Widmung in der eleganten Handschrift, die er sehr genau kannte. Wut auf Pia stieg in ihm hoch. Dass sie das Foto aufgehoben hatte, war ja durchaus verständlich, denn es war heutzutage eine einzigartige Kostbarkeit, doch warum musste sie das Buch behalten, welches offensichtlich ein Geschenk von Elias war? Es wegzuschmeißen, wäre natürlich eine Verschwendung gewesen, doch sie hätte die Widmung ja herausreißen und das Buch zu den anderen in Iljas Sammlung stellen können.

Es konnte nur einen Grund dafür geben, warum Pia so gehandelt hatte: All ihren Behauptungen zum Trotz hatte sie mit Elias noch nicht ganz abgeschlossen, und das nach all dem, was er ihr angetan und wie er sie behandelt hatte! Paul fehlte jegliches Verständnis.

Er klappt das Buch wieder zu und überlegte, was er damit tun sollte. Ob wohl Robin davon wusste? Er konnte es sich kaum vorstellen, denn das hätte dem armen Kerl das Herz gebrochen. Vielleicht würde es das Beste sein, wenn er das Buch einfach im Hades zurückließ? Andererseits gehörte es schließlich Pia, und es war ihre Sache, was sie damit machte, oder nicht? Es war nicht sein Recht, ihr diese Entscheidung abzunehmen.

Er haderte noch einen Moment mit sich selbst, dann warf er

das Buch schließlich in die Tasche zu den anderen Sachen, die er mitnehmen wollte. Doch er würde Pia deswegen gehörig den Kopf waschen, wenn sie wieder zurück war, das nahm er sich fest vor.

In diesem Moment steckte Robin seinen Kopf durch die nur angelehnte Tür, und Paul zuckte schuldbewusst zusammen.

»Entschuldige, ich wollte dich nicht erschrecken«, sagte Robin mit dem für ihn typischen Grinsen.

Schnell legte Paul den letzten Stapel von Pias Klamotten über das alte Buch in der Tasche, in der Hoffnung, dass Robin es nicht bemerkt hatte. »Keine Sorge, hast du nicht.«

»Brauchst du Hilfe mit Pias Sachen?«, fragte Robin. »Ich hab noch einiges von ihr bei mir drüben, aber ich hab's einfach zu meinen Sachen dazugepackt. Nicht, dass sie sauer wird, weil wir irgendetwas vergessen haben.«

Paul zwang sich zu einem Lächeln und fühlte sich gleichzeitig wie ein mieser Verräter. »Danke, aber ich bin schon fertig.«

»Ich gehe mit dem nächsten Trupp in den Unterschlupf. Soll ich deine Sachen mitnehmen?«

»Nein, die trage ich lieber selbst«, antwortete Paul etwas zu hastig. »Sonst finde ich am Ende meine Tasche nicht mehr und hab dann erst mal keine frische Wäsche.«

Robin lachte, und Paul war sein Benehmen ziemlich peinlich. Als ob frische Unterhosen angesichts der Gefahr, in der sie alle schwebten, sein größtes Problem waren!

»Wie du willst«, meinte Robin und zuckte die Schultern. »Wenn du Zeit hast, kannst du ja Lisa dabei helfen, Iljas Büchersammlung zu verstauen. Da wartet noch einiges an Arbeit.«

Paul nickte und verließ gemeinsam mit Robin zum letzten Mal das kleine windschiefe Haus.

Draußen bemühte er sich, sich so schnell wie möglich von seinem Freund zu verabschieden, während er sich insgeheim noch immer über seine Schwester ärgerte. Er hoffte, dass sie auf ihrer Reise nicht so blöd war, erneut dem Prophetensohn zu verfallen. Aber wahrscheinlich, so tröstete er sich, würde Elias schon selbst dafür sorgen, dass sie ihn nicht mehr haben wollte. Paul konnte sich beim besten Willen nicht vorstellen, wie das verwöhnte Söhnchen aus der Hochstadt in der Wildnis zurechtkommen sollte. Höchstwahrscheinlich machte er sich zur Lachnummer – wenn er die Reise denn überhaupt überlebte.

Um sich auf andere Gedanken zu bringen, besuchte Paul zunächst Ilja, um nach ihren Wunden zu sehen. Der Anführerin ging es den Umständen entsprechend gut, auch wenn Paul die Idee gar nicht gefiel, sie in wenigen Stunden durch das halbe U-Bahn-Netz zu transportieren. Nele saß brav bei ihr und las ihr gerade aus einem Kinderbuch vor, als Paul eintrat. Sie kam zwar nur langsam voran, doch Paul erfüllte es dennoch mit Stolz, dass das kleine Mädchen in seinem Unterricht so viel gelernt hatte. Der schwarze Hund lag zu Neles Füßen und spitzte die Ohren, als würde auch er der Geschichte lauschen. Ilja schien die Abwechslung zu genießen, und so warf Paul nur einen kurzen Blick auf ihre Verbände und ließ die drei dann wieder allein.

Als er Iljas Haus betrat, schleppten Lukas und zwei andere Männer gerade die alten Ledersofas aus dem Studierzimmer nach unten. Eigentlich waren sie viel zu schwer und wuchtig, um sie bei dem überstürzten Aufbruch mitzunehmen, doch alle waren sich einig darüber, dass es die Mühe wert war, die Möbel durch die U-Bahn zu schleppen, um der Anführerin eine Freude zu machen. Paul ging nach oben, um mit den Büchern zu helfen. Lisa und eine ältere Frau namens Monika waren bereits emsig dabei, die Regale auszuräumen, hatten jedoch noch nicht einmal die Hälfte der Bücher in die bereitgestellten Kisten und Körbe gepackt.

»Es wäre einfacher, wenn wir wüssten, welche der Bücher wirklich wichtig sind und welche zur Not hierbleiben oder vielleicht später nachgeholt werden könnten«, sagte Lisa, die ihr jüngstes Kind auf dem Arm trug und mit der freien Hand gerade ein paar Bücher aus einem der alten Regale räumte. »Aber da wir das nicht tun, nehmen wir kurzerhand alle mit. Damit die Kleinen so viel wie möglich über die alte Zeit lernen können.«

Sie drückte dem Baby einen innigen Kuss auf sein Köpfchen, und der Säugling gluckste vor Vergnügen.

»Bedien dich also einfach«, ermunterte sie Paul und wandte sich wieder ihrer Arbeit zu.

Er ließ sich nicht lange bitten und legte los. Die Arbeit hatte fast schon etwas Meditatives, und so hatte er schon bald eines der Regale fast leer geräumt und die Bücher ordentlich verstaut. Manche davon waren schon ziemlich abgegriffen oder wellig, andere hingegen sahen so aus, als ob ihnen mehr als ein Jahrhundert kaum etwas anhaben konnte. Je länger Paul mit Iljas Bücherschatz zubrachte, desto mehr wurde ihm klar, warum es allen so wichtig war, so viele wie möglich davon zu retten. Bewahrte man sie nicht sorgfältig auf, so würde das Wissen der alten Zeit langsam, aber sicher aus den Köpfen der Hadesbewohner verschwinden, ähnlich wie es MUC oder dem Dorf, aus dem er stammte, ergangen war.

Paul war so vertieft in seine Arbeit, dass er gar nicht bemerkte, wie schnell die Zeit verging. Nach einer Weile stieß er auf dem obersten Regalbrett auf ein Buch, das seine Aufmerksamkeit erweckte. Es war klein, in dunkles Leder eingebunden und hatte weder auf dem Rücken noch auf den Klappen eine Inschrift. Als Paul es vorsichtig öffnete, stellte er überrascht fest, dass es nicht bedruckt, sondern mit leicht krakeliger Handschrift vollgeschrieben war. Die Tinte war zwar im Laufe der Zeit etwas blass geworden, aber noch immer gut lesbar. Offensichtlich handelte es sich bei dem kleinen Band um ein Tagebuch.

Obwohl die Zeit eigentlich drängte, konnte er der Versuchung nicht widerstehen, in dem Büchlein herumzublättern und ein wenig darin zu lesen. Seine anfängliche Überraschung wandelte sich schnell in Faszination, als er erkannte, wovon das Tagebuch handelte.

Es waren persönliche Aufzeichnungen aus der Zeit der Katastrophe. Eine Chronik des großen Sterbens.

Ein junges Mädchen, das aufgrund seiner roten Haare als eine der wenigen Menschen der alten Zeit immun war gegen das Virus, hatte hier ihre zum Teil schockierenden Eindrücke aus der düstersten Periode der Menschheit festgehalten.

Pauls Hände zitterten ein wenig, als er durch die chronologisch sortierten Tagebucheinträge blätterte und immer wieder mal eine Passage las. Nach einer Weile wurde ihm klar, dass dieses kleine Buch einer der größten Schätze war, die Ilja besaß. Es war ein einzigartiges Zeitdokument.

Nur mit Mühe konnte er sich von der Lektüre losreißen, denn was er las, war fesselnd und grauenerregend zugleich. Doch jetzt war nicht der Augenblick, sich mit dem großen Sterben zu befassen, denn er musste sich beeilen. Mit ganz besonderer Sorgfalt verstaute er das Tagebuch in einer der Bücherkisten und versuchte, sich zu merken, welche es war. Wenn hoffentlich bald alles glücklich hinter ihnen lag, würde er Ilja fragen, ob er sich das Buch ausleihen und in Ruhe studieren durfte.

Immer wieder kamen Lukas und die anderen vorbei, um die vollgepackten Kisten abzutransportieren. Obwohl alle mit ernsten Mienen bei der Sache waren, entstanden im gesamten Hades weder Panik noch Hektik. Jeder versuchte einfach so schnell und gründlich wie möglich, die ihm zugewiesenen Aufgaben zu erledigen.

Als das Studierzimmer nach ein paar Stunden endlich ausgeräumt war und die Kinder und Alten bereits in den Zufluchtsort gebracht worden waren, wurde es Zeit, auch Ilja überzusiedeln.

Vorsichtig hatten sie Ilja auf eine improvisierte Trage gebettet, die aus einer alten Aluleiter bestand. Paul war zwar noch immer nicht glücklich darüber, dass sie die schwerverletzte Anführerin durch die U-Bahn-Schächte tragen würden, doch ihm war klar, dass es keine andere Möglichkeit gab. Aela hatte deutlich gemacht, dass der überstürzte Umzug bis zum nächsten Morgen abgeschlossen sein musste.

Gemeinsam mit Lukas und zwei anderen Männern trugen sie Ilja behutsam zum Ausgang des Hades. Nele und ihr Hund begleiteten den Trupp. Als Paul noch einmal zurückblickte, bot sich ihm ein sonderbares Bild, das seine Kehle zusammenschnürte. Der Hades war zwar noch nicht ganz leer geräumt, doch er wirkte bereits jetzt irgendwie tot. Die bunten Lampions vom Hauptplatz waren verschwunden, das große Feuer, das rund um die Uhr am Leben gehalten wurde, glimmte nur noch trostlos vor sich hin. Die verlassenen Häuschen und Hütten standen im Dunkeln und wirkten so, als ob noch nie jemand in ihnen gewohnt hätte.

Eine Ära ging zu Ende, und obwohl Paul nur kurze Zeit ein Teil davon gewesen war, schmerzte ihn dieses Gefühl des Verlustes sehr.

Wieder spürte er, wie sich Neles kleine warme Hand in seine drückte.

»Sei nicht traurig, Paul«, sagte sie ernst. »Das ist nur ein Ort. Wir können auch woanders glücklich sein.«

Paul nickte ihr zu und lächelte. Die Kleine hatte völlig recht. Er verdrängte die negativen Gefühle, die ihn zu übermannen drohten, und konzentrierte sich darauf, dass Ilja sicher am Ziel ankam.

Obwohl die Trage unhandlich war und sie nur sehr langsam vorankamen, weil sie sehr darauf achten mussten, das Gleichgewicht zu halten, damit Ilja nicht herunterfiel, war der Weg durch die dunklen Tunnel und Schächte viel kürzer, als Paul vermutet hatte. Nach etwa zwei Stunden erblickte er bereits Licht am Ende des Tunnels, durch den sie unterwegs waren. Ein paar Minuten später erreichten sie einen alten U-Bahnhof, dessen mit weiß-gelben Kunststoffkacheln bedeckte Wände von ein paar Fackeln notdürftig angestrahlt wurden. Sie hoben die Trage von den Gleisen auf die Plattform. Im flackernden Licht bemerkte Paul, dass Iljas Augen halb geschlossen waren. Ihr Gesicht hatte wieder eine ungesund blasse Farbe angenommen, und die Haut auf den Lippen, die Aelas so ähnlich waren, wirkte rissig. Paul hoffte, dass ihre Wunden durch den langen Marsch nicht wieder angefangen hatten, stärker zu bluten.

Schnell holte er eine Wasserflasche aus seinem Rucksack und setzte sie vorsichtig an Iljas Lippen. Sie öffnete die Augen ein wenig mehr und begann, langsam zu trinken.

»Alles in Ordnung?«, fragte Paul sie. »Sollen wir vielleicht eine Pause machen?«

»Wir sind fast da«, wandte Lukas ein, und Paul meinte, verhaltene Ungeduld in seiner Stimme zu hören.

Auch Ilja schüttelte sachte den Kopf. »Es geht schon. Bringen wir es hinter uns.«

Paul zuckte die Achseln und erwiderte nichts. Von Robin wusste er, dass man sich mit Lukas besser nicht anlegte. Und wenn Ilja sagte, dass sie keine Pause brauchte, dann blieb ihm nichts anderes übrig, als zu hoffen, dass die Nähte durch die Erschütterungen der Reise nicht aufgeplatzt waren.

Über einen Durchgang mit abgerundeten Wänden gelangten sie zu einer der alten stählernen Treppen, deren Stufen einst beweglich gewesen waren, doch nun für immer stillstehen würden. Sie waren steil und ziemlich hoch, so dass bald alle schwer zu schnaufen begannen, als sie Ilja hinauftrugen. Nur Nele und ihr Hund hüpften fröhlich die Stufen hoch, die parallel verliefen. Von oben hörte Paul menschliche Stimmen sowie unterschiedlichste Geräusche, die darauf hindeuteten, dass jenseits der langgezogenen Treppen bereits reges Treiben herrschte.

Als sie endlich das obere Ende erreichten, wäre Paul vor Überraschung am liebsten einen Moment lang stehen geblieben, doch Lukas und die anderen bewegten sich weiter, und so blieb ihm nichts anderes übrig, als mit ihnen Schritt zu halten.

Der Anblick, der sich ihm bot, war beeindruckend und völlig anders, als er sich vorgestellt hatte. Sie befanden sich noch immer im unterirdischen Bereich von MUC, wenngleich wahrscheinlich nur dicht unter der Oberfläche. Im flackernden Licht der Öllampen und Fackeln erkannte er ein erstaunlich großes Areal. Die Decke war nicht besonders hoch und von zahllosen tellerartigen Kunststoffgebilden bedeckt, die in der alten Zeit wahrscheinlich zur Zierde angebracht worden waren. Sie mussten früher einmal ebenso weiß gewesen sein wie der glatte Boden, doch die Zeit hatte sie gräulich verfärbt. Vom Zentrum des Ortes führten mehrere breite Korridore in unterschiedliche Richtungen. Alle hatten sie zahlreiche Kammern an beiden Seiten, die vermutlich früher als Läden und Geschäfte gedient hatten. Doch jetzt wirkte der Ort, als hätte er schon lange keine Menschen mehr gesehen. Die früheren Ausgänge an die Oberfläche waren, wie an den meisten Stellen in der Stadt, zugeschüttet worden.

Paul war sofort klar, warum Aela diesen Ort als ihr vorläufiges oder vielleicht sogar langfristiges Zuhause ausgewählt hatte. Er war leicht zu verteidigen, und in den einzelnen Kammern konnten sich die Familien bequem ihre Wohnungen einrichten. Blieb nur noch die Frage, woher die Gemeinschaft frisches Wasser zum Trinken und Waschen bekommen sollte, doch er war sicher, dass Aela auch daran gedacht hatte.

Während sie Ilja in einen der Gänge trugen und Paul sich noch erstaunt umschaute, kam ihnen Robin entgegen, der eine Kiste unter dem Arm trug. Schweiß stand auf seiner Stirn, und er wirkte, als ob er dringend mal eine Pause nötig hätte – wie sie alle. Doch er zwinkerte Paul zu und grinste breit.

»Endstation: Stachus«, sagte er. »Willkommen in unserem neuen Zuhause!«

18. Kapitel

Kontakt

Obwohl er es versuchte, fiel es Elias schwer, seine Nervosität nicht zu zeigen, als er Pia weckte. Sie starrte ihn einen Augenblick mit ungläubigen, schlaftrunkenen und fast schon ängstlichen Augen an, dann wandte sie ihren Blick den Fremden zu, die am Eingang des Hangars standen.

Diese hatten sich bisher nicht gerührt, seitdem sie fast lautlos aufgetaucht waren. Schweigend standen sie da und blickten ihnen entgegen. Ihre Gesichter waren unter den Kapuzen nicht zu erkennen, somit deutete nichts darauf hin, ob sie feindlich oder freundlich gesonnen waren. Langsam ging Elias auf Sam zu, der mit seiner Machete in der Hand auf halbem Weg zu den Fremden stand. Nur am Rande nahm er wahr, dass auch Pia sich erhoben hatte und ihm folgte.

Jetzt nur keine Fehler machen, dachte er. *Denk daran, warum wir hier sind!*

Er spürte, dass es jetzt an ihm lag, wie sich die Situation entwickelte. Ob sie mit ihrer Mission Erfolg hatten oder ob sie in eine Katastrophe münden würde.

Betont gelassen legte er seine Hand auf Sams Arm, der die Machete hielt. Sam sah ihn an, und Elias schüttelte sachte den Kopf. Der Hüne verstand. Er ließ seinen Arm langsam sinken und steckte die Waffe weg.

Die Fremden zeigten keine Reaktion. Elias trat ein paar Schritte weiter auf sie zu, blieb jedoch in respektvollem Abstand stehen. Er neigte leicht den Kopf, ehe er sprach.

»Ich grüße euch.«

Einen Augenblick lang geschah gar nichts. Die Bewohner des Flughafens standen weiterhin unbeweglich da und schwiegen. Elias fragte sich, ob sie überhaupt seine Sprache verstanden oder ob er mit seinem Verhalten völlig danebenlag. Er spürte, wie sich kleine Schweißperlen auf seiner Stirn bildeten, obwohl die Nacht angenehm mild war. Unwillkürlich musste er an Linus denken, der ebenfalls schwitzte, wenn er nervös oder aufgeregt war. Es war ein Zeichen von Schwäche. Schnell schob er den Gedanken beiseite. Er war nicht irgendjemand, er war ein Sohn des Propheten von MUC. Er durfte sich nicht einschüchtern lassen.

Endlich trat eine der Gestalten nach vorne und senkte ebenfalls kurz den Kopf zur Begrüßung.

»Wir grüßen dich auch.« Die Stimme gehörte einem Mann, doch sie klang seltsam, so als ob ein alter Mensch im Stimmbruch wäre, gleichzeitig irgendwie metallisch. Ihre Künstlichkeit ließ einen Schauer über Elias' Rücken jagen. Im gleichen Augenblick fühlte er sich auch erleichtert, denn die Fremden schienen ihnen nicht feindlich gesonnen zu sein. Er schätzte, dass sie einfach nur vorsichtig waren.

»Mein Name ist Elias«, stellte er sich höflich vor und fühlte, wie seine Selbstsicherheit mit jedem Wort mehr zurückkehrte. »Das sind meine Freunde Pia und Sam. Wir sind in friedlicher Absicht hier.«

»Ihr kommt aus der großen Stadt«, stellte der Mann fest.

»Aus MUC, das ist richtig«, bestätigte Elias.

Die Schultern des Fremden zuckten leicht, und da Elias sein Gesicht noch immer nicht erkennen konnte, dauerte es ein paar Sekunden, bis er begriff. Der Mann lachte.

»Das ist interessant. Denn *das hier* ist MUC.«

Noch immer konnte Elias das Verhalten seines Gegenübers nur schlecht deuten. Es war unglaublich, wie schwierig das sein konnte, wenn man weder Gesicht noch Augen des Gesprächspartners sehen konnte. Verhöhnte der Mann ihn? Noch während er überlegte, was er als Nächstes sagen sollte, fuhr der Bewohner des Flughafens fort.

»Wir haben viele Generationen lang niemanden von euch hier gesehen. Was wollt ihr also hier?«

Elias wandte sich kurz um und blickte zu Pia und Sam, die noch immer hinter ihm standen. Sams Kiefer mahlten nervös, und selbst Pia, die nie um eine Antwort verlegen war, schien nicht recht zu wissen, was sie von der Situation halten sollte. Elias hatte den Eindruck, dass die Fremden nicht hier waren, um Floskeln oder Small Talk auszutauschen. Ihr Sprecher war direkt zur Sache gekommen, und Elias spürte, dass es richtig war, die Karten von vornherein auf den Tisch zu legen.

»Wir sind offizielle Abgesandte der Stadt. Man hat uns geschickt, um euch um Hilfe zu bitten.«

Zum ersten Mal trat etwas Bewegung in die anderen Fremden, die bisher stumm hinter ihrem Sprecher gestanden waren. Sie wandten die Köpfe und sahen einander an, manche schienen etwas zu murmeln.

Auch der Anführer der Gruppe schien überrascht zu sein.

»Wobei sollten wir euch behilflich sein können?«, wollte er wissen, nachdem er einen Moment lang geschwiegen hatte.

Elias schluckte und sammelte seine Gedanken, ehe er antwortete. Seine Intuition sagte ihm, dass seine nächsten Sätze alles entscheidend waren.

»MUC droht die Vernichtung«, sagte er schließlich mit fester und doch eindringlicher Stimme. »Eine feindliche Armee steht vor unseren Toren. Sie wird nicht haltmachen, ehe unsere Stadt zerstört ist und unsere Kinder versklavt sind. Wir brauchen eure Hilfe, um das zu verhindern.«

Wieder ging ein Ruck durch die Fremden, doch der Sprecher gab sich völlig ungerührt von Elias' Bitte.

»Ihr habt euch viele Generationen lang nicht dafür interessiert, ob wir leben oder sterben. Warum sollten wir euch jetzt helfen?«

»Aus eigenem Interesse«, erwiderte Elias ruhig. »Die feindlichen Truppen stammen aus Utilitas, einer Stadt, deren Philosophie streng nach dem Kosten-Nutzen-Prinzip ausgerichtet ist. Wenn sie mit uns fertig sind, ist nicht ausgeschlossen, dass sie sich als Nächstes euch zuwenden.«

Er konnte deutlich spüren, dass der Sprecher der Fremden ihn unter seiner Kapuze hervor anstarrte, doch er hielt seinem Blick stand. Sein Gegenüber schien einen Moment zu überlegen, ob an Elias' Worten tatsächlich etwas dran war.

Schließlich befahl er: »Wartet hier!«

Damit wandten er und zwei andere sich ab und verschwanden in der Dunkelheit des Flughafens. Die übriggebliebenen Gestalten blieben so in der Hangartür stehen, dass deutlich wurde, dass Elias und die anderen den Ort nicht verlassen durften, ehe der Sprecher zurück war.

Langsam drehte sich Elias zu Sam und Pia um und wischte sich behutsam die Schweißperlen von der Stirn. Pias große Augen ruhten erwartungsvoll auf ihm, doch er meinte, auch einen Hauch von Bewunderung darin erkennen zu können. Es gefiel ihm. Er lächelte und hoffte, dass sie nicht bemerkt hatte, unter welch starker Anspannung und Verunsicherung er während des ganzen Gesprächs mit dem Fremden gestanden hatte.

»Mir gefällt das alles nicht«, brummte Sam. Sie hatten sich unter den strengen Augen der Fremden an ihr nur noch glimmendes Lagerfeuer zurückgezogen. Es war mittlerweile ungefähr eine Stunde her, dass der Sprecher der Flughafenbewohner verschwunden war. Elias hoffte, dass der Abgesandte sich mit den Anführern seiner Gesellschaft besprach und mit der Nachricht zurückkommen würde, dass man MUC gegen Utilitas beistehen wollte.

»Mir gefällt das ganz und gar nicht!«, wiederholte Sam mit Nachdruck, nachdem weder Elias noch Pia auf seine erste Feststellung reagiert hatten. Auch Pia schien in ihre eigenen Gedanken vertieft zu sein. Immer, wenn er sie jetzt ansah, musste Elias daran denken, mit welch sagenhafter Geschicklichkeit sie vor wenigen Stunden das Flughafengebäude erklommen hatte. Nie zuvor hatte er etwas Vergleichbares gesehen. Natürlich wusste er, dass sie sehr sportlich und beweglich war, schließlich hatte er mehrmals die Gelegenheit gehabt, ihren Körper bis ins Detail zu betrachten und ihn zu spüren, doch ihm war bis heute nicht klar gewesen, was wirklich in ihr steckte. Sam hatte völlig recht mit seiner Aussage. Elias hatte zwar mit Pia geschlafen, aber er wusste sonst nur sehr wenig über sie. Er hatte beschlossen, das zu ändern. Er wollte alles über sie wissen.

»Jetzt beruhige dich doch, Sam.« Pia gab dem kräftigen Mann einen leichten Stoß, den dieser jedoch nicht einmal zur Kenntnis nahm und stattdessen grimmig in die rote Glut des Lagerfeuers starrte.

Sam seufzte und wandte sich Elias zu. »Was denkst du über die Situation, Prophetenbengel? Deine Ansprache war ja ganz okay. Nur warum lässt sich der Anführer so lange Zeit mit seiner Antwort?«

Eigentlich war die Anrede beleidigend, doch Elias störte sich nicht mehr daran. Der große Mann war zwar etwas ruppig, doch Elias hatte den Eindruck, dass sich sein Herz am rechten Fleck befand. Wenn es darauf ankam, konnte man sich zudem auf ihn verlassen, da war er sich ganz sicher. Sie hatten sich ein wenig unterhalten, während Pia zu dem Flughafenturm geklettert war. Dabei stellte sich heraus, dass Sam witzig und herzlich sein konnte, wenn man es erst einmal geschafft hatte, seine abweisende Schale zu durchbrechen. Er mochte Sam und beneidete Pia fast ein wenig, dass sie und der Hüne so enge Freunde waren. Sam würde jederzeit und ohne zu zögern sein

Leben für sie geben, denn er schien Pia zu lieben wie eine kleine Schwester. Elias wünschte sich, auch er hätte so enge Freunde, doch wenn er darüber nachdachte, musste er sich eingestehen, dass ihm niemand so nahestand. Nicht einmal sein Vater. Erst recht nicht sein Vater.

»Ich denke, sie beraten sich nun, ob sie uns helfen oder zum Teufel jagen wollen«, antwortete er schulterzuckend. »Wir können nicht mehr machen, als abzuwarten. Aber immerhin haben wir es geschafft, diese Menschen zu finden und ihnen unsere Botschaft zu überbringen. Das ist viel wert.«

»Ich weiß nicht, denn mir fällt es schwer, jemandem zu vertrauen, dessen Gesicht ich nicht sehen kann«, sagte Sam und senkte die Stimme, damit die Fremden ihn nicht hören konnten. »Warum verhüllen die sich so? Was haben sie zu verbergen? Und habt ihr die Stimme des Typen gehört? So redet doch kein Mensch.«

»Was meinst du damit?« Pia runzelte die Stirn.

»Na ja, denkt doch mal an die komischen Viecher, die wir auf dem Weg hierher gesehen haben. Die sind mit kaum etwas vergleichbar, was wir kennen. Was ist, wenn die Menschen hier sich auch so verändert haben?«

Elias unterdrückte ein Schaudern, als er sich an die wurmschlangenartigen Lebewesen erinnerte, die sie unterwegs gesehen hatten. Was, wenn Sam mit seiner Vermutung recht hatte? Er wusste nicht genau, warum der Kontakt zu den Menschen des Flughafens abgebrochen war. Vielleicht hatten sie sich aufgrund der Strahlung tatsächlich so weit verändert, dass man sie nicht mehr als Menschen bezeichnen konnte? Wenn er ehrlich war, so hatte die Stimme des Sprechers auch auf ihn eine beunruhigende Wirkung gehabt.

»Egal, wer sie sind. Wir brauchen jede Hilfe, die sie uns anbieten können.«

»Vielleicht«, sagte Sam. »Wenn sie jedoch anderes im Sinn

haben, dann bleibt uns nur die Flucht. Es sind zu viele, um uns mit ihnen anzulegen.«

Pia nickte. »Du hast recht, Großer. Wir sollten uns vorsichtshalber einen Plan B überlegen.«

Doch dazu hatten sie keine Möglichkeit mehr. Auf einmal setzten sich die Fremden, die reglos am Eingang des Hangars verharrt hatten, in Bewegung. Sie traten zur Seite und ließen eine Gestalt passieren, die scheinbar erst vor kurzem zu ihnen gestoßen war. Der Fremde ging direkt auf die drei zu und blieb wenige Meter entfernt stehen. Elias, Pia und Sam erhoben sich von ihren Plätzen und blickten der Person entgegen.

»Die Ältesten haben beschlossen, euch unsere Gastfreundschaft anzubieten, bis sie über euer Anliegen beraten haben.« Es war eine andere Stimme als die des letzten Sprechers. Sie schien jünger zu sein, klang jedoch ebenso künstlich und leicht metallisch. »Folgt mir!«

Elias sah fragend zu Pia, die seinen Blick einen Moment lang erwiderte. Vielleicht liefen sie in eine Falle, wenn sie dem Fremden folgten. Doch sie hatten keine andere Wahl, wenn ihre Mission erfolgreich sein sollte. Pia nickte ihm sachte zu, sie schien derselben Meinung zu sein wie er. Sie blickte zu Sam und signalisierte ihm, der Aufforderung Folge zu leisten.

Dann folgten sie den sonderbaren Fremden aus der Hangarhalle hinaus.

Im Osten hellte sich die Schwärze des Nachthimmels bereits auf, in einer Stunde würde es anfangen zu dämmern. Die mächtigen Hangars und das langgezogene Flughafengebäude lagen im Dunklen und wirkten wie schlummernde Kolosse, als der im Vergleich winzige Trupp Menschen an ihnen vorbeischritt. Ein Teil der Fremden ging vor Elias und den anderen, der Rest bildete die Nachhut. Das mochte eine Geste der Fürsorge sein, um zu verhindern, dass sich die Gäste auf dem weitläufigen Gelände in der Dunkelheit verirrten, vielmehr vermutete Elias allerdings, dass man sie bewachen und dafür sorgen wollte, dass sich niemand unbemerkt aus dem Staub machen konnte. Er konnte nicht einschätzen, welche der Möglichkeiten der Wahrheit entsprach. Er fühlte sich zwar etwas nervös, war gleichzeitig jedoch auch sehr neugierig, wohin man sie führte. Nichts hatte äußerlich darauf hingedeutet, dass auf dem Flughafen noch Menschen lebten, ihre Behausungen mussten also gut versteckt sein. Vielleicht lagen sie unterirdisch?

Gespannt blickte er hinüber zu Pia. Sie lief neben Sam her, der die Lippen zusammengekniffen hatte und angespannt wirkte. Trotz der Dunkelheit konnte er erkennen, dass ihre Augen vor Aufregung und Abenteuerlust glänzten.

Nach etwa dreihundert Metern wandte sich der Trupp dem langen Gebäude zu, vor dem seit mehr als einem Jahrhundert die Flugzeuge geparkt wurden und auf ihren Weiterflug warteten, der niemals stattfinden würde. Sie gingen geradewegs auf eine kleine Tür zu, die sich direkt neben einer der alten Glastüren befand und die Elias, Pia und Sam bei ihrem Rundgang gar nicht bemerkt hatten. Sie ließ sich ohne Probleme öffnen, als einer der Fremden dagegen drückte, und einer nach dem anderen betraten sie das gespenstisch stille und leere Gebäude.

Innen führte eine stehengebliebene Rolltreppe nach oben. Niemand sprach, und so hallte das Geräusch ihrer Schritte auf dem Stahl der Stufen ungewöhnlich laut. Oben mündete die Treppe in eine Art gläsernen Korridor. Als Elias durch die Glaswände nach unten blickte, erkannte er trotz des schwachen Lichtes, dass das Innere des Gebäudes wie eine riesige Halle wirkte, die in einzelne große Kammern unterteilt war. In der Dunkelheit endlos wirkende Reihen von Sitzen befanden sich in diesen Kammern, über die sie in etwa fünfzehn Metern Höhe entlanggingen. Dahinter befanden sich Einbuchtungen, die zwar im Schatten lagen, aber auf Elias so wirkten, als hätten sie einst zahlreiche kleinere Geschäfte oder Gastronomien beherbergt. Über dem Eingang zu der Einbuchtung, die ihnen am nächsten lag, konnte er noch ein altes Schild entziffern: »Duty Free«. Das sagte ihm nichts, denn in MUC war er noch nie auf diese Bezeichnung auf Schildern und Hinweistafeln der alten Zeit gestoßen. Doch er begriff, dass diese Hallen den Passagieren dazu gedient hatten, auf ihre Flüge zu warten. Typisch für die alte Zeit, hatte man den Bereich so konzipiert, dass die Menschen sich ihre Wartezeit mit dem Einkaufen und Ausgeben von Geld vertreiben konnten. Er meinte sich zu erinnern, auch einmal gelesen zu haben, dass solche Flughafengebäude »Terminal« genannt worden waren, aber er war sich dessen nicht ganz sicher.

Nach etwa fünfzig Metern teilte sich der gläserne Korridor in zwei Richtungen, in die jeweils ein Schild der alten Zeit wies. Auf dem nach links stand »Transfer« sowie die symbolhafte Abbildung eines abhebenden Flugzeugs. Sie wandten sich jedoch nach rechts in Richtung »Zoll« und der skizzenhaften Abbildung eines Männchens mit eckiger Mütze. Kurz darauf führte eine Treppe wieder nach unten, und sie folgten ihr. Dahinter zweigten sie aus dem Glaskorridor ab und standen erneut vor einer kleineren Tür.

Zu Elias' Überraschung bemerkte er, dass neben der Tür eine winzige Lampe angebracht war, die rot blinkte. Die Menschen des Flughafens verfügten also über Strom!

Er wusste selbst nicht, warum ihn das so in Staunen versetzte, denn schließlich hatten seine Leute in der Hochstadt ja auch Elektrizität. Warum sollten die Menschen des Flughafens also nicht auch darüber verfügen? Er schüttelte den Kopf über seine eigene Ignoranz und nahm sich vor, den Bewohnern des Flughafens von nun an viel aufgeschlossener zu begegnen.

Immerhin war das hier das eigentliche MUC. Es war das internationale Kürzel für den Flughafen München gewesen, ehe das große Sterben alles für immer verändert hatte.

Fasziniert beobachtete Elias, wie einer der Fremden auf den kleinen schwarzen Kasten zuging, an dem das rote Licht blinkte. Routiniert tippte er etwas in die dort angebrachten Tasten. Das Licht hörte auf zu blinken und wechselte die Farbe zu Grün. Ein Summen ertönte, und die Tür öffnete sich wie von Zauberhand. Elias war beeindruckt. Solche komplizierten Apparaturen hatten sie noch nicht einmal in der Hochstadt. Er fragte sich, was sie wohl noch alles hinter dieser Tür erwarten würde.

Ein Blick in Pias fasziniert weit aufgerissene Augen verriet ihm, dass sie regelrecht überwältigt von dem Türmechanismus war. Sam dagegen runzelte skeptisch die Stirn, dann folgte auch er den Fremden durch die automatische Tür. Der Raum, in den sie traten, wurde von einer kleinen elektrischen Lampe sanft beleuchtet.

Der Mann, der sie im Hangar dazu aufgefordert hatte, mit ihm zu kommen, drehte sich langsam zu ihnen um.

»Willkommen in MUC«, begrüßte er sie.

Dann nahm er seine Kapuze vom Kopf.

19. Kapitel

MUC

Einen Augenblick lang hielt Elias den Atem an. Denn mit dem Anblick, der sich ihm nun bot, hatte er wahrhaftig nicht gerechnet. Dann war ihm schlagartig alles klar.

Als der Mann die Kapuze anhob, kam nicht sein Gesicht zum Vorschein, sondern etwas, das auf den ersten Blick monströs wirkte und doch nichts war, wovor man sich fürchten musste.

Es war eine Atemmaske aus der alten Zeit. Elias hatte Fotos davon gesehen und wusste, dass diese Masken benutzt wurden, um den Träger vor Schadstoffen oder giftigen Gasen zu schützen. Das erklärte auch den sonderbaren Klang der Stimmen, denn die Maske verzerrte die Töne und ließ sie unnatürlich und etwas blechern klingen. Was Elias jedoch erstaunte, war die Tatsache, dass die Menschen des Flughafens solche Masken trugen, wenn sie nach außen gingen. War die Gegend doch viel giftiger, als sie angenommen hatten?

Dann nahm der Fremde die Maske vom Gesicht, und nun erschrak Elias tatsächlich einen Augenblick lang.

Ihm gegenüber stand ein sehr junger Mensch, wohl kaum älter als achtzehn Jahre. Seine Haut war unnatürlich hell, fast schon durchsichtig. Elias konnte deutlich feine Äderchen darunter durchschimmern sehen. Das Sonderbarste waren jedoch die Augen. Sie hatten einen feucht wirkenden Glanz, der sonst nur manchen Tieren zu eigen war. Die übergroßen schwarzen Pupillen wurden von einer sehr hellen Iris eingerahmt, die leicht rosafarben wirkte.

Elias schluckte und musste sich stark zusammenreißen, um sich seine Überraschung nicht anmerken zu lassen und nicht unhöflich zu wirken. Nach und nach nahmen auch die anderen Männer ihre Masken ab. Alle sahen so aus.

Sofort musste Elias an die seltsamen Tiere denken, denen sie auf dem Weg hierher begegnet waren, und ihm wurde klar, dass den Menschen, die in der verseuchten Zone lebten, dasselbe widerfahren war: Sie hatten sich über die Generationen verändert, ihr Erbgut war mutiert. Was man sich in MUC über die Bewohner des Flughafens erzählte, entsprach also nicht nur Hirngespinsten.

Wenn Linus das sehen könnte, er würde vor Begeisterung ausflippen!, schoss es Elias durch den Kopf. Dann jedoch blickte er ein wenig besorgt zu seinen Begleitern. Wenn er als wissenschaftsaffiner Mensch so geschockt und fasziniert zugleich von dem Aussehen der Fremden war, wie mussten diese dann auf Pia und Sam wirken?

Zu seiner Überraschung schien das sonderbare Aussehen ihrer Gastgeber Sam völlig kaltzulassen. Sein Gesichtsausdruck war noch immer genauso grimmig und misstrauisch wie noch vor ein paar Minuten. Pia bemühte sich ganz offensichtlich, die Männer nicht fasziniert anzustarren, doch sie wirkte keineswegs verängstigt.

Eigentlich war das sogar zu erwarten gewesen, denn schließlich hatte Pia so vieles gesehen und erlebt, das neu und fremd für sie war, seit sie vor einem Jahr aus den Bergen nach MUC gekommen war, dass ihr Männer mit durchscheinender Haut und rosafarbenen Augen somit nicht mehr besonders imponieren konnten.

»Willkommen in MUC«, wiederholte der junge Mann und lächelte dabei. Seine Stimme war etwas tiefer, als es sein jugendliches Erscheinungsbild vermuten ließ, doch sie wirkte nun klar und völlig natürlich. »Mein Name ist Bangkok.«

Jetzt erst bemerkte Elias, dass weder er noch die anderen Männer Haare hatten. Ihre Schädelhaut war glatt und schimmerte im schwachen Licht. Sie hatten auch keine Augenbrauen oder Wimpern, was ihre Erscheinung noch sonderbarer machte und sie irgendwie krank aussehen ließ.

Elias räusperte sich leicht. »Ich bin Elias, Sohn des Propheten von MUC und Abgesandter der Stadt. Das hier sind meine Gefährten Pia und Sam.« Er streckte dem jungen Mann die Hand entgegen und versuchte dabei, so selbstsicher und weltmännisch wie möglich zu wirken. Ein Runzeln huschte über Bangkoks glatte Stirn, als er Elias' ausgestreckte Hand betrachtete. Dann jedoch wurde sein Lächeln breiter.

»Oh, ich verstehe! In der großen Stadt schüttelt ihr euch zur Begrüßung die Hand, nicht wahr? Wir können das gerne nachholen – nachdem ihr euch desinfiziert habt.«

»Bitte was?«, mischte sich Sam ein. »Was soll das? Wir sind weder krank noch dreckig …«

Bangkok schüttelte den Kopf. »Natürlich nicht! Aber ihr müsst verstehen … wir sind nicht wie ihr. Wir sind empfindlich …«

»Was du nicht sagst«, meinte Sam und verschränkte grimmig die Arme vor der Brust.

»Wir werden tun, worum ihr uns bittet«, wandte Pia schnell ein und legte Sam die Hand auf die Schulter. »Nicht wahr, Sam? Es ist Teil unserer *Mission.*«

Sie sah ihm eindringlich in die Augen, und er seufzte resigniert. »Meinetwegen.«

Bangkok nickte, und die Erleichterung in seiner Stimme war unüberhörbar. »Vielen Dank! Folgt mir bitte. Es geht ganz schnell und tut nicht weh.«

Elias hatte den Eindruck, dass Bangkok ebenso bemüht war, alles richtig zu machen, wie er selbst. Vielleicht war das Interesse der Flughafenbewohner an den Menschen aus MUC doch größer, als sie zunächst zugeben wollten.

Er führte sie durch eine Tür einen schmalen Korridor entlang bis zu einem Ort, der wirkte, als wäre er einmal ein Umkleideraum für die Mitarbeiter des Flughafens gewesen. Zahlreiche Spinde waren darin verteilt, deren Türen zum Teil offen standen.

»Eure Sachen dürfen nicht mit hinein in die Stadt«, meinte Bangkok fast schon entschuldigend. »Aber ihr könnt sie hierlassen, und niemand wird sie anrühren, während ihr unsere Gäste seid. Versprochen.«

Sam legte seine Hand auf die Machete, die in seinem Gürtel steckte, und öffnete den Mund, um zu protestieren. Doch ein Blick in Pias Gesicht ließ ihn seine Handlung überdenken. Stattdessen begannen seine mächtigen Kiefer, wieder ärgerlich vor sich hinzumahlen.

Sie legten ihr Gepäck an der zugewiesenen Stelle ab und wollten weiter, doch Bangkok schüttelte den Kopf.

»Mit euren Sachen meinte ich eigentlich alles … auch die Kleidung. Aber keine Sorge, wir haben frische Wäsche für euch vorbereitet.«

»Also jetzt langt es«, explodierte Sam. »Die Einzige, die mich nackt sehen darf, ist meine Frau!«

»Muss das wirklich sein?«, fragte Elias so höflich wie möglich. Gleichzeitig schoss ihm der wohltuende Gedanke durch den Kopf, dass dies womöglich eine willkommene Möglichkeit darstellte, Pia wieder nackt sehen zu dürfen.

Bangkok blickte etwas unglücklich drein. »Bitte, es muss sein. Ich verspreche euch, dass dies keine sinnlose Schikane ist, sondern seine Gründe hat, die ihr noch erfahren werdet.«

Elias nutzte die Gelegenheit, um den großen Mann auch mal necken zu können. »Warum so schüchtern, Sam?«

Dieser fand das gar nicht witzig und warf Elias einen mürrischen Blick zu.

Pia zuckte die Achseln. »Wenn es also sein muss, dann bringen wir es hinter uns.«

Sie legte die Hände an ihren Gürtel, um ihn zu öffnen, hob dann jedoch den Blick und musterte Elias und Sam. »Worauf wartet ihr? Umdrehen!«

Bangkok griff sich an den Kopf. »Oh, Entschuldigung! Ich vergaß, dass in eurer Gesellschaft Männer und Frauen bei so etwas getrennt werden. Bitte folge mir, Pia.«

Sie warf Elias und Sam noch einen Blick zu, der besagte: »Benehmt euch!«, dann folgte sie Bangkok in einen abgetrennten Teil des Raumes.

Elias war erstaunt, wie unterschiedlich sich die Gesellschaften in MUC und dem Flughafen offensichtlich entwickelt hatten. Während der Großteil der Menschen in MUC sehr prüde war – nicht zuletzt wegen der Religion, die seine eigene Familie eingeführt hatte –, schienen die Leute hier dagegen überhaupt keine Probleme mit der Nacktheit unterschiedlicher Geschlechter zu haben.

»Ich hoffe sehr, das ganze Theater lohnt sich!«, brummte Sam, während er mürrisch anfing, seine Kleidung abzulegen.

»Es wird sich lohnen«, flüsterte Elias ihm zu und wunderte sich zugleich, woher er seine Zuversicht nahm. Doch sein Gefühl sagte ihm, dass die Bewohner des Flughafens noch für so manche Überraschung gut waren. Vielleicht würde das MUC zugutekommen. »Denk einfach daran, wie wichtig unsere Mission ist.«

»Es vergeht keine Minute, in der ich nicht dran denke. Meine Frau und meine Kinder sind schließlich in MUC«, sagte Sam. »Sonst hätte ich dir bestimmt schon längst den Hals umgedreht, Prophetenbengel.«

Elias wusste, dass das nicht ernst gemeint war, und musste grinsen. Um zu kontern, spielte er erneut auf Sams Schüchternheit an. »Ich werde dir schon nichts weggucken.«

Sam sah ihn mit einem spöttischen Lächeln an. »Sei dir da mal nicht so sicher.«

Als sie beide nur noch ihre Unterwäsche trugen, war Elias klar, was er gemeint hatte. Sam war nicht nur fast einen Kopf größer und viel breiter als er selbst. Ohne Kleidung kam erst so richtig zur Geltung, wie muskulös und durchtrainiert er war. Daneben kam Elias sich klein, weich und zart vor – und zum ersten Mal in seinem erwachsenen Leben unattraktiv. Auch wenn er Pia zu gerne wieder nackt gesehen hätte, so war Elias nun doch froh, dass sie in einem anderen Raum war und ihre Körper nicht vergleichen konnte. Er beschloss, mehr für seinen Körper zu tun, wenn das hier vorbei war, und ignorierte Sams geringschätzigen Blick, den dieser ihm von der Seite zuwarf.

Nach ein paar Minuten holte Bangkok sie wieder ab und führte sie durch eine Tür in ein gefliestes Zimmer, das früher einmal eine Dusche gewesen sein musste. Ein weiterer Fremder erwartete sie hier. Er trug einen Kanister, an dem ein kleiner Schlauch befestigt war, der in einer Düse endete.

Bangkok bat sie, nun auch ihre Unterwäsche auszuziehen. Als das geschehen war, sprühte der zweite Mann sie mit einer zerstäubten Flüssigkeit aus dem Kanister ab.

Das Zeug roch streng und chemisch. Elias schätzte, dass es sich dabei um ein Desinfizierungsmittel handelte, wie es in geringeren Mengen auch im Klinikum verfügbar war. Der Mann ging sehr gründlich vor, und so dauerte es eine Weile, bis er mit ihnen beiden fertig war. Dann drückte Bangkok ihnen mit einem Lächeln je einen Stapel Kleidung in die Hände.

»Wenn ihr die angezogen habt, können wir auch schon das eigentliche MUC betreten«, sagte er.

Die Kleidung stellte sich als zwei grau-blaue Overalls heraus, die zweifellos aus der alten Zeit stammten und auf der linken Brust »MUC« aufgestickt hatten. Darunter stand in kleineren Lettern: »Reinigungsdienst«. Dazu gab es Stoffschuhe, die so neu wirkten, dass sie wahrscheinlich von den Bewohnern selbst hergestellt worden waren.

Der Overall passte Elias sehr gut, und der Stoff war angenehm zu tragen, doch als er Sam betrachtete, konnte er sich ein Grinsen nicht verkneifen. Sam war der Overall viel zu klein, sowohl die Beine als auch die Ärmel waren zu kurz. Außerdem ließ er sich nur bis zur Hälfte der Brust schließen, so dass seine feuerrote Brustbehaarung deutlich hervorquoll. Schnell sah Elias wieder weg, denn er wollte Sam nicht noch mehr verärgern. Er schien ohnehin schon sehr angespannt zu sein.

Als Pia jedoch zurück in den Raum trat und Sam sah, musste sie leise kichern. Sein wulstiges Gesicht lief rot an.

Auch sie trug einen identischen Overall, sah darin allerdings keineswegs unförmig aus, ganz im Gegenteil. Elias seufzte, als ihm wieder einmal bewusst wurde, dass er diese Frau auch in einem Kartoffelsack noch wunderschön finden würde.

Bangkok reichte jedem von ihnen eine Gesichtsmaske aus weichem Stoff, ähnlich der, die die Ärzte der alten Zeit getragen hatten. »Bitte tragt sie die ganze Zeit über, die ihr bei uns seid.«

Alle taten wie geheißen. Dann war es endlich so weit. Sie durften die verborgene Stadt betreten.

Bangkok führte sie einen langen Korridor entlang, in dem das elektrische Licht nervös flackerte, dann durch eine weitere Sicherheitstür, die einen Code erforderte, ehe sie sich automatisch öffnete. Dahinter erschloss sich ihnen eine völlig neue Welt.

Das Erste, das Elias sah, war eine Gruppe der Flughafenmenschen, die sie offenbar bereits an der Tür erwartet hatte. Sie alle waren sehr klein, die größten Bewohner schienen nur einen Meter siebzig groß zu sein, die meisten jedoch überragten jedoch kaum die ein Meter fünfzig. Alle hatten dieselbe durchscheinend weiße Haut, die blassrosafarbenen Augen und keinerlei Körperbehaarung. Sowohl Männer als auch Frauen wirkten androgyn und waren erst auf den zweiten Blick voneinander zu unterscheiden. Außerdem fiel Elias auf, dass die Gruppe, die sie erwartete, fast nur aus jungen Menschen zu bestehen schien.

Der Älteste unter ihnen mochte vielleicht Mitte dreißig sein. Er trug einen eindrucksvollen Anzug der alten Zeit, dunkelblau mit weißem Hemd und passender Krawatte. An den Ärmeln seiner Jacke waren goldene Ringe aufgenäht, und am Revers prangte dasselbe Kranichsymbol, das sie draußen bereits an zahlreichen Flugzeugen gesehen hatten. Seine blankpolierten Schuhe wirkten, als wären sie ihm ein bisschen zu groß. Außerdem trug er eine dunkelblaue Mütze mit glänzendem Schirm und einem ebenfalls aufgestickten, goldenen Kranich.

Als Elias und die anderen durch die automatische Schwingtür traten, ging er auf sie zu und nahm zur Begrüßung die Mütze vom Kopf.

»Willkommen in MUC«, sagte er, und an der Stimme erkannte Elias, dass das derselbe Mann sein musste, mit dem er bereits im Hangar verhandelt hatte. Das wunderte ihn etwas, denn er hatte die Stimme weit älter eingeschätzt, als der Mann tatsächlich war. Das lag vermutlich an der Atemmaske, die er mit Sicherheit auch draußen getragen hatte.

»Mein Name ist Helsinki, und im Namen des Ältestenrates und der Bewohner MUCs heiße ich euch herzlich willkommen!«

»Danke«, antwortete Elias höflich. »Wir sind euch zutiefst verbunden, dass wir hier sein dürfen.«

Sam brummte etwas, doch Pia stieß ihm in die Rippen, und er hielt den Mund. Einen Augenblick kehrte Schweigen ein, und Elias spürte ganz deutlich, dass alle Flughafenbewohner sie anstarrten. Ihm wurde klar, dass Pia, Sam und er auf die Menschen hier ebenso merkwürdig wirken mussten wie diese auf sie. Mit einem Mal verstand er, wie Pia sich wohl ihr ganzes

Leben lang gefühlt haben musste. Auch wenn die Menschen es nicht böse meinten, so war es doch ein beklemmendes Gefühl, wenn man angestarrt wurde wie ein exotisches Tier.

»Entschuldigt bitte, wenn wir in den Außenbereichen vielleicht etwas unhöflich erschienen sind«, fuhr Helsinki schließlich fort. »Doch wir sind Besuch aus der großen Stadt nicht gewohnt. Niemand unserer Generation hat jemals einen wie euch gesehen. Und wir müssen sehr vorsichtig sein, um zu überleben.«

»Kein Problem«, winkte Elias ab, um dann jedoch schnell wieder zur Sache zu kommen. Die Zeit drängte, und sie hatten schon genug davon verloren. »Wie ich schon im Hangar sagte, sind wir hier, um euch um Hilfe zu bitten. Werdet ihr uns gegen die feindliche Armee unterstützen?«

»Das kann nur der Ältestenrat entscheiden«, erwiderte Helsinki. »Aber du kannst sicher sein, dass wir euer Anliegen prüfen und ernst nehmen.«

»Fein«, mischte Sam sich leicht ungeduldig ein. »Wo ist dieser Ältestenrat? Können wir ihn sprechen? Utilitas wird mit der Invasion nämlich nicht auf uns warten.«

Elias biss sich auf die Zunge. Sam schien wirklich ein guter Kerl zu sein, doch er brauchte dringend Nachhilfe in Diplomatie.

Doch Helsinki lächelte nur. »Selbstverständlich. Der Rat wird euch empfangen. Und bis dahin seid ihr unsere Gäste.«

Sam zog die Brauen zusammen und wollte etwas erwidern, doch er kassierte von Pia einen erneuten Stoß in die Rippen, dieses Mal fester. Elias war dankbar, dass sie dabei war und den großen Mann zügeln konnte.

»Doha und Boston hier«, Helsinki deutete auf zwei Jugendliche neben ihm, bei denen Elias nicht klar erkennen konnte, ob sie weiblich oder männlich waren, und die aus der Gruppe hervortraten, »werden euch euer Quartier zeigen und für euch da sein, solltet ihr irgendetwas brauchen oder Fragen haben. Wir wünschen einen angenehmen Aufenthalt.«

Damit setzte er die Mütze wieder auf, lächelte kurz und wandte sich dann ab. Die anderen starrten die für sie seltsamen Besucher noch einen Moment an, dann folgten sie Helsinki. Nur Doha und Boston blieben lächelnd stehen.

»Bitte folgt uns«, sagte einer der beiden Jugendlichen, und erst der Stimme nach konnte Elias sicher sein, dass es ein Mädchen war. Ob sie Doha oder Boston war, konnte er jedoch nicht sagen. Alle bisher genannten Namen wirkten gleichzeitig seltsam und doch vertraut auf ihn.

»Was soll das Theater?«, echauffierte sich Sam, nachdem die Gruppe außer Hörweite war. »Was ist so schwierig daran, eine klare Aussage zu treffen?«

»Sam«, sagte Pia. »Wir sind so weit gekommen, jetzt hab doch noch etwas Geduld.«

Ihre Augen glänzten vor Neugier und Unternehmungslust. Elias musste zugeben, dass auch er äußerst begierig darauf war, mehr von der Flughafenstadt zu sehen. Sie sollten sich zwar beeilen, doch es machte keinen Sinn, die Menschen hier zu drängen. Sie schienen ganz anders zu sein als die Bewohner von MUC, wirkten tatsächlich wie aus einer anderen Welt. Er schätzte, dass sie bestimmt noch zwei bis drei Tage Zeit hatten, ehe es wirklich ernst wurde mit Utilitas. Auch er setzte sich in Bewegung, um den Jugendlichen zu folgen. Pia zog den widerwilligen Sam mit sich, indem sie sich bei ihm unterhakte.

Je weiter sie ins Herz der Flughafenstadt vordrangen, desto größer wurde Elias' Staunen. Es war kein Wunder, dass sie von außen vermutet hatten, dass das Gelände verwaist war, denn die Bewohner lebten unterirdisch und in den nach außen abgeriegelten Gebäuden.

Sie stiegen eine Treppe hinab und erreichten einen unterirdischen Korridor, der in beide Richtungen schier endlos wirkte.

Elias schätzte, dass sie sich unter dem langgezogenen Hauptgebäude befanden, welches sie bereits von außen bestaunt hatten, und dass der Korridor genauso lang war wie das Bauwerk selbst. Nach wenigen Metern erreichten sie etwas, das er so noch nie gesehen hatte. Es war wie eine jener mechanischen Rolltreppen, die es in MUC vielerorts zu finden gab. Nur dass diese flach war und sich in etwa zweihundert Metern geradeaus erstreckte, anstatt eine Steigung zu erklimmen. Das allein war schon erstaunlich, doch noch viel erstaunlicher war die Tatsache, dass dieser mechanische Weg noch immer funktionstüchtig war!

Die beiden Teenager traten auf das Laufband, als wäre es das Natürlichste der Welt. Mit einem langen Schritt folgte Elias ihnen und war erstaunt darüber, wie angenehm sich die Geschwindigkeit anfühlte, mit der er sanft mitgerissen wurde. Pia starrte ihm mit weit aufgerissenen Augen hinterher, für sie musste die Maschine ebenfalls an ein Wunder grenzen. Dann traten auch sie und Sam auf das Band.

Jetzt erst fiel Elias auf, dass der Korridor in voller Länge von elektrischem Licht erleuchtet war. Es kam aus horizontal angelegten Röhren, die in unterschiedlichen Farben leuchteten. Zwar gab es auch in der Hochstadt Strom, doch das alte MUC musste über viel mehr davon verfügen.

»Wie stellt ihr Elektrizität her?«, fragte er Doha und Boston.

Der Junge drehte sich zu ihm um, während sie sich auf dem Laufband in gleichmäßiger Geschwindigkeit fortbewegten.

»Der Strom kommt aus dem Kraftwerk«, antwortete er.

Elias stutzte. »Welches Kraftwerk meinst du?«

»Na, das große alte.«

»Aber ich dachte, das sei längst außer Betrieb«, wunderte sich Elias.

»Der größte Teil davon, ja«, mischte sich eine bekannte Stimme ein.

Elias wandte den Kopf und sah Bangkok, der ein paar Meter hinter ihnen war, jedoch aufholte, da er schnellen Schrittes auf dem Laufband schritt. Er hatte sich umgezogen und trug jetzt ebenfalls einen Anzug, der ähnlich aussah wie der von Helsinki, jedoch weniger Ornamente besaß.

»Deswegen ist die gesamte Region radioaktiv verstrahlt. Aber ein kleiner Teil ist noch immer in Betrieb und versorgt uns mit Strom. Es ist also Fluch und Segen zugleich.«

Er lächelte. »Ich hoffe, es stört euch nicht, wenn ich euch ein wenig begleite. Ich habe mir schon immer gewünscht, Menschen aus der großen Stadt kennenzulernen. Es gibt so viele Fragen, die ich euch stellen möchte.«

Elias nickte ihm freundlich zu. »Nur zu. Ich denke, wir haben mindestens genauso viele Fragen an euch.«

»Wir sehen ziemlich sonderbar in euren Augen aus, nicht wahr?«, fragte Bangkok geradeheraus.

»Nun ja …« Elias überlegte, was er darauf antworten sollte, ohne ihn zu beleidigen. Er stellte sich vor, wie die Menschen der Unterstadt von MUC wohl auf Bangkok oder einen der Seinen reagieren würden. Wahrscheinlich wäre »Monster« noch der freundlichste Ausdruck, den er zu hören bekäme. Die Menge würde ihn steinigen oder gleich verbrennen.

»Einst waren wir so wie ihr, musst du wissen«, erklärte der junge Mann. »Unsere Vorfahren hatten Haare und eine Haut, die die Sonne verträgt. Doch wir haben uns im Laufe der Zeit verändert.«

»Wegen der Strahlung?«

Bangkok nickte. »Von Generation zu Generation wird es schlimmer.«

»Die Haare eurer Vorfahren«, wandte Pia ein. »Waren die rot? Oder gab es auch solche wie mich?«

»Selbstverständlich waren sie rot«, erwiderte Bangkok. »Niemand sonst hat schließlich das große Sterben überlebt.«

Elias wusste, worauf Pia hinauswollte. Auch er hatte sich dasselbe gefragt wie sie.

»Habt ihr in der großen Stadt denn eine Möglichkeit gefunden, das große Sterben zu besiegen?«, fragte Bangkok unvermittelt.

Elias lachte auf und schüttelte den Kopf. »Davon sind wir weit entfernt.«

Bangkok runzelte die Stirn, wodurch die Adern unter seiner Haut noch deutlicher hervortraten. »Ich dachte nur … weil sie …« Er deutete auf Pias Haare.

Diese seufzte. »Das ist eine lange Geschichte.«

Sie hatten das Ende des Laufbands erreicht und stiegen einer nach dem anderen hinab. Es war ein sonderbares Gefühl, sich plötzlich nicht mehr fortzubewegen, und Elias war erstaunt, wie schnell er sich an das Band gewöhnt hatte.

»Vielleicht ist ja später Zeit, sie mir zu erzählen«, sagte Bangkok.

»Na klar«, erwiderte Sam mit gespielter Fröhlichkeit. »Lasst uns Tee trinken und Geschichten erzählen. Wir haben ja sonst keine anderen Probleme.«

»Tee ist eine Kostbarkeit, doch wir haben noch Vorräte davon aus der alten Zeit«, antwortete Bangkok, der offensichtlich den Sarkasmus in Sams Stimme nicht verstanden hatte. »Ich kann euch welchen besorgen, wenn ihr das wünscht. Die Ältesten wollen, dass ihr euch wohl fühlt.«

Doha und Boston nickten zustimmend und lächelten.

Sam warf resigniert die Arme in die Höhe. »Unfassbar!« Dann schwieg er und ließ stattdessen seine Kiefer mahlen.

Sie bogen in einen kleineren Korridor und stiegen dann eine Wendeltreppe hinauf. Oben erreichten sie eine Glastür mit der Aufschrift »Business Lounge«.

Elias wusste zwar, dass die Sprache Englisch war und was die beiden Worte bedeuteten, doch im Zusammenhang machten sie für ihn keinen Sinn. Boston – oder Doha, er konnte die beiden immer noch nicht unterscheiden – öffnete die Tür, und sie betraten einen großen Raum, der mit eleganten Möbeln aus der alten Zeit ausgestattet war.

»Die Lounge steht zu eurer Verfügung, solange ihr unsere Gäste seid«, erklärte das Mädchen mit fast schon feierlichem Tonfall.

Es gab Tische, Stühle und jede Menge bequem wirkender dunkelbrauner Ledersofas und Sessel. Der Raum war groß genug, dass fünfzig Leute bequem Platz darin gefunden hätten.

»Vielen Dank, Doha«, antwortete Elias. Doch das Mädchen lachte auf.

»Mein Name ist Boston«, erwiderte sie und deutete dann auf den jungen Mann. »Das ist Doha.«

»Entschuldigung, ich wollte dich natürlich nicht beleidigen«, meinte Elias. »Eure Namen sind für uns etwas ungewohnt.«

»Unsere Kinder werden nach Orten benannt, die angeflogen wurden, als dies noch ein Flughafen gewesen war«, erklärte Bangkok. »Das ist bei uns Tradition. Auf diese Weise halten wir in Erinnerung, dass die Welt einmal viel größer gewesen ist als der begrenzte Raum, der uns jetzt zur Verfügung steht.«

Elias hätte sich am liebsten geohrfeigt. Natürlich! Warum war ihm das nicht sofort aufgefallen? Alle Namen waren ihm irgendwie bekannt vorgekommen, doch er war nicht in der Lage gewesen, sie zuzuordnen. Jetzt fiel ihm ein, dass er sie von alten Landkarten kannte.

»Eine schöne Idee!«, warf Pia ein, während sie sich begeistert in dem eleganten Raum umsah. »Wo genau lag Bangkok?«

»Am dreizehnten Längengrad und hundertsten Breitengrad, in Südostasien. Hauptstadt der Wirtschaftsnation Thailand, Meereshöhe zwei Meter, gelegen am Golf von Thailand«, erklärte Bangkok wie aus der Pistole geschossen. »Internationales Kürzel: BKK. Kontaktabbruch zu MUC im Jahre zwei plus. Und was bedeutet dein Name?«

»Uff«, meinte Pia. »Ehrlich gesagt, ich habe keine Ahnung.«

»Er bedeutet: die Gläubige oder die Fromme und stammt aus dem Lateinischen«, sagte Elias, ohne darüber nachzudenken, ob sie nicht vielleicht wieder wütend auf ihn wurde, weil er sein Wissen ungefragt zur Schau stellte. Irgendwann in all den Monaten, in denen er an kaum etwas anderes denken konnte als an sie, hatte er die Bedeutung ihres Namens in einem alten Buch nachgeschlagen.

Sie wurde nicht sauer, stattdessen drehte sie sich zu ihm um und lachte ungläubig. »Im Ernst?«

»Wie passend«, brummte Sam trocken und warf sich auf das nächstgelegene Sofa, das unter seinem Gewicht einen gequälten Seufzer ausstieß, jedoch nicht zusammenbrach.

»Interessant«, bemerkte Bangkok höflich, um dann das Thema zu wechseln. »Ihr werdet müde sein. Hier könnt ihr euch ausruhen oder etwas schlafen, bis der Rat der Ältesten bereit ist, euch zu empfangen.«

»Um ehrlich zu sein, würde ich mich lieber ein wenig in eurer Stadt umschauen«, gestand Pia.

Elias sah die Neugier und Abenteuerlust in ihren Augen aufblitzen und ließ sich davon anstecken. Schließlich hatten sie die einzigartige Gelegenheit, Einblicke in diese verborgene Stadt zu erhalten. »Ich auch. Nur wenn das okay ist, natürlich.«

»Das ist eigentlich nicht vorgesehen«, meldete sich Doha zu Wort und klang plötzlich ungewohnt streng. »Die Gäste sollen sich nicht allein durch die Stadt bewegen. Die Infektionsgefahr ist zu groß.«

»Sie werden nicht allein sein, ich begleite sie«, erwiderte Bangkok.

»Aber …«, wandte der Junge ein, doch Bangkok unterbrach ihn.

»Ich übernehme die Verantwortung.«

Der scharfe Ton, in dem sie jetzt miteinander sprachen, überraschte Elias ein wenig. Es war ungewöhnlich, so junge Leute auf diese Art reden zu hören. Es erinnerte ihn fast schon daran, als er in der Kindheit gemeinsam mit seinen Brüdern und anderen Kindern aus der Hochstadt »Wächter und Aufständische« gespielt hatte.

Doha nickte zerknirscht, sagte jedoch nichts mehr.

»Ich werde euch etwas herumführen, wenn das euer Wunsch ist«, schlug Bangkok, an Pia und Elias gewandt, vor, und das höfliche Lächeln erschien wieder auf seinen Lippen. »Aber ihr dürft nicht von meiner Seite weichen, eure Atemschutzmasken abnehmen oder jemanden berühren. In Ordnung?«

»Geht klar«, sagte Pia voller Tatendrang. »Kommst du mit, Sam?«

Er hatte sich mittlerweile auf dem Sofa ausgestreckt.

»Nein danke«, winkte er ab. »Wenn ich schon hier Zeit vergeuden muss, dann mache ich lieber ein Nickerchen …«

Er klang fast so, als ob er bereits am Eindösen wäre. Elias bewunderte, dass Sam offenbar an jedem Ort und zu jeder Tageszeit schlafen konnte.

»Wie du wünschst. Doha und Boston werden vor der Tür sein, falls du etwas brauchen solltest.«

Bangkok wandte sich wieder zur Tür, und Elias und Pia folgten ihm.

20. Kapitel

Rache

Paul fand es erstaunlich, wie schnell und reibungslos der Umzug aus dem Hades in den Stachus vonstattengegangen war. Es würde zwar noch etwas dauern, bis sich jeder heimisch eingerichtet hatte, doch schon nach einem Tag schien das Leben im Untergrund wieder in halbwegs geregelten Bahnen zu verlaufen.

Für Pia und sich hatte er einen Wohnbereich ergattert, der in der alten Zeit wahrscheinlich als Bäckerei gedient hatte. Es waren zwei Räume, die ihnen von nun an zur Verfügung standen. Der größere von beiden hatte große Fensterscheiben, die auf den weißen Korridor hinaussahen, und der früher einmal der Verkaufsraum gewesen sein musste. Dahinter gab es ein kleineres Zimmer ohne Fenster, das man wunderbar als Schlafraum nutzen konnte. Im Vergleich zu der kleinen windschiefen Hütte, war die neue Behausung regelrecht geräumig. Paul hoffte, Pia würde es gefallen, wenn sie zurückkehrte. Er vermisste sie und hoffte, dass alles in Ordnung mit ihr war. Gleichzeitig wünschte er sich auch, dass sie und Sam Erfolg mit ihrer Mission hatten und Hilfe mitbrachten.

Auch wenn sich hier alle bemühten, es sich nicht anmerken zu lassen, so war die Anspannung, die in der Luft lag, deutlich spürbar. Zwar wusste man, dass man hier vor Falks Übergriffen halbwegs sicher war, doch der große Angriff aus Utilitas würde nicht mehr lange auf sich warten lassen. Jetzt, da das wichtigste Hab und Gut in Sicherheit war, bereitete man sich auf den Kampf vor. Alle Erwachsenen, die eine Waffe führen konnten, würden an die Oberfläche gehen und Seite an Seite mit den Wächtern und den Oberflächenbewohnern versuchen, die Stadt zu verteidigen. So hatten es Ilja und der Prophet vereinbart. Paul fand das schier unglaublich. In all den Jahren, die er jetzt in MUC lebte, hätte er so etwas nie für möglich gehalten. Das Tragische daran war allerdings, dass erst eine äußere Gefahr kommen musste, die drohte, ganz MUC zu zerstören, ehe die ewig verfeindeten Parteien zusammenrücken konnten.

»Wie es so schön heißt: Der Feind deines Feindes ist dein Freund«, hatte Robin gesagt, als sie am ersten Abend in ihrem neuen Zuhause beieinandergesessen und sich unterhalten hatten.

Robin würde definitiv an die Oberfläche und in den Kampf gehen, bei Paul war das jedoch noch nicht so sicher. Aela hatte noch nicht entschieden, ob er mitsollte oder bei Ilja bleiben musste. Paul wusste selbst nicht, auf welche Entscheidung er hoffen sollte. Einerseits wollte er nicht zurück bei den Kindern, Alten und Kranken bleiben. Er wollte seinen Mann stehen und bei der Verteidigung der Stadt helfen. Wie konnte Aela ihn jemals als Mann respektieren, wenn er sich im Untergrund versteckte?

Andererseits jedoch wünschte er fast, Aela würde entscheiden, dass er bei Ilja blieb. Er hatte keine Ahnung, wie man kämpfte, fühlte sich völlig unvorbereitet. Und er hatte große Angst davor. Das behielt er jedoch für sich, denn MUC brauchte ihn. Schon bei Iljas Operation hatte er großen Mut bewiesen, er würde es also auch ein zweites Mal schaffen, seine Angst zu überwinden. Für MUC. Und für Aela.

Robin dagegen gab sich zuversichtlich. Er war überzeugt, dass sie es schaffen würden. Aber vielleicht tat er das auch nur, um Paul die Angst zu nehmen, die er bei ihm spüren konnte?

Langsam erlosch das quirlige Treiben in der neuen Untergrundsiedlung, und die Bewohner begaben sich die erste Nacht zur Ruhe. Paul sah noch einmal nach Ilja, überprüfte ihre Verbände und gab ihr ein Schmerzmittel für die Nacht. Dann bettete er sich auf einem improvisierten Bett zur Ruhe. Sein altes war im Hades geblieben, wie die meisten Möbel, die man nicht dringend benötigte. Wenn alles vorbei war, würde er es auseinanderbauen und holen, doch fürs Erste mussten ein paar Kleidungsstücke, Decken und Kissen genügen.

Er legte sich nieder, doch er konnte nicht schlafen. Es gab zu vieles, das ihn beschäftigte. Die Sorge um Pia, die Hoffnung, dass es Ilja bald besserging, der Auszug aus dem Hades und die bevorstehenden Kämpfe ließen ihn sich rastlos von einer Seite auf die andere wälzen.

Zwischenzeitlich fiel er in einen unruhigen Schlummer, aus dem er jedoch immer wieder erwachte. Schließlich setzte er sich frustriert auf und starrte in die Dunkelheit des fremden Ortes. Nach kurzer Zeit erregte ein Geräusch seine Aufmerksamkeit, er hob den Kopf und lauschte angestrengt. Eine vertraute Stimme drang an sein Ohr. Sie war leise, sprach jedoch eindringlich auf jemanden ein.

Paul richtete sich auf, stolperte schlaftrunken über eine Kiste mit unausgepackten Sachen und trat dann durch die Tür seiner neuen Behausung in den schwach beleuchteten Korridor.

Er hatte sich nicht getäuscht. Es war Aelas Stimme, die er gehört hatte. Sie beugte sich über etwas auf dem Boden. Als er neugierig näher trat, sah er, dass es Goliath war, zu dem sie hinabblickte. Zu Pauls Überraschung war sie gerade dabei, den kleinen Affen an einer Metallstange festzubinden.

»Was hat der Arme denn verbrochen?«, fragte Paul leise. Er wollte nicht, dass noch mehr Leute wach wurden.

Aela blickte hoch und seufzte. »Nichts. Ich möchte nur nicht, dass er mir folgt.«

»Wohin willst du gehen?«

Sie zögerte einen Moment, ehe sie antwortete. Ihre hellblauen Augen hefteten sich prüfend auf ihn und ließen kleine Nadeln über sein Rückgrat rasen. »In den Hades«, gestand sie schließlich.

Paul stutzte. »Ich dachte, wir hätten alles Wichtige hierhergeschafft?«

»Haben wir auch.« Sie beugte sich noch einmal zu Goliath und gab ihm einen Kuss auf die pelzige Stirn. »Schön brav dableiben, ja?«

Goliath versuchte, sich an ihren Hals zu klammern, doch sie drückte ihn sanft, aber bestimmt von sich. Er stieß einen wehleidigen Laut aus und sah sie mit seinen großen, menschenähnlichen Augen vorwurfsvoll an.

Irgendetwas war nicht in Ordnung, das schien nicht nur der Affe zu spüren. Paul durchlief auf einmal ein eiskalter Schauer.

»Wieso willst du dann zurück in den Hades? Du selbst hast uns doch verboten, noch einmal dort hinzugehen, weil Falk und seine Leute jederzeit zurückkommen könnten.«

Sie blickte ihm in die Augen, dann sagte sie mit ruhiger Stimme. »Ebendeswegen gehe ich hin.«

Paul war entsetzt. Kalte Angst umklammerte seine Kehle wie ein rostiger Schraubstock. »Was?«, stieß er ungläubig hervor.

»Pia und Sam könnten zurückkommen und sich wundern, wo wir alle hin sind. Aber du hast recht, viel wahrscheinlicher ist es, dass Falk und seine Leute zuerst da sind.«

Sie machte eine kleine Pause, in der ein kühles Lächeln über ihre markanten Lippen huschte. »Nach dem, was dieser Mistkerl getan hat, dachtest du doch nicht etwa, dass ich ihn einfach so davonkommen lassen würde, oder?«

Pauls Entsetzen wuchs von Sekunde zu Sekunde. »Aber das ist doch Selbstmord!«

»Keine Sorge. Ich habe nicht vor, zu sterben. Ich habe natürlich einen Plan.« Sie wandte sich ab und überprüfte den Sitz ihrer Waffen an ihrem breiten Gürtel. Paul hätte sie am liebsten gepackt und neben Goliath angebunden, damit sie hierblieb. Er wusste, es war aussichtslos, sie umzustimmen, doch er versuchte es trotzdem. »Weiß Ilja davon?«

Sie sah ihn eindringlich an. »Nein. Und das sollte auch so bleiben, verstanden?«

»Dann nimm mich mit«, sagte er entschlossen. Es war ihm zwar nicht ganz klar, wie er ihr auf ihrer Kamikaze-Mission behilflich sein konnte, aber immerhin sahen vier Augen besser als zwei. Und wenn sie sich in Gefahr begab, dann wollte er bei ihr sein.

»Ausgeschlossen«, antwortete sie knapp, und ihr Ton duldete keine Widerrede. Doch Paul ließ noch immer nicht locker.

»Warum?«

Aela seufzte. »Du bist genauso stur wie deine Schwester, was? Aber das ist etwas, das ich allein tun muss. Und außerdem bist du der Einzige, der sich um Ilja kümmern kann, falls sich ihr Zustand verschlechtert. Ich bin bald wieder zurück, keine Sorge.«

Paul wusste nicht, was er sonst noch sagen konnte. Sie zwinkerte ihm verschwörerisch zu und schritt dann majestätisch den Korridor entlang, in Richtung des schwer bewachten Ausgangs des Stachus. Paul spürte, wie ihm abwechselnd heiß und kalt wurde, während der Kloß in seinem Hals immer weiter anschwoll und eine grässliche Angst seinen ganzen Körper lähmte. Plötzlich wusste er ganz sicher, dass er Aela nie wiedersehen würde.

Zu seinen Füßen stieß Goliath einen wehklagenden Laut aus, der sich fast menschlich anhörte.

Falk konnte es kaum erwarten. Irgendwo hatte er einmal gelesen, Rache sei ein Gericht, das am besten kalt serviert werde. Sein Gericht würde eiskalt und blutig ausfallen, und er freute sich schon darauf. Die Vorbereitungen waren fast abgeschlossen, die Invasion in das Drecksloch MUC stand nun kurz bevor. Falk konnte es kaum erwarten, durch die Straßen der Stadt zu wandern, nachdem diese gesäubert worden war. Doch noch mehr freute er sich darauf, zuzusehen, wie das selbstgefällige Grinsen aus den Gesichtern der Hadesleute verschwand.

Er trug heute seine Uniform, die ihn als hochrangiges Mitglied des AIS auswies. Eigentlich war es dafür viel zu heiß und stickig in Mayas Zelt, doch er benötigte die Autorität, die sein Aufzug ausstrahlte, wenn er Maya und ihren Offizieren gegenübertrat. Er wollte, dass allen klar war, dass er nicht nur irgendein Handlanger war, sondern ein direkter Abgesandter der CEOs. Zudem wussten die Offiziere der Streitkräfte von Utilitas, dass niemand vor der AIS sicher sein konnte. Selbst ein hochrangiges Militärmitglied konnte jederzeit zu Verhören verschwinden – und nie mehr gesehen werden.

Doch auch wenn ihm die Uniform Zuversicht gab, so ließ sie ihn gleichzeitig schwitzen wie ein Tier. Er musste sich mehrmals die Schweißtropfen mit einem Lappen von der Stirn wischen, während er seinen Plan für den nächsten Tag erklärte.

Maya saß ihm gegenüber, umringt von drei ihrer höchsten Offiziere, und hörte seinen Ausführungen zu. Sie war so blass und gefasst wie immer, während ihre messerscharfen Augen auf ihm ruhten. Sie trug wieder nur ein Top zu ihrer Militärhose, und kein Tropfen Schweiß war auf ihrer Alabasterhaut zu sehen. Es wirkte fast so, als wäre sie umringt von einer Wolke, in der Minusgrade herrschten.

Sie verzog leicht den Mund, als Falk zu Ende geredet hatte, und wieder konnte er nicht einschätzen, ob es ein wohlwollendes oder spöttisches Lächeln war.

»Bist du sicher, dass es nötig ist, alle zu töten?«, fragte sie schließlich. »Vielleicht würden ja einige von ihnen brauchbare Sklaven abgeben. Wäre das nicht effizienter?«

Falk schüttelte bestimmt den Kopf. »Nicht diese Leute. Sie sind unbeugsam und keine Autorität gewohnt. Mit solchen gibt es erfahrungsgemäß mehr Ärger als Nutzen.«

»Bei deinem Vorhaben läufst du allerdings Gefahr, versehentlich das Zielobjekt ebenfalls auszuschalten. Und du weißt, was die CEOs davon halten würden, oder? Neben der erfolgreichen Invasion hat diese Pia Priorität.«

»Ich weiß, ich weiß«, entgegnete Falk ungeduldig. »Das Zielobjekt bleibt unversehrt, schließlich ist sie ja nicht zu übersehen. Alle anderen werden eliminiert.«

Maya schwieg einen Moment und musterte ihn. Fast schien es Falk, als ahnte sie, dass sein Interesse an der Auslöschung der Hadesleute nicht rein professioneller Natur war.

»Negativ«, sagte sie schließlich.

Falk glaubte einen Augenblick, er hätte nicht richtig gehört. »Wie bitte?«

»Lediglich bewaffnete Erwachsene, die Widerstand leisten, werden eliminiert«, beharrte sie. »Die anderen werden gefangen genommen. Alles andere wäre Materialverschwendung und nicht im Sinne unserer Prämisse. Zudem ist das Risiko zu hoch, dass die Zielperson versehentlich Schaden nimmt.«

Falk wollte etwas erwidern, doch Maya hob herrisch die Hand und demonstrierte so, dass die Diskussion für sie beendet war.

»Der Rest des Plans ist hoffentlich klar«, fuhr sie anschließend fort. »Du lässt ein paar Männer als Wachen zurück und bringst dich mit dem Rest verdeckt in Stellung. Sobald wir den Angriff auf das Tor gestartet haben, werdet ihr von innen die Verteidigungslinie flanken und ausschalten.«

Sie deutete mit ihrem blassen, spitzen Zeigefinger auf eine Stelle auf der vor ihnen liegenden Karte. In diesem Moment wirkte sie auf Falk wie eine Gottesanbeterin, die für eine Sekunde zögert, ehe sie sich auf ihr Opfer stürzt. Er konnte nicht anders, doch irgendwie fand er sie selbst in dieser abwertenden Pose unglaublich sexy. Er musste sich zusammenreißen, um sich nicht allerlei dreckige Dinge vorzustellen, die er gerne mit ihr anstellen würde. Sein Ärger verrauchte. Sie hatte ihm zwar einen klaren Befehl erteilt, doch streng genommen unterstand er ihrem Kommando nicht. Und selbst wenn im Hades mehr Leute starben als vorgesehen, waren sie eben bewaffnet und kampfbereit gewesen. Wie alles, so war auch dies ein dehnbarer Begriff. Er würde sich schon etwas einfallen lassen, wenn er den CEOs später tatsächlich Rechenschaft ablegen musste.

»Unseren Spähern zufolge ist das die Schwachstelle der Stadtverteidigung. Genau hier greifen wir an«, erklärte Maya. »Die Operation ›Inquisition‹ beginnt zum Morgengrauen, mit Falks Speerspitze. Ein Versagen ist ausgeschlossen. Und jetzt, wegtreten!«

Obwohl er sich halb totschwitzte und sich nicht sicher war, ob er Maya mit blanken Fäusten ermorden oder doch lieber ficken wollte, musste Falk grinsen, als er das Zelt verließ.

Endlich war es so weit. Endlich.

21. Kapitel

Freunde

Pia war fasziniert von der Flughafenstadt, die von ihren Bewohnern ebenfalls MUC genannt wurde. Bangkok führte Elias und sie einen weiteren langen Korridor hinab, dessen Wände bunt beleuchtet waren. Der Gang mündete in ein großes hallenartiges Gebilde mit hoher gläserner Decke und verzweigten Seitenschiffen, die in mehrere Richtungen führten. Das schien eine Art Knotenpunkt dieser sonderbaren Stadt zu sein.

»Der Zentralbereich«, erklärte Bangkok. »Hier befinden sich Wohnungen, Werkstätten, eine große Essens- und Ressourcenausgabe sowie eine Schule und ein Kindergarten. Unsere Akademie befindet sich im Terminal zwei.«

»Sind eure Schulen für jedermann gedacht?«, fragte Elias, während Pia sich neugierig umsah. »Lernt ihr dort Lesen und Schreiben?«

Hier waren viele der seltsamen Flughafenmenschen unterwegs. Alle hatten sie keine Haare und diese merkwürdige Haut. Die meisten trugen verschiedenfarbige Kleidung aus der alten Zeit, die etwas Uniformhaftes hatte. Die einzelnen Wohnungen und Werkstätten waren über zwei Etagen verteilt und befanden sich meist in kleinen abgetrennten Bereichen, die so aussahen, als wären es einmal Läden und Geschäfte gewesen. Ein Schild der alten Zeit hing noch über einem der abzweigenden Gänge, auf dem »Last Minute« geschrieben stand. Ein großer Bereich war mit Tischen und Stühlen bestückt, die rings um eine lange Theke positioniert waren. Zahlreiche Flughafenmenschen saßen dort und aßen. Alle hatten Tabletts vor sich stehen, auf denen Teller mit demselben Gericht zu sehen waren. Es sah aus wie eine Art Gemüsebrei, doch genau konnte Pia es nicht sagen.

Sie hoben die Köpfe, als Pia und Elias vorbeigeführt wurden, und starrten die fremdartigen Neuankömmlinge mit ihren hellen, unnatürlich wirkenden Augen an. Bangkok hatte sie vorgewarnt, dass das passieren würde. Keiner von ihnen hatte jemals einen Bewohner der Außenwelt gesehen. Jeder von ihnen kannte laut Bangkok zwar das Aussehen der »normalen« Menschen von alten Fotografien, doch sie mit eigenen Augen zu sehen, war etwas ganz anderes.

Pia fiel auf, dass die Leute hier nicht nur alle ziemlich klein waren, sondern dass überdurchschnittlich viele von ihnen – vor allem diejenigen, die unterwegs waren – sehr jung zu sein schienen. Das Alter war aufgrund der seltsamen Haut dieser Menschen zwar schwer zu schätzen, doch sie war sich ziemlich sicher, noch niemanden gesehen zu haben, der älter als dreißig war, ausgenommen vielleicht Helsinki. Sie fragte sich, wo die alten Leute dieser Gesellschaft waren. Hatten sie einen speziellen Bereich, in dem sie lebten?

Sie hatte gehört, in der alten Zeit wäre es normal gewesen, Menschen, die zu alt waren, um zu arbeiten, in spezielle Aufbewahrungsanstalten namens »Altersheim« zu stecken. Sie konnte sich beim besten Willen nicht vorstellen, warum das in der alten Zeit so üblich gewesen war, denn sie selbst hatte kaum etwas mehr geliebt, als Zeit mit ihrem Großvater zu verbringen. Doch sie hatte mittlerweile gelernt, dass die alte Zeit sehr anders gewesen sein musste als das Heute. So fremd, wie die Flughafenbewohner auch auf sie wirkten, war es sehr wahrscheinlich, dass sie viele alte Sitten beibehalten hatten.

Bangkok musste über Elias' Frage leise lachen. »Natürlich unterrichten wir alle Kinder«, sagte er. »Ihr im neuen MUC etwa nicht?«

»Nun ja …« Elias räusperte sich verlegen.

Pia überlegte, ob sie erklären sollte, dass der Prophet und die Elite der Hochstadt die Bewohner der Unterstadt absichtlich dumm und ungebildet hielten, um sie besser kontrollieren zu können. Dann verkniff sie es sich jedoch. Für Bangkok und die anderen bestand kein Unterschied zwischen ihr und Elias, sie waren beide aus MUC. Dass sie aus völlig unterschiedlichen Welten stammten und wie diese zusammenhingen, wäre wahrscheinlich zu kompliziert zu erklären. Wenn sie also Elias bloßstellte, dann schadete sie damit sich selbst – und der Mission.

»Bei uns beginnen alle Kinder ihre Ausbildung mit drei Jahren«, erklärte Bangkok. »Nur so können sie die ihnen zugeteilten Aufgaben rechtzeitig erfüllen, wenn sie volljährig werden.«

»Wie meinst du das?«, fragte Elias.

Bangkok sah ihn einen Moment verständnislos an. Dann entspannte sich sein glattes durchschimmerndes Gesicht, und er schien zu begreifen, dass das Leben in der großen Stadt ganz anders sein musste als in seinem Zuhause.

»In der Kindheit wird festgestellt, welche Talente und Fähigkeiten jeder Einzelne hat«, erklärte Bangkok. »Sobald sie zehn Jahre alt sind, werden unsere Kinder dann speziell in den Bereichen geschult, in denen sie später ihren Service leisten sollen. Mit dreizehn ist die Schulzeit beendet, und der Service beginnt.«

»Was genau meinst du mit ›Service‹?«, hakte Elias interessiert nach.

»Na, die Tätigkeit, die jeder für die Gesellschaft leistet, damit sie fortbestehen kann. Wir unterscheiden fünf große Servicebereiche, die in viele kleinere Tätigkeitsgruppen unterteilt werden: Gastronomie, Technik, Sicherheit, Erziehung …«

Er brach plötzlich ab, als hätte er sich auf die Zunge gebissen.

»Und der fünfte Servicebereich?«, fragte Pia, die dem Gespräch bisher nur fasziniert gelauscht hatte.

Doch Bangkok wich ihr aus und stellte stattdessen eine Gegenfrage. »Gibt es bei euch in der großen Stadt keine solche Unterteilung?«

»Nun ja«, sagte Elias und kratzte sich am Kopf. »Bei uns ist das etwas komplizierter …«

Erneut hatte Pia den Eindruck, dass ihm das System, das in MUC herrschte, fast schon ein wenig peinlich war. Er wollte Bangkok gegenüber nicht eingestehen, dass es in MUC eine Elite gab, die den verarmten Rest der Bevölkerung für sich arbeiten ließ. Hier im alten MUC schien jeder seinen Teil beizutragen, ähnlich wie im Hades auch. Pia gefiel das. Sie sahen zwar merkwürdig aus, aber vielleicht waren die Bewohner des Flughafens gar nicht so anders, wie sie gedacht hatte. Sie ermahnte sich, nicht nach dem Äußeren zu urteilen. Eigentlich hätte das gerade für sie selbstverständlich sein müssen, doch sie ertappte sich dabei, dass sie die Flughafenbewohner aufgrund ihres auf den ersten Blick abstoßend und fast schon furchteinflößenden Aussehens falsch eingeschätzt zu haben schien. Nun schämte sie sich dafür, denn sie waren sehr freundlich zu ihnen – viel freundlicher, als man in MUC gegenüber Fremden war.

»In einem Bereich unserer Gesellschaft gehen die Menschen auch verschiedenen Berufen nach«, erklärte Elias schließlich. »Damit verdienen sie Geld für ihren Lebensunterhalt.«

Bangkok stutzte. Hätte er Augenbrauen gehabt, dann hätte er sie mit Sicherheit zusammengezogen, doch so wirkte sein längliches Gesicht einfach nur wie ein Fragezeichen. »›Geld‹?«

Elias blieb stehen und sah ihn an. »Du weißt nicht, was Geld ist?«

Irgendwie fand Pia es witzig, wie fremd die beiden einander waren. Elias konnte sich scheinbar nicht vorstellen, dass eine Gesellschaft ohne Geld und individuellen Reichtum funktionieren konnte. Und Bangkok verstand eben genau dieses Prinzip nicht. Zum ersten Mal fühlte sie sich Elias gegenüber überlegen. Auch im Hades gab es kein Geld, und die Gemeinschaft funktionierte trotzdem wunderbar, da sie füreinander da war und teilte. Euromünzen und Artefakte aus der alten Zeit benötigte man nur, um an der Oberfläche handeln zu können.

»In MUC benutzt man Münzen aus der alten Zeit, um sie gegen Essen, Kleidung oder was auch immer man gerade braucht, einzutauschen«, erklärte sie. »Manche haben viele davon, andere verfügen über gar keine. Je nachdem, wie viele du von ihnen besitzt, wird dein Status in der Gesellschaft definiert.«

Elias sah sie überrascht an, dann lächelte er. Wahrscheinlich hätte er es selbst nicht besser erklären können. Irgendwo unter der weißen Atemmaske mussten sich seine Grübchen verbergen. Pia wusste selbst, dass sie sich albern benahm, trotzdem fand sie, dass er mit dem seltsamen Overall irgendwie süß aussah. Auch weil er ähnlich verloren wirkte wie sie, als sie damals das erste Mal mit ihm in der Hochstadt unterwegs gewesen war. Der hochmütige Prophetensohn war verschwunden, und an seine Stelle trat nun ein junger Mann, der einfach versuchte, auf die Gastgeber einen möglichst guten Eindruck zu machen, damit diese MUC ihre Unterstützung zusagten. Sie fand, dass er seine Sache bisher sehr gut machte, und hielt sich daher im Hintergrund. Er hatte ganz offensichtlich das einnehmende Auftreten und Charisma seines Vaters und dessen Zwillingsschwester geerbt.

Bangkok nickte. »Ach, jetzt verstehe ich! Auch in der alten Zeit hat das so funktioniert, richtig? Nun, bei uns leistet jeder seinen Service für die Gemeinschaft und bekommt dafür alles, was er zum Leben benötigt.«

»Und wie definiert ihr, wer das Sagen hat?«, wollte Elias wissen. Er wirkte aufrichtig überrascht und neugierig.

»Nach dem Alter«, antwortete Bangkok.

Jetzt verstand Pia, was damit gemeint gewesen war, als Helsinki vom Ältestenrat gesprochen hatte.

»Wo sind denn eure alten Leute?«, fragte sie. »Ich habe bisher nur junge Menschen und Kinder gesehen.«

Jetzt blickte Bangkok sie verständnislos an. »Na, hier.«

Er deutete auf eine Gruppe von höchstens dreißig Jahre alten Menschen, die an einem der Tische saß.

Pia und Elias blieben stehen und sahen sich entsetzt an. Ihr schrecklicher Verdacht, den sie bereits beim Anblick der ersten Bewohner des Flughafens hegten, schien sich zu bestätigen. Trotz der angenehmen Temperatur, die hier überall herrschte, spürte sie, wie ein eiskalter Schauer ihr Rückenmark herunterraste.

»Wie hoch ist denn eure Lebenserwartung?«, fragte Elias so unverfänglich wie möglich.

»Dreißig bis fünfunddreißig Jahre im Durchschnitt«, meinte Bangkok ohne jegliches Bedauern in der Stimme. »Unter den Ältesten sind sogar zwei Menschen dabei, die bereits das vierzigste Jahr überschritten haben.«

Pia war geschockt. Selbst in der Unterstadt mit seiner mangelnden Hygiene wurden die meisten Menschen mindestens fünfzig Jahre alt. Die älteste Bewohnerin des Hades war sogar siebenundsiebzig. Im Vergleich zu der alten Zeit, in der es nichts Ungewöhnliches gewesen war, hundert Jahre alt zu werden, war das natürlich gar nichts. Aber fünfunddreißig? Damit wäre Aela mit ihren neunundzwanzig Jahren hier schon eine alte Frau!

»Woran sterben die Menschen hier am häufigsten?«, wollte Elias wissen.

Bangkok zuckte die Achseln. »Na, an der Strahlung. Wie ich schon sagte, das Kraftwerk ist für uns Fluch und Segen in einem.«

»Mussten wir uns deswegen desinfizieren lassen? Und die Masken tragen?«

Er nickte. »Wir sind sehr anfällig für Bakterien und Infektionen. Krankheiten, die für euch harmlos sind, könnten uns vielleicht töten. Deswegen gehen wir nur nach außen, wenn es sich nicht vermeiden lässt.«

Sie hatten die lange Halle mit ihrem geschäftigen Treiben überquert und standen nun vor einer großen Glaswand.

»Wie alt bist du, Bangkok?«, fragte Pia.

»Sechzehn«, entgegnete er mit einem Lächeln. »Ich bin seit drei Jahren volljährig. Aber mein Servicebereich erlaubt es mir nicht, Kinder zu zeugen. Dazu bin ich zu oft in der Außenwelt unterwegs.«

»Welchen Service leistest du?«

Wieder wich er der Frage aus. »Wollt ihr unsere Gärten sehen?«

Selbstverständlich wollten sie das.

Alles, was Pia bisher in dieser verborgenen Flughafenstadt gesehen hatte, war mehr als erstaunlich. Elektrischer Strom, funktionierende Maschinen aus der alten Zeit, bunt erleuchtete Korridore und ein Herrschaftssystem, das so völlig anders war als das in MUC. Ganz zu schweigen von dem sonderbaren Aussehen der Bewohner, deren Strahlungsmutation die wenigen »Mutanten«, die es in MUC gab, beinahe normal wirken ließ.

Doch die Gärten übertrafen alles. Nachdem sie durch die Glastüren am Ende des Zentralbereichs gegangen waren, musste Pia vor Erstaunen ein paar Sekunden stehen bleiben. Irgendwo in ihrem Hinterkopf hörte sie Aelas mahnende Stimme, die ihr gebot, nicht so zu starren. Doch Aela war nicht da. Und selbst wenn sie es doch wäre, so war sich Pia ziemlich sicher, dass sie genauso reagiert hätte. Selbst Elias, der in einer Welt voller Wunder aufgewachsen war, schien beeindruckt zu sein.

Sie befanden sich unter einer gewaltigen gläsernen Kuppel, die ein Areal umspannte, das in etwa so groß wie der ganze Marienplatz in MUC sein durfte. Begrenzt wurde sie links und rechts von mehr als sechs Stockwerke hohen Gebäuden mit gläsernen Fassaden. Es wirkte fast wie ein gigantisches Netz aus Glas, das zwischen den Häusern aufgehängt war. Pia wurde klar, dass sie das einzigartige Gebilde bereits vom Flughafenturm aus gesehen hatte, doch riesige segeltuchartige Planen hatten ihr die Sicht nach innen versperrt. Dort wurde auf zwei Etagen Obst und Gemüse angebaut, die so angeordnet waren, dass alle Pflanzen genug Licht bekamen. Es war ein gigantisches Treibhaus mit tausend verschiedenen Pflanzen, die Luft war von der Sonne aufgeheizt und von Feuchtigkeit durchtränkt. Die Temperatur entsprach den heißesten Sommertagen in MUC, an denen die Straßen und Häuser regelrecht glühten und kein Lüftchen wehte.

Geschätzte hundert Menschen arbeiteten in den Gärten und kümmerten sich um die vielfältigen Pflanzen. Sie alle trugen lange Kleidung, breitkrempige Hüte und Schals vor dem Gesicht.

»Wegen der Sonne«, erklärte Bangkok, als Pia ihn danach fragte. »Unsere Haut ist so empfindlich, dass wir selbst durch Glas nach ein paar Stunden Verbrennungen davontragen können. Noch ein Grund, warum wir weitestgehend unter der Erde leben müssen. Zum Glück ist das ganze Areal weitflächig untertunnelt, so dass wir mehr als genügend Platz haben.«

»Wie viele Menschen leben hier?«, fragte Elias.

»Dreitausendzweihundertachtundfünfzig«, antwortete Bangkok, ohne nachdenken zu müssen.

»Das weißt du so genau?«

»Selbstverständlich. Jeder Einzelne ist ein wichtiger Teil des Ganzen und trägt zu unserem Überleben bei. Noch vorgestern waren wir einer mehr, doch leider mussten wir ein Mitglied auf einen Flug ohne Wiederkehr gehen lassen.«

Pia nahm an, dass der Ausdruck hier das Synonym für den Tod war. Irgendwie eine fast schon poetische Vorstellung.

Sie schlenderten durch die riesigen Gärten, während Bangkok ihnen erklärte, dass die Halle früher an mehreren Stellen offen gewesen war. Doch mit viel Aufwand und jahrelanger Arbeit hatten es die Flughafenmenschen geschafft, die freien Flächen mit Aluminium abzudichten, das sie aus den Flugzeugwracks entwendet hatten.

Pia blieb vor einer hohen grünen Staude mit riesigen, fächerartigen Blättern stehen und betrachtete sie neugierig. Sie hatte so eine Pflanze noch nie gesehen. Ihre Früchte waren grün oder gelb, sonderbar gebogen und wuchsen in korbartigen Gebilden.

»Was ist das?«, fragte sie.

»Bananen. Möchtest du eine probieren?«

»Gerne!«

Bangkok ging auf die Pflanze zu, um eine besonders reife Banane für Pia auszusuchen, doch Elias ergriff ihren Arm.

»Ich weiß nicht, ob wir hier etwas essen sollten«, flüsterte er. »Es könnte giftig für uns sein wegen der Strahlung.«

Pia zuckte die Achseln. »Wir atmen auch die Luft hier und berühren den Boden. Wenn wir krank werden sollen, dann dürfte es egal sein, ob ich eine Frucht esse oder nicht. Außerdem wäre unser Gastgeber sonst womöglich beleidigt.«

Elias seufzte leise und ließ ihren Arm los. Scheinbar hatte er begriffen, dass es äußerst schwierig war, ihr etwas aus dem Kopf zu schlagen.

Bangkok reichte beiden jeweils eine der krummen, gelben Früchte.

»Danke«, sagte Pia, und Elias zwang sich zu einem Lächeln. Jetzt würde wohl auch er etwas davon essen müssen. Pia betrachtete das seltsame Obst und überlegte, wie man es wohl am besten essen sollte, dann zuckte sie die Achseln, zog die Gesichtsmaske zur Seite und öffnete den Mund, um reinzubeißen.

»Halt!«, rief Bangkok, und sie hielt mit offenem Mund inne. »Erst die Schale abmachen. So …«

Er riss mit einem Lachen noch eine der Früchte ab und zeigte den beiden, wie man sie schälte.

Pia tat es ihm nach und schnupperte den verführerischen, süßlichen Duft, den das weiße Fleisch der Banane ausströmte. Dann biss sie hinein. Der Geschmack des Obstes war noch besser als ihr Geruch. Er war nicht zu süß und mit nichts zu vergleichen, das Pia je im Leben gegessen hatte.

»Das ist ja köstlich!«, rief sie noch kauend aus. Widerwillig probierte nun auch Elias davon und hob überrascht die Augenbrauen.

»Erstaunlich«, bemerkte er, nachdem er den ersten Bissen geschluckt hatte. »Woher habt ihr die Samen für diese Früchte? Sie scheinen nicht hier heimisch zu sein, sonst hätten wir sie in MUC wahrscheinlich auch.«

»Der Flughafen hatte ein großes Lager mit sogenannten ›konfiszierten Gütern‹. Darunter befanden sich nicht nur viele praktische Gegenstände aus der alten Zeit, sondern auch Samen unterschiedlicher Pflanzen«, erklärte Bangkok. »Diese hier waren ursprünglich in Südostasien beheimatet. Doch so, wie das Klima sich entwickelt hat, gedeihen sie auch bei uns ganz wunderbar.«

Pia hatte schon davon gehört, dass in der alten Zeit das Klima in der Region von MUC viel kühler gewesen war. Auf manchen alten Fotografien konnte man die Stadt bedeckt von einer dicken Schicht Schnee sehen. Das war heute nur mit viel Phantasie vorstellbar.

Sie aßen genussvoll ihre Bananen und folgten Bangkok weiter durch die Gärten. Am liebsten hätte Pia noch mehr von den ihr fremden Früchten probiert, doch sie behielt Elias' Warnung im Kopf. Eine Banane würde sie schon nicht umbringen, aber niemand wusste, wie ihr Körper reagieren würde, wenn sie noch mehr Obst aß, das den Giften des Kraftwerks ausgesetzt gewesen war. Als sie den Kopf hob, konnte sie jenseits der gläsernen Kuppel die Umrisse des Towers erkennen. Endlich konnte sie die Frage stellen, die sie schon die ganze Zeit beschäftigt hatte.

»Habt ihr hier eigentlich Probleme mit Spinnen?«

»Wir bemühen uns, die Außenwelt so weit wie möglich von uns abzuschirmen. Das gilt natürlich auch für die Tiere, die auf oder um den Flughafen leben. Warum fragst du?«

»Na ja …«, sie überlegte einen Augenblick, ob sie erzählen sollte, was sie in dem Tower gesehen hatte. Unter Umständen würde Bangkok nicht begeistert davon sein, dass sie ohne Erlaubnis dort gewesen war. Andererseits wussten ihre Gastgeber ja mittlerweile, dass sie auf dem Gelände herumgeschnüffelt hatten. »Als wir nach Lebenszeichen in eurer Stadt gesucht haben, bin ich auf den Turm gestiegen. Dort gab es jede Menge Spinnen. Einige davon waren richtig aggressiv.«

Bangkok sah sie mit seinen rosafarbenen Augen, die im Tageslicht einen leicht violetten Schimmer hatten, entgeistert an. »Du hast die Spinnen gesehen? Hat dich eine von ihnen gebissen?«

Pia schüttelte den Kopf und spürte eine leichte Gänsehaut auf ihren Armen, als sie an die ekelhaften Viecher dachte. »Nein.«

»Dann hast du großes Glück gehabt, denn sie sind sehr gefährlich. Wir wissen es zwar nicht genau, aber wir vermuten, dass es mutierte Nachfahren der tropischen Spinnen sind, die im Quarantänebereich des Flughafens gelagert wurden, als das große Sterben begann. Sie sind schlau und sehr, sehr giftig! Ein entzündeter Biss kann tödlich enden. Wir benutzen ihr Gift in minimalen Mengen, wenn wir jemanden für einen medizinischen Eingriff betäuben müssen.«

Pia verzog angewidert das Gesicht, als ihr wieder einfiel, wie eine der Spinnen an ihrer Hose hochgekrabbelt war.

»Warum hast du nichts davon erzählt?«, fragte Elias, und sie meinte, nicht nur einen Vorwurf in seiner Stimme zu hören, sondern auch große Sorge.

Sie versuchte, nicht zu zeigen, wie sehr sie das Erlebnis aufgewühlt hatte, sondern zuckte betont cool mit den Schultern, ganz so, wie Aela es in so einer Situation tun würde. »Warum sollte ich? Ist ja nichts passiert.«

Bangkok schaute aufmerksam zwischen den beiden hin und her. »Seid ihr zwei Gefährten?«

»Du meinst, ein Paar?«, fragte Elias und lächelte, als Bangkok nickend bejahte. »Nein, leider nicht.«

Pia spürte, wie ihr gegen ihren Willen die Röte ins Gesicht schoss, und wäre am liebsten in die dichten Bananenstauden gerannt.

»Gott bewahre, nein!«, rief sie aus und blickte beschämt weg.

Der junge Mann sah noch immer neugierig von einem zum anderen, ganz so, als würde er sich über deren Verhalten wundern. Schließlich sagte er: »Ich habe auch keine Gefährtin. Und werde niemals eine zugewiesen bekommen.«

»Warum nicht?«, fragte Elias, während Pia so tat, als würde sie interessiert den Strauch neben sich betrachten, dessen runde Früchte so rot waren, wie ihr Gesicht sein musste.

»Ich bin unfruchtbar«, erklärte Bangkok. »Damit scheide ich für die Reproduktion aus. Das hat aber auch sein Gutes, denn so habe ich andere Aufgaben bekommen, um meinen Service zu leisten.«

Es entstand eine kurze Pause, in der alle schwiegen. Bangkok hob den linken Arm ein wenig und warf einen Blick auf sein Handgelenk, auf dem er ein Lederband mit einer kleinen Glasscheibe trug. »Wir sollten besser zurückgehen. Ihr wollt sicher so schnell wie möglich die Ältesten sehen, wenn sie sich zu Ende beraten haben und bereit sind, euch zu empfangen.«

Keiner von ihnen widersprach. Die Erkundung der Flughafenstadt war so interessant gewesen, dass Pia für eine Weile fast vergessen hatte, warum sie überhaupt hier waren. Zum ersten Mal seit ein paar Stunden dachte sie wieder an die Armee, die bald vor den Toren MUCs stehen würde, und fröstelte trotz der schwülen Hitze, die in den Gärten herrschte. Sie durften keine Zeit mehr verlieren.

Zurück in ihrem Quartier, fanden sie Boston und Doha noch immer vor der Tür stehend. Sie hatten keinerlei Neuigkeiten vom Ältestenrat, und so schlug Bangkok vor, Pia und Elias sollten es sich gemütlich machen und ein wenig ausruhen.

Als sie den luxuriös eingerichteten Raum betraten, fanden sie Sam bereits im Tiefschlaf und laut schnarchend vor. Er sah witzig aus, wie er in dem viel zu kleinen Overall auf dem ebenfalls zu kleinen Sofa lag, mit den Füßen weit über die Lehne gestreckt. Pia musste lächeln und legte den Zeigefinger vor die Lippen, um Elias zu signalisieren, dass er leise sein sollte. Es war eine gute Idee, Sam nicht zu wecken. Vielleicht würde sich seine Laune bessern, wenn er ein paar Stunden ungestört schlafen konnte. Bisher hatte er auf beinah alles in der Flughafenstadt grimmig reagiert. Pia konnte zwar nur allzu gut verstehen, dass er keine Zeit verlieren wollte und sich Sorgen um seine Lieben in MUC machte. Doch Ilja hatte ihr beigebracht, dass man manchmal nur mit Geduld zum Ziel fand, gerade in Situationen, in denen es schwerfiel, geduldig zu sein.

Sie durchquerte den länglichen Raum, den Bangkok »Lounge« genannt hatte, und ließ sich am anderen Ende in einen der bequemen Sessel fallen. Erst jetzt bemerkte sie, wie erschöpft sie war. Kein Wunder, schließlich hatte sie in den letzten drei Nächten kaum Schlaf gefunden. Die Ereignisse hatten sich regelrecht überschlagen und ihr die dringend benötigte Ruhe geraubt. Während sie überlegte, ob sie versuchen sollte, ein Nickerchen zu machen, sah sie Elias auf sich zukommen.

Unwillkürlich versteifte sie sich und nahm eine aufrechte Haltung in ihrem Sessel an. Nach dem, was am Lagerfeuer passiert war, wollte sie auf keinen Fall mit ihm allein sein. Er aber schien ihre Nähe zu suchen, wann immer sich die Möglichkeit dazu bot. Sie war erleichtert, dass sie instinktiv einen Sessel ausgewählt hatte und keines der Sofas. So konnte er sich zumindest nicht neben sie setzen.

Er tat es trotzdem, indem er sich einen Stuhl griff und ihn direkt neben ihren Sessel zog. Dann setzte er sich und blickte sie mit seinen ausdrucksstarken Augen an.

Sie überlegte, ob sie irgendetwas Harsches sagen sollte, doch dafür bestand eigentlich kein Grund. Er hatte nichts getan, das es rechtfertigen würde, wütend auf ihn zu sein. Sie wusste, dass es kindisch wäre, einfach aufgrund der Vergangenheit unfreundlich zu ihm zu sein. Das Leben fand immer im Jetzt statt. Und gerade im Hinblick auf die Verhandlungen mit den Flughafenmenschen benahm er sich wirklich vorbildlich. Ganz so wie ein Staatsmann der alten Zeit.

Einen Augenblick lang schwiegen sie sich an, und Pia wandte den Blick ab, um ihm nicht länger in die hypnotischen Augen sehen zu müssen. Egal, was er sagte oder tat, sie würde sich definitiv nicht mehr dazu hinreißen lassen, ihn zu küssen.

»Ganz schön beeindruckend, was die Menschen hier aufgebaut haben, findest du nicht?«, begann er schließlich etwas zaghaft das Gespräch.

»Erstaunlich, dass sie sich nicht gegenseitig die Köpfe einschlagen, so ganz ohne falsche Propheten, die ihr Denken beherrschen«, erwiderte sie. Auch wenn sie eigentlich freundlich sein wollte, diese Spitze war einfach unvermeidbar gewesen.

Er ging nicht auf ihre Provokation ein, sondern lächelte stattdessen. »Das ist wohl wahr.«

Wieder entstand Schweigen zwischen ihnen. Er schien nach den richtigen Worten zu suchen, ehe er erneut sprach. »Hör zu,

Pia. Nun, da wir endlich einmal unter uns sind, würde ich gerne die Gelegenheit nutzen und mit dir reden.«

Sie sah ihn skeptisch an. »Und worüber?«

»Über uns.«

Sie rollte mit den Augen. »Es gibt kein ›uns‹. Also gibt es auch nichts zu bereden.«

Er holte tief Luft. »Ich wollte mich entschuldigen.«

Damit weckte er ihr Interesse. Sie hatte mit allem gerechnet, nur nicht damit. »Wofür?«

»Dafür, dass ich ein Arschloch war. Und ein Idiot.« Er sagte das mit so entwaffnender Ehrlichkeit, dass sie leise lachen musste.

In der anderen Ecke des Raumes hörte Sam für einen Moment auf zu schnarchen und murmelte schlaftrunken etwas vor sich hin. Pia dachte schon, sie hätten ihn geweckt, da erklang das wohlbekannte, irgendwie beruhigende Geräusch von neuem.

»Ja, das warst du«, bestätigte sie Elias. »Ich hätte nie gedacht, dass du das eines Tages einsehen würdest.«

»Du würdest staunen, was ich noch alles eingesehen habe. Es ist viel Zeit vergangen, und ich habe nachgedacht und dazugelernt. Ich weiß jetzt, dass ich Fehler gemacht habe. Unverzeihliche Fehler. Ich hoffe, du kannst mir irgendwann einmal verzeihen.«

Pias Erstaunen wich und machte Rührung Platz. Konnte es wirklich wahr sein, dass er sich so geändert hatte? Vieles, was sie in den letzten Tagen beobachtet hatte, deutete darauf hin. Oder war er einfach nur besser darin geworden, Leute zu blenden?

Nein, irgendetwas sagte ihr, dass es von Herzen kam, was er sagte.

»Was ist passiert?«, fragte sie. »Was hat dich verändert?«

»Du«, flüsterte er sanft.

»Ich?« Sie fühlte, wie ihr erneut die Röte ins Gesicht zu steigen begann.

Seine Augen strahlten wie grüne Kristalle, als er sie anlächelte. »Ja, du. In der kurzen Zeit, die wir zusammen waren, hast du mein Leben völlig umgekrempelt. Es auf den Kopf gestellt. Doch ich war so verblendet, so in meiner eigenen Ideologie gefangen, dass ich es erst bemerkte, als es schon zu spät war. Ich hätte dir helfen müssen, als du mich darum gebeten hast, ja, mich angefleht hast. Doch das hätte eine Konfrontation mit meinem Vater von mir verlangt, und dafür war ich zu schwach. Ich habe den größten Fehler meines Lebens begangen, den ich mir niemals verzeihen werde. Bitte verzeih mir wenigstens du irgendwann.«

Das Strahlen seiner Augen wurde mit einem Mal von einem trüben Schleier bedeckt, und Pia sah, dass er mit den Tränen kämpfte. Was er sagte, kam tatsächlich aus der Tiefe seines Herzens. Er hatte endlich all seinen Stolz heruntergeschluckt und bat sie aufrichtig um Verzeihung.

Doch konnte sie das? Konnte sie ihm wirklich verzeihen, was er getan hatte? Andererseits, hatte nicht jeder eine zweite Chance verdient? Selbst der hochmütige Sohn des verhassten Propheten, der ihr so fürchterlich das Herz gebrochen und sie unendlich enttäuscht hatte?

»Ich weiß nicht …«, murmelte sie und spürte, wie der harte Klumpen in ihrer Brust immer weicher wurde. Plötzlich hatte sie Angst, dass auch sie anfangen würde zu weinen.

»Ich weiß, du glaubst mir nicht, dass ich mich ändern kann. Das kann ich verstehen. Hätte ich mich so kennengelernt, wie ich noch vor einem Jahr gewesen bin, würde ich es auch nicht glauben. Aber wenn du mir die Chance gibst, es dir zu beweisen, wirst du überrascht sein.«

Sie spürte, wie eine Träne aus ihrem Augenwinkel über ihre Wange rollte, und wusste, dass er sie sah.

»Und wenn nicht, kannst du mir ja einfach wieder die Nase brechen«, fügte er hinzu.

Pia musste erneut lachen, und dieses Mal war es ihr egal, ob Sam davon aufwachte. Sie spürte, dass dieses Gespräch wichtig für sie beide war. Doch der große Mann mit dem zu kleinen Overall schlummerte friedlich weiter.

»Also gut«, sagte sie schließlich. »Du bekommst eine zweite Chance. Aber wenn du mich schon wieder enttäuschst, dann wird eine gebrochene Nase dein geringstes Problem sein.«

Erleichterung breitete sich in seinem schönen Gesicht aus, und sein Lächeln wurde breiter, strahlender. »Ich werd's mir merken.«

Er hob langsam die Hand, um ihr die Träne aus dem Gesicht zu streichen, doch sie wich zurück.

»Nein«, sagte sie bestimmt. »Ich gebe dir eine zweite Chance als Mensch, weiter nichts. Es gibt da einen anderen Mann, und ich … liebe ihn.«

Es war das erste Mal, dass sie es laut ausgesprochen hatte, dass sie Robin liebte. Und es fühlte sich gut an. Irgendwie richtig. So, als ob sie nach einer langen Reise endlich am Ziel angekommen war.

Er ließ seine Hand sinken und nickte traurig. »Das hatte ich schon befürchtet. Ich hoffe, er macht dich glücklich, denn nichts anderes hast du verdient.«

»Das tut er.«

»Er war mit auf der Brücke, als Ilja und mein Vater sich getroffen haben, richtig?«

»Ja, das war er. Woher weißt du das?«

»Nun, er sah aus, als wollte er mir jede Sekunde an die Gurgel springen. Wenn Blicke töten könnten, wäre ich an jenem Abend eines grauenvollen Todes gestorben.«

Pia kicherte leise. »Ja, das kommt in etwa hin.«

Die Anspannung war von ihr gewichen, und sie fühlte sich

erleichtert und irgendwie frei. Es tat gut, wieder mit Elias reden zu können und gleichzeitig zu wissen, wo sie hingehörte.

Er streckte ihr die Hand entgegen. »Nur Freunde?«

Sie ergriff sie. »Nur Freunde.«

Sie sahen sich einen Moment lang an, dann fügte sie mahnend hinzu: »Sonst …«

»… wischst du mit mir den Boden, ich weiß, ich weiß.« Nach einer kurzen Pause fragte er: »Wie geht es Paul?«

»Oh, gut. Sehr gut! Er würde sich bestimmt freuen, dich einmal wiederzusehen.« Das war natürlich eine Lüge, denn Paul hegte einen großen Groll gegen den Prophetensohn. Doch sie wollte die gute Stimmung, in der sie beide gerade waren, nicht vermiesen.

»Wirklich?«, er strahlte. »Das würde mich auch freuen! Richte ihm bitte aus, dass ich ihn vermisse, wenn du ihn siehst.«

Er dich bestimmt nicht, dachte sie, antwortete jedoch stattdessen: »Mach ich!«

Es war schön, sich mit Elias auszusöhnen, doch sie befürchtete, dass ihre Freundschaft zum Scheitern verurteilt war. Sie lebten in zu unterschiedlichen Welten, und auf beiden Seiten lagen zu viele Hindernisse. Wenn diese Mission und die Belagerung vorbei waren, würden sie sich wahrscheinlich nie wiedersehen. Dieser Gedanke verursachte ihr einen leichten Stich.

»Es gibt auch jemanden, der dich gerne wiedersehen würde«, sagte Elias.

»Doch nicht etwa dein Vater?«, witzelte sie.

»Der wahrscheinlich auch, aber ich rede von Linus.«

Sie hob überrascht die Augenbrauen. »Wirklich?«

Der eidechsenhafte Wissenschaftler war zwar etwas seltsam, aber immer freundlich zu ihr gewesen.

»Er wünscht sich nichts sehnlicher, als dem Geheimnis deiner Existenz weiter auf die Spur zu kommen. Er glaubt, wenn du ihm noch etwas mehr von deinem kostbaren Blut gibst, kann er vielleicht ein Serum gegen das große Sterben herstellen.«

»Dann komme ich ihn vielleicht mal besuchen, wenn ich das Bedürfnis nach langen spitzen Nadeln habe«, entgegnete sie, und beide grinsten. Pia spürte, dass die Nähe zwischen ihnen wiederhergestellt war. Und es fühlte sich so an, als wäre sie nie weg gewesen.

Einen Moment lang sahen sie sich in die Augen. Dann klopfte es plötzlich an der Tür.

Sam sprang auf und blickte sich etwas verwirrt um. Elias erhob sich. »Herein!«

Es war Bangkok, und er hatte endlich die Nachricht, auf die sie schon die ganze Zeit warteten. »Der Ältestenrat ist jetzt bereit.«

Nun stand auch Pia auf und ging auf die Tür zu, doch Bangkok hob leicht die Hand. »Sie wollen allerdings nur euren Anführer empfangen.«

Sein Blick haftete dabei auf Elias.

22. Kapitel

Flut

Nachdem Aela gegangen war, blieb Paul nichts anderes übrig, als sich wieder hinzulegen. Doch schon nach wenigen Minuten wurde ihm klar, dass an Schlaf nicht zu denken war. Er versuchte sich zwar damit zu beruhigen, dass Aela in der Regel wusste, was sie tat, doch das war in diesem Fall kein Trost. Die Sorge um sie machte ihn schier wahnsinnig, und er ärgerte sich, dass er ihr nicht doch einfach gefolgt war. Letztendlich war sie einfach zu stolz und riskierte dadurch womöglich ihr Leben. Doch sie hatte recht. Was, wenn Iljas Zustand sich verschlechterte? Außer ihm konnte ihr niemand helfen. Zudem stand die Invasion von Utilitas unmittelbar bevor, und er wollte MUC auf jeden Fall verteidigen.

Was dachte sich Aela bloß mit ihrem Plan, allein etwas gegen Falk und seine Schergen ausrichten zu können? Was sie tat, war purer Wahnsinn!

Paul seufzte. Wieder quälte ihn der grauenvolle Gedanke, dass er Aela vorhin vielleicht zum letzten Mal lebend gesehen hatte. Er spürte einen Anflug von Panik in sich aufsteigen und setzte sich auf, um tief durchzuatmen.

Da drang ein Geräusch an seine Ohren, das er schon einmal meinte, wahrgenommen zu haben. Ein herzzerreißendes Klagen und Jammern, das sich fast menschlich anhörte und es doch nicht war. Goliath.

Der Affe schien ähnlich unglücklich über Aelas Weggang zu sein wie er selbst. Paul sprang auf und trat in den Korridor hinaus, der in nächtlicher Ruhe dalag. Goliath befand sich noch immer dort, wo Aela ihn angebunden hatte. Verzweifelt versuchte er abwechselnd, sich loszureißen und die lederne Hundeleine aus der alten Zeit durchzubeißen. Er jammerte ununterbrochen, und sein menschenähnliches Gesichtchen zeigte dabei eine solche Qual, wie Paul es dem Tier niemals zugetraut hatte. Kein Zweifel, Goliath war todunglücklich und verzweifelt. Glaubte auch er, Aela nie wiederzusehen? Paul hatte einmal gehört, dass manche Tiere eine Art sechsten Sinn für solche Dinge besaßen. Ihm wurde eiskalt bei dem Gedanken, und eine erneute Panikwelle drohte ihn zu übermannen. Doch er zwang sich, ruhig zu bleiben.

Goliath war für Aela fast schon wie ein Kind. Wenn er ihr also helfen wollte, dann sollte er versuchen, den Affen zu beruhigen. Außerdem tat der Kleine ihm leid.

Langsam ging er auf das Tier zu und beugte sich zu ihm hinab.

»Hey, kleiner Mann«, murmelte er mit beruhigender Stimme, fast so, als würde er mit einem Kleinkind reden. »Keine Bange, sie wird wieder zurückkommen. Das tut sie immer.«

Der Affe hielt in seinem Kampf mit der Leine inne und sah ihn an. Paul war nie aufgefallen, wie groß und schön seine braunen Augen waren. Und wie intelligent. Er hatte fast das Gefühl, Goliath würde genau verstehen, was er sagte – und was los war.

Vorsichtig streckte er die Hand aus und strich dem Tier über das pelzige, warme Köpfchen. Goliath ließ es geschehen und schloss für einen Augenblick die Augen. Dann riss er sie jedoch sofort wieder auf und zerrte demonstrativ an der Leine.

Paul lächelte. »Du willst ihr hinterher, was? Das will ich auch, aber ich fürchte, wir müssen ihr vertrauen.«

Wieder stieß der Affe das herzerweichende menschenähnliche Jammern aus. Paul konnte das Leid des kleinen Wesens nicht länger mit ansehen. Er beschloss, Goliath mit in sein Quartier zu nehmen und sich um ihn zu kümmern. Vielleicht konnte er ihm dort etwas zu essen oder trinken geben, oder ihn sonst irgendwie ablenken.

Er machte die Leine von dem Rohr los, an dem Aela sie festgebunden hatte. Goliath ließ ihn dabei nicht aus den Augen. Paul glaubte, Dankbarkeit in seinem Gesichtchen zu erkennen. Er beugte sich hinab, um Goliath aufzuheben, ganz so, wie Aela es immer tat.

Einen Augenblick traf sein Blick den des Affen, dann schnellte Goliath plötzlich vor und biss Paul zielsicher in die Hand. Paul wich instinktiv zurück und schrie auf. »Au!«

Mit einer Mischung aus Überraschung und Schock betrachtete er seine Hand, in der deutlich die Spuren eines kleinen Gebisses zu sehen waren. Warmes Blut ergoss sich aus den Stellen, die Goliaths Eckzähne erwischt hatten, der Rest war sofort blau angelaufen und schwoll bereits an. Er hätte nie vermutet, dass so ein kleiner Affe so schmerzhaft und fest zubeißen konnte.

Doch er hatte keine Zeit, sich länger darüber zu wundern. Goliath nutzte seine Chance, da Paul abgelenkt war, riss sich los und rannte auf seine typische, leicht hoppelnde Art den Korridor hinab.

»Goliath, verdammt!«, zischte Paul. »Komm sofort zurück!«

Doch der Affe interessierte sich nicht für Pauls Worte und flüchtete weiter. Fluchend nahm Paul seine Verfolgung auf. Er durfte auf keinen Fall zulassen, dass Goliath den Stachus verließ und Aela nachrannte! Sie würde ihm dafür den Kopf abreißen. Und das völlig zu Recht, denn wie konnte er nur so blöd sein und den Affen entkommen lassen?

Goliath blickte sich um, sah, dass Paul ihm dicht auf den Fersen war, und gab nochmals Gas. Er erreichte den neuen Hauptplatz, von dem aus die weitläufigen Korridore in mehrere Richtungen abzweigten. Dort blieb er kurz stehen, als müsste er sich erst orientieren. Paul witterte seine Chance, rannte schneller und machte einen beherzten Satz nach vorne, um Goliath zu schnappen. Doch dieser hüpfte flink zur Seite und lief weiter. Pauls Finger schafften es gerade noch, seinen langen Schwanz zu berühren, doch er war zu langsam, um ihn festhalten zu können. Er stolperte und stürzte unsanft auf den harten Steinboden.

»Mistvieh!«, fluchte er in sich hinein und rappelte sich trotz seines schmerzenden Knies wieder auf. Ein paar Leute waren schon wach und betrachteten ihn staunend und schmunzelnd aus ihren neuen Behausungen heraus. Sie wunderten sich wahrscheinlich, warum Paul in diesen frühen Morgenstunden dem Affen hinterherjagte. Keiner von ihnen konnte den Ernst der Lage begreifen, denn niemand wusste von Aelas selbstmörderischem Plan.

Von allen Möglichkeiten, die Goliath offenhatte, in welche Richtung er sich als Nächstes wenden wollte, suchte er sich natürlich zielsicher den Gang aus, der zum Ausgang des Stachus führte. Paul folgte ihm um die Kurve, und nach etwa hundert Metern erblickte er die Männer, die als Wachposten an der Stelle postiert waren, die man als einzige als Zugang zum Stachus offen gelassen hatte. Alle anderen waren entweder schon lange dicht oder in den letzten zwei Tagen sorgsam verbarrikadiert worden. Es waren Lukas und drei weitere Männer, die schwerbewaffnet an der langen Rolltreppe standen, die nach unten in die Tunnel führte. Wer auch immer versuchen sollte, auf diesem Wege nach oben zu kommen, saß auf der Treppe in der Falle und auf dem Präsentierteller für die Wachen.

»Haltet ihn auf!«, rief Paul den Männern zu. Diese wandten verdutzt ihre Köpfe. Selbst von weitem konnte er deutlich das große Fragezeichen in Lukas' Gesicht sehen.

»Goliath! Da vorne … haltet ihn auf!«

Jetzt erst schienen die Wachen das Äffchen zu bemerken, das, so schnell es konnte, auf sie zulief.

»Hierher, Goliath!«, rief Lukas dem Affen freundlich zu. Er ging in die Hocke und breitete die Arme aus. Goliath wurde langsamer, und in Paul begann bereits die Hoffnung zu keimen, er würde einfach in Lukas' Arme laufen. Doch der kleine Kerl dachte nicht daran. Kurz bevor er Lukas erreichte, gab er plötzlich wieder Gas und rannte dem völlig verdutzten Mann flink zwischen den Beinen hindurch. Lukas' Arme griffen ins Leere, genau wie die seiner Kameraden, die viel zu spät reagierten.

Offenbar hatte Goliath es sich in sein stures Köpfchen gesetzt, zu entkommen, egal, wer versuchte, ihn aufzuhalten. Er sprang mit einem langen Satz und einem triumphierenden Quieken auf das Halteband der Rolltreppe und kletterte geschickt daran hinab in Richtung des dunklen Tunnels.

»Verdammt!«, schrie Paul verzweifelt und blieb atemlos am oberen Ende der Rolltreppe stehen.

»Lass ihn doch laufen«, sagte Lukas kopfschüttelnd. »Er sucht bestimmt nur nach Aela. Das tut er öfter, und sie ist vor nicht langer Zeit hier vorbeigekommen.«

Paul beobachtete, wie der Affe immer kleiner wurde und zunehmend in der Dunkelheit, die unten herrschte, verschwand. Normalerweise hätte Lukas sicher recht, doch nicht heute. Aela hatte darauf bestanden, dass Goliath im Stachus und in Sicherheit blieb, sonst hätte sie ihn nicht angebunden. Sie begab sich in große Gefahr und wollte ihren geliebten Affen nicht dabeihaben. Wenn Goliath nun etwas zustieß, dann war das allein Pauls Schuld, und sie würde ihm das garantiert niemals verzeihen. Nicht nur, dass er dann für immer vergessen konnte, jemals an ihrer Seite als ihr Partner leben zu dürfen, wahrscheinlich würde ihm sogar nichts anderes übrigbleiben, als die unterirdische Gemeinschaft für immer zu verlassen.

Er holte tief Luft und überlegte, was er tun sollte. Dann begann er, die liegengebliebene Rolltreppe hinabzurennen. Es war ihm egal, dass Aela ihm lautstark verboten, ja sogar gedroht hatte, ihr nicht zu folgen. Doch das war ein Notfall. Sobald er den Affen eingefangen und sich versichert hatte, dass es

Aela gutging, würde er sich auf den Weg zurück machen und auf den Angriff aus Utilitas warten.

»Hey!«, rief Lukas und hielt ihn am Arm. »Wo willst du denn hin? Wir sollen doch alle zusammenbleiben.«

»Ich muss Goliath einfangen!«

Lukas grinste breit. »Verstehe. Du versuchst noch immer, in ihrer Gunst zu steigen, was? Viel Glück dabei … auch wenn's aussichtslos ist.«

Die Männer lachten, und Paul spürte, wie ihm etwas Röte ins Gesicht stieg. Wussten Lukas und die anderen etwa über Aela und ihn Bescheid?

»Nimm wenigstens die mit, sonst brichst du dir noch den Hals«, fügte Lukas hinzu. Er griff in seinen Gürtel und gab Paul eine Taschenlampe. Es war eine der wenigen funktionierenden, die der Gemeinschaft zur Verfügung standen.

»Danke.« Paul schnappte sich die Taschenlampe und jagte Goliath in die Dunkelheit nach.

Falk hasste die ewige Finsternis und den Gestank, der in den unterirdischen Tunneln von MUC herrschte. Er würde nie begreifen können, warum die Menschen des Hades freiwillig hier lebten. Aber es gab vieles, das er an dieser hinterwäldlerischen Stadt nie verstehen würde. Doch das war jetzt egal, denn schon in vierundzwanzig Stunden würde MUC nicht mehr das sein, was seine Bewohner kannten.

Er grinste in sich hinein, dann jedoch musste er kurz stehen bleiben, um sich zu orientieren. Sie standen an einer der zahllosen Stellen, in denen der alte U-Bahn-Tunnel sich in mehrere Richtungen abzweigte. Falk suchte den Boden nach den Markierungen ab, die nur im Lichtschein sichtbar wurden und den Hadesbewohnern dazu dienten, sich im Untergrund zurechtzufinden. Nach ein paar Sekunden fand er sie schließlich und führte die Männer zielsicher weiter.

Maya hatte ihm eine Elitetruppe, bestehend aus zwanzig Männern, mitgegeben. Diese Einheit gehörte zu den am besten ausgebildeten und ausgerüsteten Truppen des Heeres von Utilitas. Sie wurden normalerweise dazu eingesetzt, Terroristen oder Aufständische präventiv auszuschalten, waren also ideal vorbereitet für diesen speziellen Einsatz, der Falk besonders am Herzen lag. Es war noch Nacht, der Morgen würde erst in ein paar Stunden grauen. Man würde also den Hades im Schlaf überraschen und problemlos ausradieren, ehe die Bewohner wussten, wie ihnen geschah. Effektiv, präzise, ressourcenschonend, ganz so, wie es die Philosophie von Utilitas gebot.

Nach ein paar weiteren Minuten Marsch durch die Dunkelheit blieb Falk stehen und drehte sich zu dem Anführer der Einheit um. »Es ist nicht mehr weit«, flüsterte er und stellte zufrieden fest, dass die Männer sich so geräuschlos bewegten wie schwarze Schatten. In der Ferne konnte er bereits das Rauschen des unterirdischen Wasserfalls hören. »Denkt daran. Niemand wird am Leben gelassen. Alle werden eliminiert – mit Ausnahme des Zielobjektes natürlich.«

Im Vorfeld war jeder Einzelne der Einheit von ihm gebrieft worden, wie Pia aussah und wie sie sie am schnellsten erkannten. Auch wenn er es der kleinen schwarzhaarigen Hexe zu gerne heimgezahlt hätte, so würde er persönlich vor den CEOs die Verantwortung übernehmen müssen, falls ihr etwas geschah. Und er hatte wirklich keine Lust, aus dem Fenster des Pyramiden-Turms geworfen zu werden.

Die Augen des Soldaten verengten sich unter seiner schwarzen Skimaske. Wahrscheinlich runzelte er die Stirn.

»Aber«, begann er. »Die Heerführerin hat doch gesagt ...«

»Ich weiß genau, was sie gesagt hat«, fiel ihm Falk scharf ins Wort, achtete jedoch darauf, nicht die Stimme zu erheben. »Scheinbar ist dein Briefing nicht auf dem neuesten Stand, Soldat. Der letzte Befehl lautet: Abgesehen von der Zielperson werden alle eliminiert.«

Der Anführer des Elitetrupps schien noch nicht überzeugt und wollte erneut etwas erwidern, doch Falk ließ es nicht dazu kommen. »Oder möchtest du etwa das Wort eines hochrangigen Mitglieds der AIS in Frage stellen?«

Der Mann versteifte sich bei der Erwähnung des Sicherheitsapparates. Er wusste, dass auch er hinter dessen Mauern verschwinden konnte, wenn er erst einmal zurück in Utilitas war. »Nein, selbstverständlich nicht.«

Falk lächelte wohlwollend. »Gut. Dann werde ich diesen kleinen Zwischenfall einfach vergessen. Noch einmal so eine Aktion, und ich werde den CEOs davon berichten müssen, verstanden?«

»Jawohl!«

Falks Lächeln wurde breiter. »Ein Versagen ist ausgeschlossen. Macht euch bereit, lautlos die Wachen auszuschalten.«

»Jawohl«, bestätigte der Soldat erneut. Ganz so, wie Falk es mochte. Er gab seinen Männern das Zeichen, sich bereit zu machen. Auch das geschah annähernd geräuschlos.

Sie schlichen bis zum Ende des Tunnels. Gleich mussten sie an der Stelle angelangt sein, an der die Wachposten des Hades zu sehen waren.

Doch zu Falks großer Überraschung war der Wachposten leer. Was war hier los? Es war doch eine eiserne Regel des Hades, dass immer mehrere Leute als Wachen aufgestellt waren. Gerade nach dem Angriff auf Ilja wäre es eigentlich logisch gewesen, die Wachen sogar zu verstärken. Zumindest hätte Falk es so gemacht.

Er gab den Männern ein Zeichen, ihm zu folgen, und kurz darauf erreichten sie die alte Leiter, die in das Innere der Zisterne führte, in der der Hades lag. Von hier aus konnte man einen großen Teil des unterirdischen Dorfes überblicken.

Falk blieb im Schatten der Tunnelwand stehen und blickte hinab. Er runzelte die Stirn. »Was zum Teufel ist hier los?«

Es war alles dunkel. Das große Feuer auf dem Hauptplatz war erloschen, ebenso wie die bunten Girlanden, die normalerweise immer erleuchtet waren. Auch in keinem der windschiefen Häuser brannte Licht, was allerdings daran liegen konnte, dass alle Bewohner schliefen. Es herrschte absolute Stille. Außer dem Rauschen des Wassers in der Dunkelheit, das etwas lauter klang als sonst, war nichts zu hören.

Der Hades wirkte völlig verlassen, fast wie eine Geisterstadt, in der schon lange niemand mehr wohnte.

Falk konnte kaum glauben, was er da sah. Wo waren alle? Wut begann, in ihm hochzukochen. Hatte man etwa seinen Plan durchschaut? So viel Gerissenheit hätte er den Hadesleuten niemals zugetraut. Nein, das konnte eigentlich nicht sein. Vielleicht versteckten sie sich irgendwo. Falk musste sichergehen.

»Zugriff!«, raunte er den Männern zu. »Durchsucht jedes Haus, jeden Schuppen, jede verdammte Ritze! Findet sie!«

Wie schwarze Schatten strömten die Männer hinab in das unterirdische Dorf. Falk blieb an der Leiter stehen und beobachtete das Geschehen. Er würde Aela, Pia und die anderen schon noch finden.

Paul spürte, wie sein Seitenstechen immer schlimmer wurde, je tiefer er in das Tunnellabyrinth vordrang. Die Luft roch feucht und modrig. Bereits nach kurzer Zeit hatte er sich hoffnungslos verirrt. Pia hatte ihm zwar gleich am Anfang seiner Zeit im Hades das komplizierte Navigationssystem der Tunnel erklärt, doch in der Eile hatte er auf die im Schein seiner Taschenlampe vorbeiziehenden Symbole und Zeichen kaum geachtet. Wie er jemals den Weg zurückfinden sollte, darüber würde er sich Gedanken machen, wenn er Goliath schließlich erwischt hatte.

Irgendwann musste dem Affen doch die Kondition ausgehen, so klein, wie er war.

Immer wieder stieß Paul auf stinkenden Unrat und riesige Ratten, deren lange haarlose Schwänze sich wie Schlangen wandten, wenn sie vor dem Lichtstrahl flohen. Einmal stolperte er über etwas, das sich als die Überreste eines Menschen entpuppte. Brustkorb, Halswirbelsäule und Schädel, blank genagt und noch mit Überresten von Kleidung bedeckt. Obwohl er wusste, dass der Anblick von Leichen in den Tunneln nichts Ungewöhnliches war, schauderte es Paul. Ob der Tote seit dem großen Sterben hier lag oder sich irgendwann danach im Untergrund verirrt hatte, konnte er nicht bestimmen. Er hoffte nur, dass nicht auch er so enden würde.

»Goliath!«, rief er erneut, und seine Stimme begann von dem vielen Rufen und Rennen, langsam krächzend zu werden. »Bleib stehen, hörst du?«

Aela behauptete immer, der Affe würde fast alles verstehen. Er wusste also ganz genau, was Paul von ihm wollte, dachte nur scheinbar nicht daran, auf ihn zu hören.

Paul war mehr als dankbar, dass ihm Lukas die Taschenlampe mitgegeben hatte, denn sonst hätte er Goliath längst verloren. So sah er den kleinen flinken Körper am Ende des langen Lichtstrahls zwischen den Schienen flüchten.

Nach einer Weile – er hatte völlig das Gefühl für Zeit verloren, waren es Minuten oder Stunden, die vergangen waren? – stieß er auf ein Hindernis, das sich als liegengebliebene U-Bahn herausstellte, als er näher kam. Goliath verlangsamte sein Tempo nicht, sondern sprang geschickt daran hoch und kletterte an der rostigen Außenhülle der Bahn nach oben. Auf dem Dach angekommen, blickte er sich kurz zu Paul um, fast so, als wollte er sagen: »Jetzt versuch, das mal nachzumachen, du plumper Sack!« Dann rannte er über das Dach davon und war aus Pauls Sichtfeld verschwunden.

Schwer atmend blieb Paul vor dem alten Zug stehen und lehnte sich kurz an das kalte Metall, um einen Moment zu verschnaufen. »Du kleines Miststück«, murmelte er. »Wenn ich dich erwische …«

Er hob den Kopf und blickte an der U-Bahn nach oben. Für Pia wäre es bestimmt kein Problem gewesen, daran hochzuklettern und Goliath zu folgen, doch für ihn war es schier ein Ding der Unmöglichkeit. Und auch an der Seite konnte er sich nicht vorbeiquetschen, da die U-Bahn in einer Kurve liegengeblieben war und daher zu dicht an der Wand stand.

Er fluchte. Doch gerade, als er schon zu befürchten begann, Goliath nicht mehr einholen zu können, bemerkte er, dass die hinterste Tür der Bahn offen stand. Vielleicht konnte er das Hindernis überwinden, indem er einfach hindurchlief?

Vorsichtig leuchtete er durch die offene Tür in das Innere hinein. Nichts rührte sich.

Was hast du auch erwartet?, verhöhnte er sich selbst. *Wandelnde Skelette etwa?*

Er konnte nicht verhehlen, dass er die liegengebliebenen U-Bahnen unheimlich fand. Sie waren oftmals voller Leichen und Ratten, und wer wusste schon, welche Tiere dort noch ihr Unwesen trieben. Er zögerte.

Dann jedoch dachte er an Aela und wie sehr sie ihren Affen liebte.

Du bist kein Diener mehr, ohne eigenen Willen und Verstand, sagte er sich. *Du bist jetzt ein freier Mann, also benimm dich auch wie einer!*

Mühevoll zog er sich an der Eingangsstufe nach oben, denn die Bahn war so konzipiert, dass die Passagiere vom Bahnsteig aus einsteigen konnten und nicht vom Boden wie er.

Innen leuchtete er erneut vorsichtig die dunklen Reihen entlang. Tatsächlich konnte er ein paar Gestalten erkennen, die hier schon seit dem großen Sterben saßen und verwesten. Sie von außen durch die Fenster sehen zu können, war schon gruselig genug, doch die Vorstellung, mitten durch sie durchzurennen, ließ Paul die Nackenhaare zu Berge stehen.

Dann jedoch fiel ihm ein Spruch ein, den sein Großvater immer zu sagen pflegte: Tote Menschen können dir nichts mehr tun, nur lebende!

Er lief los, konzentrierte sich auf seine Schritte und versuchte, die Sitzreihen, die er passierte, so gut wie möglich zu ignorieren. Dennoch konnte er nicht anders, als hin und wieder in ein skelettiertes Grinsen zu schauen, wenn der Strahl seiner Taschenlampe darüber huschte. Paul hatte das Gefühl, sich noch nie in seinem Leben so sehr gefürchtet zu haben. Zu allem Überfluss wurde das Licht der Taschenlampe immer schwächer und begann zu flackern. Wenige Sekunden später erlosch es schließlich ganz.

Paul umgab mit einem Mal nichts als schwarze Finsternis. Er biss sich auf die Zunge, um nicht laut aufzuschreien, als eine Welle von panikartiger Platzangst ihn zu überrollen drohte.

Einen Moment lang stand er regungslos da und hörte nichts als das Rasseln seines Atems. Dann bemerkte er noch ein anderes Geräusch: das leise Plätschern von Wasser. Das konnte nur bedeuten, dass er ganz in der Nähe des Hades war! Wie etliche andere Tiere, so musste auch Goliath eine Art inneren Kompass besitzen, der ihn direkt in sein altes Zuhause geführt hatte, wo er hoffte, Aela zu finden.

Der Gedanke an sie ließ Paul für einen Moment seine Angst und Panik vergessen. Er dachte konzentriert nach.

Plötzlich lachte er leise auf, das Geräusch klang sonderbar in der Schwärze der U-Bahn mit ihren stummen Fahrgästen. Wie konnte er so ein Idiot sein? Jetzt erst fiel ihm ein, wie die Taschenlampe funktionierte. Sie hatte einen Mechanismus, mit dem man manuell Strom für die Lampe erzeugen konnte, indem man gleichmäßig einen Hebel zusammendrückte. Nach einem kurzen Betasten der Taschenlampe hatte er die Vorrichtung gefunden. Wenige Sekunden später hatte er wieder Licht.

Schlagartig machten ihm die Toten um ihn herum keine Angst mehr. Erleichtert rannte er los und durchquerte, so schnell er konnte, den Rest der U-Bahn. Vielleicht konnte er Goliath noch einholen, ehe dieser den Hades erreicht hatte.

»Sauber!«, tönte es zum wiederholten Male aus einem der Häuser des Untergrunds.

»Sauber!«, bestätigte ein weiterer Soldat, der gerade Iljas Haus verließ.

Falk konnte es immer noch nicht fassen. Seine schlimmste Befürchtung wurde wahr: Die Bewohner des Hades hatten ihre unterirdische Siedlung offenbar verlassen. Doch wo waren sie hin? An die Oberfläche? In einen anderen unterirdischen Bereich, den Falk nicht kannte? Er musste sich stark zusammenreißen, um nicht laut fluchend gegen die Leiter zu treten. Doch das durfte er nicht, schließlich musste er vor den Männern sein Gesicht wahren. Aber es lag nicht nur in seinem persönlichen Interesse, die Hades-Brut auszuschalten. Solange Aela, Pia und die anderen frei herumliefen, bildeten sie ein nicht kalkulierbares Risiko für die Operation »Inquisition«. Deutlich konnte er sich Mayas höhnischen Blick vorstellen, wenn sie davon erfuhr, dass er schon wieder versagt hatte. Es war zum Haareraufen!

»Sucht weiter!«, rief er den Männern wütend zu. »Irgendwo muss es eine Spur geben, wo die Bewohner hin sind!«

Während er noch immer oben am Rand der Zisterne stand und die Situation beobachtete, schwand seine Hoffnung jedoch zusehends, dass sie tatsächlich etwas finden würden.

Aber ihm sollte keine Zeit bleiben, sich weiterhin darüber Gedanken zu machen. Ein lauter Knall durchbrach plötzlich die Stille, in die der dunkle Hades gebettet lag.

Falk zuckte zusammen. »Was zum Teufel …!«, rief er aus,

doch seine Stimme wurde von einem ohrenbetäubenden Rauschen verschluckt. Er wandte den Kopf und sah eine gewaltige Welle schäumenden Wassers, die wie eine pechschwarze Totenhand durch die hinteren Kammern des Hades nach vorne schoss.

»Rückzug!«, brüllte er den Soldaten zu, die völlig überrascht in ihren Tätigkeiten innehielten und das Monstrum aus tosendem Wasser anstarrten. Panisch rannten sie los. Doch es war zu spät.

Wie versteinert vor Entsetzen, blieb Falk nichts anderes übrig, als aus seiner erhöhten Position zu beobachten, wie sich die schwarze Welle durch das unterirdische Dorf fraß und alles verschlang, was ihr in den Weg kam. Möbel, Häuser – und verzweifelt um ihre Leben rennende Menschen.

Er hörte Todesschreie und Gurgeln, als die Welle die Wand erreicht hatte und sich daran brach. Nur die wenigsten Bewohner von Utilitas konnten schwimmen, und Falk vermutete, dass die Soldaten keine Ausnahme bildeten. Und selbst wenn, so war ihre Ausrüstung schwer und würde sie im rasant ansteigenden Wasser nach unten ziehen. Auch wenn ein paar der Männer überlebten, so hatte Falk seine Einheit verloren.

Jetzt erst fiel ihm wieder ein, dass der Hades in einer alten Zisterne erbaut worden war, die ursprünglich konstruiert worden war, um die Stadt vor Überschwemmungen zu schützen. Doch als er noch im Hades gelebt hatte, hatte es immer geheißen, die Schleuse wäre fest verschlossen, so dass kein Wasser in die unterirdische Stadt gelangen konnte, bis auf den kleinen Wasserfall und den dazugehörigen Bach, die man kontrollierte.

Was also war passiert? Während das Wasser unter ihm weiter stieg und drauf und dran war, die höchsten Gebäude der Unterwelt zu verschlucken, sah er sich hektisch um, betrachtete die Wände der künstlichen Höhle.

Es dauerte nicht lange, bis er die Antwort sah.

Keine hundert Meter entfernt, in einer Nische noch höher gelegen als sein Aussichtsplatz, entdeckte er Aelas unverwechselbaren feuerroten Haarschopf. Sie stand regungslos da und beobachtete, wie die Wassermassen ihr Zuhause und seine Männer verschlangen. Sie musste es gewesen sein, die die Schleuse geöffnet hatte. Das Miststück hatte ihn in eine Falle gelockt! Schon wieder wurde er auf heimtückische Weise überlistet. Ohnmächtige Wut kochte in Falk hoch, als ihm diese Tatsache bewusst wurde. Er ballte die Fäuste so stark, dass seine eigenen Fingernägel in das Fleisch seiner Hände schnitten.

Dann griff er nach seiner Pistole. Er würde es Aela heimzahlen, hier und jetzt. Und wenn es das Letzte war, das er in seinem Leben tat.

Er zielte direkt auf ihren Kopf und freute sich darauf, zu sehen, wie der Schädel förmlich platzen würde, wenn er sie traf. Doch im letzten Moment, ehe er abdrücken konnte, schien sie etwas zu spüren. Sie zuckte nach hinten zurück, und der Schuss krachte in die Wand neben ihr.

Jetzt wandte sie den Kopf und sah ihn direkt an. Ihre Blicke kreuzten sich, und Falk meinte, in Aelas Augen dasselbe Gefühl zu sehen, das auch er empfand: Mordlust. Dann duckte sie sich, so dass er sie nicht mehr treffen konnte. Doch er dachte nicht daran, aufzugeben. Jetzt erst bemerkte er den schmalen Steg, der die Wand entlang angebracht war, und eine alte Leiter, die genau zu Aela führte. Er stürzte darauf zu, bereit, sofort zu schießen, wenn sie wieder in Sichtweite kam. Und sie ließ ihn nicht lange warten.

Wenige Sekunden später erschien ihre Silhouette direkt über ihm. Genau darauf hatte er gewartet. Dieses Mal zielte er nicht auf ihren Kopf, sondern auf den Torso. Dieser war leichter zu treffen, und auch wenn der erste Schuss vermutlich nicht tödlich war, so konnte er ihr später noch immer den Rest geben.

Wieder begegnete er ihrem Blick. Ihre Augen weiteten sich. Sie schien endlich zu verstehen, dass sie die Situation falsch eingeschätzt hatte und jetzt sterben würde. Falks Finger spannte sich über den Abzug. Doch auch dieses Mal kam er nicht dazu, ihn zu betätigen.

Plötzlich spürte er, wie ihm etwas Haariges ins Gesicht sprang. Er schrie schmerzerfüllt auf, als sich scharfe Zähne in sein Ohr bohrten und kleine Krallen versuchten, ihm die Augen auszukratzen.

Der Affe!, fiel ihm schlagartig ein. Aelas stinkender verlauster Affe versuchte, seinem Frauchen das Leben zu retten. Wo war der bloß plötzlich hergekommen?

Hektisch griff Falk nach dem zappelnden Tier und zog es mit einem Ruck von seinem Gesicht weg. Heißes Blut tropfte in seine Augen, doch das machte ihn nur noch wütender. Hasserfüllt knallte er das Äffchen gegen die Steinwand. Der Affe kreischte kurz schmerzerfüllt auf, dann erschlaffte sein kleiner Körper in Falks Händen. Achtlos ließ Falk den Affen ins tosende Wasser unter ihm fallen. Wenn er es nicht geschafft hatte, ihm den Schädel einzuschlagen, dann würde das widerliche Biest spätestens jetzt ertrinken.

»Goliath!«, schrie Aela, die noch immer oben an der Leiter stand. Falk blickte nach oben und sah grenzenloses Entsetzen und tiefen Schmerz in Aelas Gesicht. Doch ihm blieb keine Zeit, diesen köstlichen Anblick zu genießen.

Mit einem wütenden Aufschrei sprang Aela die drei Meter Höhe, die sie über ihm gestanden hatte, herab und stürzte sich auf ihn.

Beide knallten auf den engen Steg, und Falk blieb für einen Moment die Luft weg. Sofort begann sie, auf ihn einzuprügeln, mit einer Kraft und Aggression, die er bei einer Frau nie für möglich gehalten hatte.

Doch auch er hatte ein gutes Training genossen. Nach der ersten Überraschungssekunde parierte er ihre Hiebe und stieß sie mit dem Knie von sich weg. Sie knallte gegen dieselbe Wand, die ihren geliebten Affen das Leben gekostet hatte, schwankte und drohte ebenfalls ins Wasser zu stürzen. In letzter Sekunde gelang es ihr, ihren Körper auszubalancieren und sich wieder zu fangen.

Falk nutzte diese Zeit, um sich hastig umzusehen. Beim Aufprall war ihm seine Waffe aus der Hand gerutscht. Sie lag ein paar Meter hinter ihm und war zum Glück nicht ins Wasser gefallen. Sofort stürzte er darauf zu. Wenn er schnell genug war, konnte er sich mit der Waffe umdrehen und Aela erschießen, ehe sie ihn erneut angreifen konnte.

Doch sie war schneller. Kurz bevor seine Finger die Pistole berühren konnten, knallte sie erneut mit voller Wucht gegen ihn und krallte ihre Finger in sein Haar. Nun verloren sie beide das Gleichgewicht und stürzten in das tosende Wasser unter ihnen.

Für einen Moment verlor Falk die Orientierung. Alles war schwarz und voller schäumender Luftblasen. Er konnte zwar schwimmen, anders als seine Männer, allerdings nicht besonders gut. Aela krallte sich noch immer an ihm fest – und zog ihn schließlich mit sich hinab. Jetzt erst erkannte er die unscharfen Konturen der versunkenen Gebäude unter ihnen. Doch ihm blieb keine Zeit, einen klaren Gedanken zu fassen. Aelas Hände ließen sein Haar los und umklammerten stattdessen seinen Hals, drückten erbarmungslos zu wie ein Schraubstock. Kalte Panik wallte in Falk hoch. Er bekam keine Luft mehr und versuchte verzweifelt, ihre Hände von seinem Hals zu lösen. Doch Aela schien eine Kraft zu besitzen, die er niemals erwartet hätte. Er röchelte und glaubte, jeden Moment zu ersticken.

Das durfte nicht das Ende für ihn sein! Nicht so! Er hatte doch noch so viele Pläne … Was für eine Verschwendung!

Bevor er endgültig das Bewusstsein verlor, erinnerte er sich an etwas, das ihm das Leben retten könnte. Er hatte noch ein Messer in seinem Gürtel stecken! Mit schwindender Kraft griff er danach und zog es heraus. Ohne zu zögern, stach er damit blind auf Aela ein. Er konnte nicht erkennen, ob er getroffen hatte, doch plötzlich ließ der Schraubstock um seinen Hals nach. Er war frei!

Mit letzter Kraft schwamm er zur Oberfläche, die er laut prustend und nach Luft schnappend durchbrach. Seine Lungen brannten wie Feuer, doch die Gefahr war noch immer nicht gebannt. Aela war eine deutlich bessere Schwimmerin als er und konnte ihn jederzeit wieder in die Tiefe ziehen.

Das Messer noch immer in der Hand, suchte er fieberhaft die dunkle Wasserfläche um ihn herum ab, doch sie kam nicht zum Vorschein. Stattdessen entdeckte er Blut auf der Oberfläche. Noch immer nach Luft schnappend entfuhr ihm ein schon beinahe hysterisches Triumphlachen. Er hatte sie erwischt! Sie war tot!

Eine entfernte Stimme drang an sein Ohr. »Hierher! Hierher!«

Er wandte den Kopf und sah ein paar seiner Männer, die es geschafft hatten, den Wassermassen zu entkommen, und nun auf einer trocken gebliebenen Schräge standen und ihm hektisch zuwinkten. Er fühlte sich zwar schwach, und sein Hals schmerzte höllisch, doch er nahm all seine Kraft zusammen und schwamm auf sie zu. Kräftige Arme halfen ihm aus dem Wasser.

Sein schöner Plan war buchstäblich baden gegangen, doch immerhin war es ihm gelungen, Aela und ihrem Affen den Garaus zu machen. Er war am Leben, ein Teil seiner Einheit auch. Und es gab noch einen Teil seines Auftrags, den er unbedingt erfüllen wollte: Pia.

Nicht lange, nachdem Paul die liegengebliebene U-Bahn hinter sich gelassen hatte, hörte er einen seltsam dumpfen Knall, der ihn stehen bleiben und die Stirn runzeln ließ. Das darauf folgende Geräusch war noch viel beunruhigender und hörte sich an, als würde eine riesige Welle Wasser durch den Untergrund rollen. Ein mulmiges Gefühl beschlich ihn. Was war hier los?

Doch er hatte keine Zeit, mitten im Dunkeln stehen zu bleiben und sich den Kopf darüber zu zerbrechen, er musste Goliath finden! Seine einzige Chance war, den Hades zu erreichen und zu hoffen, dass er tatsächlich dorthin gelaufen war.

Schnell rannte er weiter und stellte fest, dass das Tosen des Wassers lauter wurde, je näher er dem Hades kam. Ein schrecklicher Verdacht begann in ihm zu keimen. Konnte es sein, dass es das war, was Aela geplant hatte? Den Hades zu zerstören – genau dann, wenn sich die Feinde darin befanden? Seine aufkommende Angst verdrängend zwang er sich, schneller zu laufen. In diesem Moment erschütterte ein weiterer markerschütternder Knall die Finsternis und hallte an den steinernen Wänden bedrohlich wider. Diesmal konnte Paul ihn jedoch genau zuordnen: Es war der Schuss einer Waffe. Er hetzte weiter, nun erfüllt von Sorge um die Frau, die er liebte.

Als er wenige Augenblicke später den Eingang des Hades erreichte, bot sich ihm ein grauenvolles Bild. Das unterirdische Dorf war verschwunden, und an seine Stelle war ein riesiger unterirdischer See getreten, dessen dunkles Wasser wütend und aufgeschäumt gegen die Wände peitschte. Bereits regungslose Körper trieben darauf herum, während einige Meter weiter ein paar Menschen verzweifelt gegen das Ertrinken kämpften. Dann wandte Paul den Kopf nach links und erstarrte.

Er sah Goliath. Der kleine Affe rannte mit halsbrecherischer Geschwindigkeit auf eine Gestalt zu, die ihm zwar den Rücken zuwandte, die Paul dennoch sofort als Falk erkannte. Er hielt eine Pistole, die er nach oben gerichtet hatte. Dann erkannte Paul auch, auf wen Falk zielte: Aela stand auf einer Plattform ein paar Meter über ihm.

Pauls Herz setzte einen Moment aus, als er realisierte, dass Falk Aela treffen und töten würde. Er wollte schreien, doch es kam kein Ton aus seiner Kehle. In diesem Augenblick sprang Goliath Falk ins Gesicht und begann, ihn zu kratzen und zu beißen, mit einer Heftigkeit und Aggression, die Paul dem kleinen Tier niemals zugetraut hätte. Falk schrie schmerzerfüllt auf und ließ die Waffe sinken, ohne sie auf Aela abfeuern zu können.

Stattdessen knöpfte er sich jedoch Goliath vor. Entsetzt und doch völlig hilflos musste Paul mit ansehen, wie Falk das Äffchen kaltblütig gegen die Wand donnerte. Aela schrie so herzzerreißend auf, als ob sie tatsächlich von einer Kugel getroffen worden wäre, als Falk Goliaths leblosen Körper einfach ins Wasser warf.

Plötzlich ging alles so schnell, dass Paul im Nachhinein selbst überrascht war über seinen eigenen Mut.

Er zögerte keine Sekunde und wusste instinktiv, was er tun musste.

Aela liebte diesen kleinen Affen über alles. Es war seine Schuld, dass Goliath hier war. Daher war es auch seine Aufgabe, ihn nun zu retten. Er musste es wenigstens versuchen!

Beherzt sprang Paul ins Wasser. Es war erstaunlich kalt und umhüllte ihn sofort wie eine schwarze, eisige Decke. Zunächst konnte er kaum etwas erkennen, alles war dunkel und trüb. Doch dann entdeckte er einen kleinen leblosen Körper mit langem Schwanz unweit von sich auf dem Wasser treiben. Goliath.

War er tot? Paul wusste es nicht. Der Schlag mit dem Köpfchen gegen die Wand konnte ihm locker den Schädel gebrochen haben, aber vielleicht hatte er Glück gehabt und war nur ohnmächtig geworden. Doch selbst dann würde er mit Sicherheit ertrinken, wenn Paul sich nicht beeilte.

Mit aller Kraft kämpfte er gegen die Strömung an. Er war ein schlechter Schwimmer, doch daran hatte er gar nicht gedacht, als er sich in die schwarzen Fluten gestürzt hatte. Er hoffte, Aela würde ohne ihn zurechtkommen und Falk fertigmachen, jetzt, da er durch Goliaths heldenhafte Attacke verwundet war. Doch daran durfte er jetzt nicht denken.

Eine Welle brach über seinem Kopf, er schluckte Wasser und

musste heftig husten. Sein Hals schmerzte, doch er gab nicht auf, sondern arbeitete sich verbissen immer näher an den treibenden Affenkörper heran. Fast hatte er ihn erreicht. Nur noch ein paar Zentimeter trennten ihn von dem langen Schwanz.

Endlich erwischte Paul ihn und zog Goliath zu sich. Er hielt den kleinen Körper über das Wasser, so gut es ging. Durch sein nasses Fell fühlte Goliath sich schwerer an als sonst – und ungewöhnlich kalt. Kein gutes Zeichen!

Paul streckte den Hals über das unruhige Wasser und sah sich um. Er hoffte, er könnte irgendwo in der Nähe an Land, um Goliath ins Trockene zu bringen und zu untersuchen. Doch um ihn herum war alles schwarz. Wo war eigentlich seine Taschenlampe? Er musste sie verloren haben, als er ins Wasser gesprungen war. Lukas würde wenig begeistert darüber sein, doch das war jetzt sein geringstes Problem.

Nach ein paar verzweifelten Sekunden, die ihm vorkamen wie die Ewigkeit selbst, entdeckte er etwas, das aus dem Wasser ragte. Es befand sich in der zweiten Kammer der Zisterne, unweit der Position, an der sich bis vor kurzem noch der Wasserfall befunden hatte. Paul erkannte ein großes rundes Rohr, das hoch genug war, dass er darin stehen konnte.

Mit einem Arm – denn im anderen hielt er den schlaffen Goliath – schwamm er so schnell wie möglich auf das Rohr zu. Ihm blieb nicht mehr viel Zeit! Er hob zuerst den Affen hinein, dann zog er sich völlig außer Atem daran hoch. Erst jetzt bemerkte er, dass er völlig erschöpft und durchgefroren war und am ganzen Körper zitterte, doch das war unwichtig. Langsam beugte er sich über Goliaths kleinen Körper.

Der Affe rührte sich nicht und schien auch nicht zu atmen.

Er ist tot! Der Gedanke erschütterte Paul mehr, als er es für möglich gehalten hatte. Nicht nur, weil es Aelas Affe war und er den Schmerz, den sie über dessen Verlust verspüren würde, regelrecht körperlich nachempfinden konnte. Er hatte bis zu diesem Augenblick gar nicht bemerkt, dass er Goliath tatsächlich mochte. Er war vielleicht nur ein Tier, doch er hatte zur Gemeinschaft des Hades gehört wie eine vollwertige Person. Er war eine Art Familienmitglied.

Nur mit Mühe konnte er die Tränen zurückhalten, die sich ihren Weg aus seinen Augen zu bahnen drohten.

Nein!, dachte er. *Es war noch nicht vorbei, es durfte nicht sein!* Er erinnerte sich daran, dass Ilja ihm anhand der alten lebensgroßen Puppe, die sonst für das Training der Diebe herhalten musste, gezeigt hatte, was man tun musste, um einen Menschen wiederzubeleben, der keinen Puls mehr hatte. Diese Technik stammte aus der alten Zeit und war Paul absonderlich vorgekommen, doch er zweifelte nicht daran, dass sie funktionierte, wenn Ilja es sagte. Und wenn sie bei Menschen anwendbar war, warum dann nicht auch bei Tieren? Er musste es auf jeden Fall versuchen!

Vorsichtig drehte er Goliath auf den Rücken und betastete seinen Brustkorb. Er hob und senkte sich nicht, und es war auch kein Herzschlag zu spüren. Paul zwang sich, Ruhe zu bewahren und sich zu konzentrieren. Ilja hatte ihm gezeigt, wie das menschliche Herz zu finden war, wenn man Wiederbelebungsmaßnahmen starten wollte, doch er hatte keine Ahnung von der Anatomie eines Affen. Es blieb ihm nichts anderes übrig, als ihn einfach wie einen Menschen zu behandeln.

Er legte seine Hände auf die Stelle, an der er Goliaths kleines Herz vermutete, und begann, rhythmisch dagegen zu drücken, allerdings nicht zu fest, um ihm nicht die Rippen zu brechen. Er zählte bis fünfzehn, dann beugte er sich über das kleine haarige Gesicht. Vorsichtig bog er den Kopf zurück, hielt ihm die Nase zu und pustete Luft durch den Mund in die Lungen des Affen. Sofort hob sich der kleine Brustkorb, doch Paul wusste, dass es damit nicht getan war. Er begann von neuem mit der Herzmassage, dann pustete er wieder Luft in die winzigen Lungen. Er wiederholte das Ganze noch mal und noch mal, doch er konnte noch immer keinen Puls oder eine sonstige Regung in Goliath spüren.

»Komm schon, Kleiner«, flüsterte er verzweifelt. »Mach jetzt nicht schlapp, ja? Tu mir das nicht an …«

Aus dem Augenwinkel bemerkte er eine Bewegung und wandte den Kopf, ohne den rhythmischen Druck auf Goliaths Herz zu unterbrechen. Zu seinem Erstaunen war es Aela, die gerade aus dem Wasser in das große Rohr kletterte. Sie war unglaublich blass, und ihre aufgerissenen Augen wirkten in dem starren Gesicht geradezu riesig, als sie sah, was vor sich ging.

Sie sah aus wie ein Geist, ein Schatten ihrer selbst. Und dennoch war das für Paul der schönste Anblick seines Lebens. Sie lebte! Sie hatte es geschafft!

Grenzenlose Erleichterung machte sich in ihm breit. Am liebsten hätte er sich auf sie gestürzt, sie umarmt und geküsst, doch die Art und Weise, mit der sie Goliaths leblosen kleinen Körper betrachtete, brach ihm gleichzeitig das Herz. Er konnte den Kleinen noch nicht aufgeben, er durfte nicht!

Widerwillig wandte er seinen Blick von Aela ab und begann noch einmal von vorne mit seiner Behandlung.

»Er ist tot«, hörte er Aelas Stimme hinter sich. »Es hat keinen Zweck, Paul.«

Aelas geliebte wohltönende Stimme klang so hohl und schwach, als ob sie selbst im Sterben lag. Fast so, als würde auch ihr Herz stehenbleiben, wenn Paul es nicht schaffte, das von Goliath wieder in Gang zu setzen.

Er gab nicht auf, er machte weiter.

Immer und immer wieder vollzog er dieselben rhythmischen Bewegungen. Doch mit jeder Sekunde schwand sein Glaube, er könnte es schaffen. Goliath war tot. Das Scheusal Falk hatte ihn ermordet.

Doch gerade, als ihn die Kraft zu verlassen drohte und er

aufhören wollte, geschah etwas Wunderbares. Er spürte ganz deutlich eine sanfte Bewegung unter seinen Fingern. Es war Goliaths kleines zähes Herz, das wieder zu schlagen begann!

Paul hielt mit der Herzmassage inne und pustete noch einmal Luft in die Lungen des Affen. Plötzlich ging ein Ruck durch den gesamten Körper. Goliath erzitterte, dann wandte er den Kopf und prustete Wasser aus.

Paul konnte kaum glauben, was er da sah. Goliath lebte! Er hatte es geschafft!

Neben ihm schrie Aela auf. Es war ein Schrei der Überraschung und grenzenloser Freude. »Goliath!« Sie sank auf die Knie und presste den kleinen Körper an sich, während das Äffchen langsam seine menschenähnlichen Augen öffnete und seine Arme und den Schwanz um Aela schlang. »Mein kleiner Süßer … du lebst, du lebst!«

Große Tränen kullerten aus ihren Augen, als sie Paul dankbar ansah. Dieser konnte weder in Worte noch in Gedanken fassen, wie wunderbar es sich anfühlte, sie so glücklich zu sehen.

Er beugte sich vor und nahm Aela in die Arme, während sie noch immer Goliath an sich gepresst hielt.

»Du hast ihm das Leben gerettet«, flüsterte sie. »Danke, Paul. Danke. Das werde ich dir niemals vergessen.«

Er wollte etwas antworten, doch er wusste nicht, was. Er war zu gerührt und glücklich, um die richtigen Worte zu finden. Noch immer kullerten große Tränen über Aelas Wangen, doch sie lächelte, und es war, als ob nach einer scheinbar endlosen Nacht die Sonne am Horizont aufging. Paul lächelte zurück. Dann presste Aela ihre Lippen auf seine, mit einer zärtlichen Leidenschaft, die er von ihr bis dahin nicht gekannt hatte. Er drückte sie fester an sich und wünschte, er müsste sie nie wieder loslassen.

Doch auf einmal zuckte sie zusammen, als ob sie Schmerzen hatte. Sofort ließ Paul sanft von ihr ab und blickte sie besorgt an. Jetzt erst bemerkte er, dass sie blutete. Sie hatte Stichwunden am linken Arm und am Oberschenkel.

»Du bist verletzt!«, rief er erschrocken aus. »Was ist passiert?«

»Falk«, sagte sie ruhig und winkte ab. »Sieht schlimmer aus, als es ist.«

Die Vorstellung, dass dieser Bastard Falk die Frau, die er liebte, verwundet hatte, breitete hasserfüllte Wut in seinem Bauch aus. Er hätte sich nie vorstellen können, jemanden ernsthaft zu verletzen, doch nun wusste er, dass er Falk eiskalt töten würde, wenn sich ihm die Gelegenheit dazu bot.

Hektisch sah Paul sich nach etwas um, das er benutzen konnte, um Aela zu verbinden, und zog, ohne zu zögern, sein nasses Hemd aus, um einen provisorischen Verband daraus herzustellen. Es war erstaunlich kalt, und eine Gänsehaut begann sich sofort auf seiner nackten Haut auszubreiten. Doch das war ihm egal. Er musste Aelas Verletzungen notdürftig verbinden und sie in Sicherheit bringen, nur das zählte. Er griff nach dem Messer, das sie immer bei sich trug, um sein Hemd in Streifen zu schneiden.

Aela hielt den leicht zitternden Goliath noch immer eng an sich gedrückt und atmete schwer. Ihre Haut wirkte noch blasser als sonst, und ihre Augen beobachteten aufmerksam jede von Pauls Bewegungen, während er die Stoffstreifen um ihr Bein wickelte. Sie sprach nicht, doch ihr Blick war so warm und voller Dankbarkeit und Zuneigung, wie er es noch nie bei ihr gesehen hatte. Noch während er mit der kleineren Wunde an ihrem Arm beschäftigt war, griff sie sanft mit der anderen Hand nach seinem Kinn und zog sein Gesicht vorsichtig an das ihre. Einen Augenblick lang sah sie ihm einfach nur in die Augen, dann küsste sie ihn erneut. Und Paul wusste mit einem Mal, dass da mehr war als nur Dankbarkeit.

23. Kapitel

Verhandlungen

Elias spürte ein nervöses Kribbeln in der Magengegend, als er Bangkok erneut durch die weitflächigen Hallen und Korridore der Flughafenstadt folgte. Jetzt wurde es richtig ernst. Es lag an ihm allein, die Anführer dieser rätselhaften, verborgenen Stadt davon zu überzeugen, MUC zu helfen. Er wusste, dass er nicht versagen durfte. Dies war *die* Chance, seiner bisher nutzlosen, hedonistischen Existenz einen Sinn zu geben. Er konnte maßgeblich an der Rettung seiner Heimat mitwirken und gleichzeitig seinem Vater beweisen, was in ihm steckte.

Und dann war da natürlich noch Pia.

Zwar war sie enttäuscht gewesen, dass nur er zu den Ältesten vorgelassen wurde und sie gemeinsam mit Sam in dem ihnen zugewiesenen Quartier bleiben musste. Doch als er sich verabschiedete, war so viel Hoffnung und Zuversicht in ihrem Blick gewesen – ja, sogar Vertrauen in ihn –, dass ihm klargeworden war, dass er allein schon für sie Erfolg haben musste.

Das Gespräch zwischen ihnen war wundervoll und intensiv gewesen. Sie hatte ihm ihr großes Herz erneut geöffnet und war bereit, ihm zu verzeihen. Er wusste, dass das mehr war, als er verdient hatte, und er war fest entschlossen, sie ihre Entscheidung auf keinen Fall bereuen zu lassen.

Dennoch tat es weh, dass sie einen anderen liebte und es keine gemeinsame Zukunft für sie geben würde. Konnte er das akzeptieren? Er war sich dessen nicht sicher. Zumal er während ihres Gesprächs meinte, in ihren Augen gesehen zu haben, dass sie noch immer etwas für ihn empfand.

Doch jetzt musste er alle störenden Gedanken beiseiteschieben und sich auf die vor ihm liegende Aufgabe konzentrieren. War die Gefahr für MUC erst einmal gebannt, konnte er in aller Ruhe aussondieren, ob er nicht doch noch eine Chance bei Pia hatte. Zumal er durch Linus einen Vorwand haben würde, um sie regelmäßig sehen zu können.

Als Bangkok und er zum dritten Mal an diesem Tag den Zentralbereich durchquerten, hefteten sich erneut viele neugierige Blicke auf den seltsam anmutenden Fremden. So schräg, wie das Licht durch die teilweise gläserne Decke fiel, musste es mittlerweile Nachmittag geworden sein. Elias hatte in dieser sonderbaren Stadt jegliches Zeitgefühl verloren.

Dieses Mal gingen sie nicht durch die Gärten, sondern Bangkok führte ihn in einen unterirdischen Korridor, an dessen Tür noch ein Schild aus der alten Zeit befestigt war, auf dem »Kein Eintritt. Nur für Personal!« geschrieben stand. Der Gang war lang und verlief zunächst leicht abschüssig, um nach etwa fünfzig Metern wieder an Höhe zu gewinnen, so dass Elias nicht sehen konnte, was ihn am Ende erwartete. Die Leuchtstoffröhren an der Decke flackerten immer wieder. Sie schienen von geringerer Qualität zu sein als die beeindruckenden Lichtinstallationen in den Hauptgebäuden.

»Wo gehen wir hin?«, fragte Elias.

»Ins Terminal zwei«, antwortete Bangkok. »Es liegt auf der anderen Seite der Gärten, doch der Weg durch den Tunnel ist schneller. Wir wollen die Ältesten nicht warten lassen.«

»Ist dieses Terminal zwei ausschließlich dem Ältestenrat vorbehalten?« Elias fragte sich, ob die Aufteilung der Flughafenstadt der MUCs vielleicht doch ähnlicher war, als es zunächst den Anschein gehabt hatte.

Doch Bangkok schüttelte den Kopf. »Oh nein, nicht nur. Unsere wichtigsten Bereiche befinden sich dort. Medizin, Forschung, Verteidigung, die Büros der Ältesten der einzelnen Servicebereiche und natürlich der Konferenzbereich des Rates, in den ich dich auf direktem Weg führen werde.«

»Und jeder Bewohner der Stadt darf das Terminal zwei betreten?«

Bangkok sah ihn mit gerunzelter Stirn an. Offensichtlich fand er Elias' Fragen höchst sonderbar. »Selbstverständlich. Immerhin befindet sich auch unsere schönste und größte Freizeit-Lounge dort.«

Elias wusste nicht genau, was er sich darunter vorzustellen hatte, doch er beschloss, nicht weiter nachzuhaken. Stattdessen wollte er nach einer kurzen Pause wissen: »Hast du irgendwelche Tipps für mich, wie ich mich dem Rat gegenüber verhalten soll? Gibt es ein bestimmtes Protokoll, eine Art Etikette?«

Bangkok sah ihn an, dann huschte ein herzliches Lächeln über sein altersloses Gesicht. »Die Erfüllung deiner Aufgabe ist dir sehr wichtig, nicht wahr?«

»Das ist sie. Das Gespräch mit dem Ältestenrat eurer Stadt könnte über das Los meiner Stadt entscheiden.«

»Ich würde es gerne irgendwann einmal sehen, dein MUC. Die große Stadt.« Bangkoks rosafarbene Augen nahmen einen verträumten Ausdruck an, und mit einem Mal wirkte er fast wie ein ganz normaler Teenager.

»Wenn alles gutgeht und wir Utilitas den Hintern versohlt haben, wird es mir eine Freude sein, dich herumzuführen. Abgemacht?« Er streckte dem Jungen die Hand entgegen.

Bangkok strahlte über das ganze Gesicht und ergriff Elias' Hand. »Abgemacht!«

»Also, was muss ich beim Gespräch mit den Ältesten beachten? Wie kann ich sie beeindrucken?«

So knapp wie möglich erklärte Bangkok ihm, was ihre Sitten gegenüber den Ältesten waren und was Elias tun konnte, um sie für sich zu gewinnen.

»Danke«, sagte Elias, als sie am Ende des Korridors angekommen waren und vor einer Stahltür standen. Bangkoks Ratschläge waren vermutlich Gold wert.

»Keine Ursache. Ich hoffe, der Rat wird damit einverstanden sein, euch zu helfen.«

»Damit du MUC besuchen kannst, wenn alles vorbei ist?«

Ein spitzbübisches Grinsen huschte über das blass-durchsichtige Gesicht des jungen Mannes. »Unter anderem, aber nicht nur deswegen.«

»Sondern?«

»Ich darf nicht darüber reden.«

Damit öffnete er die schwere Tür, und sie betraten das Terminal zwei.

Obwohl er aus der Hochstadt von MUC stammte und sowohl Luxus als auch funktionierende Apparaturen der alten Zeit gewohnt war, war Elias bisher von allem, was er in der Flughafenstadt gesehen hatte, beeindruckt gewesen. Doch das Terminal zwei stellte all seine bisherigen Eindrücke in den Schatten. Allein schon die Architektur des gigantischen Gebäudes war mit nichts vergleichbar, das er aus MUC kannte. Zudem wirkte alles so gut erhalten, dass er fast schon das Gefühl hatte, einen Spaziergang durch die alte Zeit zu unternehmen, die er aus zahlreichen Büchern kannte. Er konnte sich lebhaft das geschäftige Treiben vorstellen, das hier geherrscht haben musste, als jeden Tag Tausende Menschen hierhergekommen waren, um von hier aus an die exotischsten Orte der Welt zu fliegen.

Auch in diesem Teil des Flughafens überwiegten die Farben Weiß und Chrom, das Dach der riesigen Halle, durch die Bangkok Elias führte, bestand größtenteils aus Glas, war jedoch so konzipiert, dass es zwar viel Tageslicht hineinließ, aber dennoch vor direkter Sonneneinstrahlung schützte. Gläserne Korridore führten in mehreren Ebenen in die Tiefen des Bauwerks.

Auch hier begegneten sie zahlreichen der seltsam anmutenden Bewohner der verborgenen Stadt, die Elias zwar neugierig, aber freundlich musterten.

Im hinteren Bereich verzweigte sich die Halle in viele kleinere Räume und Stockwerke. Etwas erhöht befand sich ein weiterer großer Essensbereich, in dem viele Einwohner auf unterschiedlichsten Sitzgelegenheiten der alten Zeit beisammensaßen. Was früher wahrscheinlich einmal Geschäfte und Läden gewesen waren, wurde jetzt als Werkstätten, Schulungs- und Verwaltungsräume genutzt. Bangkok führte ihn zu einer langen Rolltreppe, die in einen der verwinkelten, oberen Bereiche führte. Daneben befand sich noch ein Hinweisschild der alten Zeit, auf dem »Passkontrolle« zu lesen war.

Auch in MUC gab es etliche Rolltreppen, doch es war das erste Mal, dass Elias eine funktionierende sah. Innerhalb von wenigen Augenblicken waren sie bereits so weit nach oben gefahren, dass er große Teile der riesigen gläsernen Eingangshalle von dort aus bewundern konnte. Dahinter lag die Gartenanlage, die im schräg einfallenden rötlich gelben Licht der späten Nachmittagssonne erstrahlte.

»Wir halten diese hier in Schuss, damit die Ältesten nicht so viele Treppen steigen müssen«, erklärte Bangkok. »Sie sollen sich schonen und uns so lange wie möglich erhalten bleiben.«

Elias nickte. Er war schon sehr gespannt darauf, die Anführer des alten MUCs kennenzulernen, und hoffte, sein natürlicher Charme und Bangkoks Tipps würden ausreichen, um die »Alten« für sich gewinnen zu können.

Sie betraten einen der gläsernen Korridore, die fast so wirkten, als würden sie im Nichts schweben und wie von Zauberhand gehalten werden. Von dort aus gelangten sie auf eine Aussichtsplattform, von der aus man einen atemberaubenden Blick über fast das ganze Flughafengelände hatte. Sie befand sich dicht unter dem Glasdach, das an dieser Stelle jedoch mit segeltuchartigen Planen bedeckt war, damit die empfindliche Haut der sich hier aufhaltenden Personen nicht mit direkter Sonneneinstrahlung in Berührung kam.

Der Ältestenrat saß in einem Halbkreis in bequem wirkenden braunen Ledersesseln aus der alten Zeit und blickte ihm ruhig entgegen, ohne sich zu rühren oder zu reden. Mit ihrer unnatürlich hellen Haut, den glatten Schädeln und den stechend violett-rosafarbenen Augen glichen die Ältesten eher antiken Marmorstatuen als Menschen. Sie waren zu zwölft, sieben Männer und fünf Frauen, wenn Elias sich nicht täuschte, denn manche wirkten so androgyn, dass er nicht mit Sicherheit sagen konnte, ob es sich um Männer oder Frauen handelte.

Nur eines war der Ältestenrat mit Sicherheit nicht: alt.

Keine der Personen konnte älter sein als Anfang vierzig, und da ihre Haut wenig Falten warf, sahen die meisten von ihnen sogar kaum älter aus als Bangkok. Nur ihre Augen verrieten, dass sie keine jungen Menschen mehr waren. Diese wirkten irgendwie erfahren und gleichzeitig müde, so wie die Augen von alten Leuten, die wussten, dass ihre Tage gezählt waren.

Elias spürte einen kalten Schauer seinen Rücken hinabjagen. Zum ersten Mal wurde ihm das volle Drama der Existenz dieser Menschen bewusst. Ihr Leben näherte sich ihrem Ende, in einem Alter, in dem die Bewohner MUCs – zumindest in der Hochstadt – noch in der Blüte ihrer Kraft standen.

Bangkok blieb in respektvollem Abstand zurück und deutete Elias an, auf die Gruppe zuzugehen. Während er näher trat, entdeckte Elias ein bekanntes Gesicht in der Gruppe: Helsinki.

Langsam und mit leicht gesenktem Kopf ging Elias auf die Gruppe zu. Bangkok hatte ihm erklärt, dass in ihrer Gesellschaft viel Wert darauf gelegt wurde, sich Älteren gegenüber respektvoll zu verhalten. Außerdem war es besser, nichts zu sagen, ehe er angesprochen wurde.

»Willkommen in MUC, Sohn des Propheten und Abgesandter der großen Stadt«, sagte schließlich die Person, die im Zentrum der anderen saß. Elias war sich nicht sicher, ob es ein Mann oder eine Frau war, doch fest stand, dass es der oder die Älteste des Rates sein musste. »Es ist uns eine Freude, dich bei uns zu haben.«

Er neigte in höflicher Demut den Kopf zur Begrüßung. »Mir ist es eine Freude, hier sein zu dürfen. Mein Name ist Elias.«

»Setz dich zu uns, Elias«, sagte der Mann – Elias war sich nun sicher, dass es einer war – freundlich und deutete auf einen leeren Sessel, der frontal zu dem Halbkreis positioniert war. Er tat wie geheißen und nahm in dem kühlen, weichen Leder Platz.

»Ich bin Cairo, der Älteste des Rates und sein Sprecher«, fuhr der »alte« Mann fort. »Wir hoffen, der Service, der dir und deinen Gefährten in unserer Stadt zuteilwurde, ist zufriedenstellend ausgefallen?«

Elias lächelte. »Mehr als das. Wir genießen jeden Augenblick, den wir hier sein dürfen.«

Die Ratsmitglieder nickten zufrieden. Mit einem Mal war Elias froh darüber, dass er allein zu dieser Audienz gebeten worden war. Er war sich zwar ziemlich sicher, dass Pia sich richtig verhalten hätte, doch Sam hätte unter Umständen seiner Ungeduld freien Lauf gelassen. Auch er empfand es als kräftezehrend, sich in der gegenwärtigen Situation damit aufzuhalten, Höflichkeitsfloskeln auszutauschen, doch er wusste, dass er nach den Regeln der Flughafenmenschen spielen musste, wenn er auf ihre Hilfe hoffte.

Einen Moment lang herrschte Schweigen, die Ratsmitglieder schienen ihn aufmerksam zu mustern. Elias widerstand der Versuchung, das Wort zu ergreifen, und wartete stattdessen geduldig ab.

»Welchen Service können wir dir sonst noch erweisen?«, fragte Cairo schließlich.

Elias wusste, worauf diese unverfängliche scheinende Frage abzielte. Jetzt wurde es ernst. »Ich bin hier, um euch um Hilfe zu bitten. MUC, meine Heimat, und der Ort, der hier ›die große Stadt‹ genannt wird, ist in großer Gefahr.«

Wieder ging ein Nicken durch die Gruppe. »Helsinki hat uns bereits darüber in Kenntnis gesetzt«, berichtete Cairo und deutete eine Handbewegung in Richtung des Angesprochenen an. »Wir haben die Zeit, die ihr unsere Gäste seid, dazu genutzt, um uns selbst ein Bild der Lage zu machen und uns zu beraten. Es ist viel, worum du bittest. Zumal ihr euch in der großen Stadt jahrzehntelang nicht um unser Schicksal gekümmert habt. Warum kommt ihr also jetzt?«

Mit so einer Frage hatte Elias gerechnet. Er beschloss, ehrlich zu antworten. »Weil wir in einer verzweifelten Lage sind. Ohne Verbündete haben wir der Armee aus Utilitas kaum etwas entgegenzusetzen. Mein Vater und ich bedauern sehr, dass die einstmals guten Beziehungen zwischen unseren Städten im Laufe der Jahre eingeschlafen sind. Doch wenn wir die Gefahr mit gebündelten Kräften bannen können, werden wir alle von den wieder erstarkten Beziehungen profitieren.«

»Wir könnten auch einfach abwarten, bis die Gefahr vorüber ist«, ergriff Helsinki zum ersten Mal das Wort. »Es ist unwahrscheinlich, dass Utilitas von unserer Existenz weiß. Solange wir uns nicht einmischen, wird man uns in Ruhe lassen.«

»Das mag sein«, antwortete Elias und stellte erstaunt fest, dass er klang wie sein Vater. »Doch wer garantiert euch das? Eure Stadt ist verborgen, das ist wahr. Doch in MUC gibt es viele Gerüchte darüber. Was ist, wenn Utilitas davon erfährt? Ihre Gesellschaft funktioniert wie ein Schwarm Heuschrecken. Egal, wie viel sie fressen, sie werden niemals satt. Sie wollen immer mehr, um die Leere ihrer Existenz zu füllen. Ihr könnt euch sicher sein, sie werden kommen, wenn sie mit uns fertig sind, und dann wird es niemanden mehr geben, der euch zu Hilfe eilt. Das alte MUC wird Geschichte sein.«

Die Mitglieder des Rates tauschten Blicke untereinander aus, blieben aber trotz der Schreckensszenarien, die Elias vor ihnen ausgebreitet hatte, erstaunlich ruhig und gefasst. Ihm wurde klar, dass sie sich der Gefahr, in der sie selbst schwebten, durchaus bewusst waren. Worum es ihnen jedoch ging, war der Preis, den MUC für den Service ihrer Hilfe bezahlen sollte. Hinter der ausgesprochen freundlichen und höflichen Fassade dieser alterslosen Menschen versteckten sich knallharte Verhandlungspartner, die genau wussten, was sie wollten und wie es zu erreichen war.

»In der Tat verfügen wir über die Mittel, die zu einer siegreichen Wendung in dem bevorstehenden Konflikt führen könnten«, sagte Cairo langsam. »Eure Angreifer rechnen nicht mit unserer Unterstützung. Wenn wir schnell zuschlagen, wird es vielleicht sogar zu keinen großen Verlusten auf eurer Seite kommen. Es gibt ein Gift gegen jede Art von Heuschrecke.«

Es interessierte Elias brennend, wie Cairo das genau meinte, doch er zwang sich, sich Fragen danach zu verkneifen. Nach allem, was er bisher über die Menschen des Flughafens in Erfahrung gebracht hatte, schienen sie nicht zu jenen zu zählen, die rückhaltlose Behauptungen aufstellten. Auch wenn es nur schwer vorstellbar war, so mussten sie über Waffen verfügen, die es in MUC nicht gab. Genau das war auch die Hoffnung seines Vaters und dessen Schwester gewesen, weshalb Pia, Sam und er überhaupt zu dieser Reise aufgebrochen waren.

Bevor die Ältesten die Katze aus dem Sack lassen würden, galt es also erst einmal den Preis für ihre Hilfe zu verhandeln.

»Welchen Service könnte MUC im Gegenzug für diese Wendung im bevorstehenden Konflikt leisten?«, fragte er möglichst gelassen.

»Im Gegenzug kann MUC unser Überleben sichern.«

Die violett-rosafarbenen Augen aller Alten blieben ruhig auf Elias geheftet und schienen jede seiner Bewegungen und Reaktionen genau zu beobachten.

»Wir werden mit Freude alle dafür nötigen Mittel zur Verfügung stellen, sofern wir sie besitzen«, versprach Elias.

Cairo schüttelte langsam den Kopf. »Nicht Mittel sind es, die wir benötigen, sondern *Menschen.*«

Elias starrte sein Gegenüber einen Moment lang verwirrt an. Er hatte keine Ahnung, worauf der Rat hinauswollte. Was meinte Cairo mit »Menschen«?

»Ich verstehe nicht ganz …«, sagte er langsam.

»Wir brauchen gesundes, von der Strahlung nicht belastetes Erbgut. Jeweils hundert gesunde Exemplare jeden Geschlechts im Alter zwischen zehn und dreizehn Jahren sollten genügen.«

Elias spürte, wie sein Mund aufklappte. Er wusste nicht, was er auf diese Bitte – oder war es eine Aufforderung, gar Erpressung? – antworten sollte. Der Preis für MUCs Überleben sollten Menschen sein, genauer gesagt, Kinder?

Sein Vater hatte ihn sozusagen mit einem Blanko-Scheck ausgestattet: »Gib ihnen, was immer sie wollen, solange es MUCs Existenz und unseren Machtanspruch nicht gefährdet.«

Das waren seine Worte gewesen, ehe Elias aufgebrochen war. Er wusste, dass sein Vater begeistert wäre, wie billig MUC für die angebotene Hilfe davonkommen würde. Was waren schon zweihundert Kinder aus der Unterstadt? Die Menschen dort pflanzten sich ohnehin fort wie die Karnickel, und man brauchte ihnen bloß zu erzählen, es wäre Gottes Wille, und sie würden mit Freuden ihre Kinder hergeben, aus Angst, ansonsten in der ewigen Hölle zu schmoren.

Noch vor einem Jahr hätte auch Elias kein Problem damit gehabt, die Forderung der Ältesten zu erfüllen. Doch jetzt war alles anders. Diese Kinder in das verstrahlte Gebiet zu schicken, würde mit großer Sicherheit deren Tod bedeuten. Manche von ihnen würden wahrscheinlich schon nach ein paar Monaten oder Jahren sterben, wer großes Glück hatte, würde vielleicht sogar so lange leben wie die Menschen des Flughafens, also in etwa die Hälfte ihrer sonstigen Lebenserwartung.

Konnte Elias diese Entscheidung fällen, um MUC zu retten?

Und wenn ja, wie sollte man eine Auswahl treffen? Nach welchen Kriterien sollte man entscheiden, welches Kind blieb und welches gehen musste?

Er wusste nicht genau, wie lange er schweigend vor sich hin gegrübelt hatte, doch offenbar hatte sein Gesicht Bände gesprochen. Nach einer Weile sagte Cairo: »Wir wissen, dass das ein hoher Preis ist, Elias, Abgesandter der großen Stadt MUC. Wir äußern diese Bitte auch nicht leichtfertig. Es ist schlicht so, dass …«

Seine Stimme schien zu versagen, und mit einem Mal wirkte sein altersloses Gesicht tatsächlich wie das eines Greises. »… wir aussterben«, beendete Helsinki den Satz für ihn. Elias' Augen wurden weit.

Sie erklärten ihm schließlich alles. Und das mit einer entwaffnenden Ehrlichkeit, die ihm zeitweise die Kehle zuschnürte. Als sie fertig waren, war die Sonne außerhalb der gläsernen Wände bereits untergegangen, und ein schwacher Mondschein ließ das Weiß und Silber der eigenwilligen Architektur erstrahlen.

Am Ende hatte Elias alles verstanden. Sowohl die eigenwillige Struktur und Hierarchie der Flughafenmenschen und wie man es geschafft hatte, hier so lange zu überleben und dabei so vieles der alten Zeit beizubehalten, als auch die verzweifelte Lage, in der sich die Stadt befand.

In jeder Generation wurden immer mehr Menschen von ihnen unfruchtbar, und selbst den Zeugungsfähigen gelang es im Laufe ihres kurzen Daseins meist nur, ein überlebensfähiges Kind in die Welt zu setzen. Schon in zwanzig Jahren würde der Flughafen dadurch so wenige Bewohner haben, dass es Schwierigkeiten mit der Versorgung und Aufrechterhaltung von Kultur- und Wissensstandards geben würde. In knapp fünfzig Jahren wäre der Flughafen dann eine weitestgehend leere Geisterstadt, so wie fast alle großen ehemaligen Zentren dieser Welt.

Der Umzug in eine weniger verstrahlte Region kam nicht in Frage, denn die Flughafenmenschen waren im Laufe der Generationen so mutiert, dass sie nicht mehr in der Lage waren, außerhalb ihrer hermetischen Welt zu überleben. Die einzige Chance, die sie noch sahen, war, das Erbgut »normaler« Menschen mit dem ihrigen zu kreuzen.

Doch es gab auch Hoffnung: Immer mehr von ihnen schafften es, das vierzigste Lebensjahr zu überschreiten. Die Wissenschaftler des alten MUC waren überzeugt, dass die zukünftigen Generationen sich sogar noch besser an die Strahlung anpassen würden. Unter Umständen konnte die Stadt also noch lange weiterexistieren und prosperieren – vorausgesetzt, man brachte das Problem der Unfruchtbarkeit unter Kontrolle.

Elias verstand. Die Bewohner des Flughafens brauchten die Hilfe MUCs genauso dringend wie die Bewohner MUCs die ihrige. Und dennoch widerstrebte es ihm, auf diesen Deal einzugehen. Auch wenn es die einzige Möglichkeit für alle zu sein schien, so war es dennoch Unrecht. Hätte er mehr Zeit gehabt, dann wäre es vielleicht möglich gewesen, gemeinsam mit Linus und seinen Wissenschaftlern eine Alternative auszuarbeiten, die das Problem des alten MUC lösen könnte.

Doch die Zeit lief ihm davon. MUC und seine Bewohner brauchten die Unterstützung am besten noch heute, jede Stunde, die verstrich, konnte die Invasion des feindlichen Heeres beginnen.

Elias seufzte in sich hinein. Er konnte sich noch deutlich an ein Erlebnis aus seiner Kindheit erinnern. Als er etwa sechs Jahre alt gewesen war, hatte er seinen Vater in dessen Arbeitszimmer besucht. Der Prophet hatte an jenem Tag aus Gründen, an die er sich nicht erinnern konnte, nicht seine übliche Erhabenheit und Autorität ausgestrahlt. Er wirkte irgendwie fahrig und erschöpft, während er sich gedankenverloren über irgendwelche Dokumente gebeugt hatte. »Die Menschen glauben,

Macht sei etwas Erstrebenswertes«, hatte er zu seinem Sohn gesagt, der ihn mit großen Augen angestarrt hatte. »Doch die wenigsten wissen: Oft genug ist es eine Bürde. Manchmal muss man etwas Falsches tun, um das Richtige zu erreichen. Es ist zum Kotzen.«

Dann war er sich scheinbar plötzlich darüber klargeworden, was er da sprach und welche Blöße er sich vor einem seiner Söhne gab, und schickte ihn weg.

Es hatte viele Jahre gedauert, bis Elias die Worte seines Vaters an jenem Tag wirklich verstanden hatte. Nun wusste er genau, wie der Prophet sich damals gefühlt haben musste.

Viele hielten ihn für ein Monster, und obwohl er ihn von Herzen liebte, war auch Elias mit vielem, was sein Vater tat, nicht einverstanden, vor allem seitdem er begonnen hatte, die Welt mit anderen Augen zu sehen. Doch manchmal musste man scheinbar ein Monster sein, um mit noch größeren Monstern fertig zu werden. Es war tatsächlich zum Verzweifeln.

»Einverstanden«, sagte Elias schließlich mit fester Stimme. »MUC wird den Service leisten, den ihr euch wünscht. Allerdings nur, wenn es mit eurer Hilfe gelingt, den Feind zurückzuschlagen und das Überleben der Stadt zu sichern.«

Er glaubte zwar an nahezu gar nichts, was sein Vater seinen Untertanen predigte, denn er wusste, dass seine eindringlichen Ansprachen schlicht ein Instrument der Macht und Kontrolle waren. Er glaubte weder an Gott noch an sonstige höhere Mächte, denn ein Gott, der zuließ, was der Welt geschehen war, konnte in seinen Augen entweder nicht allmächtig oder schlichtweg böse sein. Doch wenn er irrte und es tatsächlich so etwas wie eine Hölle gab, dann würde er für die Entscheidung, die er gerade getroffen hatte, darin schmoren müssen.

Erleichterung breitete sich in den Gesichtern der Ältesten aus, und ihm wurde erst jetzt klar, dass sie mindestens so angespannt gewesen waren wie er selbst. Cairo lächelte zum ersten

Mal, und Elias bemerkte, dass sein Mund völlig zahnlos war. »Sei unbesorgt. Utilitas wird unserer Taktik nichts entgegenzusetzen haben.«

»Was im Übrigen auch für MUC gilt, solltet ihr euch nicht an euren Teil der Abmachung halten«, fügte Helsinki hinzu.

»Ihr habt mein Wort, und somit auch das meines Vaters, des Propheten von MUC, in dessen Namen ich befugt bin, zu sprechen«, sagte Elias.

Er fühlte sich mit einem Mal unglaublich müde. Gleichzeitig brannte jede Faser seines Körpers regelrecht darauf, zu erfahren, was genau es war, das den Ältestenrat so zuversichtlich und siegessicher machte.

Cairo blickte einen Moment lang in die Runde und von einem Ältesten zum anderen, als ob er prüfen wollte, ob noch irgendjemand Einwände hatte. Dann erhob er sich und streckte Elias seine Hand entgegen, die im Schein des aufgehenden Mondes unnatürlich weiß schimmerte. »Dann ist es beschlossen.« Elias ergriff seine kleine, kalte Hand. »Wir hoffen, dass das der Beginn einer langfristigen Kooperation zwischen dem alten und dem neuen MUC sein wird.«

»Das hoffe ich auch«, entgegnete Elias. »Ich bin sicher, beide Seiten werden davon profitieren können.«

Außer den zweihundert Kindern natürlich, die du soeben ins Verderben geschickt hast, sagte eine zynische Stimme in seinem Kopf, die verdächtig nach der seines Vaters klang. *Du Monster.*

»Helsinki wird alles Weitere mit dir besprechen«, verkündete Cairo, und auch der Angesprochene erhob sich.

Auf einen Wink seiner Hand eilte Bangkok herbei, der irgendwo in der Nähe gewartet hatte. Der Junge strahlte von einem Ohr zum anderen.

»Gehen wir«, sagte Helsinki. »Wir haben viele Vorbereitungen zu treffen. Und die Zeit für MUC läuft ab.«

24. Kapitel

Invasion

Falk hatte damit gerechnet, dass Maya außer sich vor Wut über den Fehlschlag seiner Mission sein würde. Doch sie blieb völlig gelassen und wirkte fast schon belustigt, ganz so, als ob sie mit nichts anderem gerechnet hätte, als er angekrochen kam, um von seinem Scheitern zu berichten. Das wiederum traf ihn fast noch mehr als der Misserfolg an sich.

Falk kochte innerlich und hätte am liebsten jemanden in Stücke gerissen. Das Einzige, das ihn etwas trösten konnte, war die Tatsache, dass er Aela erwischt hatte. Er hatte deutlich gespürt, wie die scharfe Klinge seines Messers in ihr Fleisch eingedrungen war. Das Hochgefühl, als sie von ihm abgelassen und in der Dunkelheit des Wassers versunken war, war einfach unbezahlbar gewesen.

Dennoch war der Rest katastrophal schiefgelaufen, und es blieb ihm nichts anderes übrig, als mit der Handvoll überlebender Männer den Rückweg anzutreten. Fast die Hälfte seiner Leute war durch Aelas feige Attacke ums Leben gekommen oder schwer verletzt worden. Zudem war ein großer Teil ihres Equipments in den Fluten verlorengegangen oder durch die Nässe beschädigt worden. Unter diesen Umständen hatte es keinerlei Sinn gemacht, zu versuchen, innerhalb MUCs an die Oberfläche zu gelangen. In diesem Zustand hätte Falks Truppe kaum etwas ausrichten können, und der Kosten-Nutzen-Faktor seiner Mission war ohnehin schon verheerend genug gewesen. Also musste er umkehren und zu den Truppen aufschließen, die

Maya mittlerweile in der Nähe der nördlichen Palisaden MUCs versammelt hatte.

Fünftausend Mann nutzten nun die Dunkelheit der Häuserschluchten als Deckung und warteten auf den Befehl zum Angriff. Mit dem Strahl des ersten Sonnenlichtes am Horizont würde Maya diesen geben.

Ursprünglich war es geplant gewesen, MUC mit dem Angriff zu überraschen. Das wäre die mit Abstand effektivste und ressourcensparendste Taktik gewesen. Da aber der Prophet dank Iljas Verrat – allein beim Gedanken an diesen hatte Falk große Lust, Ilja wieder und wieder umzubringen – von der bevorstehenden Invasion erfahren und die Stadt in Alarmbereitschaft versetzt hatte, war der ursprüngliche Plan schnell wieder verworfen worden.

Da MUC wusste, dass sie kamen, machte es auch keinen großen Unterschied mehr, an welcher Stelle sie angriffen. Und da die Barrikaden im Norden der Stadt von vornherein niedriger waren als im Süden, hatte Maya den kürzesten und bequemsten Weg vom Basislager an die Stadtgrenze gewählt. Über die alte Autobahn, die vom Norden her direkt in die Stadt mündete, gelangten die Truppen in nur wenigen Stunden bis an den Rand MUCs, der von einer großen Ringstraße und ein paar Glastürmen begrenzt wurde, die jedoch von Zeit und Witterung stark in Mitleidenschaft gezogen waren und einem Vergleich mit den Hochhäusern von Utilitas niemals standhalten würden.

Mayas Lippen kräuselten sich in belustigtem Spott, während sie einen Schluck Kaffee aus einer Alu-Tasse nahm und Falks zähneknirschendem Bericht lauschte. »Und wie gedenkst du jetzt, deinen Teil des Auftrags zu erfüllen?«, fragte sie.

»Was soll das heißen?«, erwiderte er. »Wir *beide* hatten schließlich diesen Auftrag.«

»Nicht ganz.« Er konnte ihr Gesicht in der Dunkelheit, die sie umgab, zwar nur vage erkennen, doch er war sich sicher, dass ihr Blick ebenso schneidend war wie ihre Stimme. »Als Befehlshaberin der Streitkräfte von Utilitas ist meine primäre Aufgabe die Eroberung der Stadt MUC. Morgen um diese Stunde dürfte das erledigt sein. Du hingegen sollst dafür sorgen, dass die CEOs das Mädchen bekommen – vorzugsweise lebend.«

Ihr Spott machte Falk rasend. Vor seinem geistigen Auge entstand das süße Bild, wie sich seine Finger um ihre weiße Kehle schlossen und kräftig zudrückten.

»Ich wünsche dir viel Glück dabei«, fuhr Maya fort. »Ich kann nämlich nicht dafür garantieren, wen die Kugeln und Granaten meiner Soldaten treffen und wen nicht.«

Nur mit Mühe schluckte Falk seine Wut herunter und biss so stark die Zähne zusammen, dass sie bedenklich knirschten. »Lass das mal meine Sorge sein«, presste er hervor.

Schon von Beginn an war Maya eher hinderlich als eine Hilfe für seine Pläne gewesen. Doch jetzt erst durchschaute er ihre Taktik. Was auch immer bei der Operation schiefging, sie würde versuchen, ihn als den Schuldigen darzustellen. Gleichzeitig würde sie alles daransetzen, die Lorbeeren einzuheimsen, wenn alles erfolgreich verlief.

Im Moment sah es auch so aus, als ob ihre Strategie aufgehen würde, denn die Eroberung MUCs konnte eigentlich gar nicht schiefgehen. Obwohl sie auf den Angriff vorbereitet waren, hatten die jämmerlichen Wächter des Propheten der gut ausgebildeten und ausgerüsteten Armee aus Utilitas kaum etwas entgegenzusetzen. Falk hatte lange genug in MUC gelebt, um zu wissen, dass die bevorstehende Schlacht beinah schon ein Kinderspiel sein würde. Dennoch hatte Maya nichts dem Zufall überlassen und war in ihren Planungen und Vorbereitungen diszipliniert und ohne jede Überheblichkeit vorgegangen. Die Invasion MUCs sollte der größte Triumph ihrer Karriere werden, und wer konnte schon sagen, in welche Höhen sie dieser noch katapultieren würde. Vielleicht würde sie sogar eines Tages die CEOs in ihrem Pyramidenglasturm ablösen?

Für Falk hingegen war bisher alles schiefgegangen, was nur schiefgehen konnte. Die Hadesbewohner hatten sich als viel zähere und klügere Gegenspieler entpuppt, als er es jemals für möglich gehalten hatte. Und auch jetzt, da er Ilja und Aela eliminiert hatte, würde er gut daran tun, sie nicht zu unterschätzen.

So ungern er es auch zugab, aber Maya hatte recht: Es würde sehr schwer werden, mitten im Kriegsgetümmel Pia zu finden und gefangen zu nehmen. Die Wahrscheinlichkeit war hoch, dass sie sich gemeinsam mit ihren störrischen Leuten der feindlichen Übermacht stellen und dabei sterben würde. Dennoch musste er zumindest versuchen, sie zu finden, selbst wenn es bedeutete, zwischen die Fronten zu gehen. Ansonsten blieb ihm nur noch übrig, sie nach Beendigung der Kämpfe unter den Überlebenden und Gefangenen zu suchen.

Er ließ Maya mit ihrem süffisanten Grinsen zurück und zog los, um sein stark dezimiertes Team aufzustocken.

Paul konnte nicht sagen, wie viel Zeit vergangen war, seitdem er den Hades überstürzt verlassen hatte, um Goliath hinterherzueilen. Doch Aela trieb ihn trotz ihrer Verletzungen zur Eile an. Sie trug den noch immer völlig entkräfteten, aber lebenden Affen auf dem Arm und stützte sich auf Pauls Schulter, während sie, so schnell es ging, durch die dunklen Tunnel eilten.

Paul war noch immer völlig überwältigt davon, was in den letzten Stunden passiert war. Die atemlose Jagd durch den Untergrund, Goliaths Rettung und Aelas Küsse – er konnte kaum glauben, dass das alles wirklich passiert war. Doch wenn er in Aelas Augen blickte, wusste er, dass alles der Wirklichkeit entsprang.

Auch wenn all das sehr kräftezehrend und nervenaufreibend

gewesen war, so war er dennoch voller Energie und Tatendrang. Es fühlte sich an, als wäre er aus einem langen Traum erwacht und nun endlich er selbst. Es fühlte sich gut an. Wie ein neues Leben.

Paul wusste, dass die heutigen Ereignisse einen wichtigen Wendepunkt in seinem Leben darstellten. Wenn nicht die große Bedrohung gewesen wäre, die über allem schwebte, und Aelas Wunden, die ihr bei jedem Schritt große Schmerzen verursachten, und somit auch ihm, dann wäre Paul einfach glücklich gewesen. So aber wusste er, dass ihnen das Schlimmste wahrscheinlich noch bevorstand. Und dass er seinen Teil dazu beitragen würde, es durchzustehen. Er würde an die Oberfläche gehen und kämpfen, das verteidigen, was er liebte, wie ein richtiger Mann. Ein freier Mann, der seine Vergangenheit als Leibeigener endgültig hinter sich gelassen hatte.

Und sollte er das Glück haben, auf die Ratte Falk zu treffen, so würde er ihn, ohne mit der Wimper zu zucken, umbringen.

Als sie endlich den Hades erreichten, war die unterirdische Gemeinschaft wach und in Aufruhr.

»Was ist passiert?«, wollte Aela sofort wissen, nachdem auch Lukas und einer seiner Leute ihr geholfen hatten, die lange Rolltreppe zu erklimmen.

»Wir haben Nachricht von der Oberfläche bekommen. Utilitas steht vor den nördlichen Barrikaden an der ehemaligen Parkstadt.«

»Wie viele sind es?«

»Zu viele.«

Aela nickte und schien sich von den unheilvollen Neuigkeiten keineswegs beunruhigen zu lassen. Trotz ihrer Verletzungen und der damit verbundenen großen Schmerzen strahlte sie eine Erhabenheit und Autorität aus, die Paul den Atem stocken ließ. Sie war wieder da, die unerschrockene Kriegsgöttin, die er so sehr liebte.

»Sind alle bereit?«, erkundigte sie sich knapp.

»Alle warten nur noch auf deinen Befehl«, entgegnete Lukas und runzelte die Stirn. »Wir haben uns schon gefragt, wo du steckst. Was ist passiert? Bist du okay?«

»Gib mir zehn Minuten, damit Paul mich zusammenflicken kann, dann geht es los.«

Paul starrte sie von der Seite aus an und musste sich auf die Lippen beißen, damit er nichts erwiderte. Er wollte ihre Autorität vor Lukas nicht in Frage stellen, doch er hielt es für ausgeschlossen, dass Aela an die Oberfläche ging.

So schnell es ging, bahnte er sich gemeinsam mit ihr den Weg zu seinem Quartier durch das allgemeine Chaos, das im neuen Hades herrschte. Von allen Seiten drängten aufgeregte und verängstigte Leute zu Aela, die Fragen hatten oder von ihr wissen wollten, wie es jetzt weiterging. Doch sie winkte alles ab und erklärte, sie brauchte erst einmal ein paar Minuten Ruhe.

»Bist du wahnsinnig?«, fragte Paul schließlich, als sie allein waren. »Aela, du hast zwei Stichwunden! Du kannst unmöglich an die Oberfläche und kämpfen! Das ist viel zu riskant!«

Sie kraulte gerade Goliath, dessen Fell noch immer feucht war und der sich an ihr festklammerte, als ob er ganz Pauls Meinung wäre. Als sie aufblickte, wirkte ihr Gesicht, das vor wenigen Minuten noch vor Zuversicht und Stärke gestrahlt hatte, blass und müde.

»Ich kann und ich muss, Paul.«

Er sah, dass sie vor ihm ihre Maske der unerschrockenen, taffen Anführerin fallen ließ, und das rührte ihn bis in die Tiefe seines Herzens. Er liebte die Frau, die ihm gegenüber Gefühle und Schwäche zeigte, ebenso sehr wie die unnahbare Kriegsgöttin.

Verzweifelt schüttelte er den Kopf. »Das wäre Selbstmord. Ich kann nicht zulassen, dass du gehst. Als dein Arzt und als …«

Er stockte kurz und musste schlucken, ehe die nächsten Worte über seine Lippen kamen. »… jemand, der dich liebt.«

Sie blickte ihm in die Augen, und ohne dass er etwas dagegen tun konnte, begann sein Herz, wie wild in seiner Brust zu schlagen. Dann legte sie den Kopf ein wenig schief und lächelte. »Zur Kenntnis genommen. Ich werde trotzdem gehen. Und wenn du mich wirklich liebst, dann wirst du das akzeptieren.«

Er wollte noch etwas erwidern, doch sie zog ihn zu sich heran und küsste ihn mit einer solchen Leidenschaft und Intensität, dass er ihr trotz der angespannten Situation, in der sie sich alle befanden, am liebsten die Kleider vom Leib gerissen hätte.

Sie schien seine Erregung zu spüren, denn nach einer Weile löste sie sich von ihm und grinste wie eine Raubkatze. »Und wenn das alles vorbei ist, machen wir genau da weiter, wo wir jetzt aufhören müssen …«

Laszív ließ sie die Finger ihrer gesunden Hand sein Bein hochstreichen und stoppte bei seinem Schritt.

Er sog scharf die Luft ein, als ihn eine heftige Welle der Lust überrollte.

»Flickst du mich jetzt zusammen, oder soll ich verbluten, noch ehe ich überhaupt das Schlachtfeld erreicht habe?«, neckte sie ihn.

Er seufzte und kramte Desinfektionsmittel und Verbandszeug heraus. Ihr war einfach nicht zu helfen. Doch er schwor sich, sie im Kampf gegen Utilitas nicht aus den Augen zu lassen. Wenn sie starben, dann Seite an Seite.

Gewissenhaft und doch so schnell wie möglich begann er, Aelas Wunden zu versorgen. Er war noch nicht ganz fertig, als Robin ohne anzuklopfen hineinstürmte.

»Es geht los!«, rief er hektisch. Paul hatte sein sommersprossiges Gesicht noch nie so besorgt gesehen. Er wirkte zehn Jahre älter, als er war. »Die Invasion hat begonnen!«

Aela schaltete sofort wieder in den Modus der Anführerin. »Sind alle Leute, die an die Oberfläche wollen, bereit?«

»Alle sind am Hauptplatz versammelt.«

»Irgendein Lebenszeichen von Pia und Sam?«

Robin schüttelte langsam den Kopf. Die Sorge in seinem Gesicht war unübersehbar.

»Sie werden kommen«, war sich Paul sicher und beendete seine Arbeit. Er hatte keine Ahnung, woher er plötzlich seine Zuversicht nahm, aber irgendwie fühlte er plötzlich, dass alles gut werden würde. Vermutlich lag es daran, weil er sich so sehr wünschte, mit Aela zusammen zu sein.

Diese hob Goliath hoch, der vor Erschöpfung auf ihrem Schoß eingeschlafen war, und übergab ihn Robin. »Bring ihn bitte zu Ilja und Nele. Sag Lisa, sie soll aufpassen, dass er mir nicht wieder hinterherläuft, und ihn ein wenig aufpäppeln.«

»Wird gemacht«, versprach Robin und nahm den schlaftrunkenen Affen entgegen.

»Und du machst dieses Mal keinen Unfug, verstanden?« Aela küsste Goliath sanft auf sein haariges Köpfchen. Dann stand sie auf und streckte sich, nachdem Robin den Raum verlassen hatte. »Gute Arbeit. Ich fühle mich fast wie neu.«

Sie lächelte Paul an.

Einen Moment lang blickten sie sich in die Augen und schwiegen.

Dann grinste sie. »Wie ich sagte: später. Jetzt wird es erst einmal Zeit, ein paar Utilitaristen kräftig in den Arsch zu treten.«

Damit drehte sie sich um und verließ den Raum, um ihre Leute in die Schlacht zu führen.

25. Kapitel

Himmelsritt

Pia blinzelte und sah sich verwirrt um. Im ersten Moment hatte sie keine Ahnung, wo sie sich befand und wie spät es war. Im Halbdunkel erkannte sie Elias' Gesicht über sich und richtete sich schnell auf. Schlagartig fiel ihr wieder ein, was los war.

Sie befand sich noch immer in der Flughafenstadt, dem alten MUC. Sie wollte es sich nur kurz auf einem der weichen alten Sofas bequem machen, während sie darauf wartete, dass Elias von seiner Besprechung mit den Ältesten zurückkam. Dabei musste sie eingeschlafen sein. Wie viel Zeit seitdem vergangen war, konnte sie nicht sagen, doch es mussten ein paar Stunden gewesen sein, denn hinter den schweren Vorhängen an den Fenstern herrschte völlige Dunkelheit.

Ihr Mund war durch die ungewohnt feuchtigkeitsarme Luft, die hier herrschte, so eingetrocknet, dass sie erst einmal schlucken musste, ehe sie auch nur einen Ton herausbrachte. »Was ist los?«

Elias' ausdrucksstarke Augen strahlten sie an, und er wirkte gleichzeitig erleichtert und aufgeregt. Noch ehe er etwas sagen konnte, wusste Pia die Antwort auf ihre eigene Frage. »Du hast es geschafft?«

Er nickte lächelnd, und der Stolz über seine guten Neuigkeiten ließ seine Augen noch mehr strahlen. Spätestens jetzt war Pia hellwach. Mit einem begeisterten Jauchzen umarmte sie ihn. »Das ist phantastisch! Wann geht es los? Wie groß ist ihre Armee?«

Er drückte sie kurz an sich, dann ließ er los und sah sie mit einem Grinsen an. »Oh, sie ist nicht sehr groß«, berichtete er. »Aber du wirst trotzdem begeistert sein.«

Pia verstand nicht ganz, was er damit meinte, doch sein schönes Gesicht strahlte so viel Freude und Zuversicht aus, dass sie vorerst nicht weiter nachhakte.

»Komm«, fuhr er fort. »Wir haben keine Zeit zu verlieren. Bald ist Sonnenaufgang, und dann geht es los.«

Sie sprang auf und musste unwillkürlich gähnen. Wenn die Nacht sich bereits dem Ende neigte, dann bedeutete das, dass sie viel länger geschlafen hatte als vermutet. Scheinbar hatte sie aufgrund all der aufregenden Ereignisse gar nicht gemerkt, dass sie eigentlich todmüde gewesen war. Elias musste stundenlang weg gewesen sein. Sie fragte sich, was er alles in dieser sonderbaren Stadt erlebt hatte.

Sam stand bereits an der Tür des Bereichs, den man ihnen zur Verfügung gestellt hatte, und trommelte ungeduldig mit den Fingern gegen eine Glasplatte, als ob all die Verzögerungen der Mission damit zu tun hätten, dass sie so lange geschlafen hatte. Daneben stand Bangkok, der, seinem Gesicht nach zu urteilen, ebenso zufrieden und aufgeregt war wie Elias.

Sie verließen die Lounge und folgten Bangkok zum wiederholten Mal durch ein Labyrinth aus Gängen und Tunneln. Die meisten Bewohner des Flughafens schienen noch zu schlafen, denn alles wirkte sehr ruhig, und Pia konnte nur den Klang ihrer Schritte auf den alten Steinböden hören. Doha und Boston waren zurückgeblieben und hatten sich mit einem »Gute Reise!« von ihnen verabschiedet.

Während sie schnellen Schrittes hinter Bangkok hereilten, versuchte Pia, Elias weiter mit Fragen zu löchern, was nun als Nächstes passieren sollte und wie die Unterstützung der Flughafenstadt für MUC genau aussah. Doch er grinste ihr nur wissend zu und meinte, dass sie es gleich mit ihren eigenen Augen sehen würde.

»Ich wünschte, ich hätte meine Kamera dabei, um deinen Gesichtsausdruck festzuhalten«, fügte er schmunzelnd hinzu.

Pias Neugier steigerte sich von Minute zu Minute mehr. Irgendwo in ihrem Bewusstsein entfaltete sich ein Gedanke, der so verrückt war, dass sie ihn schnellstens wieder beiseiteschob. Konnte es sein, dass …? Nein, nein, unmöglich! Sie war noch etwas schlaftrunken, hatte in den letzten Tagen viel zu wenig gegessen, und Elias' Geheimniskrämerei tat ihr Übriges, damit ihre Phantasie endgültig mit ihr durchging.

Schließlich erreichten sie eine Tür, die offenbar nach draußen führte, denn Bangkok schlüpfte schnell in die Schutzkleidung und Atemmaske, die hier für ihn bereitlagen. Hinter der Tür führte ein kurzer Korridor zu einer weiteren aus Stahl, und als Bangkok diese öffnete, strömte ihnen kühle Morgenluft entgegen.

Der Himmel war noch dunkel, doch so klar, dass Mond und Sterne ihnen den Weg erleuchteten, als sie über eine weite Fläche eilten, auf eine der Hangarhallen zu. Pia hatte in dem verzweigten Inneren des Flughafens die Orientierung verloren, doch sie schätzte, dass sie sich auf der anderen Seite des riesigen Areals befanden, also im Nordosten. Was auch immer sich hier befinden mochte, es war der ideale Platz, um etwas zu verstecken, denn dieser Teil des Flughafens lag am weitesten entfernt von MUC und am tiefsten in der verseuchten Zone.

Sie betraten den Hangar durch eine Seitentür. Innen brannte Licht, und etwa dreißig oder vierzig Menschen wuselten hier herum.

In der Mitte der riesigen Halle standen drei der Flugmaschinen aus der alten Zeit. Sie wirkten von der Form her sehr ähnlich wie die, die überall auf dem Gelände vor sich hin rosteten, waren jedoch viel kleiner. Die Männer und Frauen schienen unter Hochdruck an den Maschinen zu arbeiten.

Elias drehte sich zu Pia um und breitete strahlend seine Arme aus. »Voilà! Die versprochene Armee.«

Sie stutzte einen Moment, ehe sie zu begreifen begann. »Du meinst, sie können … fliegen?«

»Ja!«, rief er aus und wirkte wie ein begeisterter kleiner Junge. »Ich hätte nie gedacht, dass es noch funktionstüchtige Flugzeuge geben könnte! Niemand in MUC hätte das jemals vermutet.«

»Wow«, sagte Sam bloß und sah sich mit großen Augen um. Zum ersten Mal, seitdem sie aufgebrochen waren, schien er für einen Moment vergessen zu haben, dass er eigentlich mürrisch und gestresst war.

»Unser am besten gehütetes Geheimnis«, meinte Bangkok stolz. »Wir besitzen sechs flugtaugliche Maschinen. Der Ältestenrat hat sich einverstanden erklärt, drei davon zur Unterstützung nach MUC zu schicken.«

Pia konnte noch immer nicht glauben, was sie da sah und hörte. Das alles war so phantastisch, es konnte eigentlich nur ein Traum sein. Ein Traum, in dem sie in die Vergangenheit gereist war und sich nun in der alten Zeit befand.

»Nur drei?« Sam schien nach der anfänglichen Begeisterung wieder zu seiner Skepsis gefunden zu haben. »Utilitas hat eine riesige Armee. Was genau wollt ihr mit nur drei kleinen Flugzeugen gegen diese Übermacht ausrichten?«

Bangkok deutete auf eine Reihe von Kunststofffässern, die seine Leute gerade in den Flugzeugen verluden.

»Der Inhalt ist brennbar, zum Teil hochexplosiv. Wir haben zudem noch Vorräte an stark ätzenden Chemikalien. Wir fliegen zum Camp der Utilitaristen und werfen all das auf sie hinab. Mit etwas Glück richten wir damit so großen Schaden an, dass eure Feinde ihren Feldzug abbrechen müssen, noch ehe er richtig begonnen hat.«

Elias nickte begeistert. »Mit einem Angriff aus der Luft können sie unmöglich rechnen, und es gibt nichts, was sie dem entgegensetzen könnten. Sie werden rennen wie aufgescheuchte Ratten!«

»Oder Heuschrecken …«, fügte Bangkok hinzu und tauschte mit Elias einen wissenden Blick aus.

Pia spürte, wie die Begeisterung der beiden sie ansteckte. Der Plan klang geradezu phantastisch, und Elias hatte recht: Was könnte es schon geben, das Utilitas gegen einen Angriff aus heiterem Himmel unternehmen konnte?

Die gefährliche Reise hatte sich mehr als gelohnt. Wie auch immer Elias es geschafft haben mochte, den Ältestenrat zu überzeugen, ihnen zu helfen, er hatte einen unvorstellbar mächtigen Verbündeten für MUC gewonnen. Pia war stolz auf ihn. Er merkte, dass sie aufgehört hatte, die Flugzeuge anzustarren, und ihn anblickte. Langsam wandte er den Kopf und lächelte ihr zu.

»Und ihr habt tatsächlich Leute, die diese Kisten fliegen können?«, erkundigte sich Sam.

Sie waren näher an die Flugzeuge herangetreten, und Pia wurde klar, dass die Maschinen gar nicht so klein waren, wie sie ursprünglich angenommen hatte, sie waren nur einfach nicht so groß wie die riesigen Kolosse draußen auf dem Gelände.

Bangkok deutete mit dem Daumen auf sich selbst. »Einer der Piloten steht vor euch.«

»Du?«, platzte Pia heraus. Sie hatte Bangkok für einen freundlichen Jungen gehalten, der neugierig war, mehr über die seltsamen Fremden und ihre Heimat zu erfahren. Nie im Leben hätte sie ihm solch ungewöhnliche Fähigkeiten zugetraut. Er sah sie mit einem leichten Stirnrunzeln an, und sie begriff, dass sie ihn mit ihrer unverhohlenen Überraschung vielleicht beleidigt hatte.

»Ich meine … du bist noch so jung«, stammelte sie verlegen. »Ich dachte, es dauert bestimmt viele Jahre, ehe man so ein Wunderwerk fliegen kann.«

Bangkok schien besänftigt zu sein und ließ wieder ein freundliches Lächeln seine blassen Lippen umspielen. »Eigentlich ist es gar nicht so schwer, wenn man die physikalischen Gesetze verstanden hat, die das Fliegen ermöglichen. Ich habe aber schon als Kind mit dem Unterricht dafür begonnen, nachdem festgestellt worden war, dass ich ein besonders gutes Seh- und Reaktionsvermögen besitze. Seit meiner Volljährigkeit gehöre ich zum Team der Piloten. Wir sind insgesamt vierundzwanzig, doch den heutigen Einsatz fliegen nur Freiwillige, da er trotz allem natürlich mit großen Risiken verbunden ist.«

Er hielt kurz inne und strich fast schon zärtlich mit der Hand über den Rumpf des weiß-silbernen Flugzeugs, auf dem noch das Logo und ein Schriftzug aus der alten Zeit zu sehen waren, das Pia als »Cessna« entziffern konnte.

»Wenn ich es mir recht überlege, so habe ich mein ganzes Leben lang auf diesen Tag hintrainiert«, fügte er dann hinzu. »Ich kann es kaum erwarten.«

Jetzt verstand Pia auch, warum Bangkok es vermieden hatte, darüber zu reden, welchen Service er für seine Gemeinschaft leistete. Bis er von seinen Anführern erfahren hatte, dass man MUC helfen würde, hatte er, wie alle anderen seiner Leute auch, das Geheimnis wahren müssen, dass es hier sowohl noch funktionstüchtige Flugzeuge gab als auch Menschen, die die uralte Kunst beherrschten, sie zu fliegen.

Ein junger Mann trat auf sie zu und verkündete, dass alle drei Flugzeuge voll betankt waren.

Bangkok nickte dem Mann zu, dann wandte er sich an Pia und die anderen. »Das bedeutet für die Crew und mich, dass wir uns auf den Start vorbereiten müssen. Wenn alles gut läuft, sehen wir uns in wenigen Stunden wieder.«

Er wollte sich abwenden, doch Pia griff nach seinem Arm.

»Ich will mit!«

Wenig später saßen sie in großen, bequemen Sitzen an Bord der Maschine. Das Flugzeug hatte in der alten Zeit zur Beförderung von nur wenigen, ausgewählten Passagieren gedient, hatte Bangkok ihnen erklärt, im Gegensatz zu den großen Maschinen, die zum Teil Platz für Hunderte Menschen geboten hatten. Alles war mit glänzendem Holz verkleidet und erweckte den Eindruck von Gemütlichkeit und Komfort. Bestimmt hatten die Erbauer des Flugzeugs nicht im Traum daran gedacht, dass es mehr als hundert Jahre später zu Kriegszwecken genutzt werden würde.

Pia war aufgeregt und begeistert zugleich. Sie konnte sich beim besten Willen nicht vorstellen, dass das Gefährt, in dem sie saß, tatsächlich bald abheben würde. Sie wünschte sich bloß, der Anlass für ihren bevorstehenden Flug wäre ein anderer als die Bedrohung ihrer Heimat.

Nachdem Bangkok bewilligt hatte, dass Pia zu dem Einsatz im Passagierraum mitfliegen durfte, hatten auch Elias und Sam mitgewollt. Nun saß Sam neben Pia und Elias ihr gegenüber. Er strahlte sie so stark mit seinen grünen Augen an, dass sie befürchtete, ihm womöglich weiter Hoffnungen zu machen, wenn sie seinen Blick erwiderte, und so wandte sie sich Sam zu. Dieser schien auf die Hälfte seiner normalen Größe geschrumpft zu sein, so wie er in seinem Sitz kauerte. Seine Kiefer mahlten ununterbrochen vor sich hin, und Pia konnte sich nicht daran erinnern, seine Augen jemals so riesig gesehen zu haben. Er hatte zweifelsohne große Angst.

Pia überlegte, ob sie ihm anbieten sollte, doch hierzubleiben, denn schließlich war es gar nicht vorgesehen gewesen, dass sie mitflogen. Doch sie wollte nicht, dass er sich vor Elias bloßgestellt fühlte, und so meinte sie stattdessen mit so zuversichtlicher Stimme wie möglich: »Ich bin sicher, Bangkok und seine Leute wissen genau, was sie tun.«

»Hmm«, brummte Sam bloß, ohne seinen stieren Blick von dem mit Rauten gemusterten Teppich abzuwenden.

Auch Elias schien die Angst des furchtlosen Hünen bemerkt zu haben, denn er ließ es sich nicht nehmen, darauf herumzureiten.

»Pia hat recht«, sagte er. »Bis heute ist Bangkok schon zweimal geflogen, also keine Sorge, er weiß schon, was er tut.«

Nun hob Sam langsam den Kopf, und Pia sah, wie alle Farbe aus seinem Gesicht wich, so dass er fast so aussah wie die Flughafenmenschen. »Nur zweimal?«

»Woher weißt du das?«, fragte Pia.

»Hat er mir vorhin erzählt. Kerosin, der Treibstoff für die Flugzeuge, ist kostbar, meinte er. Sie können es nicht selbst herstellen und sind auf die Vorräte der alten Zeit angewiesen. Deshalb gehören zur Ausbildung eines Piloten nur zwei Flüge. Darüber hinaus ist die Gefahr, entdeckt zu werden, einfach zu groß, und jeder Flug daher extrem risikoreich.«

Pia bemerkte, dass sich ein paar kleine Schweißperlen auf Elias' Stirn gebildet hatten. Auch wenn er sich alle Mühe gab, es vor ihr zu verbergen, so war auch er aufgeregt und hatte vielleicht sogar genauso große Angst wie Sam.

»Du wirst sehen, es wird ganz toll«, versuchte sie, Sam zu beruhigen, und tätschelte seine riesige Hand, die mit kaltem Schweiß bedeckt war.

Sie selbst verspürte keine Angst. In der alten Zeit war das Fliegen in diesen Maschinen eine Selbstverständlichkeit für die Menschen gewesen, und sie war sich sicher, dass die Bewohner des Flughafens genau wussten, was sie taten. Immerhin hatten sie die Kunst des Fliegens sorgfältig von Generation zu Generation weitergegeben.

Schon als Kind hatte sie sich versucht vorzustellen, wie es wohl gewesen sein mochte, in diesen stählernen Giganten über den Himmel zu reisen. Tief in ihrem Inneren hatte sie sich sogar schon immer gewünscht, selbst einmal einen Flug erleben zu dürfen, obwohl ihr klar gewesen war, dass das völlig unmöglich war.

Und nun war es plötzlich doch wahr geworden. Wieder hatte sie das Gefühl, das alles war nur ein völlig verrückter Traum.

Kurz darauf betrat Bangkok wieder die Passagierkabine. Sein jugendliches Gesicht wirkte konzentriert und angespannt, doch er lächelte ihnen aufmunternd zu. Eine junge Frau mit ovalen Gesichtszügen begleitete ihn.

»Das ist Oslo, meine Kopilotin«, stellte er sie vor, dann deutete er auf zwei Jugendliche, die im hinteren Bereich des Flugzeugs gerade die giftigen und explosiven Fässer mit Spanngurten festbanden. »Die beiden dahinten heißen Atlanta und Lissabon. Sie werden die hintere Tür öffnen und unsere Fracht abwerfen, sobald wir die Zielkoordinaten erreicht haben. Wenn es während des Flugs zu irgendwelchen Schwierigkeiten kommen sollte, wendet euch am besten an sie. Bleibt sicherheitshalber die ganze Zeit über angeschnallt, falls es zu Luftturbulenzen kommen sollte. Habt ihr sonst noch irgendwelche Fragen?«

»Wann geht es los?«, erkundigte sich Pia.

Bangkoks Lächeln wurde breiter: »Jetzt. Schnallt euch also bitte an.«

Pia spürte flatternde Aufregung in ihrem Bauch, als sie die beiden Gurtteile in die Hände nahm und sie so verschloss, wie man es ihnen zuvor gezeigt hatte. Bangkok und die zweite Pilotin gingen zurück ins Cockpit und schlossen die Tür.

»Probleme? Luftturbulenzen? Was meint er damit?«, fragte Sam nervös. Pia konnte sich nicht erinnern, dass seine Stimme jemals so dünn geklungen hatte.

»Er meint damit, dass das deine letzte Chance ist, auszusteigen, Sam«, erklärte Elias und zwinkerte ihm zu.

Pia warf ihm einen vernichtenden Blick zu, und Elias hob gespielt abwehrend die Hände. Eigentlich fand auch sie es ulkig, wie viel Angst Sam hatte, doch sie ließ es sich nicht anmerken.

»Er meint damit den Wind, Sam«, erläuterte sie und hatte

keine Ahnung, woher sie das wusste. Es klang jedoch ziemlich logisch in ihren Ohren. »Wenn ich auf einen hohen Turm steige, ist der Wind dort auch stärker als am Boden. Das wird, wenn wir fliegen, vermutlich genauso sein.«

Sam schluckte laut hörbar, erwiderte jedoch nichts. Kurz darauf zuckte er jedoch zusammen wie ein erschrockenes Kleinkind, als das Flugzeug die Triebwerke anwarf und sich in Bewegung setzte.

Aus dem Fenster konnte Pia beobachten, wie das Hangartor geöffnet wurde und das rötliche Licht der aufgehenden Sonne hineinstrahlte, während sie langsam auf den Ausgang zurollten. Allein schon die Fahrt in einem Gefährt aus der alten Zeit auf dem Boden war eine völlig neue und aufregende Erfahrung für sie. Mit einem Mal konnte sie gut verstehen, warum die Bewohner der alten Zeit überall mit ihren Autos hingefahren waren. Es fühlte sich einfach klasse an. Als würde man sanft über den Boden schweben. Man bewegte sich fort, ohne einen einzigen Muskel rühren zu müssen.

Vorsichtig manövrierte Bangkok das Flugzeug aus dem Hangar hinaus, und als sie um die Ecke fuhren, konnte Pia sehen, dass die anderen beiden Flugzeuge ihnen hinterherfuhren.

»Die Motoren sind ganz schön laut«, stellte Sam fest. »Ob das wohl so in Ordnung ist? Immerhin sind die Maschinen über hundert Jahre alt und sicher völlig verrostet ...«

Aber Pia war viel zu beschäftigt damit, aus dem Fenster zu schauen und zu beobachten, wie sich die Morgensonne in dem vielen Glas des Flughafengeländes spiegelte, während sie nun schneller auf die große Straße zurollten, die sie auf den ersten Blick an eine der alten Autobahnen erinnert hatte. Als ihr Flugzeug darauf in Position ging und kurz stehen blieb, begriff Pia, wofür die Straße gedacht sein musste. Hier konnte das Flugzeug »Anlauf« nehmen, ehe es abhob, ähnlich wie Enten es auf dem Wasser machten.

»Bangkok hat mir erzählt, dass sie alles dafür tun, um die Maschinen in Schuss zu halten«, erklärte Elias, der sich mittlerweile scheinbar vorgenommen hatte, Sam seine Angst zu nehmen. »Sie geben die Ingenieurskunst seit dem großen Sterben von Generation zu Generation weiter. Da ist bestimmt nichts verrostet …«

Er wurde von einer körperlosen Stimme unterbrochen, die überall in dem Flugzeug gleichzeitig zu hören war. Nach ein paar Worten erkannte Pia, dass es Bangkok war, auch wenn seine Stimme etwas dumpf und verzerrt klang.

»Crew, please prepare for Take Off«, sagte er zunächst in einer fremden Sprache, um dann sichtlich vergnügt hinzuzufügen: »Festhalten, Leute, es geht los!«

Auf einmal beschleunigte das Flugzeug so stark, dass es Pia in ihren Sitz presste, als ob ein unsichtbarer Arm sie gegen die Lehne drückte. Die ganze Kabine begann zu zittern und zu wackeln, die explosiven Fässer im Heck ruckelten hin und her. Am Fenster zog die grüne, ins Morgenlicht getauchte Landschaft in atemberaubender Geschwindigkeit vorbei. Sam umklammerte die Armlehnen seines Sitzes, und Elias presste seine Lippen fest aufeinander. Pia griff nach Sams Hand und hielt sie fest.

Das uralte Flugzeug wurde immer schneller und schneller, und gerade, als Pia befürchtete, es würde auseinanderbrechen, spürte sie plötzlich einen kleinen Ruck, und in ihrem Magen breitete sich dieses seltsam flaue Gefühl aus, das sie das letzte Mal empfunden hatte, als sie mit Elias' Aufzug gefahren war. Sie blickte zum Fenster und sah, dass sie sich vom Boden erhoben und schnell Abstand von der Erde gewannen. Obwohl sie damit gerechnet hatte, dass das passieren würde, war das Gefühl abzuheben schockierend und phantastisch zugleich.

»Wir fliegen!«, rief sie atemlos. »Seht nur! Wir sind in der Luft!« Langsam realisierte sie, dass dies wirklich kein Traum war, sondern Wirklichkeit. Sie lachte vor Glück und Aufregung.

Elias, der ebenfalls aus dem Fenster gestarrt hatte, sah sie an und lächelte ihr zu. Am liebsten hätte sie ihn in diesem Moment umarmt, einfach nur, weil sie so glücklich war, hier zu sein und dieses unglaubliche Erlebnis mit jemandem teilen zu dürfen. Doch der Gurt und die unsichtbare Kraft, die sie in ihren Sitz presste, hielten sie zurück.

Pia wandte den Kopf und blickte zu Sam. Dieser konnte ihre Begeisterung nicht teilen. Sein Gesicht war so grün geworden, wie Pia es noch nie bei einem Menschen gesehen hatte. Schnell griff sie neben ihren Sitz und holte die Tüte heraus, die man ihr beim Einstieg gezeigt hatte. Scheinbar war Sam nicht der Erste, dem beim Fliegen schlecht wurde, wenn die Menschen der alten Zeit im Flugzeug immer diese Tüten bereitgehalten hatten. Sie reichte Sam die Tüte, und er erbrach sich geräuschvoll hinein.

»Sehr gut«, sagte Elias, »jetzt haben wir noch etwas, das wir auf Utilitas hinabwerfen können.«

Pia lachte erneut auf und wandte sich wieder dem Fenster zu. Sie hatte nur kurz weggesehen und war überrascht, wie hoch sie bereits in der Luft waren.

Unter ihnen wurde das riesige Flughafengelände bereits immer kleiner und wirkte wie ein Miniaturmodell, das Kinder zum Spielen aufgebaut hatten. Das Flugzeug flog eine steile Kurve und zitterte und schwankte dabei etwas, was Sams Magen, den Geräuschen nach zu urteilen, erneut Volten schlagen ließ. Doch Pia nahm das nur am Rande wahr. Voller Faszination betrachtete sie die Landschaft unter sich. Sie war es zwar gewohnt, in großer Höhe zu sein, immerhin war sie im Hochgebirge aufgewachsen und hatte schon einige der höchsten Türme MUCs erklommen. Doch das hier war etwas völlig anderes.

Unter ihr lagen riesige grüne Flächen, fast alles war von dichtem Wald überwuchert, aus dem nur hin und wieder Kirchtürme ragten und die manchmal vom dunklen Blau der zahlreichen Seen unterbrochen wurden. Dahinter erstreckten sich die Alpen in einer Pracht, die Pia den Atem stocken ließ. Die

Morgenluft war sehr klar, so dass die Berge zum Greifen nah wirkten. Sie sahen von hier oben gleichzeitig filigran und doch auch gewaltig aus. Als hätte ein Riese die ansonsten flache Landschaft gefaltet und aufgetürmt. Die Strahlen der frisch aufgegangenen Sonne ließen das satte Grün der Wälder an den Berghängen in fast schon surrealer Weise leuchten, ebenso wie die grauen Felsregionen des Hochgebirges in weiter Ferne.

Pia spürte, wie sich ihre Kehle zusammenzog, ein paar Tränen bahnten sich ihren Weg aus ihren Augen die Wangen hinab. Noch nie in ihrem Leben hatte sie etwas Schöneres gesehen als die Berge von hier oben. Gleichzeitig wurde ihr bewusst, wie sehr sie ihre alte Heimat insgeheim vermisste. Natürlich nicht das Dorf und die Menschen, die sie zurückgelassen hatte, sondern die einzigartige Alpenlandschaft, deren Kind sie war.

Sie sah nach oben und bemerkte, dass Elias sie beobachtete. In seinem Blick war so viel Zuneigung und Wärme, dass ihr schlagartig klarwurde, dass sie sich etwas vorlogen, wenn sie glaubten, einfach nur Freunde sein zu können. Er liebte sie. Und das auf eine völlig andere Art als damals, nachdem sie sich kennengelernt hatten. Vor einem Jahr war es ein leidenschaftliches, verzehrendes Feuer gewesen. Jetzt sah sie die tiefe Liebe eines erwachsenen Mannes, der genau wusste, wer er war und was er wollte.

Schnell wandte sie den Blick wieder der atemberaubenden Landschaft unter ihr zu und wischte mit dem Handrücken die Tränen aus dem Gesicht. Wenn sie weiter in sein Gesicht sah, fürchtete sie zu ergründen, dass auch sie noch Gefühle für ihn hatte. Und das durfte nicht sein. Sie hatte sich entschieden. Ihr Herz gehörte einem anderen.

»Es ist so schön«, flüsterte sie und deutete auf die Berge.

»Ja, das ist es«, bestätigte er. »Und das hier auch.«

Er deutete mit dem Finger auf das Fenster gegenüber. Pia folgte seinem Blick und gab ihm recht. Auf der anderen Seite erstreckte sich MUC unter ihnen. Sie konnte deutlich den Zylinderturm erkennen, auf den sie vor kurzem geklettert war und der von hier oben wie ein Spielzeughaus wirkte. Daneben entdeckte sie den charakteristischen Spitzturm und das gewaltige Sportstadion mit dem Glasdach, das aus der Luft wirkte, als würde es mit dem nächsten Windstoß davonflattern. Ein Stück weiter südlich hoben sich die Doppeltürme im Zentrum der Stadt aus der sogar von hier deutlich erkennbaren Dunstglocke.

Sie wurden ordentlich durchgeschüttelt, als das Flugzeug unsanft eine weitere Kurve flog.

»Ich wusste es, er will uns umbringen«, jammerte Sam, der mittlerweile seinen gesamten Mageninhalt geleert hatte und jetzt wie ein Häuflein Elend in seinem Sitz kauerte.

Die Tür zum Cockpit wurde geöffnet, und Oslo, die Kopilotin, betrat die Passagierkabine. Sie musste sich wegen der Turbulenzen festhalten, und ihr Gesicht wirkte ernst.

»Wir haben ein Problem«, sagte sie tonlos.

Es fühlte sich sonderbar an, in dem Flugzeug zu laufen, während es sich durch die Turbulenzen kämpfte und immer wieder eine Kurve flog. Gleichzeitig erinnerte es Pia aber auch ein wenig daran, auf den Gondeln des Riesenrades zu balancieren, wenn sie sich im Wind bewegten. Es war kaum zu glauben, dass es unter dem Boden, auf dem sie sicher standen, Hunderte Meter in die Tiefe ging.

Als sie zum ersten Mal das Cockpit betrat, war sie von neuem tief beeindruckt. Zum einen, weil die Sicht von hier vorne noch spektakulärer war als aus der Passagierkabine, und zum anderen wegen der schier unfassbaren Menge an kompliziert aussehenden Apparaturen und Instrumenten, die in diesem winzigen Raum untergebracht waren. Mittendrin saß Bangkok und hielt die Hände an etwas, das Pia an das Lenkrad eines Fahrzeugs aus der alten Zeit erinnerte, nur dass es kein Rad war, sondern oben und unten abgeschnitten.

»Was ist los?«, fragte Elias, der mit ihr ins Cockpit gekommen war. Sam war mit starrem Gesichtsausdruck in seinem Sitz geblieben.

Bangkok deutete auf ein paar Gebäude unter ihnen, die teilweise von sattem Grün bedeckt waren. Daneben war ein großes Feld, auf dem etliche Zelte aufgebaut waren. »Laut unseren Kundschaftern müsste das das Lager der Utilitas-Armee sein.«

Elias nickte. »Dann wird es wohl Zeit, Fracht abzuladen.«

»Wenn wir das tun, zünden wir nur leere Zelte an. Die Armee ist weg.«

Pia erstarrte. Sie und Elias wechselten einen Blick.

»Das kann nur bedeuten, dass sie abgezogen sind. Oder …«

»… sie sind schon in MUC«, beendete sie seinen Satz.

Einen Moment schwiegen alle, dann sagte Pia: »Suchen wir die Stadt ab. Vielleicht ist Utilitas gerade dabei, anzugreifen. Wir müssen MUC helfen! Vielleicht ist es noch nicht zu spät!«

»Wenn gekämpft wird, dann wahrscheinlich dort«, vermutete Oslo und deutete nach Süden. Hinter den Hochhäusern, die jenseits der Innenstadt standen, stiegen schwarze Rauchsäulen auf.

»Wir sind zu spät«, flüsterte Elias mit einer Ratlosigkeit und Verzweiflung, die Pia nicht von ihm kannte.

»Wir müssen ihnen helfen!«, beharrte sie. »Wir werfen die Ladung einfach dort über Utilitas ab.«

»Damit riskieren wir, auch Leute aus MUC zu treffen. Es könnte verheerend für beide Seiten sein«, sagte Bangkok nachdenklich.

»Haben wir denn eine Wahl?«, fragte Pia. »Soweit ich verstanden habe, ist das da unten ohnehin ein ziemlich ungleicher Kampf.«

Eine schwere Hand legte sich auf ihre Schulter. Sam hatte sich nach vorne zu ihnen geschleppt.

»Fliegen wir nach MUC«, bestimmte er mit schwacher und doch entschlossener Stimme.

26. Kapitel

Krieg

Falk war ehrlich überrascht, dass sie auf so viel Gegenwehr stießen. Gleichzeitig freute ihn das aber auch, denn mehr Gegenwehr bedeutete größere Verluste für Mayas Truppen, was ihre Erfolgsbilanz schmälern würde.

Dass sie noch heute den Sieg erringen und MUC einnehmen würden, daran bestand überhaupt kein Zweifel. Alle Bemühungen des Propheten und seiner Leute würden das Unausweichliche zwar möglicherweise etwas verzögern, niemals jedoch aufhalten. Dennoch wunderte sich Falk, dass er in den endlosen Monaten, die er in dieser Stadt verbringen musste, die Lage so falsch eingeschätzt hatte. Nie im Leben hätte er damit gerechnet, dass in einer Situation wie dieser die ganze Bevölkerung von MUC geschlossen hinter dem Propheten stehen würde. Und dass die Hades-Brut Seite an Seite mit den verhassten Wächtern kämpfen würde, war bis vor kurzem schlicht unvorstellbar gewesen.

Mit den ersten Sonnenstrahlen gab Maya das Zeichen, und die Erstürmung der äußeren Barrikaden begann. Hier stießen die Truppen zum ersten Mal auf heftigen Widerstand.

Aus sicherer Entfernung beobachtete er gemeinsam mit Maya, wie die schweren, gepanzerten Fahrzeuge ihrer Armee jedoch mühelos die Barrikaden dem Erdboden gleichmachten und den Zugang für die Bodentruppen sicherten. Der Plan lautete, dass man anschließend gezielt die Wächter eliminieren wollte, während man sich langsam in Richtung Hochstadt bewegte. Der Einsatz von Brandsätzen und Granaten sollte jeglichen Häuserkampf im Keim ersticken. Schließlich war es egal, ob die Außenbezirke niederbrannten oder nicht. Hier gab es nichts, was für Utilitas von Interesse war. Und Verluste der Zivilbevölkerung konnten wieder aufgestockt werden, sofern man das überhaupt wünschte. Noch war die Entscheidung nicht endgültig gefallen, ob man MUC nach seiner Einnahme plündern und vernichten wollte oder plante, es als Kolonie von Utilitas aufrechtzuerhalten. Wenn es nach Falk ginge, dann bliebe in dieser selbsternannten Stadt Gottes kein Stein auf dem anderen, aber leider waren es die CEOs, die die endgültige Entscheidung treffen würden, und nicht er.

Schmerzens- und Todesschreie sowie der leicht modrige Geruch von brennenden Gebäuden drangen bis zu seiner geschützten Position. Schüsse und Explosionen donnerten und hallten an den verlassenen, überwucherten Häusern hinter ihnen wider. Falk würde noch etwas abwarten und die Show genießen. Erst nachdem die Elitetruppen, die noch hinter den Linien auf ihren Einsatz warteten, in die Stadt vorgedrungen waren, würde er gemeinsam mit seiner aufgestockten Einheit losziehen, in der Hoffnung, irgendwo das schwarzhaarige Miststück ausfindig zu machen.

Er überprüfte noch einmal den Sitz seines gepanzerten Militärhelms sowie die Weste aus der alten Zeit, die ihn vor Kugeln schützen würde. Er war mehr als bereit. Und irgendetwas sagte ihm, dass er dieses Mal endlich erfolgreich sein würde.

Paul hatte große Mühe, den Impuls niederzukämpfen, einfach alles stehen und liegen zu lassen, um die Flucht zu ergreifen. Seit Aela den Spion aus Utilitas geschnappt hatte, war die Stärke der feindlichen Armee das Thema Nummer eins gewesen. Es war ihm von Anfang an klar gewesen, dass der Gegner übermächtig war, doch es sich nur vorzustellen und ihm jetzt gegenüberzustehen, das waren zwei völlig unterschiedliche Dinge.

Um sich eine Übersicht zu verschaffen, war er gemeinsam mit Aela und Robin in den zweiten Stock eines leerstehenden Hauses gestiegen. Von hier aus konnten sie im zarten Morgenlicht deutlich sehen, was auf sie zukam. An der alten Ringstraße, zwischen den Barrikaden, die MUC begrenzten, und den Glastürmen der alten Zeit, befand sich eine riesige Menschenmenge. Paul konnte nicht genau sagen, wie viele es waren, doch es mussten Tausende sein. Sie wirkten von hier oben wie ein einziges, riesiges Lebewesen, das schwarz vor sich hin lauerte und hungrig war.

Paul spürte, wie sich seine Nackenhaare sträubten. Soweit er erkennen konnte, waren alle Soldaten aus Utilitas gut ausgerüstet und bewaffnet. Sie wirkten diszipliniert und bestens ausgebildet, fast so, als wären sie dafür geboren worden, heute hier zu stehen. Doch das war noch lange nicht das Erschreckendste an der Armee, die vor den Toren MUCs auf das Zeichen zum Angriff wartete.

Paul erkannte, dass sie auch mehrere funktionstüchtige Fahrzeuge aus der alten Zeit hatten. Sie waren von unterschiedlichen Größen und Formen. Manche wirkten wie Militärfahrzeuge der alten Zeit, die Paul von alten Fotografien kannte, andere sahen aus wie gewöhnliche Last- und Lieferwagen, die mit Stahlplatten und Eisenstangen verstärkt worden waren und nun so bedrohlich wirkten wie angriffslustige Urzeittiere.

Man musste kein Experte auf dem Gebiet militärischer Taktik sein, um zu ahnen, dass die Konfrontation für MUC nur schlecht ausgehen konnte.

»Oh Mann«, flüsterte Robin. »Das sieht nicht gut für uns aus.«

Mit einem Mal fragte Paul sich, wie es Pia wohl ging und wo sie steckte. Ilja hatte völlig recht damit gehabt, eine Delegation zum alten MUC zu schicken. Sie konnten jede Hilfe brauchen, die sie kriegen konnten. Aber warum waren Pia und Sam noch immer nicht zurück? Paul hoffte sehr, dass ihnen nichts zugestoßen war. Was auch immer sie aufgehalten hatte, war vielleicht sogar ein Glücksfall, denn selbst mitten in der Wildnis war seine Schwester im Augenblick sicherer als hier.

Aela schien den Pessimismus, der sich bei Robin und Paul breitmachte, nicht zu teilen. »Wir bleiben bei unserem Plan«, verkündete sie. »Und keiner von uns wird heute sterben. Verstanden?«

Beide nickten, und Paul musste lächeln, der Bedrohung keine hundert Meter entfernt zum Trotz. Wenn Aela das so sagte, dann glaubte er irgendwie, dass alles gut werden würde. Sie wirkte zwar noch immer sehr blass und humpelte wegen der Stichwunde in ihrem Bein, doch er zweifelte keine Sekunde daran, dass sie es mit jedem der bis an die Zähne bewaffneten Feinde da unten aufnehmen konnte.

Sie sah ihn kurz an und erwiderte sein Lächeln, dann humpelte sie erstaunlich flink zurück in Richtung der Treppe. Durch sie schaffte Paul es schließlich, seine Angst herunterzuschlucken. Er war bereit für den Kampf. Und er wollte leben – mit ihr.

Die Leute aus dem Hades hatten an einem halb eingestürzten Gebäude unweit hinter den Barrikaden Stellung genommen. Die Barrikaden selbst wurden von einem Mix aus Wächtern und Stadtbewohnern gesichert. Die Straßen dahinter hatte man, so gut es ging, mit allem, was zur Verfügung stand, versperrt, um den Feinden das Vordringen in die Stadt so schwierig wie möglich zu machen.

Paul war erstaunt, dass es dem Propheten und seinen Leuten gelungen war, so viele Menschen zur Verteidigung der Stadt zu mobilisieren. Hunderte Freiwillige waren mit Waffen und Ausrüstung aus der Hochstadt bestückt worden. Außerdem waren noch etliche dem Aufruf des Propheten gefolgt, das »Böse«, das außerhalb MUCs lauerte, zu vertreiben. Wer dabei ums Leben kam, würde sofort in den Himmel kommen, um fortan an Gottes Seite die süße Ewigkeit zu verbringen, hatte der Prophet versprochen. So hatten viele einfach Messer, Äxte oder Werkzeuge gegriffen und warteten nun darauf, Gottes Willen zu erfüllen.

Aus den an vielen Stellen um die Frontlinie aufgestellten Lautsprechern tönte gerade die melodische Stimme des Propheten, als Paul und die anderen hastig die leere Straße überquerten, um in der eingestürzten Ruine in Deckung zu gehen.

»… fürchtet euch nicht, denn wir werden siegen! Dies ist ein Krieg, bei dem Gott nicht unparteiisch sein kann. Nein, ich, der Prophet und sein Abgesandter auf Erden, sage euch: Gott steht auf eurer Seite! Fürchtet euch nicht …«

In diesem Moment ging es los.

Mit einer lauten Explosion begann der schlimmste Alptraum, den Paul in seinem Leben erleben sollte.

Mit Sprengstoff rissen die Truppen von Utilitas ein Loch in die Barrikade. Die Wucht war so gewaltig, dass Trümmer und Menschen, die an der Stelle positioniert gewesen waren, Dutzende Meter in die Höhe und nach allen Seiten flogen. Paul hatte keine Ahnung, welcher Sprengstoff eine solche Zerstörungskraft besaß, in MUC besaß man jedenfalls nichts Vergleichbares. Doch der Feind ließ den Verteidigern der Stadt keine Zeit, sich von dem ersten Schock zu erholen. Durch den dichten Rauch, der an der Stelle der Explosion hing, bahnten sich zwei gepanzerte Fahrzeuge ihren Weg hinein und überrollten alles, was sich ihnen in den Weg stellte. Dahinter stürmten die Fußtruppen von Utilitas durch das große Loch und ergossen sich wie eine dunkle Welle in die Straßen von MUC. Ohne zu zögern, eröffneten die Soldaten sofort das Feuer und schossen auf alles, was sich bewegte.

Paul konnte nicht fassen, wie schrecklich schnell alles ging. Überall war schwarzer Rauch, Flammen, sich im Todeskampf windende, schreiende Menschen. Es roch nach versengtem Plastik und verbranntem Fleisch. Wenn es tatsächlich so etwas wie eine Hölle gab, dann musste sie so aussehen.

Paul spürte, wie seine Hände zitterten, während er das Grauen um sich herum beobachtete. Die feindlichen Truppen schnitten durch die verängstigten und schlecht organisierten Verteidiger wie durch Butter. Schon betrachteten die Wächter die Gegend um die Barrikade als verloren und formierten sich um die Straßensperren neu. Doch auch das würde die Truppen aus Utilitas nicht lange aufhalten.

Das war kein fairer Kampf, es war ein Gemetzel. Alle, die sich dem übermächtigen Feind in den Weg stellten, würden sterben.

Er spürte, wie Aela ihre Hand auf seine legte, und das Zittern hörte augenblicklich auf. Sie würde weder zurückweichen noch aufgeben, und er würde bei ihr bleiben. Selbst wenn das seinen sicheren Tod bedeutete.

Sie entsicherte ihre Waffe, und er wusste, dass sie jeden Augenblick aufspringen und sich ins Gefecht stürzen würde. Alle Hadesleute standen hinter ihr und waren mit grimmigen Gesichtern dazu bereit, dasselbe zu tun.

Doch in diesem Moment passierte etwas, womit niemand auch nur in seinen kühnsten Träumen gerechnet hätte. Zunächst war nur ein sonderbares, tiefes Brummen zu hören, als ob sich ein gigantischer Bienenschwarm nähern würde.

Paul erschrak. Was konnte das sein? Über was für schreckliche Waffen verfügte Utilitas noch? Mit großen Augen sah er sich um, und Robin, der neben ihm stand, tat das Gleiche.

»Was ist das?«, flüsterte Paul. Doch niemand konnte ihm eine Antwort geben. Plötzlich hob Aela den Finger und deutete auf den Himmel.

»Seht nur! Da!«, rief sie, und alle starrten hinauf.

Paul traute seinen Augen nicht. Das konnte unmöglich die

Realität sein! War er vielleicht schon tödlich getroffen, und sein Gehirn produzierte im Sterben phantastische Bilder?

Drei längliche Gebilde waren am blassen Morgenhimmel aufgetaucht und näherten sich mit hoher Geschwindigkeit. Trotz der Entfernung erkannte Paul sofort, dass sie viel zu groß und zu schnell waren, um etwas Natürliches zu sein. Es musste sich um künstliche Maschinen handeln. Um Flugmaschinen.

Langsam fügte sein Gehirn eins und eins zusammen, und ihm wurde klar, was er da am weiß-blauen Himmel über all dem Rauch, Tod und der Zerstörung sah: Flugzeuge aus der alten Zeit! Sein Mund klappte auf, und er betrachtete die Flugmaschinen mit einer Mischung aus Ehrfurcht, Begeisterung und Hoffnung.

»Pia und Sam haben es tatsächlich geschafft!«, schrie Aela euphorisch. »Das muss die Unterstützung aus der Flughafenstadt sein!«

Um sie herum brach Jubel aus. In letzter Sekunde kam die Hilfe, auf die sie alle so sehnsüchtig gehofft hatten. Paul konnte es noch immer kaum glauben. Nie hätte er gedacht, in seinem Leben ein funktionierendes Flugzeug zu Gesicht zu bekommen.

Sie waren nicht die Einzigen, die die Flugobjekte am Himmel bemerkt hatten. Auch die Wächter und die freiwilligen Verteidiger starrten fasziniert nach oben. Und nicht nur sie. Selbst die scheinbar völlig abgebrühten und unbesiegbaren Soldaten aus Utilitas hatten innegehalten und betrachteten staunend das Schauspiel über ihren Köpfen.

Die Situation wirkte bizarr. Niemand bewegte sich, und es kehrte eine sonderbare, fast schon besinnliche Stille ein, fast so, als hätte die ganze Welt für einen Moment innegehalten. Bis auf das insektenartige Motorengeräusch der Flugmaschinen war kaum etwas zu hören. Paul registrierte, dass er sogar seinen eigenen Herzschlag hören konnte.

Dann brach plötzlich erneut die Hölle los. Dieses Mal jedoch für Utilitas.

Paul hörte ein lautes Zischen, danach Detonationen und panische Schreie. Es dauerte ein paar Sekunden, bis er begriff, was vor sich ging, dann aber sah er es ganz deutlich. Die drei Flugzeuge kreisten über den Truppen von Utilitas, die sich größtenteils noch außerhalb der Barrikaden befanden, und warfen offensichtlich hochexplosive Ladungen ab. Paul konnte von hier aus nicht genau sehen, ob und wie sie den Feind trafen, doch es hörte sich verheerend an.

Der Prophet reagierte sofort. »Brüder und Schwestern, Bürger von MUC«, tönte seine charismatische Stimme aus den Lautsprechern. »Wir haben gebetet, und Gott hat uns erhört! Er schickt seine Erzengel, um uns zu beschützen. Blickt nach oben und danket dem Herrn, denn er ist allmächtig und lässt die, die er liebt, niemals im Stich. Der Feind möge im Engelsfeuer Gottes verbrennen und direkt in die Hölle fahren! So spricht Gott unser Herr, und sein untertäniger Diener, euer Prophet!«

Lauter Jubel brach überall in den Straßen aus. Die Verteidiger von MUC warfen die Arme in die Höhe und dankten Gott für das »Engelsfeuer«, während die Truppen von Utilitas, die bereits in die Stadt eingedrungen waren, ein wenig ratlos wirkten. Sie wussten nicht, ob sie in dieser unvorhergesehenen Situation weiter vorrücken oder besser den Rückzug antreten sollten.

»Fürchtet euch nicht, Brüder und Schwestern!«, fuhr der Prophet zeitgleich fort. »Helft den Erzengeln und ihrem Himmelsfeuer! Schnappt euch diejenigen, die es gewagt haben, ihre ungläubigen Füße in unsere heilige Stadt zu setzen! Tötet sie! Lasst keinen entkommen!«

Der Jubel wurde lauter und wandelte sich in eine Art Kriegsgeheul, als aus allen Richtungen Bewohner der Stadt angestürmt kamen und auf die Soldaten aus Utilitas losgingen.

Selbst Aela schien sich von der plötzlichen Begeisterung anstecken zu lassen. »Vorwärts!«, schrie sie ihren Leuten zu und sprang mit einem Satz auf die halb eingestürzte Mauer, die sie bis vor wenigen Minuten noch als Schutz genutzt hatte. »Vertreiben wir diese Monster aus unserer Stadt! Auf sie!«

Selbst Paul stimmte in das Kriegsgeschrei mit ein und folgte seiner Göttin in die Schlacht.

Falk traute seinen Augen nicht, als er das merkwürdige Geräusch hörte und zum Himmel blickte. Er wusste selbstverständlich, was Flugzeuge waren, denn immerhin gab es am Rand von Utilitas einen Flughafen, der in der alten Zeit der größte in der Region gewesen war. Doch alle Bemühungen der Techniker und Wissenschaftler, die die CEOs und deren Vorgänger ausgesandt hatten, um ein paar der alten Maschinen wieder funktionsfähig zu machen, waren kläglich gescheitert. Jetzt plötzlich drei Flugzeuge über seinem Kopf zu entdecken, grenzte fast schon an ein Wunder, das er niemals für möglich gehalten hatte – vor allem nicht hier.

Nach der Faszination und fast schon kindlichen Begeisterung, die ihn in den ersten Sekunden der Beobachtung durchfahren hatte, stieg grenzenlose Verwunderung in ihm hoch, gefolgt von blankem Entsetzen.

Wie konnte es sein, dass diese Hinterwäldler flugtaugliche Maschinen besaßen? Und vor allem, wie konnte es sein, dass er in all der Zeit in MUC nichts davon mitbekommen hatte?

Es konnte nur einen Grund geben, warum die Flugzeuge ausgerechnet jetzt am Himmel aufgetaucht waren. Sie mussten eine Waffe sein!

Auch Maya blickte nach oben und runzelte verwundert die Stirn. Dann wandte sie den Kopf und sah ihn entgeistert an. »Falk, was zum Teufel …?«

Doch sie kam nicht dazu, ihren Satz zu beenden. Plötzlich schlug unweit der Barrikaden etwas mitten in die Truppen ein, das offenbar aus einem der Flugzeuge geworfen worden war. Weniger als eine Sekunde später detonierte das Geschoss in einem großen Feuerball, der so intensiv war, dass Falk davon geblendet wurde, obwohl er sich in sicherer Entfernung davon befand. Er schirmte schnell die Augen ab, konnte jedoch nicht verhindern, dass gellende Todesschreie an seine Ohren drangen und der Geruch von verbranntem Menschenfleisch in seine Nase stieg.

Noch bevor er oder sonst irgendjemand auf den Angriff aus der Luft reagieren konnte, sauste erneut ein Flammengeschoss auf die Soldaten herab, gefolgt von einem weiteren. Ein schweres Fass stürzte nur etwa zwanzig Meter von ihm entfernt zur Erde, platzte und verspritzte einen grünlichen, scharf stinkenden Inhalt. Die Männer, die davon getroffen wurden, schrien auf und hielten sich die Hände vors Gesicht. Die stinkende Brühe musste Säure sein oder eine sonstige hochgiftige Chemikalie enthalten.

Was zur Hölle war hier los? Wie konnte es möglich sein, dass sie so von MUC überrumpelt wurden?

Er blickte zu Maya, die mit geballten Fäusten und zu einem Strich zusammengezogenen Lippen beobachtete, wie ein weiteres Giftfass mitten in die Elitetruppe stürzte und die Soldaten kreischend auseinanderstieben ließ.

»Rückzug!«, brüllte sie schließlich.

Im ersten Moment konnte Falk kaum glauben, was er da aus ihrem Mund hörte. Dann jedoch wurde ihm klar, dass sie recht hatte. Sie hatten keine andere Wahl. Die Invasion war gescheitert, es gab nichts, das sie den Brandgeschossen aus der Luft entgegensetzen konnten. Alles, was ihnen noch übrigblieb, war, sich zurückzuziehen, ehe der Kosten- den Nutzenfaktor endgültig ad absurdum führte. Waren die Truppen erst einmal in Sicherheit, konnte in Ruhe überlegt werden, ob man zum Gegenschlag ansetzte oder nicht.

»Rückzug …!«, wiederholte Maya. In diesem Augenblick prallte ein Geschoss in ihrer und Falks unmittelbarer Nähe auf.

Beide wurden von der Wucht der Detonation von dem Fahrzeug geschleudert, auf dem sie gestanden hatten. Das war ihr großes Glück, denn der alte Militärjeep schirmte sie von der Feuersbrunst ab, die direkt nach der Explosion folgte.

Falk spürte, wie ihm schummrig wurde, ein grässliches zischendes Piepen breitete sich in seinen Ohren aus und schien alles zu verschlucken, so dass er kaum noch etwas hören konnte. Doch seine Nase funktionierte noch und nahm den Geruch von brennendem Fleisch deutlich auf, auch wenn die Todes- und Schmerzensschreie um ihn herum kaum durch die Watte in seinem Kopf drangen.

Riecht wie Steak.

Er wusste nicht, ob er über diesen Gedanken lachen oder weinen sollte, doch fest stand, er musste hier weg, wenn er nicht selbst gegrillt werden wollte. Hustend und mit weichen Knien rappelte er sich auf und taumelte von den brennenden Fahrzeugen weg, um sich in einen Hauseingang zu drücken. Seine Augen wollten ihm noch immer nicht wieder gehorchen, er sah alles unscharf.

Wo war Maya? War sie tot? Wäre das gut oder schlecht für ihn? Gut, weil er sie dann nicht selbst umbringen musste, und schlecht, da die Verantwortung über den Fehlschlag womöglich ihm ganz allein zufallen würde.

Ein hysterisches Lachen entrang seiner Kehle und ging schnell in Husten über, als der schwarze Rauch um ihn herum in seine Lunge drang. Dann sah er sie.

Sie war bereits wieder viel besser auf den Beinen als er, lief unerschrocken um die Flammen herum und versuchte, ihren Offizieren Befehle zuzubrüllen, die er nicht hören konnte.

Mit einem Mal wurde ihm klar, dass er sich nicht einfach nur verstecken konnte, bis die Gefahr vorbei war. Es wäre seine

Aufgabe gewesen, im Vorfeld herauszufinden, dass es in MUC funktionierende Flugzeuge gab. Dann hätten die CEOs unter Umständen auf den Feldzug verzichtet oder eine völlig andere Strategie entwickeln lassen. So waren die Fußsoldaten einfach in eine tödliche Falle geschickt worden.

Irgendjemand würde dafür geradestehen müssen. Und dieser Jemand würde er sein.

Er musste wenigstens den zweiten Teil seines Auftrages erfolgreich zu Ende bringen, sonst würde er sich nie wieder in Utilitas blicken lassen können, denn die CEOs würden ihn eiskalt ausschalten lassen. Und wo sollte er in dieser gottverlassenen Welt sonst hin?

Er sah sich eilig um und entdeckte, dass sein persönlicher Trupp die Angriffe wie durch ein Wunder heil überstanden hatte. Die Männer suchten Schutz hinter einer eingestürzten Hausfassade.

Er winkte ihnen zu, um trotz des schwarzen Rauchs ihre Aufmerksamkeit zu erlangen.

»Vorwärts!«, brüllte er ihnen zu. »Wir gehen hinein!«

Pia klebte förmlich an ihrem Fenster und beobachtete, was unter ihr vor sich ging. Wie es aussah, waren sie gerade noch rechtzeitig gekommen, um den Vormarsch der feindlichen Truppen nach MUC hinein zu stoppen. Bangkok und die Piloten der anderen zwei Maschinen ließen ihre Flugzeuge in sicherer Höhe über den Soldaten und Fahrzeugen aus Utilitas kreisen, während Atlanta und Lissabon ein Fass nach dem anderen durch die offene Hecktür nach unten stürzen ließen. Die beiden hatten sich mit langen Gurten festgemacht, damit sie nicht hinausfielen, Pia und die anderen hatten die Anweisung bekommen, sich wieder in ihren Sitzen anzuschnallen. Kalte Luft rauschte durch die Kabine und wirbelte ihre Haare durcheinander, und das kleine Flugzeug wurde von den Turbulenzen noch mehr durchgeschüttelt als beim Anflug auf MUC. Pia vermutete, dass das an der offenen Tür lag, doch im Grunde war es ihr egal. Alles, was jetzt zählte, war, die Armee aus Utilitas zum Rückzug zu bewegen.

Unter ihnen loderten bereits etliche Feuer, winzig kleine Menschen rannten um ihr Leben und versuchten, sich hektisch in Sicherheit zu bringen, fast so wie Ameisen, die vor einem Lagerfeuer flüchteten. Überall stieg dichter schwarzer Rauch nach oben und machte es unmöglich, genau zu erkennen, ob die tödlichen Himmelsgeschosse nur den Feind oder auch versehentlich die Bewohner aus MUC trafen. Die Schmerzens- und Angstschreie drangen trotz des Fluglärms und der Höhe bis zu ihnen in die Kabine und ließen Pias Nackenhaare zu Berge stehen.

Was da unten geschah, war das Schrecklichste, das sie jemals erlebt hatte. Doch ihr war klar, dass sie keine andere Wahl gehabt hatten. Die Angreifer aus Utilitas waren nicht an Gesprächen und Verhandlungen interessiert gewesen, und als sie beim Anflug die riesige Armee gesehen hatte, wusste Pia sofort, dass es niemanden in MUC gab, der sie hätte stoppen können.

Nun hoffte sie einfach, dass nicht zu viele Menschen eines unnötigen, grausamen Todes starben. Doch ihre größte Sorge galt natürlich den Leuten aus MUC. Fast all ihre Freunde und Menschen, die sie liebte, waren irgendwo dort unten.

Sosehr sie sich auch bemühte, sie konnte aus der Ferne niemanden erkennen, den sie kannte, obwohl sie deutlich sehen konnte, dass ein Kampf innerhalb der Barrikaden von MUC stattfand. Es war sehr wahrscheinlich, dass Paul, Robin, Aela und die anderen sich an der Verteidigung der Stadt beteiligten. Sie fand es beinahe unerträglich, hier oben in den Wolken in Sicherheit zu sitzen, während die anderen gerade ums Überleben kämpften. Zwar versuchten die Flughafenmenschen alles, um die explosiven und giftigen Geschosse nur auf die Feinde niederprallen zu lassen, die sich außerhalb MUCs befanden, doch Pia konnte deutlich sehen, dass es auch innerhalb der Barrikaden brannte.

Sie war so darauf konzentriert, das Geschehen unten zu beobachten, dass sie eine Weile lang gar nicht bemerkte, wie der kalte Luftzug und das Rauschen in der Kabine aufhörten. Als sie sich umsah, schlossen die beiden Besatzungsmitglieder gerade die Hecktür.

»Was ist los?«, rief Pia ihnen zu. »Warum hört ihr auf?«

»Die gesamte Ladung ist unten«, antwortete Lissabon und deutete auf den nun leeren hinteren Bereich des Fliegers.

Pia öffnete ihren Gurt und sprang auf. »Dann müssen wir landen!«

Die beiden sahen sie entgeistert an und schüttelten die Köpfe. »Das geht nicht.«

Sie rannte zum Cockpit und stieß die Tür auf. Bangkok wandte den Blick von seinen komplizierten Apparaturen ab und lächelte ihr zu. »Denen haben wir ganz schön eingeheizt! Sie ziehen sich zurück.«

Sie zwang sich, sein stolzes Lächeln zu erwidern, und legte ihm anerkennend die Hand auf die Schulter. Er hatte recht, alles lief bisher sehr gut. Dennoch drohte die Sorge um Robin und ihre Freunde sie förmlich zu überrollen.

»Du bist ein wunderbarer Pilot, vielen Dank«, sagte sie. »Und jetzt müssen wir hier irgendwo landen.«

Bangkok sah sie ebenso verständnislos an wie seine Kollegen im Heck. »Pia, das geht leider nicht.«

»Warum nicht?«

»Ein Flugzeug kann nicht einfach irgendwo landen. Es braucht eine spezielle Landebahn, die breit und lang genug ist. Die gibt es nur am Flughafen.«

»Aber hier gibt es doch überall lange Straßen aus der alten Zeit!«, beharrte sie.

Er schüttelte bedauernd den Kopf. »Keine Chance. Wir würden bloß crashen!«

Sie wusste nicht genau, was das bedeutete, doch Bangkoks Ton war so unnachgiebig, dass sie spürte, dass alle Diskussion umsonst war. »Aber, ich muss da runter! Meine Freunde brauchen vielleicht Hilfe …«

»Tut mir leid, aber das ist unmöglich.«

Neben ihm räusperte Oslo sich leise. »Nun, vielleicht gäbe es ja doch eine Möglichkeit …«

Bangkoks Augen weiteten sich. »Du meinst, sie könnte einen der Fallschirme benutzen? Das wäre viel zu gefährlich … sie weiß doch gar nicht, wie man ihn benutzt. Das Risiko, dass sie abstürzt, ist viel zu groß.«

»Zeigt mir, was ich tun muss, und ich werde es schaffen«, sagte Pia ruhig. »Ich muss zu meinen Leuten. Bitte!«

Elias musste sich zusammenreißen, um nicht am ganzen Körper zu zittern, als Pia sich den rucksackähnlichen Fallschirm umschnallen ließ. Er fühlte sich schrecklich hilflos und hatte wahnsinnige Angst. Am liebsten hätte er sie an beiden Schultern gepackt und kräftig geschüttelt, sie gefragt, ob sie den Verstand verloren hatte, ihr sogar verboten, es zu tun.

Doch er tat nichts von alldem. Er hatte kein Recht dazu und wusste gleichzeitig, dass es ohnehin nichts bringen würde. Wenn Pia sich einmal etwas in ihren sturen, wunderschönen Kopf gesetzt hatte, dann gab es nichts und niemanden, der sie davon abbringen konnte. Ihr unbändiger, eigenständiger Wille war einer der vielen Gründe, warum er sie liebte.

Natürlich hatte er zunächst versucht, es ihr auszureden, mit einem mehr als hundert Jahre alten Fallschirm mehrere hundert Meter hoch aus einem Flugzeug zu springen. Er konnte nicht verstehen, warum sie es unbedingt tun wollte. Die Attacke aus der Luft hatte sogar noch besser funktioniert, als er gehofft hatte. Utilitas musste große Verluste hinnehmen und würde nach diesem unerwarteten Schlag vielleicht sogar von einem weiteren Angriff absehen. Sein Vater konnte Gesandte ausschicken und ein Friedensabkommen aushandeln.

Und mit den wenigen feindlichen Soldaten, die es geschafft hatten, in die Stadt einzudringen, würden die Wächter spielend fertig werden, sofern diese nicht sowieso kapitulierten oder die Flucht ergriffen.

Warum also wollte Pia unbedingt jetzt nach MUC hinab und konnte nicht warten, bis sie sicher gelandet waren und dann zurückreisten?

Als er sie von der Seite betrachtete, während die Besatzung ihr erklärte, wie sie den Fallschirm zu benutzen hatte, wurde es ihm jedoch plötzlich klar. Sie handelte aus Liebe. Jemand, den sie liebte, war dort unten, und sie wollte sichergehen, dass es ihm gutging.

Er fragte sich, wie er wohl gehandelt hätte, wenn er wüsste, dass sie dort unten wäre, vielleicht verletzt oder von Flammen umzingelt. Er wusste, dass er alles in seiner Macht Stehende tun würde, um zu ihr zu gelangen. Doch er war sich nicht sicher, ob er den Mut hätte, aus einem Flugzeug zu springen.

Pia hatte diesen Mut. Und nicht nur das. Er war sich ziemlich sicher, dass sie sich tief in ihrem Herzen sogar darauf freute, dieses unglaubliche Wagnis auf sich zu nehmen. Für sie war etwas, das in anderen Menschen blankes Entsetzen und Urängste auslösen würde, lediglich ein neues Abenteuer, eine Herausforderung.

Sie war einfach einzigartig. Er wusste, dass er niemals wieder einen Menschen so würde lieben können wie sie. Wenn sie sprang, dann wollte er das auch.

»Gebt mir auch einen«, hörte er sich sagen und fragte sich gleichzeitig, woher er plötzlich die Courage dafür nahm.

Pia wandte den Kopf und sah ihn ebenfalls überrascht an.

Doch Lissabon schüttelte entschlossen den Kopf. »Tut mir leid, aber wir haben nur zwei Fallschirme, von denen wir hoffen, dass sie noch funktionstüchtig sind.«

»Was soll das heißen, ihr ›hofft‹?«, fragte Sam mit einer für ihn ungewohnt schrillen Stimme. Obwohl er ganz offensichtlich panische Angst hatte, hatte er nicht lange gezögert und sich auch einen Fallschirm umschnallen lassen, nachdem Pia nicht von ihrem Vorhaben abzubringen gewesen war. Er wollte so schnell wie möglich zu seiner Familie und sichergehen, dass es ihnen gutging.

»Na ja, die Fallschirme sind eigentlich nur für den äußersten Notfall gedacht«, gestand Oslo, die das Cockpit verlassen hatte, um Pia und Sam zu erklären, wie die Fallschirme funktionierten. »Wir können nicht zu hundert Prozent sicher sein, ob sie wirklich noch funktionstüchtig sind. Aber eigentlich sollten sie es sein.«

»Sollten?«, kiekste Sam. Seine Augen waren nun so riesig wie Mühlenräder. Doch Pia schlug ihm freundschaftlich auf die Schulter. »Das wird schon passen, Sam. Du wirst es sehen.«

»Ja, oder ich sehe einfach gar nichts mehr, nachdem mein Kopf beim Aufprall geplatzt ist wie eine überreife Tomate.«

»Ach was«, entgegnete Pia und bemühte sich, möglichst cool zu wirken. Nur an Kleinigkeiten in ihrem Verhalten erkannte Elias, dass auch sie aufgeregt war und Angst hatte.

»Du kannst es dir noch einmal überlegen, Sam«, sagte er. »Dann bleibst du da, und ich nehme deinen Fallschirm.«

Eigentlich hatte er gehofft, Sam würde tatsächlich genau das tun, doch der Schuss ging nach hinten los. Der Hüne versteifte sich und holte tief Luft. »Vergiss es, Prophetenbengel. Ich gehe.«

Noch einmal erklärte die Kopilotin, wie die Fallschirme funktionierten und an welcher Schnur Pia und Sam ziehen mussten, um sie zu öffnen. Dann nickte sie den anderen beiden

Besatzungsmitgliedern zu, und sie öffneten erneut die Tür. Sofort rauschte wieder eiskalter Wind durch die Kabine, und alle mussten sich festhalten, um nicht das Gleichgewicht zu verlieren. Pias Gesicht wirkte zwar etwas blass, aber völlig gefasst, als sie durch die offene Tür in die schier bodenlose Tiefe blickte.

Elias stellte fest, dass sie nun noch höher flogen als beim Abwurf der Brandbomben. Bangkok hatte das Flugzeug in eine größere Höhe gebracht, um den beiden mehr Zeit zu geben, ihre Fallschirme zu öffnen. Unter ihnen lag MUC, wohlbekannte Straßen und Gebäude zogen als winzige Miniaturen vorbei. Elias wusste nicht, ob er sich darüber ärgern sollte, dass es keinen Fallschirm für ihn gab, oder besser dankbar dafür sein sollte. Allein die Vorstellung, in die Tiefe zu springen, schnürte ihm die Kehle zu.

Pia sah zu Sam hoch und lächelte ihm zu. »Bereit?«

»Bringen wir es hinter uns«, presste er hervor.

Sie nahm seine Hand, um sich mit ihm gemeinsam ins Ungewisse fallen zu lassen.

In letzter Sekunde beugte sich Elias vor und drückte Pia einen Kuss auf die Wange. Sie drehte den Kopf und sah ihm in die Augen.

»Pass auf dich auf«, sagte er.

»Und du auf dich«, antwortete sie.

Dann machten Sam und sie einen Schritt ins Leere und waren verschwunden.

»Ich liebe dich, Pia«, flüsterte Elias ihr nach, während er beobachtete, wie sie fiel. Tränen traten in seine Augen, denn irgendetwas sagte ihm, dass er sie nie wiedersehen würde.

27. Kapitel

Verlust

Der eiskalte Wind zerrte an Pias Haaren und Kleidern wie ein wildes Tier. Es dauerte einen Augenblick, ehe sie vollständig begriffen hatte, was passierte. Sie fiel.

Mit rasender Geschwindigkeit stürzte sie auf die Erde zu. Unter sich sah sie unendlich viel Grün, aus dem die Häuser MUCs herausragten. Außerdem war da überall dicker schwarzer Rauch. Und Feuer. MUC brannte.

Das hier hatte nichts mit dem angenehmen Gefühl gemeinsam, das sie beim Fliegen in Bangkoks Maschine empfunden hatte. Es war beängstigend und berauschend zugleich. Ihr Körper fühlte sich völlig schwerelos an, gleichzeitig kamen die spielzeughaften Häuser unter ihr beunruhigend schnell näher.

Plötzlich hatte sie das deutliche Gefühl, all das schon einmal erlebt zu haben. Es war wie dieses seltsame Phänomen, das man, wie sie von Robin wusste, »Déjà-vu« nannte. Nur viel intensiver – und furchterregend.

Der Traum! Ihr immer wiederkehrender Traum, der sie in den letzten Monaten so geängstigt hatte. Sie hatte so oft davon geträumt, in die Tiefe zu stürzen, auf ein brennendes MUC zu. Und jetzt wurde er Wirklichkeit. Würde sie sterben? Beim Aufprall zermalmt werden, wie in ihrem Traum? Gleichzeitig war da dieses fürchterliche nagende Gefühl von Verlust und Trauer, das sie auch immer im Schlaf empfunden hatte. Panik drohte sie zu überrollen, doch sie riss sich zusammen.

Das hier war kein Traum, es war die Wirklichkeit. Und wenn

sie nicht sterben wollte, dann musste sie jetzt handeln und das tun, was ihr die Kopilotin vorher erklärt hatte.

Sie wandte den Kopf und erblickte Sam neben sich, dessen große, verschwitzte Hand sie noch immer umklammert hielt. Es wurde Zeit, den Fallschirm zu öffnen, wenn er denn überhaupt funktionierte. Höchste Zeit.

Doch zu ihrem Entsetzen war sein Gesicht völlig ausdruckslos, seine Augen geschlossen. Er musste vor lauter Angst in Ohnmacht gefallen sein!

Pias Magen krampfte sich vor Schreck zusammen, und sie hatte einen Moment lang das Gefühl, sich übergeben zu müssen. Wenn er ohnmächtig war, dann würde er seinen Schirm nicht rechtzeitig öffnen können und zu Tode stürzen! Er hätte nie mit ihr zusammen springen dürfen!

»Sam!«, schrie sie, so laut sie konnte, doch der gnadenlose Fallwind schien ihre Worte zu verschlucken. »Sam, wach auf!«

Er reagierte nicht.

Der Boden schien jetzt immer schneller auf sie zuzurasen. Bald hatten sie die höchsten Häuser erreicht, und dann wäre es zu spät!

Mit ganzer Kraft zog sie seinen Arm zu sich und seine massige Gestalt somit näher zu sich heran. Noch ein kleines bisschen, und sie konnte die Schnur erreichen, die seinen Fallschirm öffnen würde … Doch die Kraft des Windes war so stark, dass die Schnur ihr aus den Fingern glitt.

Sie fluchte, biss die Zähne zusammen und streckte ihren Körper den rasenden Kräften, die auf ihn wirkten, zum Trotz so weit wie möglich Sam entgegen.

Dieses Mal erwischten ihre eiskalten Finger die Schnur seines Fallschirms, und sie zog kräftig daran.

In dem Augenblick, in dem sich der Schirm öffnete und sich wie riesige Flügel über Sam aufklappte, öffnete er seine blauen Augen und blickte sie an. Sie sah Verwirrung und Angst in seinem Blick, dann wurde sein Körper plötzlich durch den Fallschirm so stark abgebremst, dass es wirkte, als würde eine riesige unsichtbare Hand ihn nach oben ziehen.

Pia stieß einen erleichterten Jubelschrei aus. Sams Schirm funktionierte! Er war wieder bei Sinnen und musste sich nur noch daran erinnern, wie Oslo die Landung mit einem Fallschirm erklärt hatte. Pia war zuversichtlich, dass er das hinbekam und sicher am Boden landete.

Doch nun wurde es höchste Zeit für sie selbst, ihren Fallschirm zu öffnen. Erschrocken sah sie, dass Sams Rettungsaktion sie viele wertvolle Sekunden gekostet hatte. Die brennende Stadt unter ihr war in dieser Zeit beängstigend nah gekommen.

Schnell zog sie an ihrer eigenen Reißleine, schloss die Augen und betete, dass auch ihr mehr als hundert Jahre alter Fallschirm noch funktionstüchtig war …

Er war es.

Ein gewaltiger Ruck ging durch ihren Körper, als der aufgehende Schirm ihren Fall abbremste. Ihre Erleichterung war so groß, dass sie erneut aufjauchzte.

Jetzt musste sie nur noch irgendwie heil am Boden ankommen. Die Alpträume waren also keine dunkle Vorahnung gewesen, sondern lediglich Träume, weiter nichts. Sicher in ihren Gurten baumelnd, beobachtete sie, wie MUC immer näher kam. Wenn alles glatt lief, würde sie ganz in der Nähe der nördlichen Barrikaden landen, fast im Zentrum des Geschehens. Sie konnte von hier oben genau beobachten, wie die Wächter in ihren unverkennbaren Kutten gemeinsam mit den Zivilisten aus MUC die wenigen Truppen aus Utilitas, die sich noch innerhalb der Barrikaden befanden, zurückdrängten. Doch überall lagen bereits die Körper der Gefallenen und Verwundeten. Außerdem brannte es an zahlreichen Stellen, und die Gefahr war groß, dass der heiße Sommerwind die Flammen weiter über die Stadt trug. Fest stand jetzt schon, dass der heutige Sieg ein teuer erkaufter war. Pia hoffte von ganzem Herzen, dass Robin, Paul und die anderen okay waren. Bisher hatte sie noch niemanden von ihren Leuten unten entdecken können.

Sie wandte den Kopf und blickte nach oben, an ihrem weiß-blauen Fallschirm vorbei. Es dauerte ein paar Sekunden, bis sie Sams Schirm am Himmel entdecken konnte. Da sie seinen Fallschirm vor ihrem geöffnet hatte, schwebte er ein Stück höher als sie. Außerdem hatte der Wind ihn ein Stück nach Südosten getragen, er würde wohl eine ganze Strecke entfernt vom Schauplatz der blutigen Schlacht auf dem Boden aufkommen. Sie hob den Arm und winkte ihm zu. Zu ihrer Erleichterung winkte er kurz darauf zurück. Er war also wach und würde dieses Abenteuer hoffentlich sicher überstehen.

Sie zog ein wenig an den Schnüren ihres Fallschirms, um ihn zwischen zwei fünfstöckige Gebäude zu navigieren, auf die sie zuflog, ganz so, wie Oslo es ihr gezeigt hatte. Zu ihrer Überraschung funktionierte das wunderbar. Sie durfte ein Wunder der alten Zeit am eigenen Leib erfahren, und das, nachdem sie in einem echten Flugzeug über den Himmel geflogen war. Ein unbezahlbares, einzigartiges Erlebnis!

Sie wünschte nur, sie hätte all das unter günstigeren Umständen erleben können anstatt am Rande einer Katastrophe. Doch wie es aussah, war MUC gerade noch einmal mit einem blauen Auge davongekommen.

Mit noch immer ziemlich hoher Geschwindigkeit sank ihr Schirm hinab und in den Schatten zwischen den beiden Häusern hinein. Pia erinnerte sich, dass Oslo ihr erklärt hatte, wie man kurz vor der Landung den Fallschirm abbremsen konnte.

Sie zog an den Schnüren auf beiden Seiten. Der Schirm über ihr bäumte sich kurz auf, und sie spürte, wie ihr Fall noch einmal deutlich gebremst wurde.

Doch dann vernahm sie plötzlich ein scharfes Geräusch über ihrem Kopf, als ob etwas über einen Felsen scheuern würde.

Sie blickte hoch und sah gerade noch, wie die Brems- und Steuerschnüre ihres Fallschirms auf der linken Seite rissen.

Ehe sie begreifen konnte, was geschah, wurde sie plötzlich mit einem gewaltigen Ruck zur Seite geschleudert – gegen die Hauswand des hohen Gebäudes rechts von ihr.

Sie schrie auf und schaffte es gerade noch, ihre Arme schützend vor ihr Gesicht und den Kopf zu legen, ehe sie mit voller Wucht gegen die Wand prallte. Der Aufschlag raubte ihr fast die Sinne, während der Schirm über ihr seine Struktur verlor und zusammenklappte. Jetzt war nichts mehr da, das ihren Sturz aufhalten konnte.

Du fällst! Dein Alptraum, er wird doch wahr!, schoss es ihr verzweifelt durch den Kopf, während ihre Hände instinktiv versuchten, sich irgendwo festzukrallen. Doch es half nichts. Wie ein Stein stürzte sie an der Hauswand hinab. Sie schloss die Augen und bereitete sich auf den unausweichlichen Aufprall vor. Doch plötzlich wurde ihr Fall von einem erneuten scharfen Ruck gebremst. Verwirrt öffnete sie die Augen und stellte fest, dass sie etwa drei Meter über dem Boden an ihren Schnüren aufgehängt in der Luft hing. Ihr Fallschirm hatte sich an einem winzigen Balkon verheddert, der sich im dritten Stock des Gebäudes befand.

Pia konnte ihr Glück kaum fassen. Erleichtert stieß sie die Luft in einem langen Seufzer aus, die sie reflexartig angehalten hatte. Dann lachte sie laut auf und ließ sich ein paar Sekunden lang einfach in den Seilen baumeln.

Jetzt erst bemerkte sie den Brandgeruch, der alles um sie herum zu erfüllen schien. Er war penetrant und drehte ihr den Magen um. Außerdem waren Schreie und Schüsse zu hören. Sie schien also ganz in der Nähe des Kampfgeschehens gelandet zu sein. Nun musste sie sich nur noch aus dem Gurt befreien, zu Boden springen und sich auf die Suche nach den anderen machen.

»Pia?«, hörte sie plötzlich eine wohlbekannte Stimme, die sie augenblicklich herumfahren ließ.

Sie traute zunächst ihren Augen nicht. Vielleicht zwanzig Meter entfernt, an einer von Büschen zugewachsenen Kreuzung, stand Robin und blickte sie an.

»Robin!«, rief sie gleichzeitig überrascht und überglücklich. Er lebte! Er war wohlauf! Und welch ein Zufall, dass sie ausgerechnet ihn hier traf. »Was machst du denn hier?«

Er zögerte keinen Augenblick, sondern rannte sofort auf sie zu. Ihre Frage ließ ihn auflachen, und Pia wusste sofort, dass er ebenso froh war, sie zu sehen. Ein angenehm warmes Gefühl breitete sich in ihrem Körper aus. Wie konnte sie jemals daran gezweifelt haben, ihn zu lieben?

»Ich habe beobachtet, wie du mit deinem Fallschirm aus dem Flugzeug herabgesegelt bist«, sagte er, blieb unter ihr stehen und blickte zu ihr nach oben. »Ich wusste sofort, dass du das sein musstest. Wer sonst wäre verrückt genug, so etwas zu tun?«

Sie strampelte herum und versuchte, den Gurt ihres Fallschirms zu öffnen. Endlich gelang es ihr, und sie fiel Robin direkt in die Arme. Er drückte sie sofort an sich und sie bedeckte sein Gesicht mit Küssen.

»Ich bin so froh, dass es dir gutgeht«, flüsterte sie.

Er lächelte sie an und strich ihr die vom Fallschirmsprung noch völlig zerzausten Haare aus dem Gesicht. Seine haselnussbraunen Augen strahlten im Schein der Morgensonne, und sein zartes, sommersprossiges Gesicht erschien ihr in diesem Moment schöner als jemals zuvor. Es mochte schon sein, dass Elias noch immer einen gewissen Reiz auf sie ausübte, doch ihr Herz gehörte einzig und allein Robin, dessen war sie sich jetzt ganz sicher. Diese Erkenntnis machte sie so glücklich, dass sie ihn am liebsten an sich gedrückt und nie wieder losgelassen hätte.

»Ich bin froh, dass es *dir* gutgeht«, entgegnete er, nachdem sie sich eine Weile lang einfach in die Augen geblickt hatten. »Wie um alles in der Welt kamst du dazu, aus einem Flugzeug zu springen?«

Sie grinste breit. »Ist eine lange Geschichte. Ich erzähle dir nachher alles.«

Sie hatten schließlich alle Zeit der Welt. Ihr ganzes gemeinsames Leben lang. Jetzt musste Pia zunächst Sam finden und sehen, ob er sicher gelandet war.

»Wo ist Paul?«, fragte sie hastig. »Ist er okay?«

Robin nickte. »Ja, du brauchst dir um ihn keine Sorgen zu machen. Er hilft gerade Sam bei der Landung. Aber auch hier ist viel passiert, während du weg warst. Lass uns verschwinden, und ich erzähle dir alles.«

Pia nickte und drückte ihm noch einen zärtlichen Kuss auf die Lippen.

Robin war nicht der Einzige, der Pias tollkühnen Fallschirmsprung beobachtet hatte. Wie geplant war Falk mit einem kleinen Trupp Elitesoldaten in die Stadt eingedrungen. Er hielt sich jedoch von den Kampfhandlungen fern und beobachtete stattdessen das Geschehen aus sicherer Entfernung. Die Schlacht um MUC war zwar verloren, aber seine Mission hatte mit etwas Glück noch eine Chance. Nach einer Weile machte ihn einer seiner Männer auf etwas aufmerksam, das über der Stadt am Himmel schwebte. Zunächst konnte Falk mit der Erscheinung nichts anfangen. Was zum Teufel war das nun schon wieder? Hatte MUC noch eine Waffe aus dem Ärmel gezaubert, von der er nichts wusste?

Erst als es langsam tiefer kam, erkannte er, was es sein musste. Er hatte Fotografien der alten Zeit gesehen, auf denen Fallschirme abgebildet waren, wunderte sich jedoch, dass es in MUC noch funktionstüchtige gab und in Utilitas nicht. Irgendjemand war mit einem Fallschirm aus einem der Flugzeuge abgesprungen, aber warum?

Der Soldat hob sein Gewehr und zielte auf den Fallschirmspringer, blickte jedoch fragend zu Falk, ehe er abdrückte.

Falk war schon drauf und dran, dem Mann das Okay-Zeichen zu geben, als er plötzlich stutzte. Irgendetwas war an der Gestalt am Himmel seltsam, er konnte nur nicht genau sagen, was. Schnell kramte er ein altes Fernglas aus seinem Rucksack und blickte hindurch.

Eine Sekunde später lachte er laut auf und erntete dafür verständnislose Blicke seiner Soldaten.

Die Person am Fallschirm hatte lange schwarze Haare mit rot eingefärbten Strähnen. Es gab in der ganzen Stadt – wenn nicht gar auf der ganzen Welt – nur eine, die so aussah: Pia.

Falk musste zweimal hinsehen, ehe er sich ganz sicher sein konnte, dass er tatsächlich so ein Glück hatte. Die Chance, Pia in einer ins Chaos gestürzten Stadt zu finden und unbemerkt zu verschwinden, war wirklich gering gewesen, und nun segelte das Miststück einfach so zu ihm herab.

Er setzte das Fernglas ab und grinste breit, während er die Hand auf das erhobene Gewehr des Soldaten legte und es herabdrückte. »Nicht schießen! Das ist unsere Zielperson.«

Sie blieben in Deckung, während sie sich in geducktem Laufschritt auf die Stelle zubewegten, auf die der Fallschirm zuflog. Je näher sie kamen, desto deutlicher konnte Falk auch ohne Fernglas erkennen, dass es wirklich Pia war. Für kurze Zeit verlor er sie aus den Augen, als sie hinter einem fünfstöckigen Gebäude verschwand, doch das brachte ihn nicht aus der Ruhe. Noch etwa fünfzig Meter und einmal um die Ecke, dann hatte er sie.

Auch Paul folgte einem Fallschirm auf dem Weg zur Erde, allerdings nicht dem von Pia. Gemeinsam mit Robin hatte er zwei Fallschirme beobachtet und, als diese näher kamen, erkannt, dass es sich bei den daran hängenden Personen um Pia und Sam handelte. Mit Aelas Erlaubnis entfernten sie sich von den anderen Hadesleuten, die gemeinsam mit den Wächtern die Truppen aus Utilitas immer weiter in Richtung der Barrikaden zurückdrängten, um sicherzugehen, dass die beiden Fallschirmspringer unverletzt am Boden ankamen. Am liebsten wäre Paul natürlich zu Pia gestürmt, um sie überglücklich zu umarmen und sie gleichzeitig zu fragen, ob sie völlig den Verstand verloren hatte, dass sie aus einem fliegenden Flugzeug sprang. Doch er verstand, dass Robin als Allererstes zu ihr wollte, und musste sich eingestehen, dass Pia bestimmt ihren Freund lieber in die Arme schließen würde als ihren meckernden Bruder. Da schon bald klargeworden war, dass Pia und Sam nicht am selben Ort landen würden, hatten sie sich aufgeteilt, und Paul lief in die Richtung, in die Sam zusteuerte, während Robin Pia in Empfang nehmen wollte.

Den ganzen Tag schon waren Pauls Gefühle Achterbahn gefahren. Zuerst die schiere Ausweglosigkeit und der drohende Tod angesichts der Übermacht aus Utilitas, dann die plötzliche Verstärkung aus heiterem Himmel, die sich niemand in dieser Form auch nur auszuträumen gewagt hatte. Und schließlich seine Schwester dabei zu beobachten, wie sie an einem Artefakt aus der alten Zeit zu Boden segelte. Ganz zu schweigen von dem Drama um Aela und Goliath, das er in der Nacht auszustehen hatte.

Doch jetzt würde alles gut werden, da war er sich ganz sicher. Schon bald würden Ruhe und Normalität einkehren, und die vergangenen Tage wären dann nichts weiter als eine spannende Geschichte, die er eines Tages seinen Kindern erzählen würde.

Er grinste bei dieser Vorstellung, während er eine verlassene Straße entlanglief, ohne Sam aus den Augen zu lassen. Noch immer drangen Schüsse und Schreie an sein Ohr, die von dem Gefecht um die Barrikaden herum stammten, doch es wurden immer weniger. Utilitas war geschlagen.

Paul erreichte einen kleinen ehemaligen Park, der nun von dichtem Pflanzenwuchs bedeckt war. Genau dort schien Sam hinzusteuern. Nur noch wenige Meter trennten den kräftigen Mann vom Boden. Die Grünfläche war so zugewuchert, dass Paul Sam für einen Moment aus den Augen verlor. Er hörte ein lautes Rascheln und das Brechen von Zweigen, dann einen Fluch. Schnell kämpfte er sich durch die tiefhängenden Zweige ins Herz des ehemaligen Parks und entdeckte kurz darauf Sam. Sein Fallschirm hatte sich in den Bäumen verfangen, und er hing etwa einen Meter über dem Boden und zappelte wie ein Käfer auf dem Rücken. Paul lief auf ihn zu und holte Aelas Messer, das er noch immer bei sich führte, aus seiner Tasche.

»Sam!«, rief er. »Alles okay bei dir?«

Der große Mann drehte sich zu ihm und sah ihn einen Moment lang völlig perplex an, dann jedoch begann sein breites Gesicht, von einem Ohr zum anderen zu strahlen.

»Ich lebe!«, schrie er euphorisch. »Ich bin geflogen und lebe!«

Er lachte aus vollem Hals und schlang seine mächtigen Arme um Paul, als dieser half, ihn aus den Seilen zu befreien.

Jetzt erst bemerkte Paul, dass Sam einen seltsamen Overall trug, der ihm viel zu klein war, und dazu für ihn ungewohnte Schlappen. Zumindest einen davon, denn den anderen hatte er scheinbar bei seinem Himmelsritt verloren.

Endlich aus den Seilen befreit, ließ sich Sam zu Boden fallen und umarmte noch immer lachend die Erde um ihn herum. Dann hielt er plötzlich inne und sah Paul eindringlich an. »Pia! Wo ist Pia?«

»Sie ist ein Stück entfernt gelandet«, erklärte Paul. »Robin kümmert sich um sie.«

Langsam erhob Sam sich, ohne den Blick von Paul zu wenden.

»Sie hat mir das Leben gerettet«, sagte er fast schon feierlich. »Ohne Pias Hilfe wäre ich wahrscheinlich abgestürzt wie ein Stein.«

Er hielt kurz inne, dann machte er schnell die Gurte des Fallschirms los, die er noch am Körper trug.

»Wir müssen sichergehen, dass es ihr gutgeht!«

Damit rannte er los, und Paul folgte ihm.

Noch während Pia sich an Robin schmiegte und die Nähe und Wärme seines Körpers genoss, hörte sie den Schuss. Er war so ohrenbetäubend laut, dass er ganz in ihrer Nähe abgefeuert worden sein musste. Beide zuckten zusammen, Robin jedoch viel stärker als sie.

Es dauerte eine Sekunde, bis sie begriff, was passiert war.

Sie blickte in sein weißes Gesicht, dessen Augen sie schockiert und ungläubig zugleich anstarrten. Pia spürte, wie das Entsetzen wie eine heißkalte Woge in ihrem Körper nach oben stieg, bis sie schließlich ihr Herz und ihren Verstand gleichzeitig erreichte.

Robin war getroffen!

Kaum war diese grauenvolle Erkenntnis in ihrem Bewusstsein angelangt, sackte er auch schon in ihren Armen zusammen. Sie hielt ihn fest, ging mit ihm auf die Knie.

»Robin!«, rief sie heiser. Es war ein Schrei und ein verzweifeltes Flüstern zugleich. Das durfte einfach nicht sein!

Robin sah sie nach wie vor mit diesem ängstlichen und ungläubigen Blick an, der ihr das Herz zu sprengen drohte. Mit zitternden Fingern tastete sie ihn ab, um zu sehen, wo genau er verletzt war. Schnell wurde sie fündig, denn sein Hemd war am Rücken knapp unterhalb des Halses völlig durchnässt. Warmes Blut sickerte aus einer großen Wunde über ihre Finger auf den

Boden, wo es sofort begann, eine Pfütze zu bilden. Sie presste ihre Hände darauf, während Panik in ihr hochstieg. Er war ernsthaft verletzt und sie hatte keine Ahnung, was sie tun konnte.

Langsam öffnete er den Mund, als ob er etwas sagen wollte, doch stattdessen sprudelte nur Blut in vielen Bläschen daraus hervor und bedeckte ihr Gesicht und ihre Kleidung.

»Ganz ruhig«, flüsterte sie ihm zu. »Versuch, nicht zu reden. Ich hole Hilfe … es wird alles gut.«

Sie zwang sich, in sein immer weißer werdendes Gesicht zu lächeln und das Entsetzen in seinen sonst so warmen Augen zu ignorieren.

Er stirbt.

Nein! Sie versuchte verzweifelt, diesen grauenvollen Gedanken zu verdrängen. Nein, das durfte nicht sein! Er würde es schaffen … er musste es … sie würde ihn retten!

Doch tief drin wusste sie, dass es die Wahrheit war, so schrecklich und unvorstellbar sie auch sein mochte. Und er wusste es auch. Sein klarer und sonst so scharfsinniger Blick begann zu brechen, der Glanz wich aus seinen Augen, als würde eine Kerze erlöschen und nur noch vor sich hin glimmen, ehe nichts mehr von ihrem Licht übrig war als Rauch.

Er versuchte erneut zu reden, und dieses Mal brachte er ein paar gurgelnde Worte hervor. »… liebe dich, Pia …«

»Nein!«, schluchzte sie, während Panik und Verzweiflung die Kontrolle über sie nahmen. »Robin … nicht …«

Er brachte noch ein letztes Lächeln zustande, dann wurde sein Blick plötzlich leer. Es war das Fürchterlichste, was Pia jemals in ihrem Leben gesehen hatte.

Der schrecklichste Alptraum, den sie sich je hätte vorstellen können.

Tränen schossen in ihre Augen, und ein rasender Schmerz breitete sich von ihrer Seele in ihren ganzen Körper aus, als

Robins blutüberströmter Körper in ihren Armen zusammenbrach. Sie hätte am liebsten den Kopf in den Nacken geworfen und geschrien, doch sie konnte nicht. Es tat zu sehr weh. Ganz so, als würde auch in ihr etwas sterben.

Sie presste ihn an sich, so fest sie konnte, und ließ ihre Finger durch sein weiches rotblondes Haar streichen. »Ich liebe dich auch, Robin«, flüsterte sie. Die Tatsache, dass er sie nicht mehr hören konnte, hätte ihr Herz gebrochen, wenn da in ihrer Brust noch etwas gewesen wäre außer einem blutigen Klumpen.

»Guten Tag, Pia«, hörte sie plötzlich eine bekannte Stimme dicht neben sich.

Sie fuhr erschrocken herum und blinzelte in die Sonne. Durch ihren Tränenschleier sah sie nur verschwommene Gestalten, doch ihren Sprecher hätte sie auch blind erkannt. Falk.

Er trug ein großes Gewehr in der Hand und grinste selbstgefällig. Sie wusste sofort, dass er es gewesen war, der Robin getötet hatte. Unbändige Wut schoss in ihr hoch wie hungrige Feuerzungen.

»Du musst die Sauerei entschuldigen«, sagte Falk. »Aber wir haben nur Platz für dich und können keinen überschüssigen Ballast mitnehmen.«

Ohne zu zögern oder darüber nachzudenken, was sie da tat, sprang Pia auf und stürzte sich auf ihn. Er war bewaffnet und in Begleitung von mehreren Soldaten aus Utilitas, doch das war ihr egal.

Sie wollte nur eins. Ihn töten. Eigenhändig seine Kehle aufreißen und sein blöd grinsendes Gesicht so oft gegen eine Mauer schlagen, bis es Matsch war.

Sie sprang ihn an wie ein tollwütiges Tier, schlug zu und bohrte ihre Fingernägel in sein Gesicht. Er schrie vor Schmerz und Überraschung auf, doch ihr Triumph dauerte nur wenige Sekunden. Dann packten sie die Soldaten und überwältigten sie, obwohl sie schrie und sich nach Leibeskräften wehrte. Sie schlug und trat um sich in rasender Wut und Trauer, spürte selbst jedoch keinen Schmerz. Als man ihre Arme und Beine festhielt, versuchte sie verzweifelt, um sich zu beißen. Es war ihr egal, was mit ihr passierte, sie wollte nur noch Falks Blut.

Er trat auf sie zu, während die anderen sie festhielten. Sein Gesicht war von blutigen Striemen ihrer Fingernägel durchzogen und sein Grinsen verschwunden. Einen Moment lang blickte er sie einfach nur an, und sie sah blanken Hass in seinen Augen.

Dann schlug er ihr mit einer solchen Härte ins Gesicht, dass ihr schwarz vor Augen wurde.

Paul und Sam hatten den Schuss zwar gehört, ihn jedoch dem Kampfgeschehen an den Barrikaden zugeordnet. Dennoch rannten sie instinktiv schneller auf die Position zu, an der sie Pias Landeplatz vermuteten. Der Anblick, der sie jedoch erwartete, als sie um die Ecke bogen, war so entsetzlich, dass keiner von beiden ihn sein Leben lang jemals vergessen würde.

Mitten auf der leeren Straße, in der leicht im Wind schwankendes Unkraut aus jeder verfügbaren Ritze sprießte, befand sich eine große Blutlache. Darin lag eine zusammengekrümmte Gestalt.

Paul konnte zunächst nicht erkennen, um wen es sich dabei handelte, doch ihm war sofort klar, dass niemand einen solch immensen Blutverlust überleben konnte. Etwa fünfzig Meter entfernt war eine Gruppe Utilitaristen gerade dabei, den Rückzug anzutreten. Pauls Blick blieb an einer Gestalt hängen, die einer der Soldaten über der Schulter trug. Er erstarrte, als er dabei seine Schwester erkannte.

»Pia!«, schrie er entsetzt, ohne darüber nachzudenken, was er da tat. Sie schien verletzt zu sein, denn an ihrer Kleidung klebte Blut, doch sie hob leicht den Kopf, um in Pauls Richtung zu sehen.

Aber noch ehe sich ihre Blicke treffen konnten, eröffneten die Utilitaristen das Feuer auf sie. Bevor Paul auch nur begreifen konnte, in welcher Gefahr er sich befand, reagierte Sam sofort. Blitzschnell warf er sich gegen ihn und riss ihn mit sich zu Boden. Paul hörte das Zischen der Kugeln, die über ihre Köpfe flogen, und spürte Panik in sich aufwallen. Ohne auch nur eine einzige Sekunde zu verschwenden, zog Sam ihn hinter eine schützende Hauswand.

Die von der Sonne aufgeheizten Ziegel im Rücken, schnappte Paul nach Luft wie ein Fisch.

»Alles okay?«, fragte Sam schnell. »Bist du getroffen?«

Paul schüttelte mit weit aufgerissenen Augen den Kopf. »Pia ...«, stammelte er. »Wir müssen sie retten!«

»Das werden wir! Hast du eine Schusswaffe?«

Wieder schüttelte Paul den Kopf. Aela hatte die wenigen funktionierenden Schusswaffen, die der Hades besaß, nur an die Leute verteilt, die auch damit umgehen konnten. Alle anderen hatten sich mit Stich- und Schlagwaffen begnügen müssen.

»Mist!«, fluchte Sam und knallte mit der Faust so stark gegen die Hauswand, dass Putz daraus hervorrieselte.

Plötzlich fiel Paul auf, dass die Schüsse aufgehört hatten. Sam deutete ihm an zu warten und schlich vorsichtig zur Ecke, um nachzusehen, warum die Soldaten das Feuer eingestellt hatten. Nach ein paar Sekunden richtete er sich auf und sah Paul an. »Sie sind weg ...«

»Und Pia?« Paul sprang auf und kannte wenig später die Antwort auf seine Frage. Die Utilitaristen hatten sich zurückgezogen – und seine Schwester mitgenommen!

Ohnmächtige Verzweiflung begann, sich von seinem Herzen aus über seinen ganzen Körper auszubreiten. Man hatte Pia entführt, und weder Sam noch er konnten im Moment etwas dagegen unternehmen, das war offensichtlich. Sie waren unbewaffnet und in der Unterzahl. Sie mussten zunächst Hilfe und Ausrüstung holen, ehe sie versuchen konnten, Pia zu finden …

Was wollte Utilitas denn überhaupt mit seiner Schwester? Wieso ausgerechnet sie?

Dann jedoch wurde es ihm schlagartig klar.

Falk. Er war es, der dahintersteckte. Und vermutlich hatte die Entführung auch etwas mit ihren schwarzen Haaren zu tun.

Noch während er verzweifelt in die Richtung starrte, in der die Soldaten mit Pia verschwunden waren, rannte Sam bereits auf die am Boden liegende Gestalt zu.

Langsam erwachte Paul aus seiner Starre und betrachtete den Toten näher. Dann schrie er verzweifelt auf, als er seinen besten Freund Robin erkannte.

Er lief auf ihn zu, in der vagen Hoffnung, ihm vielleicht trotz des vielen verlorenen Blutes noch helfen zu können.

Doch es war zu spät.

28. Kapitel

Rückkehr

Elias stand vor den großen Fenstern seiner Wohnung und blickte hinaus. Hier in der Hochstadt konnte man sich kaum vorstellen, welch einer Katastrophe MUC gerade noch mit einem blauen Auge entgangen war. Alles ging seinen gewohnten Gang. Leute spazierten über die Straßen, schwarzweiß gekleidete Diener eilten vorbei und erledigten Botengänge für ihre Herren. Die Bäume im Park unter ihm rauschten in einer sanften Brise, während die letzten Strahlen der untergehenden Sonne die Dächer um ihn herum blutrot färbten.

So rot wie all das Blut, das in der Unterstadt vergossen worden war.

Denn nichts war in Ordnung. Nur durch viel Glück und die überlegene Hilfe der Flughafenmenschen hatte MUC es geschafft, die Truppen aus Utilitas zurückzuschlagen. Späher hatten berichtet, dass der Feind sogar sein Lager am alten Schloss nördlich der Stadt aufgegeben und zurück nach Norden gezogen war. Dennoch war es ein teuer erkaufter Sieg.

Auch Tage nach der Schlacht lagen noch immer viele Tote auf den Straßen der Unterstadt und jenseits der Barrikaden, umzingelt von Fliegen und mit Kolonien von Maden in ihren aufgeblähten Bäuchen. Utilitas hatte seine Toten und Verwundeten einfach zurückgelassen, und noch immer drangen die Schreie der Sterbenden bis nach MUC hinein. Doch in der Stadt war man zu beschäftigt damit, die eigenen Wunden zu lecken, um sich auch noch darum zu kümmern. Noch immer waren einige

Brände nicht gelöscht, denn seit Tagen wehte ein heißer Westwind, der keine Spur von Regen brachte. Es gab unzählige Verwundete und viele Tote. Wahrscheinlich würde es Wochen, wenn nicht gar Monate dauern, bis das Chaos beseitigt war und das Leben in der Unterstadt wieder seinen gewohnten Gang gehen würde.

Doch das interessierte Elias eigentlich nur am Rande. Denn er selbst hatte aus der Schlacht eine grässliche Wunde in seinem Herzen davongetragen.

Pia.

Ihr Schicksal raubte ihm den Schlaf und den Verstand. Als er vor zwei Tagen endlich wieder in MUC angekommen war, schien zunächst alles den Umständen entsprechend gut verlaufen zu sein. Sein Vater war mächtig stolz auf ihn gewesen, und er wurde unter den Bewohnern der Hochstadt als Held gefeiert. Es wurde bereits gemunkelt, er könnte vielleicht eines Tages seinen Vater als Herrscher der Stadt beerben.

Als er endlich stolz und todmüde in seiner Wohnung angekommen war und sich nur noch in sein weiches Bett stürzen wollte, hatte ihn jedoch ein Besucher in seinem Wohnzimmer erwartet.

Paul.

Er hatte wohl noch Bekannte in der Hochstadt und war deswegen in der Lage gewesen, sich unbemerkt in das Appartement seines ehemaligen Herrn zu schleichen. Zunächst hatte Elias sich gefreut, Paul wiederzusehen, doch ein Blick in dessen Gesicht hatte genügt, um zu wissen, dass etwas Fürchterliches geschehen sein musste.

Dann hatte Paul ihm erzählt, was passiert war.

Pia war verschwunden. Verschleppt nach Utilitas. Elias hatte keine Ahnung, was man von ihr wollte, ob es Zufall gewesen war, dass man ausgerechnet sie gefangen genommen hatte, oder ob man sie gezielt ausgesucht hatte. Er zwang sich, sich nicht vorzustellen, was man ihr alles antun konnte und es vielleicht sogar in diesem Augenblick tat.

Es tat unglaublich weh, und doch durfte er sich jetzt nicht seinen Gefühlen hingeben. Er musste einen kühlen Kopf behalten. Zu viel stand auf dem Spiel.

»Du musst uns helfen!«, hatte Paul gefleht, während Tränen in seinen Augen geglitzert hatten.

Und das würde er. Selbst wenn es bedeutete, dass er allein und zu Fuß nach Utilitas gehen musste. Er würde Pia nicht ihrem Schicksal überlassen.

Er würde sie aus Utilitas zurückholen.

Epilog

Der Schmerz wollte weder weggehen noch verblassen. Nicht der körperliche, sondern der in Pias Seele. Im Laufe der fast drei Wochen, die ihre Reise nun schon dauerte, waren ihre äußerlichen Verletzungen fast verheilt. Nur noch eine Narbe auf ihrer Schläfe erinnerte daran, was passiert war. Doch die Wunde in ihrem Herzen wollte sich einfach nicht schließen.

Sie brannte jeden Morgen aufs Neue höllisch, wenn sie nach unruhigem Schlaf die Augen öffnete, und hielt sie jede Nacht viele Stunden wach.

Wann immer Pia die Augen schloss, sah sie Robins blasses Gesicht vor sich und den Ausdruck darin, als er starb. Wenn sie es schaffte, in einen unruhigen Schlummer zu fallen, dann träumte sie jedes Mal aufs Neue davon, wie sie versuchte, ihn zu retten – und scheiterte.

Die ersten Tage nach ihrer Entführung war es Pia egal gewesen, was mit ihr geschah. Der Schmerz über das Geschehene war so schrecklich, dass sie sich nur noch wünschte, sterben zu können. Doch je mehr Zeit verging, desto stärker kehrte ihr Wille zurück.

Sie würde leben und diejenigen bezahlen lassen, die all ihren Schmerz zu verantworten hatten.

Das Fahrzeug, in dem sie gefesselt transportiert wurde, stoppte, und sie wurde von dem plötzlichen Ruck aus ihren Gedanken gerissen.

Sie hob den Kopf und blickte hinaus.

Der Konvoi der Utilitaristen hatte einen gigantischen See erreicht. Spitze Hausdächer, Kirchtürme und verfallene Schornsteine ragten an vielen Stellen daraus hervor. Dahinter lag eine riesige Stadt, in deren Zentrum sich zahlreiche Glashochhäuser der alten Zeit gegen den grauen, wolkenverhangenen Himmel erhoben. Auch aus der Entfernung konnte Pia erkennen, dass sie viel höher und besser erhalten waren als die gläsernen Türme in MUC.

Gegen ihren Willen konnte sie nicht anders, als die atemberaubende Aussicht fasziniert in sich aufzunehmen. Irgendwo tief in ihr entstand sofort der Wunsch, die vor ihr liegenden Fassaden irgendwann erklimmen zu können.

»Willkommen in Utilitas«, sagte Maya, die in ihrem offenen Militärjeep in Pias unmittelbarer Nähe saß. »Der schönsten Stadt der Welt.«

Danksagung

Wieder steht nur mein Name auf dem wunderschönen Cover dieses Buches, und doch gibt es so viele, die direkt oder indirekt zur Entstehung von »MUC – Die verborgene Stadt« beigetragen haben. Bei all jenen möchte ich mich an dieser Stelle vielmals bedanken!

Ich danke …

… meinem Mann **Chris,** dem besten Ehemann von allen, der unermüdlich immer an meiner Seite steht und mich ermutigt, weiterzumachen, auch wenn die Dinge mal nicht so laufen, wie ich es mir vorgestellt habe. Ohne ihn gäbe es keinen meiner Romane – *Danke, ich liebe Dich!* –

… dem Team von **Droemer Knaur,** das es möglich gemacht hat, dass dieser Roman das Licht der Welt erblickt hat; dabei insbesondere **Martina Wielenberg,** für ihre Unterstützung und die Begeisterung für das MUC-Universum, **Julia von Natzmer,** welche »Die verborgene Stadt« mit so viel Leidenschaft lektoriert und mir geholfen hat, das Maximum aus Text und Story herauszukitzeln, **Sabine Hartl, Patricia Keßler** sowie **Steffen Haselbach,** die auf ihren Gebieten immer für mich da sind und nie die Geduld mit mir verlieren!

… der AVA **International** für einfach alles, was sie für mich leistet. Wenn ich Leuten davon erzähle, dass ich einen Agenten habe, kommt oft die Antwort: »Ist das eine Art 007?« In der Tat, ja! So ist die AVA mein MI6, mein Agent für alle Fälle, der vielleicht nicht die Welt rettet, aber mich vor großen und kleinen Problemen, heißt Michalek, **Markus Michalek.** Miss Moneypenny trägt den Decknamen **Claudia Bachmann,** und der Mastermind im Hintergrund, »M«, ist unserem Fall **Roman Hocke.** Danke, Ihr seid super!

... der **Werbeagentur** ZERO für das geniale Cover. Ich dachte nicht, dass das erste Cover zu toppen sein könnte – und wurde eines Besseren belehrt!

... **Monika Roubal** und **Albrecht Mangler** von Bilandia für ihre unzähligen wertvollen Ratschläge und das tolle Werbematerial.

... sowie: **Maria und Maciej Kuczynski** für das Organisieren von Lesungen; **meinen Eltern** für ihre grenzenlose Unterstützung; meinen besten Freunden, auf die ich mich immer verlassen kann; meinen zwei Hunden, **den Assistenten,** ohne die meine Tätigkeit als Schriftstellerin zuweilen ganz schön einsam wäre ...

Und last, but not least:

Meinen **Damen und Herren Lesern!** Danke für die vielen Zuschriften. Euer Lob und Eure Begeisterung, aber auch Anmerkungen und Anregungen helfen mir bei meiner Arbeit sehr weiter! Danke, dass Ihr dieses Buch gekauft und gelesen habt, ich hoffe, Ihr hattet ebenso viel Spaß beim Lesen wie ich beim Schreiben ☺